HEYNE <

Das Buch
Die besten Freundinnen frisch verliebt und in trauter Zweisamkeit – das hält selbst der stärkste Single nicht aus. Was tun? Mit fiesen Machenschaften die neuen Lover vertreiben? Nein, so etwas tut man nicht. Also muss Melli in den sauren Apfel beißen und sich von Alix und Paula verkuppeln lassen. Immerhin sind die beiden auf dem Gebiet echte Expertinnen!

Die Autorinnen
Bianka Minte-König, gebürtige Berlinerin, ist promovierte Literatur- und Medienwissenschaftlerin und lehrt seit 1980 als Professorin an der Fachhochschule Braunschweig. Sie ist Autorin der Bestsellerreihe »Freche Mädchen – Freche Bücher«. Ihre Romane wurden in 17 Sprachen übersetzt, als Hörbücher vertont und werden zurzeit verfilmt.
Weitere Informationen über Bianka Minte-König und ihre Bücher unter www.biankaminte-koenig.de

Gwyneth Minte, Jahrgang 1983, studiert Jura. Sie spielte lange Jahre Theater, arbeitete als Laufstegmodel und Hörbuchsprecherin und recherchiert für die Bücher ihrer Mutter.

Lieferbare Titel
Liebe? Aber klar doch! (978-3-453-58022-0)
Liebe? Immer wieder! (978-3-453-58023-7)

Bianka Minte-König
& Gwyneth Minte

Liebe?
Jetzt sofort?!

Roman

Wilhelm Heyne Verlag
München

FSC
Mix
Produktgruppe aus vorbildlich bewirtschafteten Wäldern und anderen kontrollierten Herkünften

Zert.-Nr. SGS-COC-1940
www.fsc.org
© 1996 Forest Stewardship Council

Verlagsgruppe Random House
FSC-DEU-0100
Das für dieses Buch verwendete FSC-zertifizierte Papier *München Super* liefert Mochenwangen.

Originalausgabe 11/2007

Printed in Germany 2007
Redaktion: Christiane Wirtz
Umschlaggestaltung: init.Büro für Gestaltung, Bielefeld
Satz: KompetenzCenter, Mönchengladbach
Druck und Bindung: GGP Media GmbH, Pößneck
ISBN: 978-3-453-58024-4

www.heyne.de

♡ ♡ ♡

Von der Muse geküsst

»Oh, verdammt! Könnt ihr mal endlich dieses Gejaule abstellen? Hier wird man ja wahnsinnig! Das ist ja schlimmer als am *Ballermann*!«

Es war einer dieser Tage, an denen ich mir wünschte, nie mein zwar unbeheiztes, aber idyllisches Loft im alten Schlachthof verlassen zu haben. Auch wenn das lichtdurchflutete Atelier im Jugendstilwintergarten unserer WG natürlich mehr Charme und vor allen Dingen eine Heizung hatte. Aber an Tagen wie heute hätte ich das alles aufgegeben, um nur endlich wieder meine Ruhe zu haben. Eine Künstlerin wie ich, kreativ und sensibel, war einfach nicht in der Lage, mit Ohropax in den Löffeln schöpferisch tätig zu sein! Ging das denn nicht in Paulas Gehirn rein? Ein großes Gemälde für die Ausstellung der *Jury-Freien* ließ sich nicht zum Gedudel eines Siebzigerjahre-Musicals kreieren! Aber wenn es nur Paula wäre! Sie mit ihrem Karaoke-Gedöns war zwar schon nervtötend genug, aber seit dieser Möchtegernschauspieler und -musicaldarsteller Justin das letzte freie Zimmer unserer WG bezogen hatte, war es schlichtweg nicht mehr auszuhalten. Ich hatte mir doch gleich gedacht, dass an dem Typ was faul war. Wer strich schon seine Wände grau, wenn er eigentlich Rot bevorzugte? Doch nur jemand, der seine unterschwelligen Gelüste unter einem ehrbar anmutenden Tarnmäntelchen von Sachlichkeit verbergen musste. War ja klar, dass der nicht offen zugab, was für ein Feuerchen in ihm loderte. Ganz das kleine Rumpelstilzchen, das nur aus dem Hinterhalt zuschlug. Klar, dass er mich überredete, die Wände seines Zimmers, die ich bei seinem Einzug so großzügig rot getüncht hatte, wieder grau zu überpinseln. Nur über dem Bett durfte ich einen roten Streifen stehen lassen. Man beachte die Kombination: Bett – rot!

Der Typ hatte doch einen Schaden! Ich merkte, wie mir die Halsschlagader beim Gedanken an ihn ganz gewaltig anschwoll, und bevor sie platzte – oder ich –, riss ich die Tür meines Ateliers auf und stürzte in die Wohndiele, wo sich Paula und Justin in einem schmalzigen Duett gegenseitig falsche Töne um die Ohren schlugen. Und mir leider gleich mit.

»Geht's auch etwas leiser?«, pampte ich die beiden sofort an. »Und im Übrigen, Justin, dies ist eine WG, in der auch andere Menschen leben und arbeiten wollen, und keine Probenbühne!«

Paula zuckte zusammen, ließ den letzten Ton abschmieren, was ihn noch grausiger machte, und setzte sofort eine schuldbewusste Miene auf.

»Oh, Melli? Ich ... entschuldige ... ich habe gar nicht gewusst, dass du da bist ...«

Ach, das wunderte mich nun aber. Wo sollte ich denn wohl sonst sein, um neun Uhr an einem Sonntagmorgen? Hatte der Herr diesen Tag nicht zum Ruhetag erklärt? Also ...

»Es ist Sonntag«, sagte ich versöhnlich. »Jeder bibeltreue Christ ruht. Warum also ruht ihr nicht?«

Justin grinste sein ausgesprochen impertinent wirkendes Grinsen. »Weil wir vielleicht nicht bibelfest sind? Erzähl doch mal! Würde mich echt interessieren, wie du als Atheistin das mit dem Sonntag und dem lieben Gott so siehst.«

Nun riss mir der Geduldsfaden. Was bildete der Arsch sich eigentlich ein? Nicht nur, dass er sich bei Paula eingeschleimt hatte, um das freie WG-Zimmer zu kriegen, und mir am Sonntagmorgen die Ohren mit seinem Musicalschwachsinn volljaulte, jetzt besaß er auch noch die Frechheit, mich vor dem Frühstück zu einem Streitgespräch herauszufordern. Mich, Melli mit der scharfen Zunge! Na, hoffentlich hatte er sich warm angezogen. Danach sah sein labberiger Pyjama allerdings nicht grade aus. Überhaupt ... wie konnte der Typ so hier herumlaufen? Demnächst saß er in Unterhemd und Boxershorts am Küchentisch. Das praktizierte Spießertum! Grausam! Er tat ja schon so, als wenn er hier zu Hause wäre. Hm, war er in gewisser Hinsicht wohl sogar. Egal! Mich forderte man nicht unwidersprochen heraus!

Ich wollte ihm grade Kontra geben, als Paula sofort die Notbremse zog.

»Lass doch, Justin. Wir wollten doch üben, und Melli hat völlig recht. Sie will sicher noch schlafen, und wir können doch auch später ...«

»Nein«, baute ich gleich vor. »Ihr könnt auch später nicht! Ich muss arbeiten. Schöpferisch! Ich bin schließlich nicht so ein Reproduktionskünstler wie Justin, der nur nachleiern muss, was andere bereits Tausende von Malen vor ihm, vermutlich sogar besser, gesungen haben. Geht, wohin ihr wollt, von mir aus zum Schlachthof, da ist jetzt alles unbewohnt, und ihr stört niemanden, aber hier haltet bitte die Klappe! Klar?«

Ich wollte in mein Zimmer zurückgehen, aber Justin verstellte mir den Weg.

Was wollte der denn noch? Der konnte doch wohl froh sein, dass ich es bei einem sehr allgemein gehaltenen Statement belassen hatte.

»Geh aus dem Weg!«

»Nur wenn du mir eine Frage beantwortest.«

Der Kerl wurde wirklich immer unverschämter. Schauspieler! Der war mir doch von Anfang an suspekt.

»Was willst du?«

»Ich wollte nur wissen, ob du eigentlich mehr Miete zahlst als Paula und ich?«

»Mehr Miete? Wieso denn das?«

»Also nicht?«

»Nein. Warum auch?«

»Warum? Weil du so tust, als ob dir die ganze Wohnung allein gehören würde.« Er setzte bei seinen nächsten Worten eine übertrieben arrogante Miene auf und sagte mit gezierter Gestik: »Oh mein Gott, ich habe ja so einen genialen schöpferischen Einfall, den muss ich sofort auf Leinwand bannen. Wenn nur diese schrecklichen Untermieter nicht wären! Sie wagen es tatsächlich, sich frei in der Wohnung zu bewegen, und dabei sogar noch Töne von sich zu geben! Schrecklich! Einfach katastrophal!«

Paula griff Justin nun am Arm und wollte ihn wegziehen. Sie ahnte wohl, dass der Knabe mehr als einen Schritt zu weit gegangen war. Er war mir von Anfang an unsympathisch, und allmählich wusste ich auch warum. Der Typ hatte eine entschieden zu freche Klappe und musste sie ständig aufreißen – und zwar nicht nur zum Singen.

»Komm, Justin! Wir können doch ein bisschen spazieren gehen und dabei singen ... dann stören wir Melli nicht.«

»Ich will Melli aber stören!«, blaffte Justin sie nun ebenfalls an.

Offenbar hasste er Rückzugsgefechte. Ein Typ wie er brüllte vermutlich noch »Attacke«, wenn man ihm den

Gaul unter dem Hintern weggeschossen hatte und die Fahne in Fetzen am Panier hing. Ich gehörte zwar selber auch nicht grade zu den Duckmäusern, aber so wie er auftrat, das war wirklich unverschämt und durch nichts begründet. Grade mal frisch von der Schauspielschule, hatte er bei uns am Staatstheater seine erste Rolle im Musical *Hair* bekommen und tat nun so, als wäre er Johnny Depp persönlich. Na gut, er sah ihm ein bisschen ähnlich, aber gab ihm das etwa das Recht, so aufzutreten? Nein! Ganz und gar nicht! Dem Knaben musste ich wohl erst mal Benimm beibringen. Also, wenn der hier in der WG überleben wollte, hatte er noch einiges zu lernen. Zuerst einmal Unterordnung! Dies war eine Frauen-WG, und er war als Typ hier allenfalls geduldet.

Und so etwas Ähnliches sagte ich dann auch.

Schallendes Gelächter dröhnte mir in den Ohren!

Ups! Ich starrte zuerst Justin an, und dann Paula. Die war irgendwie blass geworden um die Nasenspitze, und ihre runden Kulleraugen blickten mich stier an.

Als Justin sich langsam wieder beruhigte, keuchte er atemlos: »Die Klausel muss mir im Mietvertrag entgangen sein! Darf ich wissen, wie du dir diese … äh … Unterordnung vorstellst?«

Peinlich! Nun war es an mir, die Stellung zu verteidigen. Das wäre es ja noch, dass ich mein Terrain an diesen dahergelaufenen Möchtegerndarsteller abgab. Ich konnte meine Wut kaum bändigen, versuchte aber dennoch, bei meiner Antwort so kühl und arrogant wie möglich rüberzukommen.

»Leider gibt es diese Klausel nicht. Aber ich denke, sie ist auch überflüssig. Ich wette mit dir, dass du spätestens in einem Monat freiwillig deine Sachen packst und uns und diese WG von deiner impertinenten Gegenwart befreist.«

Ich schob ihn mit einer heftigen Armbewegung aus dem Weg und knallte meine Zimmertür vor seiner Nase zu.

Hoffentlich habe ich ihn damit getroffen, dachte ich wütend und sah schon im Geiste, wie Schwester Paula, mitleidig und mildtätig wie Mutter Teresa, ihm ein Stückchen Zellstoff unter den blutenden Rüssel presste. Sonst neigte ich ja nicht zu solch brutalen Fantasien, aber der Typ ging mir wirklich voll auf die Nerven!

»Melli, das geht nicht! Also, es liegt mir ja fern, dich zu kritisieren, aber so kannst du Justin nicht behandeln.«

Es war meine Freundin und Mitbewohnerin Alix, die meinte, sich für Justin einsetzen zu müssen. Sicherlich hatte unser Friedensengelchen Paula sie dazu angestiftet. Ich weiß zwar nicht warum, aber irgendwie hatte sie einen Narren an dem Typen gefressen. Vermutlich fand sie es einfach nur geil, mit einem Schauspieler in einer Wohnung zu wohnen. Manchen Menschen reichte es ja, wenn sie einen Künstler zu ihren Freunden zählten, da sie selber nie was Schöpferisches auf die Beine stellen könnten. Also, das war jetzt nicht böse gemeint, wirklich nicht, denn Alix war supercool und einfallsreich, aber eben – und auch Gott sei Dank – keine Künstlernatur. Auch wenn sie viel Verständnis für kreative Menschen zeigte ... für mich zum Beispiel. Das war ja völlig okay. Aber diesen Justin konnte sie doch unmöglich für einen Künstler halten?

Tat sie aber.

»Melli, grade du solltest doch etwas mehr Verständnis für andere Künstler aufbringen. Haben wir je über den Terpentingestank deiner Farben gemeckert?«

»Na ja ...«

»Nein, haben wir nicht wirklich. Und der ist manchmal echt ganz schön ätzend. Vor allem jetzt, wo du dieses riesige Ölbild angefangen hast. Eigentlich wolltest du so große Sachen ja in der Hochschule malen ... aber hat einer von uns deswegen gleich einen Streit angefangen? Nein!«

»Das ist was anderes. Ich bin leise und störe keinen. Aber der Typ *singt*!«

Alix ließ sich in ihrer Friedensmission nicht beirren. »Farbgestank ist auch eine Form der Belästigung ...«

»Dann kann ich ja ausziehen!« Ich war nun wirklich beleidigt, weil sie mir so in den Rücken fiel.

»Das will doch niemand ...«

»Und warum sagst du es dann?«

»Wie bitte? Ich habe nicht gesagt, dass du ausziehen sollst!«

»Du hast gesagt, ich stinke und belästige dich!«

Alix schüttelte mit einem verzweifelten Augenaufschlag den Kopf. »Melli, hör auf! Du weißt ganz genau, was ich gesagt habe, und du weißt auch, dass es wahr ist und dass du darum die Letzte bist, die Justin etwas vorwerfen kann. Sollen wir vielleicht Zeiten mit ihm absprechen, zu denen dich das Singen nicht stört? Wäre dir damit geholfen?«

Es war hoffnungslos. Sie begriff genauso wenig wie Paula, dass sich ein Künstler nicht in ein starres Korsett von Regeln und Terminabsprachen pressen lassen konnte. Genialität brach überraschend aus, und dann musste gearbeitet werden – notfalls stundenlang, tagelang, bis zum Umfallen, ohne Rücksicht auf irgendwelche Möchtegernmusicalstars!

Ich seufzte resignierend. »Ich weiß, Alix, du meinst es gut, aber du verschwendest deine Energie. Der Typ ist einfach nicht kompatibel.«

»Der Typ ist *was* nicht?«

»Nicht kompatibel. Er passt nicht zu uns.«

Aber obwohl Alix mir meistens zustimmte, diesmal hatte sie ihren eigenen Kopf. Und den schüttelte sie bereits zum wiederholten Mal.

»Der Typ hat einen Mietvertrag genau wie du, und er hat somit auch die gleichen Rechte. Ihr müsst euch eben zusammenraufen und äh ...« Alix bekam ganz plötzlich feuerrote Wangen. »Bist du sicher, dass deine Aversion gegen ihn nicht vielleicht andere ... äh ... Gründe hat? Ich meine ...«

In meinem Gehirn schrillte eine Alarmsirene. Andere Gründe? Was für andere Gründe? Was ging denn in Alix' Kopf vor?

»Meine Abneigung gegen den Typen beruht ja wohl auf Gegenseitigkeit«, sagte ich also schnell, um weiteren Spekulationen von vornherein vorzubeugen. Vergeblich.

Alix sah mich irgendwie sehr tiefsinnig an und meinte dann: »Und wenn es eigentlich gar keine Abneigung ist? Wenn es eher ... äh ... Zuneigung wäre?«

Nun drehte sie aber wirklich am Rad.

»Da liegst du aber voll daneben!«, platzte es aus mir heraus. »Wenn das Zuneigung sein soll, dann möchte ich aber nicht erleben, wie 'ne echte Abneigung zwischen uns aussehen soll. Kakerlaken auf dem Frühstücksbrot und Spinnen im Kaffeepott?«

»Aber Männer sind manchmal so ... so ... umständlich in Liebesdingen.«

Sie hatte ja wohl einen Knall! Wollte sie mir einreden, dass der Typ scharf auf mich war? Und wenn! Erstens äußerte es sich sehr merkwürdig, und zweitens konnte ich auch wirklich gut darauf verzichten.

»Also willst du seine Gesangsübungen jetzt zum Minnesang hochstilisieren?«, fragte ich und war immer noch ziemlich perplex über diese mehr als seltsame Theorie meiner Freundin. Wenn der Typ für irgendjemanden etwas empfand, dann doch wohl eher für Paula. Sie war es schließlich, die ihn am Theater bei ihrem Vorstellungsgespräch für den Job als Theaterfriseurin kennengelernt hatte. Und sie war es auch, die mal wieder ihre mildtätige Ader ausleben und ihn anschleppen musste, um ihn während der Spielzeit, für die er einen Vertrag bekommen hatte, bei uns unterzubringen. Mit mir hatte der Typ ja nun überhaupt nichts zu tun. Ich fand ihn nicht besonders bemerkens-, und schon gar nicht liebenswert. Und warum sich Alix einredete, dass er an mir irgendein spezielles, womöglich gar erotisches Interesse haben könnte, war mir völlig unbegreiflich.

»Ich meine ja nur … Also ich habe in der *Glanz & Gloria* gelesen, dass so ein unerklärliches ablehnendes Verhalten einem Mann gegenüber mitunter eine reine Angstreaktion ist, weil nämlich in Wirklichkeit eine sehr starke – fast zu starke – Anziehung besteht. Also wegen der sexuellen Botenstoffe … Da ist so eine biochemische Anziehung, die ihr vom Kopf her nicht wirklich akzeptiert … und darum wehrt ihr euch dagegen. Ehrlich, Melli, vielleicht solltest du es einfach mal von der Seite sehen und die Gefühle in dir zulassen. Du bist doch auch schon viel zu lange Single!«

Sie hatte es gesagt! Sie hatte es tatsächlich fertiggebracht, mir mein Singleleben vorzuwerfen. Merde! Aber klar, nachdem sie und Paula jetzt sozusagen in festen Händen waren, konnte ich das ja eigentlich irgendwann erwarten. Niemand mischte sich so gerne in das Privatleben eines Menschen ein wie eine beste Freundin. Okay, dazu war sie ja auch da, und es war ihr gutes Recht, aber … nein … irgendwie ging das auch wieder nicht! Und jetzt im Moment ... nein! Da passte mir das ganz und gar nicht. Ich war in erster Linie Künstlerin! Jawohl! Und Frau und Single war ich erst in zweiter Linie, und darum stand das jetzt, wo ich ein epochales Gemälde in Öl, Schweiß und Herzblut herstellen wollte, gar nicht zur Debatte.

»Hör zu, Alix!«, sagte ich daher so ruhig wie möglich, obwohl mein Herz total unregelmäßige Systolen produzierte. »Ich bin nicht nur eine Frau, sondern auch eine Künstlerin, und als Künstlerin habe ich eine wahnsinnig schwere und epochale Aufgabe zu bewältigen, der sich alles andere unterordnen muss. Ganz besonders auch mein Privatleben. Malerin zu sein, ist nicht irgendein Beruf, sondern eine Berufung! Und wenn ich wie jetzt von der Muse geküsst werde, muss mich wirklich niemand anders noch zusätzlich küssen. Insbesondere kein Mann! Die einzige Beziehung, die ich zurzeit pflegen kann, ist die zu Pinsel, Leinwand und Farben. Also lass uns nach der Ausstellung noch mal in Ruhe über alles sprechen – wenn überhaupt.«

Alix war nicht ganz zufrieden.

»Und du meinst nicht, es könnte dir auch künstlerisch einen ... äh ... Kick geben, wenn du ... äh, na ja ... eine Beziehung hättest? Oder wenigstens eine Affäre? Also, Jean-Paul und ich ...«

Nein, jetzt bitte nicht »Jean-Paul und ich«! Das ertrug ich nicht mehr. Ich musste sie abwimmeln oder ruhigstellen. Nee ... zufriedenstellen. Aber wie?

»Alix, du glaubst doch nicht, dass ich ... Also, ich lebe nicht wie eine Nonne, das dürftest du doch wohl mitgekriegt haben, und das ist auch alles, was ich zur Zeit brauche. Unverbindlichen, knackigen Sex, wenn mir der Sinn danach steht. Einfach Sex, der mich zu nichts verpflichtet, von nichts ablenkt und an niemanden bindet. Verstehst du? Zu mehr habe ich im Moment wirklich keine Zeit!«

»Aber dir entgeht so viel, Melli. In einer Beziehung geht es nicht nur um Sex … da kriegst du doch auch noch was anderes …«

»Und zwar was?« Da war ich jetzt aber mal gespannt, ob sie sich wirklich entblödete, es auszusprechen. Tat sie.

»Liebe, Melli, ganz viel Liebe … Jean-Paul …«

Oh nein!

»Kannst du das mal definieren? Liebe!«

Sie sah mich reichlich perplex an, und ich beschloss, besser ohne eine Antwort abzuwarten, die Flucht zu ergreifen, sonst würde ich heute überhaupt nicht mehr zum Arbeiten kommen.

»Alix, würdest du mein Geschirr auch abwaschen? Ich habe grade einen genialen Einfall … Und es ist wirklich lieb, dass du dir solche Gedanken machst, aber du kannst Justin sagen: Für einen schnellen Kick habe ich genügend Typen an der Hand!«

Ich sprang vom Küchentisch auf und stürzte in mein Zimmer, damit Alix nicht sah, dass ich einen Lachkrampf kaum zurückhalten konnte, weil ich mir das Gesicht von Justin bei dieser Mitteilung durch Alix lebhaft vorstellen konnte. Irgendwie sah er bedröppelt aus. Gut so!

♡ ♡ ♡

In meinem Wintergartenzimmer ließ ich mich in meinen abgewetzten Lieblingssessel fallen und starrte auf die riesige Leinwand, auf der mein bisher genialstes Werk langsam Gestalt annahm.

Hm, es roch wirklich etwas stark nach Leinöl. Aber

das ließ sich nun mal nicht ändern. Öl ohne Geruch ging nicht, und diesmal musste es eben Öl sein. Meine Version der Apokalypse ginge nicht anders, denn Acryl wäre ein bisschen schäbig und Tempera würde mich bei dieser Größe gänzlich an den Bettelstab bringen. Nein, ein wenig Geruch nach Bindemittel und Verdünner gehörte nun mal dazu. Rembrandt hatte in seiner Werkstatt seine Pigmente wohl auch nicht grade mit Amstelbier angemischt.

Ich zündete mir eine Zigarette an und genoss sie in tiefen Zügen. Hm, auch so ein Stein des Anstoßes und vermeintliches Laster, das Alix und Paula mir unbedingt abgewöhnen wollten, weil ich damit angeblich die Atmosphäre der WG verpesten würde. Wer das wirklich tat, war ja wohl klar. Dieser unsägliche Justin! Dennoch, ich hatte mir auf die Packung einen Zettel geklebt, auf dem stand: *Mellis letzte Schachtel.* Sparte ja auch einiges an Geld, aber ob ich das wirklich schaffte? Ich seufzte und sog den Rauch heftiger in die Lungen. Nur noch sieben Stück. Wie schrecklich! Mein Blick wanderte leicht frustriert zurück zu meinem Gemälde.

Die Ausstellung der *Jury-Freien* hatte natürlich – genau wie alle anderen Ausstellungen auch – eine Auswahlkommission, allerdings wurde diese nicht von einer Kultusbehörde eingesetzt, sondern von den Mitgliedern der Freien Sezession ausgewählt. Das waren die Künstler aus der Region, die nicht dem üblichen Kulturbetrieb angehörten und in der Regel schon mehrfach mit ihren Bewerbungen bei den üblichen Frühjahrs- und Herbstausstellungen der Kunsthalle im Stadtschloss gescheitert waren. Zumindest hatten sie vor den Augen der städtischen Jury keine Gnade gefunden, und es waren natürlich viele Studierende der Kunsthochschule darunter. Ich selbst hatte auch schon zwei Anläufe gewagt und war ebenfalls nie auch nur in die engere Auswahl gekommen. Das Einzige, was ich im letzten Herbst in der Hand hielt, war die Aufforderung, mein Bild noch vor Beginn der Ausstellung wieder abzuholen. Das tat ich auch, denn damals hatte ich grade Jean-Paul kennengelernt, der mir das Bild prompt abkaufte, obwohl es abstrakt war und einen bescheuerten Titel hatte.

Ich seufzte. Wirklich schade, dass er sich in Alix und nicht in mich verliebt hatte, wo er sogar was von Kunst zu verstehen schien. Aber andererseits ... ein Mann, der Dinosaurierknochen sammelte und über irgendwelche steinernen Urviecher promovierte, passte nicht so ganz in mein Beuteschema – trotz des Kunstverstands. Na ja, und nachdem Alix ja nur durch ihn von diesem Mr.-Blue-Eyes-Tick geheilt werden konnte ... Ich bin ja schließlich auch nur ein Mensch, und mir lag natürlich das Liebesglück meiner besten Freundin am Herzen.

Mehr als mein eigenes? Das zwar nicht grade, aber da ich deutlich weniger Leidensdruck in der Hinsicht verspürte und mir hin und wieder sogar selbst genug war, drängte es bei mir mit einem Mann wirklich nicht so wie bei ihr.

Ich versenkte den Blick tiefer in mein Bild. Es ist zu düster, dachte ich. Zu viel Umbra. Ich hatte bisher nur die dunkle Seite des Jüngsten Gerichtes thematisiert, aber es hieß doch in der *Apokalypse*, dass auf der anderen Seite die Guten im Licht des ewigen Lebens auferstehen werden.

»*Und die einen sind im Dunkeln und die andern sind im Licht*«, summte ich etwas schief vor mich hin, weil meine Stimme in Bezug auf Klangreinheit und Notengerechtigkeit noch nie das gemacht hatte, was ich wollte. Obwohl ich eigentlich doch ziemlich musikalisch war.

Ich grinste, denn mir kam plötzlich ein Einfall: Das wäre doch sicherlich von besonderem ästhetischem Reiz, wenn ich für Jean-Paul einen Dino auferstehen ließe. Ich griff kichernd zu einem dünnen Borstenpinsel und skizzierte grob ein halb verwestes Brontosaurusskelett, das aus tieferen Erdschichten nach oben ins himmlische Leuchten drängte. Auferstehung des Fleisches – ja, so in etwa musste das aussehen.

Ich trat zurück und betrachtete mein Werk mit etwas Abstand. Schön! Man roch förmlich den Verfall. Sehr gelungen! Subtiler Horror, wie Kunstkenner der Moderne es lieben. Gleichnishaft verschlüsselt, ein Spiegel seelischer Abgründe, wobei mal dahingestellt sei, ob es die Abgründe des Malers oder des Kunstbetrachters waren. Ich produzierte Kunst, interpretieren mussten sie andere.

Was auch umgehend geschah. Es klopfte, Paula steckte ihren Kopf herein und hielt verschreckt inne.

»Igitt, was ist das denn Ekliges, was du da malst?«, rutschte es ihr heraus, und sie schlug sich gleich vor Verlegenheit mit der flachen Hand auf den Mund. Ich ignorierte also ihren Ausruf, denn ich wusste, dass sie sich irgendwann einmal vorgenommen hatte, zu meinen Bildern keine Kommentare mehr abzugeben. Besonders meine neue Richtung ins »Konkret-krasse« schien ihr Probleme zu bereiten.

»Ich verstehe einfach zu wenig von Kunst, um deine Werke wirklich würdigen zu können«, hatte sie diplomatisch geschickt gesagt. Dass sie heute alle ihre guten Vorsätze vergessen hatte, konnte zweierlei bedeuten: Mein Bild war genial oder grottenschlecht!

»Was gefällt dir denn nicht?«, fragte ich also nach. Wenn sie schon so vernichtende Kritik von sich gab, dann sollte sie die gefälligst auch begründen.

»Ähm, ich habe ja nicht gesagt, dass es mir nicht gefällt. Das hast du falsch verstanden ...«

»Ach, du stehst also auf eklige Bilder?«

»Nee ... nein. Es ... es ist ja auch eigentlich gar nicht eklig. Nein, ist es nicht.« Sie sah mich um Vergebung bittend an.

»Ist es doch«, sagte ich, denn wenn ich eins nicht ertrug, dann war es ihre Art, immer gleich wieder einzuknicken, wenn sie mit ihrer eigenen Meinung, die sie selten genug äußerte, irgendwo aneckte.

Sie sah erst mich und dann das Bild verblüfft an.

»Ja, meinst du? Du findest es selber auch eklig?« Sie schüttelte verwirrt den Kopf. »Aber warum malst du dann so was?«

»Weil es Kunst ist.«

»Nur weil es eklig ist? Ich dachte, Kunst ist ästhetisch.«

»Das ist ja kein Widerspruch, auch das Hässliche hat seine Ästhetik. Nimm die plastinierten Objekte von Gunther von Hagens. Die findest du doch sicherlich auch eklig, und dennoch hat so ein Arm mit herauspräparierten Muskelfasern oder der Längsschnitt durch einen Augapfel eine gewisse Schönheit.« Ich legte etwas Schwärmerisches in meine Stimme, was seine provokative Wirkung nicht verfehlte.

Paula sah aus, als wäre ihr schlecht. Dennoch versuchte sie, Haltung zu bewahren und sich einen einigermaßen stilvollen Abgang zu verschaffen.

»Für wen ... äh ... malst du eigentlich, Melli?«, fragte sie und konnte ihren Blick nicht von meinem Gemälde lösen, wobei der Ekel sie seltsam faszinierte, zugleich abstieß und anzog. »So was hängt sich doch kein Mensch übers Sofa.«

Ich schluckte. Das wäre es ja noch! Bilder, die ich

malte, waren nicht für mittelständische Endverbraucher gedacht.

»Nein? Nicht?« Paula sah mich einen Moment nachdenklich an. »Hätte ich mir ja denken können, bei der Motivwahl.«

»Ich male nicht für irgendwen«, sagte ich in belehrendem Tonfall. »Ich male zunächst einmal für mich ...«

»Und für wen noch?«

»Nun ja, in zweiter Linie für Menschen, die etwas von wirklicher Kunst verstehen.«

»Aha.« Paula merkte wohl, dass ich sie nicht unbedingt zu diesen Menschen zählte, was aber unserer Freundschaft offenbar keinen Abbruch tat.

»Und wer kann was mit solchen Ekelbildern anfangen?«

»Kunstsammler, Museen ...«

»Museen?« Nun war Paula aber platt. »Du meinst, ein Museum würde dein Bild kaufen?«

»Ich hoffe es. Jeder Maler hofft das schließlich, und ich denke, dass ich mit diesem Werk auf dem richtigen Weg bin. Es wird eine Ästhetik entfalten, die den Betrachter zerreißt, weil sie die nackte Realität zum Maßstab seines Schönheitsempfindens macht.«

Ich grinste. Wenn das nicht mal gelungen formuliert war. Dafür hätte ich bei Professor Degenhardt, der Kunstkritik lehrte, glatt eine Eins bekommen.

Angesichts solch galoppierenden Tiefsinns gab Paula auf.

»Ähm, ja, du hast sicherlich recht, aber um ehrlich zu sein, finde ich ja ein Gemälde wie die *Mona Lisa* doch schöner.«

Mona Lisa? Das war ja wohl nicht ihr Ernst.

»Diese hässliche Tante? Die findest du schön?«,

platzte es bei so viel Geschmacksverirrung aus mir heraus. Einen weiblichen *Akt mit Schubladen* von Dalí hätte ich ja noch gelten lassen, aber ausgerechnet die *Mona Lisa*? Was hatte das Mädchen nur für einen Kunstunterricht gehabt?

»Meine Tante Thea hat mir mal eine Postkarte aus dem Pariser Louvre geschickt, auf der sie drauf war. Ziemlich klein allerdings, denn sie hing an einer Wand, und davor waren ganz viele Japaner mit Fotoapparaten. Ich dachte, alle Welt findet sie schön.« Paula kratzte sich nachdenklich am Kopf. »Ist sie nicht die am häufigsten fotografierte Frau der Welt?«

Ich schüttelte den Kopf und schob sie aus meinem Atelier.

»Nein«, sagte ich dabei. »Das ist Claudia Schiffer.«

Sie sah mich verblüfft an. »Echt? Nicht die *Mona Lisa*?«

»Vielleicht auch Heidi Klum«, sagte ich, bevor ich die Tür schloss. Mein Gott, war das Mädchen leicht an der Nase herumzuführen. So leicht, dass es gar keinen Spaß machte. Ich riss die Tür wieder auf. »Du hast recht!«, rief ich ihr in die Küche nach, wohin sie verschwunden war. »Es ist *doch* die *Mona Lisa*. Aber schön ist sie deswegen noch lange nicht.«

Paula steckte den Kopf kurz aus der Küche.

»Schönheit ist relativ«, sagte sie weise. Über ihrem Kopf tauchte ein zweiter auf.

Oh nein, nicht schon wieder dieser unsägliche Justin. Wenn der jetzt auch noch seinen Senf dazugab, rannte ich schreiend in die Berge.

Er gab.

»Und sowieso ist Schönheit abhängig von der jeweiligen Epoche. So betrachtet, entsprach die *Mona Lisa* eben perfekt dem Schönheitsideal der Renaissance.«

Klugschwätzer, nichts als Gemeinplätze auf der Pfanne, dachte ich.

Ich stellte mir seinen Hohlkopf fein säuberlich seziert und plastiniert auf einem Tablett vor: Holofernes ganz aktuell. Das war Ästhetik, die dem Zeitgeist entsprach!

»Melli«, sagte Paula. »Du guckst so spekulativ.«

Ich grinste, verriet ihr aber nicht den Grund, sondern sagte gehässig zu Justin: »Ich mal dir gelegentlich mal eine Kopie davon für dein graues Zimmer. Von der *Mona Lisa*, meine ich.«

Aber das hätte ich gar nicht extra betonen müssen, denn er ahnte ja nicht, dass ich sein Haupt grade auf einem Silberteller präsentiert vor mir gesehen hatte und bereits fest in mein Meisterwerk eingeplant hatte. Ich würde es schräg links vor das Fegefeuer packen, wo die sieben Todsünden sich tummelten. Ich musste nur noch überlegen, ob ich seinen Kopf auf einer Tafel anrichten wollte oder lieber Judith servieren ließ. Ein Festbankett war eigentlich nicht schlecht, da konnte die Todsünde der Völlerei hübsch dazuarrangiert werden. Justin wie einen Schweinskopf mit Vorlegebesteck im Nacken drapieren – genial! Mir juckte es in den Fingern, diese Idee sofort in Öl und Aspik umzusetzen.

»Ihr habt mir super geholfen«, sagte ich aus diesem Gedanken heraus. »Danke!«

Justin und Paula starrten mich verwirrt an.

»Dafür nicht«, sagten beide wie aus einem Munde.

♡ ♡ ♡

Ich kannte Boris von der Kunsthochschule. Alix und Paula nannten ihn nur meinen »Kifferfreund«. Aber eigentlich stimmte das mit dem Freund nicht. Er war nur ein Kiffer und nicht mein Freund, auch wenn ich hin und wieder mal mit ihm schlief. Er hatte das ganze Kamasutra drauf, und nach ein bis zwei Tüten war er in der Lage, es auch nahezu komplett durchzuturnen. Mir war selten ein Hengst mit solcher Ausdauer begegnet.

»Du bildest dir das ein«, sagte Alix ungläubig. »Vermutlich warst du auch bekifft. Kein Mann kann in einer Nacht das ganze Kamasutra schaffen.«

»Boris schon.«

»Das geht rein physiologisch nicht!«

»Aber esoterisch!«

Alix lachte wiehernd. »Das von dir zu hören, ist echt amüsant!«

»Wieso?«

»Bisher warst du nicht grade eine Freundin des Esoterischen.«

»Ich bin lernfähig«, sagte ich und musste ebenfalls lachen. Ich wusste, dass sie Boris höchst suspekt fand und sich immer verkroch, wenn er mal bei mir auftauchte. Klar, er brachte oft seine Bong mit, aber manchmal wegen der Gemütlichkeit auch nur eine Wasserpfeife, und die hatte Paula schließlich auch in ihrem Zimmer. Hin und wieder ließen sich Paula und Alix ja zu einem gemeinsamen Wasserpfeifenabend überreden, aber Kiffen wollten beide nicht. Schade, sie hätten durchaus mal eine kleine Bewusstseinserweiterung vertragen können. Musste ja nicht zur Gewohnheit werden. Aber na gut, da war nichts zu machen, sie waren eben keine Künstlerinnen. Und Kiffen war immer noch besser als Saufen, was nicht gerade wenige Künstler taten.

Also Boris. Boris hatte mich angerufen, weil er mein Bild ansehen wollte. Er beabsichtigte ebenfalls, ein neues Werk für die Ausstellung einzureichen, und wollte mit mir diskutieren, welcher Stil bei der Jury denn wohl am besten ankommen würde. Er hatte nämlich ein halbes Dutzend äußerst unterschiedlicher Richtungen drauf.

Als er an der WG-Tür klingelte, ließ ich ihn schnell rein, kochte einen Tee für uns und verschwand mit ihm in meinem Atelier. So wie der schon wieder roch, hatte er mehr als nur eine Tüte durchgezogen.

Sobald er mein Bild sah, geriet er in Verzückung. Besonders der verwesende Dinosaurier und das plastinierte Haupt von Justin begeisterten ihn sofort.

»Du bist genial, Melli!«, sagte er. »Warum fällt mir nicht mal so was ›Krass-konkretes‹ ein?«

»Weil du immer eine Wolke im Gehirn hast, die dir die Perspektive vernebelt«, sagte ich hart, aber herzlich. »Lass mal den Joint zum Frühstück weg, und du wirst sehen, dass auch du jede Menge gute Einfälle haben kannst.«

Er schüttelte den Kopf. »Nee, Melli, gar nicht. Morgens bin ich immer so was von platt. Wenn ich da nicht einen kleinen Stimmungsaufheller nehme, spring ich noch mal vom Rathausturm.«

Jetzt machte er mir direkt ein wenig Angst. Das meinte er doch nicht ernst?

Tat er wohl doch, denn er sagte mit quälendem Selbstmitleid: »Melli, ich leide! Ich leide am Leben! Ohne Gras liege ich bald unterm Rasen.«

Ich starrte auf seine langen fettigen Haare und plante auch ihn sofort in mein Bild ein. Aber nackt musste er sein.

»Zieh dich mal aus!«, sagte ich. »Du musst mir kurz Modell stehen.«

»Nicht wirklich.«

»Doch. Ist mein Ernst. Ich brauche noch einen Erleuchteten.«

Der Junge war nicht nur mager, er war ein Gerippe!

»Isst du ab und zu auch mal was?«, rutschte es mir bei diesem halb verhungerten Anblick raus. »Wenigstens jeden zweiten Tag mal in der Mensa?«

Er schüttelte den Kopf. »Das schaffe ich nie. Du weißt doch, dass ich ein Nachtarbeiter bin. Wenn ich aufstehe, machen die schon wieder dicht.«

»Und?«

»Was und?«

»Na, wann isst du dann? Kochst du dir was?«

Er sah mich peinlich berührt an, wobei ihn seine Nacktheit nicht im Mindesten störte. Dafür aber offenbar die Vorstellung, dass ich ihm zutraute, sich zwei Spiegeleier in die Pfanne zu hauen.

»Kochen? Ich?«, sagte er denn auch mit angewidertem Gesichtsausdruck. »Und sowieso … ein wirklicher Künstler lebt von Nektar und Ambrosia.«

»Ah ja«, sagte ich. »Und das fällt bekanntlich wie Manna vom Himmel.« Der hatte doch einen Schaden, der Junge. »Bleib da stehen! Ich hol dir mal eben ein Sandwich.«

In der Küche werkelte Justin. Wie der sich in unserer Wohnung ausbreitete, war wirklich ganz schön dreist. Er hatte drei Töpfe gleichzeitig auf dem Herd stehen, und es roch penetrant nach gekochtem Essen. Mir lief das Wasser im Mund zusammen, natürlich völlig unplanmäßig. Wie peinlich! War ich denn ein pawlowscher Hund, dass ich allein schon beim Geruch von Nahrung physiologisch ausflippte?

»Willst du mitessen?«, fragte dieser Möchtegern-Bocuse auch noch. »Ist genug für alle da.«

»Auch für Boris?«, rutschte es mir unkontrolliert heraus.

Justin grinste, weil er natürlich sofort gerafft hatte,

dass seine Kochdünste mir den Verstand umnebelt hatten.

»Klar doch.« Und er rief in Richtung Wintergarten: »Hey, Boris, komm her, kannst mit uns essen!«

Und Boris kam sofort und ohne nachzudenken. Splitternackt und dürr stand er plötzlich in der Küchentür, sodass nicht nur Justin, sondern auch Alix und Paula, die ebenfalls dem Ruf gefolgt waren, fast erblindeten. Meine Freundinnen kreischten ausgesprochen hysterisch auf, als hätten sie noch nie einen nackten Mann gesehen, und brachen dann in hühnerhaftes Gegacker aus.

Beim Grinsen der *Mona Lisa* – so lustig war der Anblick von Boris nun auch nicht. Ich fand ihn eher bemitleidenswert, und der Junge brauchte auf jeden Fall was auf die Rippen. Nachdem er mir Modell gestanden hatte natürlich, denn für mein Bild war sein jetziger Zustand perfekt.

Also holte ich ihm einen Bademantel von mir und sagte ermahnend: »Aber schling nicht gleich so. Ich brauche dich für das Bild etwas ephemer.«

»Ephe … was?«, wollte Paula wissen, die selten einen meiner Fachausdrücke verstand, aber stets begierig darauf war, ihren Vokabelschatz zu erweitern.

»Ephemer! Heißt so was wie flüchtig, vergänglich, von kurzer Existenzdauer.«

»Ach, der arme Boris«, sagte Alix kichernd. »Sieh nur, wie er die Vergänglichkeit mit sich herumträgt … wie einen Königsmantel.«

»Ist es nicht eher Mellis Bademantel?«, fragte Paula, ohne die Ironie gecheckt zu haben.

»Es geht nicht um die Zerfallszeit von Boris«, klärte ich die beiden auf, »sondern um das Sinnbild eines Erleuchteten für mein Gemälde. Er soll mir dazu gleich Modell stehen.«

Damit war dann auch seine momentane Nacktheit erklärt. Alix und Paula sollten nicht denken, ich wäre so bedürftig, dass ich es schon vor dem Mittagessen mit ihm treiben musste. Kamasutra rauf und runter! Nee, echt nicht. Mir stand der Sinn zurzeit so gar nicht nach Mann, und nach Sex auch nicht. Sex machte unkreativ! Nun ja, in gewisser Hinsicht jedenfalls. Ich fühlte mich nach dem Sex meistens faul und satt wie eine Löwin in der Mittagssonne – träge eben, geistig und körperlich. Das war natürlich nicht gerade förderlich für mein künstlerisches Schaffen.

Alix und Paula kicherten wieder und schaufelten sich Pellkartoffeln auf ihre Teller. Da hatte Justin wohl weniger nach Bocuse als nach dem Alternativen Kochbuch für Kollektive und Ökofreaks gekocht.

»Keine geräucherte Katze heute?«, fragte ich bissig auf der Suche nach einer Fleischbeilage. Denn wenn man schon selber kochte, dann durfte es ja auch mal was anderes sein als Pangasiusfilet oder Veganerbulette, den bevorzugten Highlights der Mensakost!

Justin ging an den Backofen und holte eine große feuerfeste Schüssel heraus, die mich an meine Oma erinnerte. Genau wie das längliche Teil, das in bräunlicher Soße darin rumschwamm.

»Voilà!«, sagte er gar nicht eingebildet. »Falscher Hase à la bonne Mamam!«

Falscher Hase? Ich starrte das Teil an. Wieso Hase? Es sah aus wie ein ganz gewöhnlicher Hackbraten. *Hackbraten!* Das wagte er mir doch nicht wirklich anzubieten? Das war doch dieses unsägliche Gericht aus vielen alten Brötchen und mit einem verschwindend geringen Fleischanteil. Ein Hohn für jede Geschmacksknospe! Falscher Hase war ja wohl eine mehr als euphemistische Umschreibung für diese kulinarische Katastrophe!

Wenn ich ein Hase wäre, würde ich die Benutzung des Namens Hase für diesen Fraß höchst richterlich untersagen lassen.

Paula hatte meinen leicht angewiderten Gesichtsausdruck richtig gedeutet.

»Probier doch erst mal«, sagte sie und packte mir ein fettes Stück und einen vollen Löffel Soße auf den Teller, was mich erneut an meine Oma mütterlicherseits im westfälischen Hinterwald erinnerte.

»Halt, stopp, das reicht«, stieß ich noch hervor, aber es war zu spät.

»Nun iss!«, meinte auch Alix. »Schmeckt echt lecker. Du kannst ruhig auch mal ein bisschen Hausmannskost essen.«

Hausmannskost! Schon wieder so ein kulinarisches Unwort. Obwohl es ja diesmal wirklich zutraf. Hausmann Justin! Igitt. Der Typ wurde mir von Tag zu Tag suspekter.

Einen Moment herrschte gefräßige Stille, dann grunzte Boris plötzlich: »Hm, schmeckt wirklich geil. Ist das Rezept von deiner Oma?«

Das fragte er wohl, weil er mal gehört hatte, dass alle guten Rezepte in Deutschland von Omas stammten. Nach rheinischem Sauerbraten, Grünkohl, schlesischem Himmelreich und Steckrübenseligkeit der Nachkriegsgeneration war ja auch nicht mehr viel Kreativ-Kulinarisches nachgekommen. Mir war von meiner Oma lediglich ein Szegediner Gulasch überliefert worden, das aber irgendwie zu aufwändig war. Erstens dauerte es viel zu lange, und zweitens hatte ich nie alle Zutaten gleichzeitig beisammen. Entweder fehlten das Fleisch oder die Zwiebeln, der Kümmel oder das Sauerkraut. Viel zu kompliziert für die Junggesellinnenküche einer Künstlerin.

Ich nahm ein Gäbelchen vom Hackbraten und tunkte es in die verdächtige braune Soße. Hm, ich nahm ein zweites Gäbelchen und dann eine ganze Gabel voll.

Paula sah mich erwartungsvoll an. »Und?«

Ich konnte ein genießerisches Schmatzen nicht unterdrücken. »Doch«, musste ich zugeben, »kann man essen.«

Ehrlich gesagt, schmeckte es erstaunlich gut. Ich blickte zu Justin rüber. Wie konnte der Typ so etwas Schmackhaftes aus ein paar alten Brötchen und ein paar Krümeln Gehacktes zustande bringen? Ein Wunder!

Wunder gibt es immer wieder, heute oder morgen können sie gescheh'n ...

Man musste es nur zulassen.

Entspann dich, Melli, sagte ich mir und hielt Justin meinen Teller für die zweite Portion seines köstlichen getürkten Langohrs hin. Dabei sah ich zu Boris rüber und ermahnte ihn noch einmal: »Schling nicht so!«

♡ ♡ ♡

Nach der Völlerei stand mir Boris nur noch ziemlich unmotiviert Modell. Ich hatte ihn vor das hohe Jugendstilfenster meines Zimmers platziert, das fast die ganze Wand vor der Terrasse einnahm. Durch das farbige Glasmosaik fielen ein paar Sonnenstrahlen herein, die um seinen Kopf eine leuchtende Corona entstehen ließen. Sah aus wie der Vollmond, aber magerer und langhaariger natürlich. Auf jeden Fall perfekt und total erleuchtet! Wie hatte Leonardo da Vinci noch so klug gesagt? *Die Skulptur ist auf Beleuchtung von außen angewiesen, während die Malerei das Licht in sich trägt.*

Die Skulptur Boris wurde zur Lichtgestalt auf meiner Auferstehungsseite. Fabelhaft! Wenn mich irgendwas berauschte, dann war es immer wieder meine Arbeit. Ich brauchte dazu keinen Joint, denn meine eigene Kreativität katapultierte mich oft genug in andere Sphären!

Hm, na ja, wenn nicht irgend so ein Behelfsmodel dabei ständig störte. Boris fand das Posieren wohl etwas langweilig, denn er schielte immer wieder zu dem Matratzenhaufen, der mein Lotterbett bildete, hinüber und meinte völlig unbeeindruckt vom Geist der Inspiration, der mein Zimmer grade durchwehte: »Lass uns doch lieber poppen.«

Aber irgendwie hatte er wohl für seine Verhältnisse entschieden zu viel gefuttert, denn ganz plötzlich begannen seine Knie zu zittern, und Schweiß trat ihm auf die Stirn.

»Ist was?«, konnte ich grade noch fragen, als er mir auch schon den falschen Hasen vor die Füße spie.

Gott, sah er danach bleich aus. So passte er ja überhaupt nicht mehr auf die Seite der Seeligen! Jetzt hatte er eher etwas Vorhöllenhaftes à la Hieronymus Bosch. Und so sehr ich den auch schätzte und sonst immer gerne in meinen Gemälden zitierte, im Moment passte das gar nicht.

»Geh nach Hause und leg dich hin«, sagte ich also resignierend. »Wir machen morgen weiter.«

Er schlich sich, und ich holte aus dem Badezimmer einen Putzeimer.

Als ich Boris' Erbrochenes aufwischte, wuchs mein Zorn auf Justin ins Unermessliche. Das war doch nun mehr als klar, dass dieser Typ einen unheilvollen Einfluss auf mein Leben hatte. Wenn er auftauchte, ging garantiert irgendetwas schief. Hätte Boris sich nicht an seinem dämlichen Hackbraten überfressen, hätte er mir weiter Modell stehen können, und ich wäre in meinem Schaffensprozess nicht dermaßen abrupt gebremst worden.

Und nicht nur das! War es vielleicht für eine Künstlerin eine angemessene Betätigung, auf den Knien rutschend, halb verdaute Pellkartoffeln und noch Schlimmeres wegzuputzen? Ich konnte überhaupt nicht mehr verstehen, dass ich auch nur einen Moment diesen falschen Hasen genießbar gefunden hatte. Bei mir brauchte sich der Typ mit seiner Kocherei in Zukunft nicht mehr einzuschleimen. Für mich zählte nur meine Kunst, und zu der hatte er bisher wirklich nichts Konstruktives beigetragen, wenn ich von seinem Haupt auf dem Silbertablett mal absah.

Ich blickte von meinem Frondienst auf und zu meinem Gemälde hinüber. Nun ja, da zumindest machte er sich ganz gut, aber das war schließlich kein hinreichender Grund, ihn weiterhin in unserer WG zu ertragen. Ich musste bei Gelegenheit doch noch mal ein ernstes Wort mit Paula und Alix darüber wechseln.

Ich trug den Eimer ins Bad und kippte das stinkende Wischwasser ins Klo. Am liebsten hätte ich Justin gleich mit runtergespült.

♡ ♡ ♡

Die Sonne war weitergewandert, und es begann in meinem Atelier zu dämmern. Ich ließ mich in den zerschlissenen Ohrensessel fallen und versuchte mich zu entspannen. Eigentlich war es ganz gut, dass Boris weg war, denn mir war ohnehin das Zinkweiß ausgegangen, und vom Petrolblau, mit dem ich seine mageren Rippenbögen skizziert hatte, war auch nur noch ein kleiner Rest in der Tube. Ich schaute hinüber zu meinem Maltisch vor dem Wintergartenfenster, auf dem in einem heillosen Durcheinander von Werkzeugen, Pinseln und Paletten jede Menge ausgequetschte Farbtuben lagen: Tempera, Acryl, Öl. In zahlreichen Gläsern bewahrte ich aus Farbpigmenten und Leinöl selbst angemischte Farbe auf. Die war deutlich billiger als die preiswerteste Fertigfarbe. Wie man sie herstellte, hatte ich in einem der Grundkurse gelernt, ebenso wie man einen Keilrahmen mit Maltuch bezog und mancherlei anderes Nützliches, das Geld sparte. Es war wirklich ein Hohn, dass Alix mit ein paar Lehrbüchern durch ihr ganzes Studium kam, während wir Künstler allein für unsere Materialien ein halbes Vermögen ausgeben mussten. Neunzehn Milliliter Rubens-Ölmalfarbe kobaltblau kostete 3,28 Euro, und selbst wenn ich die preiswerteren Farben von Winsor & Newton nahm, die immerhin eine gute Palettenbreite anboten, waren bei einem kolossalen Gemälde, wie ich es für die Ausstellung der *Jury-Freien* anfertigte, schnell ein paar Hunderter vermalt. Und dann noch die Studiengebühren! Wer bitte schön sollte das ohne Nebenjob bezahlen können?

Ich seufzte. Da konnte ich mich wirklich glücklich schätzen, dass ich als Kellnerin im Irish Pub einen relativ krisensicheren Job hatte und Pat, der irische Wirt, mir sogar hin und wieder einen Vorschuss gab, wenn es wirklich eng wurde. Zurzeit würde er mir aber wohl eher was husten, denn ich hatte seine Großzügigkeit schon bis zum Anschlag ausgereizt. Ich stand bei ihm mit mindestens drei Vorschusszahlungen in der Kreide, was hieß, dass jede weitere Frage in diese Richtung allenfalls mit einem Blattschuss enden musste – absolut tödlich. Kellnerinnen, die mehr verbrauchten, als sie verdienten, konnte sich selbst Pat wohl auf Dauer nicht leisten. Ehe er also das Gespenst einer sofortigen Rückzahlung aller Kredite und die drohende Kündigung an die Wand malte, suchte ich mir wohl besser noch einen weiteren Job. Aber die waren ja auch nicht grade wie Sand am Meer zu finden.

Kaum zu glauben, dass Paula bereits ihre Ausbildung abgeschlossen hatte und nun als Theaterfriseurin richtig Geld verdiente. Sogar dieser Justin fuhr ein anständiges Honorar ein – natürlich subventioniert von Steuergeldern –, während Alix und ich jeden Cent dreimal umdrehen mussten. Alix bekam ja wenigstens noch regelmäßig einen Scheck von ihren Eltern, aber ich … ich war doch wirklich gekniffen.

Klar, wenn ich auf Grundschullehramt studiert oder genau wie Paula eine Lehre gemacht hätte, dann hätten mich meine spießigen Eltern vielleicht auch unterstützt. Aber Kunst studieren, und dann noch freie Malerei … Nein, dafür fehlte ihnen jegliches Verständnis, allerdings fehlte es mir für ihre Erpressermethoden auch. Sie glaubten doch nicht wirklich, dass ich mich wegen der paar lausigen Kröten in ein ungeliebtes Standardstudium pressen ließ, lieber nahm ich drei Jobs gleichzeitig an! Ich würde ihnen schon beweisen, was in mir steckte, und wenn ich ihnen irgendwann aus New York eine Kunstdruckpostkarte mit einem Gemälde von mir schickte, würden sie schon sehen, dass sie mir Unrecht getan hatten.

Ich stand auf und warf frustriert die ausgequetschten Farbtuben in die Blechtonne neben der Tür. Grundgütiger, wie scheiße musste es mir gehen, dass ich an meine Eltern dachte! Das war ja schon Alarmstufe Rot.

Ich schlurfte antriebslos und schweren Schrittes, also in einer für mich völlig untypischen Gangart, in die Küche, wo nun endlich mal Ruhe eingekehrt war. Keine nervtötenden Gesänge von Justin, kein Karaokegekrähe von Paula, kein Geschirrgeklapper – irgendwie himmlisch! Fast wie in meinem guten alten Loft im ehemaligen Schlachthof. Ob ich da nicht doch besser geblieben wäre? Dort gab es zwar keine Heizung, aber auch keinen Justin!

Ich schaltete den Wasserkocher ein und setzte mich an den Küchentisch. Nun lag mir der falsche Hase doch irgendwie reichlich schwer im Magen. So eine rustikale Hausmannskost gepaart mit dem Druck, der auf meiner Seele lag, erzeugte ein außerordentlich unangenehmes Gefühl. Die ungewohnte Ruhe tat ihr Übriges. Ich kam mir plötzlich irgendwie verloren vor, ohne Ankerpunkt in Raum und Zeit dümpelnd, und mir wurde direkt ein bisschen übel. Das ausgesprochen unangenehme Gefühl breitete sich weiter in mir aus und schrie nach Kommunikation mit meinen Freundinnen. Ich schepperte also ziemlich laut mit Geschirr und Töpfen, und prompt hörte Alix meinen Hilfeschrei und tauchte wenig später auf. Sie hatte ein Handbuch der Filmwirtschaft unter dem Arm und setzte sich damit zu mir an den Küchentisch.

»Kochst du Tee?«, fragte sie.

Das sah man ja wohl. »Nee, ich brühe meine Socken auf!«

»Lecker«, sagte sie bierernst. »Kriege ich auch was ab?«

Das fand ich ja nun mal eklig. »Willst du zum Film gehen?«, lenkte ich mit einem Blick auf ihr Buch von diesem unappetitlichen Thema ab.

»Nö, muss eine Klausur darüber schreiben.«

»Du hast es gut«, seufzte ich. »Du brauchst nur in die Bibliothek zu gehen, ein Buch auszuleihen, dir ein bisschen was davon auf deine Festplatte schaffen, und schon hast du deinen Schein oder deine Creditpoints. Ich muss jede Menge Material kaufen und kann nicht mal sicher sein, ob es sich bei dem kritischen Urteil meiner Profs überhaupt auszahlt.«

»Ich denke, du bist schon Meisterschülerin, und ich kann schließlich auch durchfallen.«

»Tja, aber es kommt dich nicht so teuer zu stehen!«

Ich goss das kochende Wasser auf den Vanilletee. Das waren auch schon wieder die letzten zwei Beutel!

»Bist du so knapp?«, fragte Alix in meine unlustigen Gedanken hinein.

Ich nickte. »Knapp ist gar kein Ausdruck! Wenn ich nicht bald einen Mäzen finde, kann ich mich gleich selber auf mein Bild malen – als vom Fleisch gefallene Venus!«

Alix lachte, aber es klang ein wenig aufgesetzt. »Na, so weit werden wir es ja wohl nicht kommen lassen.«

Nein, natürlich nicht, sie würden mich mit falschem Hasen und Pellkartoffeln vollstopfen …

»Ich kann nicht weiterarbeiten«, sagte ich bei dieser Aussicht verdrießlich. »Ich habe kein Geld mehr für Farben. Wäre ich van Gogh, würde ich mir jetzt ein Ohr abschneiden und es bei ebay versteigern.«

Alix sah mich entsetzt an. »Nicht im Ernst?«

»Natürlich nicht im Ernst. Ich bin ja auch schließlich nicht van Gogh.«

»Du kommst auf ziemlich dumme Gedanken.«

»Nicht die Gedanken sind dumm, sondern die Situation, die sie hervorbringt.«

»Dann ändere die Situation.«

»Und zwar wie?«

Alix verfiel ins Grübeln. Schließlich huschte ein Sonnenstrahl über ihr Gesicht. Aha, Denkprozess offenbar zufriedenstellend abgeschlossen.

»Also diese Idee von dir, Melli …«

Idee? Welche meinte sie? Ich hatte einen beträchtlichen Fundus von genialen Einfällen.

»Diese Idee mit dem Mäzen … Du solltest das etwas gezielter angehen.«

Paula trat in die Küche und hatte wohl den letzten Satz von Alix aufgeschnappt. »Was ist das eigentlich so konkret? Ein Mäzen?«, fragte sie und sah mich erwartungsvoll an.

Alix antwortete für mich. »So ein reicher alter Knacker, der sein Geld in junge unbekannte Künstler steckt und ihnen ein Atelier, Farben und Leinwand bezahlt.«

Paula war sichtlich verwundert. »Und warum sollte das einer tun?«

Der unschuldige Blick aus ihren romantischen Kalbsaugen reizte mich.

»Weil er dafür Sex von mir bekommt, zum Beispiel!«

Paula bekam einen roten Kopf. »Das machst du nicht wirklich, Melli?«, sagte sie, aber man sah ihr die Zweifel an.

»Wer weiß.« Ich ließ sie noch etwas im Ungewissen. »Wenn mir das Wasser bis zum Hals steht …«

Aber nun ging Alix dazwischen. »Hör nicht hin, Paula«, sagte sie und goss ihr Tee ein. »Melli spinnt heute.«

»Ich spinne nicht! Ich bin laut Statistischem Bundesamt offiziell an der Armutsgrenze angekommen und nage am Hungertuch!«

Alix blieb ungerührt. »Ah ja, nach zwei Portionen Hackbraten mit Soße und Pellkartoffeln!«

Nun musste auch ich lachen.

»Na, siehst du«, meinte Alix sichtlich erleichtert. »Das wird schon wieder, Melli. Wir werden dir einfach helfen, einen Mäzen zu finden.«

Aber Paula blieb skeptisch. »Ich kann nicht glauben, dass das so leicht ist. Wäre nicht ein potenter, wohlhabender Lover viel besser für Melli? So jemand wie Karlos würde ihr bestimmt auch mal ein paar Farben bezahlen.«

Herrje! Das Mädchen hatte überhaupt keine Ahnung von Kunst! Und mich kannte sie auch nicht wirklich.

»Paula«, sagte ich also, bemüht, nicht die Geduld zu verlieren. »Ich brauche nicht hin und wieder mal ein Almosen, sondern ich brauche viel Geld und das dauerhaft. Und ich möchte mich für dieses Geld nicht prostituieren, wenn du verstehst, was das heißt.«

Paula lief zinnoberrot an. »Äh ja ... ja ... natürlich ... das weiß ich doch, dass du ... äh ... dich nicht ... äh ... so was nicht machst ...«

»Genau. Und deswegen versuche ich auch ganz konsequent, Berufliches und Privates auseinanderzuhalten. Klar?«

Paula war immer noch total verlegen, und so sagte ich, um ihre moralischen Wertvorstellungen in Bezug auf mich wieder geradezurücken: »Keine privaten Gunstbezeugungen für den Mäzen. Er soll die Kunst lieben und nicht die Künstlerin.«

Und weil Alix irgendwie impertinent grinste, fügte ich noch ein wenig Klartext hinzu: »Kein Sex mit Big Spender!«

♡ ♡ ♡

Operation »Mäzen für Melli«

Es blieb allerdings die Frage, ob sich in unserer Stadt überhaupt so etwas wie ein Mäzenatentum entwickeln konnte.

»Doch, doch«, versuchte Alix es mit Zweckoptimismus. »Es gibt bestimmt einige reiche Leute, die in junge Kunst investieren würden. Man muss sie nur finden.«

»Aha«, sagte Paula und kam dann auch gleich zum Punkt: »Und *wo* finden wir so einen Mäzen für Melli? Die stehen ja vermutlich nicht an jeder Straßenecke rum, und das Wort Mäzen haben sie sicherlich auch nicht auf ihre Stirn tätowiert.«

Nee, das hatten sie gewiss nicht.

»Wir müssen eben wieder regelmäßig zu Vernissagen gehen«, schlug ich vor. »Da tummeln sich solche Leute noch am ehesten.«

»Genial!«, meinte Alix. »Da werden wir bestimmt fündig.«

Die Operation »Mäzen für Melli« konnte anlaufen.

Also gut, meine Argumente hatten meine Freundinnen halbwegs überzeugt, nun musste ich meinen Worten nur noch Taten folgen lassen, und sie würden mich endgültig mit ihren kleinbürgerlichen Vorstellungen von Liebe und Partnerschaft verschonen. Melli, die Autonome, die krasse Künstlerin, die die Welt in Kürze mit einem genialen Gemälde verblüffen würde, brauchte zwar dringend einen Mäzen, aber auf keinen Fall einen Mann. Basta!

Okay, ein Mäzen ... Aber wo war so jemand zu finden? Wie Alix schon ganz richtig gesagt hatte, vermutlich am ehesten da, wo sich Kultur und Geld gegenseitig »beglänzten«: bei einer Vernissage.

Ich schluckte, denn im Grunde meiner Seele hasste ich derartige Veranstaltungen. Alix allerdings liebte sie. Manchmal hatte ich sogar den Eindruck, dass sie sich nur deswegen mit mir angefreundet hatte, um noch mehr Gelegenheiten zu haben, sich aufzubrezeln. Nein, nicht wirklich, denn sie hatte ja durch ihren Reporterjob bei *Nightlife* genug Möglichkeiten, ihr Gucci-Top in der Szene spazieren zu führen. Aber es war doch gut zu wissen, dass sie mich bei der Jagd nach einem Mäzen gerne begleiten würde.

Paula war da eher indifferent. Erstens, weil sie nach eigener Bekundung zu wenig von Kunst verstand, worin ich ihr rückhaltlos beipflichtete, und sie zweitens die Leute einfach nur langweilig fand, die da so steif mit ihrem Prosecco in der Hand herumstanden. D'accord!

Nun gut, vor den Erfolg hatte der Herr den Schweiß gesetzt. Galerien gab es in unserer Stadt ja reichlich. Ich ging sie mal schnell in Gedanken durch und beschloss, generalstabsmäßig vorzugehen und eine Liste mit den nächsten Ausstellungsterminen anzulegen, damit wir auch ja keine Chance auf meinen Mäzen verpassten. Papier und Stift her, und los! Das wollten wir doch mal sehen, ob nicht in kürzester Zeit ein Big Spender zu erjagen war. Ich schrieb also: *Kunst-Corner.*

Hm, für meine Zwecke eher weniger geeignet. Das war so ein alternativer Schuppen in einer ehemaligen Eckkneipe. Vorne gab's immer noch Bier und hinten im

Dämmerlicht zwischen Schankraum und Klo wechselnde Ausstellungen von Nobodys. Ganz gemütlich zum Relaxen, aber Geld fand seinen Weg eher nicht dorthin. Also gestrichen.

Rinaldo von Stetten.

Mein Stift verharrte einen Augenblick ehrfurchtsvoll in der Luft, bevor er in schwungvollen Buchstaben diesen Namen aufs Papier malte. Rinaldo! Im Klang dieses Vornamens schwang die halbe Toskana mit: Pisa, Siena, Florenz! Fresken, Statuen und die Uffizien. Ich erinnerte mich daran, wie ich während der Abifahrt vor diesem unglaublichen Museum in der langen Warteschlange Stunde um Stunde ausgeharrt hatte, um den göttlichen Werken zentimeterweise näher zu kommen, die dieser etwas martialische Bau beherbergte. Das hätte nicht sein müssen, wenn unser Kunstlehrer Malte Birnbaum auch nur über das geringste Organisationstalent verfügt hätte. Nun, ich wollte nicht meckern. Er hatte es zwar nicht hingekriegt, dass wir direkt in Florenz landeten, sondern auf Umwegen in Pisa, aber was machte das schon? Bescherte es uns doch eine wunderbare Fahrt durch das Arnotal. Als wir dann jedoch auch noch ohne Stadtplan nach Siena aufbrachen, sodass wir uns rettungslos in den Hügeln der Altstadt verliefen und für den Rest der Fahrt in Panik verfielen, wenn jemand traumhafte Sonnenuntergänge über terrakottafarbenen Dächern auch nur erwähnte, wurde es dann doch etwas zu viel. Aber Schwamm drüber! Die Fahrt war trotz allem ein Traum, und der Gang durch die Uffizien nahm mich endgültig für die Malerei ein. Spätestens ab diesem Zeitpunkt stand mein Entschluss fest: Selbst wenn ich wegen meines eher bescheidenen Abischnitts zig Wartesemester in Kauf nehmen musste, würde ich Malerei studieren – notfalls auch an der hinterletzten

Hochschule am Arsch der Welt, wenn mich keine andere aufnahm.

Nun gut, so weit kam es Gott sei Dank dann doch nicht. Der Abischnitt war zwar bescheiden, aber meine Arbeitsproben rissen viel wieder raus. Mein genialer Künstleropa Kalle und – Ehre, wem Ehre gebührt – mein zerstreuter Kunstlehrer Birnbaum hatten mich sehr hilfsbereit bei der Zusammenstellung meiner Bewerbungsmappe beraten. Da beide irgendwie zum Kreis der Auserwählten gehörten, denen das ästhetische Genie – genau wie mir übrigens – in die Wiege gelegt worden war, gelang mir eine ziemlich beeindruckende Mappe.

Aber zurück zu Rinaldo.

Noch einmal ließ ich mir den Namen auf der Zunge zergehen, denn er erinnerte mich nicht nur an Kunst, sondern auch an eine gewisse Kunstfertigkeit, und zwar beim Liebesspiel! Ein süßer Italiener hatte nämlich in der Schlange vor den Uffizien fast zwei Stunden hinter mir gestanden, und das führte zwangsläufig zu einer Verabredung, auch wenn meine Haare damals noch fadblond waren. Aber immerhin reichten sie mir fast bis zum Po, und Italiener mochten ja Frauen mit langen blonden Haaren, da wurden die richtig rollig …

Äh, ja … Als wir Schüler endlich Freigang hatten, fuhr ich dann also mit diesem süßen Italiener auf seiner Vespa hinauf in die Hügel hinter Florenz. Dahin, wo der Chianti wuchs und die Luft prickelte wie Prosecco. Er hieß Angelo und machte Amore vom Feinsten. Schier wahnsinnig wurde ich in seinen Armen. Ach ja, hatte ich übrigens schon erwähnt, dass er einer der wenigen Männer war, der auf Anhieb meinen G-Punkt fand? Dass ausgerechnet er an einem Priesterseminar studierte, bewies wieder einmal eindrucksvoll, dass die katholische Kirche dringend die Sache mit dem Zölibat überdenken sollte. Gott, welche Ressourcen lagen da brach!

Rinaldo von Stetten!

Ich setzte noch ein dickes Ausrufezeichen hinter seinen Namen. Seine Galerie und das *Artefakt* waren die allerersten Kunstadressen in der Stadt, also mehr als vielversprechend. Dumm nur, dass das Vernissagepublikum dort immer sehr handverlesen war, sodass die Chancen für unsereins eher schlecht standen, dort mal hineinzukommen. Aber auch wenn er sparsam mit den Einladungen zu den Eröffnungen umging, würden wir sicher trotzdem einen Weg in seine Musentempel, besonders das *Artefakt*, finden.

Alix kam in die Küche, um sich ein Brot zu schmieren. Meine Güte, es war ja schon wirklich fast Abendbrotzeit.

»Was machst du?«, fragte sie interessiert.

»Ich liste Locations auf, an denen sich Big Spender tummeln.«

»Ah, zeig mal!«

Sie beugte sich neugierig über meine Schulter und schaute auf das Blatt.

»Rinaldo von Stetten ... sauber ... klingt verheißungsvoll!«

Wie so häufig waren wir mal wieder einer Meinung. Ach, ich liebte sie dafür.

»Hast du *Hammelsprung* schon?«, fragte sie.

Ich schüttelte den Kopf. Die *Galerie Hammelsprung* war so eine Sache, irgendwie wie ein Gemischtwarenladen: Von brennenden Giraffen bis zu Stillleben mit Römer und totem Reh war hier alles vertreten, und zwar sauber gerahmt in Schleiflack und Blattgold.

Egal, Galerie war Galerie. Der Inhaber verdiente sicherlich ganz gut mit diesem Schrott. Und falls er doch noch einen Rest wirklichen Kunstverstandes besaß, war ihm das vermutlich sogar ein wenig peinlich, und die Förderung einer jungen begnadeten Künstlerin würde eine wunderbare Gelegenheit für ihn sein, zu beweisen, dass mehr Sinn für echte Talente in ihm steckte, als seine Wald- und Wiesen-Ölschinken-Galerie vermuten ließ. Sieh her, liebe Kunstwelt, ich bin nicht der, für den du mich hältst. Ich bin ein Mäzen, der es sich leisten kann, moderne Kunst zu sponsern. Und wenn er sich denn dazu durchrang, jemanden zu sponsern, war ja klar, wen er wählen würde: Mich! Melli Kubinski, die junge Kreative mit dem genialen altmeisterlichen Stil.

Ich grinste und schrieb auf: *Galerie Hammelsprung*.

»Was haben wir noch?« Alix schmierte grübelnd zentimeterdick Butter auf ihre Schnitte, was bei mir direkt Übelkeit hervorrief. Sie jedenfalls schien im Moment keine ihrer magersüchtigen Phasen zu haben.

»*GK*. Die Galerie in der Kunsthochschule«, sagte ich. »Die habe ich schon vorgemerkt, wegen der Semesterausstellung. Hoffentlich bin ich diesmal dabei.«

»*Artefakt*«, sagte Alix.

Ich seufzte. »Habe ich schon bei von Stetten.«

»Aber das ist mit seiner Stadtgalerie doch gar nicht zu vergleichen!«, warf Alix ein. »Das *Artefakt* ist Kult!«

Recht hatte sie. Es war wirklich die ultimativ steilste Galerie am Ort. Sensationelle lichtdurchflutete Räume in einer ehemaligen Spinnerei mit Kaffeebar und Bistro. Dort zu hängen, war der Traum eines jeden Künstlers, nicht nur aus unserer Stadt. Aber da kam unsereins ja nicht mal zur Vernissage rein. Rinaldo von Stetten stand der regierenden konservativen Partei in unserem Stadtrat nahe und nutzte jede Vernissage, um seine Parteifreunde mit einem Büfett der kulinarischen Sonderklasse und passenden Weinen zu verwöhnen. Man munkelte, er hätte die Absicht, für den Landtag zu kandidieren. Klar, dass die Einladungen zu seinen Vernissagen auch diesem Ziel dienten und, wie schon erwähnt, die Besucher handverlesen waren.

»Da kommen wir nie rein bei einer Vernissage«, sagte ich aus diesen Gedanken heraus resignierend.

Paula betrat die Küche. »Wo kommt ihr nicht rein?«

»Na, in eine Vernissage im *Artefakt*!«

»Wollt ihr unbedingt?«

»Na ja«, sagte ich, »wirkliche Big Spender laufen wohl am ehesten da herum.«

»Ich frage Karlos. Sein Vater hat doch ziemlich viele Connections.«

»Mach das«, sagte ich, allerdings ohne große Hoffnung zu haben. Aber wenn sie schon einen Freund aus konservativen Kreisen hatte, dann konnte der ja auch mal was für uns tun!

»War es das?«, fragte Alix und legte ein paar Scheiben Salami auf ihre Butterstulle. Das Brettchen und das gebrauchte Messer bugsierte sie in die Spüle. Typisch! Da hoffte sie doch bestimmt mal wieder, dass Paula abwaschen würde. Dass ich mir mit so was die Finger nicht beflecken würde, war ja wohl klar. Diese begnadeten Hände waren nicht für Spülbürsten, sondern allenfalls für Borstenpinsel gemacht.

»Ich habe nur noch die Galerie vom Kunstverein und die *Städtische Kunsthalle*«, fügte ich hinzu. Beide waren kein Problem, denn da gab es zur Vernissage eh nur Moselwein und Brezeln, dafür kam auch jeder rein.

Ich stand auf. »Die nächsten Ausstellungstermine fische ich mir aus dem Internet.«

»Gute Idee«, sagte Paula. »Und wenn ich was tun kann, lass es mich wissen.«

♡ ♡ ♡

Ich hatte es nun auch ziemlich eilig, denn Professor Geschwindner, der grade mal wieder zu einem Workshop aus New York eingeflogen war, hatte seine Meisterschüler für den Abend in die Hochschule bestellt, um schon mal eine interne Auswahl der Werke zu treffen, die bei der Semesterausstellung präsentiert werden sollten.

Ich freute mich immer, wenn er da war, denn er brachte wirklich die große weite Welt mit. Die Malklasse selbst war ein ziemlich zusammengewürfelter Haufen von mehr oder weniger extremen Individualisten, von denen bis auf Boris und seinen Kifferfreund Kurtchen alle nur das Ziel hatten, Karriere zu machen. Das hatte ich ja irgendwie auch. Wenngleich ich mir aber was darauf einbildete, dieses Ziel aus reinem Idealismus anzustreben. Gut, das war mir in meinem unbeheizten Loft mit klammen Fingern und heißem Herzen für die Kunst leichter gefallen als jetzt, wo ich vergleichsweise im Wohlstand und mit dem beträchtlichen Komfort einer Heizung lebte. Doch das war nur Alix' Schuld. Ich hätte noch ewig in meiner Künstlerklause weiter gefroren. Andererseits war der Umzug in die WG auch nicht schlecht, und so ein epochales Werk wie meine *Apokalypse* mit eingefrorenen Fingern zu malen, brachte mich dem Weltruhm schließlich auch nicht näher als dasselbe im Warmen zu tun.

Nur wer im Wohlstand lebt, lebt angenehm!

Womit die ewige Legende vom armen Künstler unterm tropfenden Dach im Spitzboden – Spitzweg, wenn ich nicht irre – wohl ein für alle Mal zu den Akten gelegt werden konnte. Ein Atelier in einem Penthaus, wie es Geschwindner in New York bewohnte, war ein sehr viel angemessener Ort, um kreativ zu sein. Und darum brauchte ich auch schleunigst einen Mäzen. Punkt!

Im Malsaal 2 war es schon ziemlich hektisch, als ich eintraf. Désirée, von der ich den Eindruck hatte, dass sie mir so ziemlich alles nachmachte, ohne auch nur im Mindesten an meine Klasse heranzureichen, hatte ihre sämtlichen Werke der letzten zwei Semester an einer Wand aufgereiht und wollte nun von jedem wissen, welches dieser Schauerstücke sie Professor Geschwindner für die Semesterausstellung vorschlagen sollte. Sie hatte einen fettigen, pickeligen Teint und ihre Haare in einem Rot getönt, das wohl meinem nahe kommen sollte. Aber da sie natürlich nicht so eine herausragende Friseurin wie Paula in ihrem Freundeskreis hatte und wohl eher selbst Hand an ihren Kopf anlegte, weil es mit Colourfresh von Ich-weiß-nicht-wem so total easy war, kam sie nicht einmal in Reichweite des Originals. Wie sie diesen Stich ins Magenta hingekriegt hatte, war mir schleierhaft. Etwas unglücklich über das Ergebnis, hatte sie es doch tatsächlich fertiggebracht, ausgerechnet mich zu fragen, ob es nicht etwas extrem aussähe. Da ich keinen Stress mit ihr wollte, hatte ich bloß orakelhaft gesagt: »Wer's tragen kann …« Ich musste ihr ja nicht auf die Nase binden, dass sie es hundertprozentig nicht konnte.

Wie sie zu dem Platz als Meisterschülerin gekommen war, blieb mir ein Rätsel und Geschwindner wohl auch. Denn kaum war er in den Saal getreten, steuerte er auf Désirées Bilder zu und machte eins nach dem anderen nieder. Erst versuchte sie noch, ihre Werke zu verteidigen, aber schließlich rannte sie heulend aus dem Raum, und wir anderen taten nichts, außer betreten zu Boden zu schauen. Selbst ich hatte plötzlich das große Zittern in den Eingeweiden. So wie Geschwindner heute drauf war, bekam er es fertig, alle Arbeiten seiner Malklasse in die Tonne zu treten. Das wäre allerdings ziemlich unfair von ihm, denn schließlich überließ er uns ja die meiste Zeit im Semester uns selbst, und die wenigen Stunden, in denen er uns in seinen sogenannten Workshops mit Tipps und seiner erlauchten Kritik versorgte, brachten nicht bei jedem auf Anhieb den erhofften künstlerischen Fortschritt. Désirée war da ganz sicher nicht die Einzige, die seinen Ansprüchen nicht genügen konnte.

Ich schielte zu ihm rüber, wie er sich nun Kurtchens Œuvre widmete. Eigentlich war Geschwindner ziemlich klein, was zu einigen Befürchtungen Anlass gab. Mit kleinen Männern hatte ich nämlich nicht unbedingt die besten Erfahrungen in meinem Leben gemacht. Das ging bei meinem mit zahllosen Minderwertigkeitskomplexen behafteten Vater los und endete bei einem mickrigen Chemielehrer, der mir das Werden und Vergehen der Elemente näherbringen wollte, als mir lieb sein konnte. Kleine Männer sind, wenn sie keinen Erfolg haben, ausgesprochen mimosenhaft, und wenn sie welchen haben, kriegen sie sofort einen Schlag ins Größenwahnsinnige. Sah man ja schließlich an Napoleon. Nun gut, in der Kunst mochte das vielleicht anders sein, aber was man so über Toulouse-Lautrec hörte … Egal!

Ich richtete meine Aufmerksamkeit wieder auf Geschwindner. Er trug einen verbeulten Filzhut wie Joseph Beuys und ein ostfriesisches Fischerhemd, mit dem er wohl seine Verwurzelung mit dem Heimatschlick des Wattenmeeres demonstrieren wollte. New York hin oder her, das Stück Muttermorast trug er stets im Herzen.

»Heimat ist das Drama, das jeder von uns mit sich herumschleppt«, hatte er neulich noch gesagt. »Irgendwann muss es heraus und auf die Leinwand. Erst dann seid ihr bei euch angekommen.«

Ich hoffte, dass mich meine Heimat noch ein wenig unbehelligt ließ. Lieber unbehaust sein, als Hückeswagen oder Gummersbach malerisch aufarbeiten.

Erstaunlicherweise fand Kurtchen Gnade vor Geschwindners Augen. Vermutlich, weil er genauso klein war und ebenfalls aus Friesland stammte. Seine Bilder waren in meinen Augen ein heilloses Chaos, ohne jeden Stil und vor allem ohne Sinn und Verstand. Aber gerade das war es, was Kurtchen für Geschwindner zu einem Genie machte.

»Schaut her!«, forderte er uns auf und ließ den Achtundsechziger raushängen. »Hier seht ihr das Prinzip des Anarchischen in Reinkultur.«

Nun gut, anarchisch konnte man Kurtchens Bilder wirklich nennen, besonders wenn man wie ich ihre Entstehung miterleben durfte, aber was bitte schön war daran Kultur?

Egal! Geschwindner mochte Kurtchen, er mochte seine Bilder und schwupps – waren zwei davon für die Semesterausstellung ausgewählt, und Kurtchen freute sich schier weg. Immer wieder stieg er auf die Zehenspitzen, um Boris begeistert auf die Schulter zu klopfen, was der schließlich mit einem unwilligen »Nun bleib mal auf dem Boden, Kumpel!« quittierte.

Pierre, unser belgischer Gaststudent, war mit einem Bild dabei und unser tonnenschweres Gretchen, die schlimmste Streberin der Gruppe, schaffte es ebenfalls mit zwei Bildern. Ich fand die ja ziemlich nichtssagend, aber da sie ganz nach Geschwindners eigenem Geschmack großflächig gespachtelt waren, stand eigentlich von vornherein fest, dass sie damit durchkommen würde. Bei Boris war ich mir da nicht so sicher. Er hatte überhaupt nur zwei Bilder fertig, und die beiden waren noch dazu sehr extrem. Das eine hieß *Abschied*, war in Aschgrau gehalten und zeigte in der linken oberen Ecke eine in neorealistischer Manier gemalte Urne. Das andere hatte er *Ankunft* genannt, und es war in diversen Weißtönen gespachtelt. Lediglich in der Mitte tat sich eine Spalte auf, die eine gewisse Ähnlichkeit mit einer Vagina hatte, und aus ihr kroch ein naturgetreu gemalter Gecko heraus. Nein, wie allegorisch! Ich grinste innerlich, als Geschwindner mit tiefsinnigem Gesichtsausdruck minutenlang schweigend vor den beiden Bildern verharrte.

Boris trat sichtbar der Schweiß auf die Stirn, und die Schatten unter seinen Augen wurden dunkler. Hoffentlich kippte der nicht um.

»Also gut«, löste Geschwindner schließlich die Anspannung. »Was können wir zu diesen Werken sagen?«

Das war jetzt aber gemein, denn bei den anderen hatte er selbst seine Kommentare abgegeben. Uns nun den Schwarzen Peter zuzuschieben, war nicht nett.

Klar, dass Hugo, der straff gegelte Lackaffe, nicht zögerte, Boris in die Pfanne zu hauen.

»Sie wirken irgendwie unfertig auf mich«, hängte er sich aus dem Fenster. »Oder handwerklich einfach schlecht gemacht.«

Darauf hatte Geschwindner doch nur gelauert.

»Nun, dann wollen wir doch mal eins von deinen Werken zum Vergleich anschauen«, parierte er ihn und blickte sich im Saal um. »Wo sind deine Bilder?«

Hugo eilte in seine Ecke und drehte die Staffelei herum, auf der ein wirklich sorgfältig gemachtes Schaustück stand: akkurat hingepinselt, sauber gespachtelt und perspektivisch perfekt.

»Ah ja«, sagte Geschwindner. »Ich erinnere mich. Du hast es beim letzten Workshop angefangen. Ist es jetzt fertig?«

Hugo schaute ihn verständnislos an. Offenbar konnte er es nicht fassen, dass Geschwindner ihm eine solche Frage stellte. Natürlich war es fertig. Jedenfalls in seinen Augen. In denen von Geschwindner aber scheinbar nicht.

»Nun«, meinte er. »Eine schlechte Technik kann man bei diesem Bild wirklich nicht bemängeln. Es ist technisch sogar hervorragend, aber dennoch hat es einen gravierenden Mangel.« Er sah in die Runde der ehrfurchtsvoll an seinen Lippen hängenden Meisterschülern. »Wer kann sagen, welchen?«

Niemand machte den Mund auf, und auch ich konnte mich bremsen, jetzt irgendeine Meinung zu äußern, die er dann wieder gegen mich verwenden konnte. Seine Geduld war nicht sehr strapazierfähig, jedenfalls wartete er nicht gerade lange und fällte dann selbst das Urteil.

Er fuhr noch einmal kurz mit der linken Hand über die Leinwand, als wollte er die Substanz des Bildes erfühlen, und sagte dann: »Wie gesagt, technisch brillant, aber was sagt es eigentlich aus?« Er sah Hugo direkt an. »Hat es einen Titel?«

»Äh … ja, natürlich«, stammelte der. »*Atom*, äh … ja … dachte ich.«

»Soso, *Atom*?«, sagte Geschwindner in leicht süffisantem Tonfall, um dann ganz plötzlich loszubrüllen: »Man sollte es zertrümmern, damit dieses Nichts von einer Bedeutungslosigkeit wenigstens eine Spur Dynamik entfaltet. Wenn ich das nächste Mal komme, hast du eine Bombe daraus gemacht oder du fliegst.«

Müßig, zu sagen, dass Hugo nicht bei der Semesterausstellung dabei war.

Hoffentlich drohte Boris und mir nicht das gleiche Schicksal, denn so geladen, wie Geschwindner im Moment wirkte, war ihm alles zuzutrauen.

»Zurück zu dir, Boris«, sagte er, und ich wunderte mich, dass er sich seinen Namen gemerkt hatte. »Zieh mal ein paar Tüten weniger durch und arbeite mehr. Sonst sehe ich für dich ebenfalls schwarz. Deine Technik ist echt miserabel, aber du hast etwas, was der Kommilitone auch nach zwanzig Semestern nicht haben wird. Deine Bilder berühren durch eine Aussage.«

Boris fielen fast die Ohren ab, und er erfasste gar nicht genau, was für ein riesiges Lob ihm Geschwindner gerade gespendet hatte. Beide Bilder waren in der Ausstellung dabei, und ich war nur froh, dass Geschwindner darauf verzichtete, Boris die von ihm so gepriesene Aussage auf den Punkt bringen oder gar erklären zu lassen.

Das verlangte er dann allerdings von mir. Merde!

Ich hatte fünf Bilder zur Auswahl mitgebracht, wobei vier aus meiner abstrakten Periode stammten und eines das erste aus meiner gegenwärtigen konkreten Phase war. Die abstrakten hießen *Anfang 7-10* und das konkrete hieß *Ende der Friedfertigkeit*.

Geschwindner marschierte mehrmals an den Bildern entlang, ließ sich dabei aber nicht im Mindesten seine Einschätzung anmerken. Mir rutschte mein ganzes Selbstbewusstsein in die Jeans, und ich hatte das Gefühl, ganz dringend aufs Klo zu müssen, was natürlich sehr unpassend war. Ich hibbelte also eine Weile von einem Bein auf das andere, und als das nicht mehr half, presste ich die Beine aneinander und kniff die Muskeln krampfhaft zusammen.

Konnte er denn nicht mal allmählich zu Potte kommen, damit ich dann auf denselben gehen konnte?

Er dachte nicht dran.

Verdammt, hätte ich doch bloß nicht so viel Tee getrunken.

»Melanie«, hatte er schließlich ein Einsehen, bevor meine Blase platzte. »Du bist gewiss eine der talentiertesten Schülerinnen dieser Klasse.«

Das ging mir ja nun runter wie Öl, aber lieber wäre es mir gewesen, er wäre gleich zum Punkt gekommen. Wollte er nun ein Bild von mir, oder nicht? Lange hielt meine Blase dem inneren Druck nicht mehr stand.

»Deine Technik ist hervorragend. Sowohl deine abstrakte Malerei als auch deine neue konkrete Malweise. Altmeisterlich, würde ich sagen!«

Ja, ja, ja! Das wusste ich alles selber und es war ja schön, dass es ihm gefiel, aber was war nun? Konnte ich bald aufs Klo gehen?

Nein, konnte ich nicht. Oh verdammt, ich schaffte es grade noch, ein gequältes Quieken zu unterdrücken, als mich aus heiterem Himmel ein Scheidenkrampf überfiel.

Wenigstens bekam Geschwindner nichts davon mit, nur Boris trat zu mir und flüsterte: »Hast du ein Problem.«

»Ja«, wisperte ich zurück, »aber keins, bei dem du mir helfen könntest.«

»Wer denn?«

»Ein Dixi-Klo!«

»Wie bitte?«, fragte Geschwindner mit einem irgendwie irritierten Gesichtsausdruck.

Meine Güte, musste der lange Ohren haben, dachte ich, während ich mich zugleich fragte, was er von unserem Gespräch wohl mitbekommen hatte.

Natürlich das Dixi-Klo, und natürlich wollte er wissen, was es damit auf sich hatte. Denn für einen Künstler ist nichts einfach so dahingesagt, alles hat eine Bewandtnis. Die wirkliche Bewandtnis konnte ich ihm natürlich nicht sagen, also leierte ich mir Dixi-Klo-Deutungen aus den Rippen.

»Äh, ja … Dixi-Klo«, hob ich an und versuchte, den Krampf in meinem Unterleib zu ignorieren. »Das ist ein Ort der menschlichen Notdurft. Ja, und darum habe ich überlegt, ob ich es mit in das Bild hineinnehme. Symbolhaft für den auf seine Grundfunktionen reduzierten Menschen … äh … ja.«

Mein Gehirn war wohl auch grade auf seine Grundfunktionen reduziert. Was schwafelte ich denn da? Das nahm doch kein Mensch ernst. Doch – Geschwindner.

»Und warum hast du dann von dieser Idee Abstand genommen?«

Ach nein, das wollte er doch nicht wirklich auch noch wissen?

»Weil … weil niemand meinen Appell verstanden hätte«, schleuderte ich ihm entgegen, und im selben Moment spürte ich, wie langsam meine Blase auslief. Peinlicher ging es ja wohl nicht mehr! Ich griff nach Boris und zerrte ihn vor mich.

»Bleib ja da stehen! Rühr dich bloß nicht weg, sonst sind wir geschiedene Leute!«, zischte ich ihm zu, während der Inhalt meiner übervollen Blase weiter in meine Unterwäsche tropfte.

Hoffentlich hielt meine Slipeinlage wenigstens das Schlimmste auf. Schließlich war die mindestens dreilagig und mit Wäscheschutz, aber andererseits auch bloß vom Discounter! Vermutlich würde es sich nun grausam rächen, dass ich kein Markenprodukt gewählt hatte. Aber bezahl das mal!

»Nun, Melanie?« Geschwindner ließ nicht locker.

Es gab wirklich nicht die kleinste Chance abzuhauen, ohne mich zu blamieren oder ihn zu verprellen. Beides wollte ich auf gar keinen Fall. Also gab ich meinem Gehirn einen Fußtritt, woraufhin ein paar brachliegende Funktionen angekurbelt und ein wenig Kunsttheorie aus tieferen Sphären hochbefördert wurde.

»Der Sinn eines Gemäldes«, hob ich also an, während sich die Gedanken allmählich beim Reden formten, »ist zunächst mal der Appell! Es will sich vermitteln, also eine Botschaft senden. Und wenn dann, äh … wenn so ein Dixi-Klo auf dem Bild ist, dann entsteht beim Betrachter eine Art Diskrepanzerlebnis, denn das Dixi-Klo passt ja eigentlich nicht dazu. Um nun das damit einhergehende Unsicherheitsgefühl zu beheben, äh … greift der Betrachter zuerst einmal auf ein … ja … ein vertrautes Bild zurück.«

»Und das wäre?«

Grundgütiger, konnte der Typ denn nicht endlich Ruhe geben?

»Verona Pooth!«, rutschte es mir heraus. »Äh … vormals Feldbusch! Ich denke, mindestens jeder dritte Deutsche verbindet seit *Big Brother* ihren Namen mit den Dixi-Klos. Damit wären natürlich meine Intentionen ziemlich fehlgeleitet worden.«

Jedenfalls was mein Bild anging, mein aktuelles Bedürfnis traf es allerdings nach wie vor ziemlich genau. Ich stöhnte leise auf, was Geschwindner diesmal aber Gott sei Dank nicht mitbekam.

»Sehr schön, Melanie«, lobte er, und ich atmete auf.

Erstens, weil ich ihn offenbar zufriedenstellen konnte, und zweitens, weil meine Blase jetzt leer war. Aber natürlich fühlte sich meine Jeans nun an, als hätte ich sie vor dem Schleudern aus der Waschmaschine genommen und direkt angezogen. Eklig!

»Bleib bloß da stehen!«, verlangte ich noch mal flüsternd von Boris, als endlich die erlösenden Worte von Geschwindner kamen: *Ende der Friedfertigkeit* und *Anfang 9* wurden für die Semesterausstellung ausgewählt. Na, wenigstens meine Bilder hatten es geschafft!

Ich packte Boris an den Schultern und schob ihn in Richtung Ausgang.

»Los, geh! Du musst mir Deckung geben«, zischte ich ihm zu. Eng aneinanderklebend, wie zwei am Unterleib zusammengewachsene siamesische Zwillinge, verließen wir so schnell es in dieser Gangart nur ging den Malsaal. Wenn Geschwindner uns nun etwas irritiert nachsah, konnte ich daran auch nichts ändern. Ich hoffte nur, dass meine Rückseite noch trocken war.

Wenigstens schien keiner etwas von meinem Malheur mitbekommen zu haben, nur Gretchen, die in der Nähe der Tür saß, zog ihren breiten Rüssel kraus und fragte: »Sagt mal, merkt ihr das auch? Ich finde, irgendwie riecht es hier nach Pisse!«

Ohne Boris wäre ich aufgeschmissen gewesen. Er begleitete mich bis zur Damentoilette und wartete draußen, bis ich meine Jeans, meine Unterhose und auch meine Beine gründlich gewaschen hatte. Ich fühlte mich total scheiße und konnte gar nicht begreifen, wie so etwas passieren konnte. Mein Gott, wie erniedrigend!

»Quatsch!«, sagte Boris, als ich in der nassen Jeans wieder rauskam und ihm meine Gefühle schilderte. »So was kann doch mal vorkommen. Was meinst du, wie oft sich Leute bei einer anständigen Kiffersession einnässen.« Er sah mich spekulativ an. »Hast du geraucht?«

An Zigaretten und meine Absicht, damit aufzuhören, dachte er dabei wohl weniger.

»Nein! Du weißt doch, dass ich nie am Tag kiffe.«

»Na dann. Vielleicht hast du dir die Blase verkühlt.«

»Und wie komme ich jetzt nach Hause?«

Er zuckte die Achseln. »Wenn ich ein Auto hätte, würde ich dich fahren.«

Hatte er aber leider nicht, und so schwang ich mich auf meine Vespa, die vor der Hochschule stand, und drückte ihm noch einen dankbaren Kuss auf die stoppelige Wange.

»Bist ein feiner Kumpel, Boris!«, sagte ich. »Und übrigens, ich freue mich für dich, dass du bei der Ausstellung dabei bist.«

Er grinste glücklich, denn er hatte sicherlich nicht damit gerechnet.

Knatternd brauste ich davon und war froh, dass ich nicht auf ein öffentliches Verkehrsmittel angewiesen war.

♡ ♡ ♡

Zu Hause in der WG war schon alles still, denn es war ziemlich spät geworden. Ich wollte ja niemanden aufwecken, aber eine Dusche musste jetzt einfach sein. Doch so leise ich auch war, Alix bekam es natürlich trotzdem mit und steckte noch mal neugierig ihren Kopf ins Bad.

»Na, wie ist es ausgegangen? Hat dein Prof eins von deinen Bildern für die Semesterausstellung genommen?«

Ich schätzte Störungen beim Duschen ja eigentlich nicht, aber das Nachfragen war wieder total lieb von ihr. Und so berichtete ich ihr bereitwillig, dass sogar zwei meiner Werke Gnade vor Geschwindners Augen gefunden hatten.

»Prima!«, freute Alix sich für mich. »Dann kannst du die ja gleich dem Mäzen präsentieren, den wir auf der Ausstellungseröffnung für dich aufreißen werden.« Sie grinste breit und zog mit einem »Na, dann schlaf gut und träum was Schönes« die Tür zu.

Hatte sich was mit schönen Träumen. Mein peinliches Malheur brachte mich doch noch mal ganz schön ins Grübeln. Aber ehrlich gesagt, fiel mir auch im Nachhinein keine Verhaltensalternative ein. Was, bitte schön, hätte ich denn in dieser existentiellen Situation tun sollen, wo Geschwindner dabei war, die ultimative Weichenstellung für meine künstlerische Zukunft vorzunehmen.

In der Nacht wachte ich aus einem schrecklichen Albtraum auf und stellte fest, dass der Vollmond direkt in mein Atelier schien. Na prima, dann bekam ich ja garantiert kein Auge mehr zu. Eigentlich mochte ich den Vollmond ja, auch wenn er mir den Schlaf raubte und ich nur halb so viel von seinem mystischen Walten verstand wie Paula. Die war esoterisch sehr versiert und sozusagen eine »Lunatikerin«. Was die alles hatte: Mondkalender, Mondscheinsinfonie, Beschwörungsformeln für den Mond … Da stand ich mit meiner schlichten Vorliebe für Mondschafe direkt etwas ärmlich da.

Das Mondschaf steht auf weiter Flur.
Es harrt und harrt der großen Schur.
Das Mondschaf.

Tja, das war meiner Situation ja nicht ganz unähnlich. Irgendwie hatte ich das Gefühl, heute bei Professor Geschwindner auch nur dumm herumgestanden zu haben.

Ein Flugzeug brummte am nächtlichen Himmel vorbei, danach herrschte plötzlich Stille. Ich lehnte mich in meine Kissen zurück und starrte in das kalte, silberne Mondlicht. Es war schon irgendwie sehr speziell und nicht so einfach einzufangen auf einem Bild, ohne kitschig zu wirken. Ich setzte meine Brille auf und betrachtete mein Jugendstilfenster. Wie ätherisch die Jungfrau mit dem Schwan jetzt aussah. Ob sie mondsüchtig war?

Bei dem Gedanken ans Schlafwandeln musste ich plötzlich laut kichern, womit natürlich die lyrisch-dichterische Stimmung sofort verflogen war. Egal! Schlafwandeln war witzig. Ob ich vielleicht mal so zum Spaß … zu Justin ins Zimmer vielleicht?

Ich bin das Nachtgespenst, dein süßes Nachgespenst, ich weck dich, wenn de pennst … und biste aufgedeckt, dann wirste wieder zugedeckt …

Quark! War ich der Engel der nackigen Schläfer? Komm, mein lieber Justin, schön den Popo zudecken, damit du auch keinen Schnupfen kriegst. Oder dir gar die Blase verkühlst!

Mist! »Blase verkühlen« war genau das Stichwort, das mich wieder an meinen peinlichen Auftritt an der Hochschule erinnerte. *Merkt ihr das auch? Ich finde, irgendwie riecht es hier nach Pisse!* In dem Moment hätte ich Gretchen erwürgen können. Zum Glück hatte ich ja keine Zeit dazu.

Aber wo es mir nun schon mal eingefallen war, konnte ich ja wirklich in die Küche gehen und mir noch einen Blasentee kochen. Nicht, dass mir so was noch mal passierte! Es konnte eigentlich nur eine Blasenentzündung sein, denn Inkontinenz war ja in meinem Alter eher weniger üblich.

Also krabbelte ich aus dem Bett und taperte in die

Küche hinüber. Kaum hatte ich das Wasser aufgesetzt, schaute eine verschlafene Alix herein.

»Kannst du auch nicht schlafen, Melli?«, fragte sie. »Ich glaube, es ist Vollmond, und ich kriege auch noch meine Tage.«

Sie ließ sich auf einen Stuhl fallen. »Was kochst du denn?«

»Blasentee.«

»Ach, hast du damit Probleme?«

»Mit dem Teekochen?«

»Nee, mit der Blase.«

Wir kicherten.

»Ja, ich bin mir nicht sicher. Aber Vorbeugung kann ja nicht schaden.«

»Gieß mir mal einen Frauenmanteltee auf, ja?«

Ich nickte. Den nahm ich auch immer, wenn ich meine Regel bekam.

Die Küchentür ging auf. Paula, im Negligé.

»Hey, heute ist Vollmond«, verkündete sie seltsam energiegeladen.

»Haben wir mitgekriegt.«

»Sagt nur, ihr könnt nicht schlafen? Soll ich euch die Karten legen?«

Ich wollte gerade diesen Unsinn abblocken, als von der Küchentür begeisterte Zustimmung zu hören war.

»Oh ja, mach mal. Ist bestimmt cool«, sagte Justin.

Was zum Teufel wollte der denn mitten in der Nacht hier?

»Kann ich auch von dem Teewasser haben?«, fragte er. Er kippte sich was in seine Tasse und setzte sich neben mich – natürlich mal wieder unaufgefordert.

»Das ist ne geschlossene Gesellschaft hier«, sagte ich muffig.

»Ach, steht aber nirgends dran.«

»Darum sag ich es dir ja.«

Auf den hatte ich jetzt mitten in der Nacht wirklich keinen Bock, auch wenn ich vor gar nicht allzu langer Zeit noch gedanklich seinen nackten Popo zugedeckt hatte. Aber Gedankenspiele waren schließlich was anderes, als ihn schon wieder leibhaftig ertragen zu müssen. Paula und Alix sahen das irgendwie nicht so. Schon merkwürdig, dass ich offenbar als Einzige ein Problem mit ihm hatte.

Um des lieben Friedens willen hielt ich mich also zurück und sah zu, wie Paula die Tarotkarten flugs aus ihrem Zimmer holte und mischte.

»Abheben!«, befahl sie, und da ich das Ritual kannte, hob ich ihr zuliebe drei Häufchen vom Kartenstapel ab. Sie mischte erneut, und diesmal hob Alix ab. Bevor sie zur letzten Mischrunde ansetzte, fragte Paula nun, wem sie denn zuerst die Karten legen sollte.

Na, mir bestimmt nicht. Auch Alix war nicht wirklich erpicht darauf, denn warum sollte man das Schicksal befragen, wenn man mit seinem Leben mal so richtig zufrieden war. Das konnte doch nur zu unnötigen Verunsicherungen führen.

Schön, dachte ich, wenn sich keiner meldete, dann waren wir ja noch mal davongekommen. Pustekuchen! Natürlich wieder Justin …

»Ich würde es gerne mal ausprobieren«, sagte er zu Paula. »Ich habe so etwas noch nie gemacht.«

Da war ihm ja eigentlich nicht wirklich was entgangen, dachte ich. Aber weil Paula sich total freute, hielt ich meinen Mund.

»Was hast du denn für eine Frage an das Schicksal?«, wollte sie von Justin wissen. Madre mia!

Er guckte ein wenig ratlos. »Frage?«

»Ja«, erklärte Paula. »Du musst eine konkrete Frage

stellen. Zum Beispiel, ob du Erfolg im Job haben wirst oder in der Liebe.«

Justin grinste. »Was den Job angeht, da ist ja alles klar«, sagte er. »Aber was die Liebe betrifft ...« Aus irgendeinem unerfindlichen Grund sah er zu mir rüber. »Also, was die Liebe angeht, da wüsste ich schon ganz gerne, was mich in nächster Zukunft erwartet.«

Paula quiekte vor Begeisterung auf. Nichts tat sie lieber, als das Liebesorakel zu befragen. Sie mischte die Karten noch ein drittes und letztes Mal und ließ nun Justin abheben.

»Denk dabei unbedingt intensiv an deine Frage«, riet sie ihm. »Das erzeugt dann die richtige Energie.«

Wie meistens legte sie die Karten in Form des Keltischen Kreuzes aus und begann gleich mit der Deutung.

Hm, so viel verstand ich inzwischen auch von ihrem Tarot, um auf Anhieb zu erkennen, dass Justin ein unverschämt gutes Kartenbild hatte. Der Herrscher, die Kraft, die hohe Priesterin, das Rad des Schicksals, die Sonne und sogar die Liebenden in der Zukunft. Der Kommentar dazu lag auf der Hand. Und richtig, Paula sagte auch gleich: »Du hast ja vielleicht ein Glück! Wenn dir nicht in nächster Zeit deine ganz große Liebe über den Weg läuft, dann weiß ich es auch nicht!«

Von so viel positiver Fügung umgehauen, raffte sie die Karten zusammen und verabschiedete sich gähnend. »Mach was draus, Justin«, sagte sie und fügte dann etwas geschwollen hinzu: »Die Karten können nur die Tendenz des Schicksals zeigen. Sie entheben einen nicht der Notwendigkeit, sein Geschick selbst in die Hand zu nehmen.«

Das hätte sie nicht sagen sollen. Denn ehe ich wusste, wie mir, und vor allem, was mit mir geschah, hatte Justin mich an sich gezogen und drückte mir einen fetten Schmatzer auf die Lippen! Igitt! Ich sprang hoch, als hätte mich ein Dementor aus *Harry Potter* angesaugt.

»Drehst du am Rad?«, schnauzte ich ihn an.

Er blieb ungerührt sitzen und grinste impertinent wie immer. Begleitet von einem lässigen Schulterzucken sagte er: »Na ja, wo Paula es doch eben gesagt hat. Ich dachte, ich fange dann mal gleich an, mein Schicksal in die Hand zu nehmen, und warum in die Ferne schweifen, wenn die passende Braut doch so nah ist.«

Sekunden später hielt er sich nach einer schallenden Ohrfeige die Wange.

»Verpiss dich!«, sagte ich – das schien bei mir ja das Wort des Tages zu werden. »Und lass dir ja nicht einfallen, mich noch einmal anzufassen. Eine Berührung deinerseits und du kannst deine Sachen packen – Mietvertrag hin oder her. Ich setze dich dann eigenhändig vor die Tür.«

Paula und Alix schauten ein wenig panisch, aber als Alix sagte: »Das kannst du so echt nicht bringen, Justin«, meinte auch Paula, dass man die Karten ja nun auch nicht auf die Art auslegen dürfte.

»Aber du hast es doch selbst gesagt«, meinte Justin rechthaberisch. »Du hast gesagt, ich soll selbst was tun, damit das Schicksal sich erfüllt. Nur das habe ich gemacht.« Schon wieder grinste er albern. Nervig!

»Aber ich habe nicht gemeint, dass du einfach über Melli herfallen sollst. Entschuldige dich wenigstens!«

Ja, genau, dachte ich, entschuldige dich, wirf dich vor mir auf die Knie, wälz dich im Staub, streu Asche auf dein Haupt, winde dich im Dreck wie die Schlange, als der Herr sie strafte für ihre Hinterlist!

Justin dachte gar nicht daran, so einen Aufwand zu betreiben. Er stand auf, stellte seinen Becher in die

Spüle und bedankte sich für das Wasser. Als er die Küche verließ, warf er mir noch einen kurzen, irgendwie ironischen Blick zu, tippte sich mit zwei Fingern an die Stirn, als ob er salutieren würde, und schlug die Hacken zusammen.

»Bitte gehorsamst um Vergebung«, sagte er in schneidigem Tonfall. »Lag nicht in meiner Absicht, Euer Hochwohlgeboren zu nahezutreten.«

Klar, dass er die Lacher auf seiner Seite hatte. Schauspieler!

Als ich wenig später wieder in meinem Bett lag, brannte sein Kuss noch auf meinen Lippen.

Nein, sagte ich zu mir, du denkst jetzt nicht an ihn, er ist es nicht wert. Und so spielte ich noch ein wenig mit mir selber und schlief dann erschöpft, aber auch irgendwie frustriert ein.

Nein, wirklich, ich brauche keinen Mann, jedenfalls jetzt noch nicht, war mein letzter klarer Gedanke, bevor ich, die nackten Füße ins fahle Mondlicht gestreckt, eindämmerte.

Das Mondschaf liegt am Morgen tot.
Sein Leib ist weiß, die Sonn' ist rot.
Das Mondschaf.

Vielleicht sollte man aber auch nicht zu lange warten.

♡ ♡ ♡

Betrachten wir es doch mal so: Wenn man es darauf anlegte, konnte man morgens aufstehen und sich über alles ärgern. Zum Beispiel ärgerte ich mich gerne über Frau Waschkowski, weil sie schon wieder wegen der Hauswoche Sturm klingelte. Oder über den Dackel von Opa Schulze, der sein Herrchen und mich offenbar mit seinem schrillen Gebell zum Wahnsinn treiben wollte. Auch das verdreckte Geschirr vom vorabendlichen Schlemmermahl, das natürlich niemand mehr weggespült hatte, nervte mich tierisch an. Zudem waren meine Farbtuben leer und die Butterdose im Kühlschrank ebenso, was mich an solchen Tagen in tiefste Depression stürzen konnte. Am meisten aber ärgerte ich mich über Justin – einfach, weil es ihn gab. Und nach der letzten Nacht machte mich natürlich noch ganz speziell seine unglaubliche Frechheit und Arroganz wütend.

Wirklich, an solchen Tagen könnte ich mich entweder gleich nach dem Aufstehen selbst im Klo runterspülen oder sofort wieder zurück ins Bett springen – Decke über den Kopf, Augen zu, den Morgen ohne mich heraufdämmern lassen und am besten den ganzen Tag ignorieren. Ihn einfach zum Untag erklären, ausradieren, eliminieren, an andere verschenken …

Nun gut, heute war eigentlich so ein Tag, aber ihn einfach im Bett oder vor der Leinwand zu verbringen, ging nicht. Ich musste in die Hochschule, wo am späten Vormittag die Generalprobe für die Performance von Frau Demarowskaja, einer meiner Lieblingsprofessorinnen, angesetzt war. Und da sie mir hierbei eine kleine Rolle zugedacht hatte, durfte ich auf keinen Fall fehlen. Nun ja, es wäre vielleicht besser gewesen, aber das konnte ich beim Aufstehen an diesem Tag leider nicht ahnen.

Weil also die freie Kunstszene meiner bedurfte, schaltete ich auf gute Laune und sagte mir, dass all das, worüber ich mich eigentlich ärgern könnte, doch nur Lappalien waren. Ohne diese normalen Begleiterscheinungen wäre das Leben ja vollkommen perfekt und würde doch erheblich an Reiz verlieren. Sah man von Justin einmal ab, denn der reizte mich auf eine ganz spezielle, und zwar sehr unerträgliche Art. Andererseits … Im Grunde war auch er ziemlich bedeutungslos. Ein lästiges Insekt, das man mit dem Finger wegschnippte. Jawohl – wegschnippte! Raus aus dem Kopf! Wenigstens das, wenn schon nicht raus aus der Wohnung. Aber das würde ich auch noch hinkriegen. Wart's nur ab, Bürschchen!

Mein Blick fiel auf den Schal von Boris, den er selbst in Irland aus Schafswolle gestrickt hatte. Ja, über Boris hätte ich mich auch noch ärgern können, wenn ich gewollt hätte, aber … Nein, heute nicht. Ich freute mich auf die Performance, und darum stand mir der Sinn nach einer positiven Einstimmung auf den Tag. Etwas Verwöhnaroma war angesagt. Am besten startete ich mit einem köstlichen Vanilleschaumbad.

Ich schwang mich aus meinem Lotterbett, warf den Bademantel über, in dem Boris neulich noch so eine überaus unglückliche Figur gemacht hatte, und ging zum Badezimmer hinüber. Irgendwie hätte mich das von dort kommende schräge Pfeifen ja vorwarnen können, aber ich war so in meiner eigenen Begeisterung für ein herrliches, cremiges Badevergnügen gefangen, dass ich meine Umwelt nicht wirklich wahrnahm. Schwungvoll stieß ich die Badezimmertür auf und blieb abrupt stehen, als mir eine feuchtschwüle Dampfwolke entgegenschlug. Ohne Brille sah ich nicht sofort, was mich erwartete. Also trat ich erst mal näher.

Das war jetzt aber nicht wahr?! In der Wanne lag über und über mit Schaum bedeckt, dessen Vanillearoma verdammt nach meinem Lieblingsbadezusatz roch, niemand anders als Justin. Das personifizierte Ärgernis!

Hatte ich schon mal erwähnt, dass ich Männer in Frauen-WGs hasste? Nicht? Dann wird es jetzt aber Zeit. Also: *Ich … hasse … Männer … in Frauen-WGs!* Und besonders hasste ich Männer in den Badewannen von Frauen-WGs!

»Was machst du denn hier?«, rutschte es mir ziemlich unfreundlich heraus.

»Sieht man das nicht?«

Ich musste mich zurückhalten. »*Ich* wollte jetzt baden!«

»Mach doch! Komm rein, ich rutsche. Ist eh dein Badezeugs drin.« Er grinste mal wieder sein leicht zynisches Johnny-Depp-Grinsen.

Püh, da brauchte er sich gar keine Schwachheiten einbilden. Damit konnte er vielleicht Paula bezirzen, aber nicht Melli Kubinski!

Und überhaupt! Was war das schon wieder für eine Frechheit! Hatte ihn meine Ohrfeige heute Nacht überhaupt nicht beeindruckt? *Komm rein!* So ein Sprücheklopfer!

Irgendwie stach mich plötzlich der Hafer. Das wollten wir doch mal sehen, wie der Typ reagierte, wenn ich seinen Worten Taten folgen ließ. Kurz entschlossen ließ ich den Bademantel zu Boden gleiten und machte splitternackt einen Schritt auf die Badwanne zu. Natürlich war ich der festen Überzeugung, dass er umgehend wie Shamu, der Killerwal aus SeaWorld in San Diego, aus den Fluten springen würde.

Aber er dachte gar nicht daran. Er zog lediglich seine Beine etwas an, offenbar um mir dadurch Platz in der Wanne zu machen. Zu seinen Füßen! Igitt! Der hatte doch bestimmt Fußpilz.

Als hätte er meine Gedanken gelesen, sagte er jedoch immer noch grinsend: »Komm rein, brauchst keine Angst zu haben. Ich habe keine ansteckenden Krankheiten, keine Gonorrhö, keinen Fußpilz ...«

Grundgütiger, das war mir nun aber peinlich, dass er

mir solche Bedenken ansah. Ich war ja nun schon ziemlich konkret, aber was er da so von sich gab … Eigentlich hatte ich da noch nie drüber nachgedacht. So ein gemeinsames Bad war ohne die entsprechende Dosis keimtötendes Chlor ja brandgefährlich. Da konnte man sich ja wirklich allerlei einfangen.

Hm, was machte ich denn nun? Da hatte ich seine Reaktion aber völlig falsch eingeschätzt, und ich wollte auf keinen Fall wirklich mit ihm zusammen baden!

Aber ich konnte hier auch nicht weiter nackig in der Gegend herumstehen. War auch viel zu kalt. Sollte ich schnell wieder in den Bademantel schlüpfen? Aber das sah doch irgendwie nach Rückzugsgefecht aus.

»Na, Muffe gekriegt?«, schien er mal wieder meine Gedanken erraten zu haben.

Ich wusste doch, warum ich den Typ nicht leiden konnte. Die Gedanken sind frei und da hatte jemand wie er schon gar nicht drin rumzuschnüffeln!

»Quatsch!«, blockte ich also erst mal allgemein ab.

»Hast du deine Regel, oder warum kommst du nicht rein?«

Dem ging es ja wohl nicht mehr gut. Okay, der sollte mich kennenlernen!

»Platz da!«, rief ich und ließ mich vom Wannenrand mit elegantem Schwung ins Wasser gleiten.

Uups! Wie war das noch mit dem physikalischen Gesetz über die Verdrängung von Flüssigkeit durch feste Körper? Es trat gleich zweifach in Kraft: Erst verdrängte ich jede Menge Wasser, das klatschend auf dem Fußboden vor der Wanne landete. Sechzig Kilo sind offenbar verdrängungstechnisch kein Pappenstiel. Danach verdrängte ich Justin, indem ich ihm befahl: »Wisch das sofort auf! Wer weiß, ob es sonst nicht bei Opa Schulze durch die Decke tropft. Das ist ein Altbau hier.«

»Bin ich dein Putzsklave?«, gab Justin zurück und rekelte sich unbeeindruckt im restlichen Wasser. Er streckte mir sogar noch seine Füße unter den Hintern und sagte: »Mach's doch selber! Ich muss mal etwas entspannen.«

Was tat er denn nun? Schloss der Kerl doch tatsächlich mit genießerischem Lächeln die Augen und lehnte sich zurück.

Nicht mit mir, mein Lieber! Ich schwappte ihm mit beiden Händen eine ordentliche Ladung Wasser und Schaum ins Gesicht. Sekunden später war eine wilde Wasserschlacht im Gange. Erst keifte ich ihn an, aber dann konnte ich bald nur noch prusten und schließlich erstickte ich fast an meinem Gelächter. So überhörte ich fast den Entsetzensschrei, der von der Badezimmertür kam.

Ich wischte mir den Schaum aus dem Gesicht und spähte mit einem Auge zum Eingang. Da stand Paula im Negligé und war moralisch aufs Äußerste entrüstet.

»Was macht ihr denn hier für eine Sauerei? Ist hier der *Media Markt*? Und sowieso!«

Was sie mit »sowieso« meinte, sagte sie dezenterweise nicht, aber ich konnte es mir schon selber denken ... Sauerei in jeder Hinsicht! Jedenfalls gemessen an ihren hohen moralischen Standards. Oder war sie schlicht eifersüchtig, weil Justin mit mir und nicht mit ihr ...?

Doch es blieb keine Zeit, den Gedanken weiterzuspinnen, denn hinter Paula tauchte Alix' Kopf im Türrahmen auf. »Hey!«, rief sie belustigt. »Habt ihr noch Platz?«

»Aber immer!«, sprach Justin gleich eine Einladung aus, ohne mich zu fragen, und weil Paula wohl befürchtete, dass Alix sie annehmen könnte, griff sie nach

Eimer und Wischmopp und warf sich todesmutig wie eine Soldatin der Heilsarmee dazwischen.

»Das geht jetzt wirklich nicht«, sagte sie um Sachlichkeit bemüht. »Wenn das Wasser hier noch länger auf dem Fußboden steht, sickert es unten durch die Decke.«

»... und der Dackel wird nass!«, ergänzte ich albern.

Justin ließ warmes Wasser nachlaufen. Offenbar hatte er beschlossen, es sich hier gemütlich zu machen. Jedenfalls kippte er noch mehr von meinem kostbaren Vanille-Wellnessbad ins Wasser. Frechheit!

»Pass auf!,« sagte ich drohend. »Das ist ein typischer Frauenduft. Die werden dich für schwul halten.«

Er grinste und erkannte sogleich den Kern meines Problems.

»Keine Angst, ich kaufe dir neues Badezeug. Ich weiß doch, dass du klamm bist.«

Was hieß denn hier klamm?! Und was ging es ihn überhaupt an? Versuchte er mich deswegen ständig mit Essen vollzustopfen, weil er dachte, dass ich finanzielle Probleme hätte? Die hatte ich zwar, aber das war doch wohl nicht sein Ding.

Apropos Ding! War ich da nicht gerade mit dem Fuß ... oh, nein ... der hatte aber ... holla! Ich konnte nicht anders, ich musste das mal eben genauer inspizieren. Tatsächlich! Ich fuhr mit der Spitze meiner großen Zehe einmal rauf und wieder runter. Wirklich beachtlich! Ich weiß nicht, warum mir grade jetzt eine Zeitungsnotiz einfiel, in der stand, dass neunzig Prozent der Inder die internationalen Standardkondome um 5,5 Zentimeter zu groß sind. Justin hatte das Problem ganz sicher nicht.

»Melli, ist was? Geht es dir gut? Du guckst so entrückt«, riss mich Alix' leicht alarmiert klingende Frage aus der Verzückung. Gerade rechtzeitig!

Himmel, was tat ich denn da? Und überhaupt, was nahm der Typ sich raus? Der konnte doch hier nicht einfach die Sau rauslassen, äh ... einen Ständer kriegen, und ich einfältige Kuh rubbelte auch noch an ihm rum! Jetzt war aber mal Schluss mit lustig!

Ich sprang ohne Vorwarnung aus der Badewanne. Der Wasserspiegel sank abrupt ab, da er nun von meinem Verdrängungsgewicht befreit war. Paula, die gerade ihre Putzaktion beendet hatte, ließ Eimer und Wischmopp fallen, und Alix quiekte schrill: »Oh Gott!«

Ich fuhr herum und starrte auf das, was dort unübersehbar senkrecht stand, schluckte kurz und hatte mich dann aber gleich wieder gefangen. So neu war mir der Anblick ja nun auch nicht. Allerdings hatten sich die Kerle in Saunas normalerweise besser unter Kontrolle. Dieser Justin war schon eine Zumutung.

»Nun komm mal wieder runter!«, sagte ich so gelassen wie möglich, während Paula das Putzzeug einsammelte und das Weite suchte. Alix allerdings kicherte weiter debil vor sich hin, ohne die geringsten Anstalten zu machen, den Blick von Justin zu wenden oder Paula zu folgen. Genusssüchtige Person!

Justin drehte derweil hektisch am Wasserhahn, um möglichst schnell möglichst viel Wasser in die Wanne zu bekommen, denn allem Anschein nach tat sein Lümmel nicht was er sollte, sondern was er wollte.

Das war dann doch ziemlich albern und auch ich musste nun herzhaft lachen. Der männliche Körper ist doch eigentlich ein einziger Witz!

Das Wasser rauscht, das Wasser schwoll ...

Schwupps, war das Corpus Delicti abgetaucht.

»Äh ... wenn ihr mich mal einen Moment alleine lassen könntet ...« Der Knabe schien nun doch etwas verlegen zu sein.

Tja, wenn die Hormone heiß wallen, ist es vorbei mit der Coolness. Ich sag's doch: Schauspieler!

Lustvoll ließ ich ihn noch ein wenig zappeln. »Könnten wir …«, sagte ich und fügte provozierend hinzu: »Wollen wir aber nicht.«

Alix schaltete sofort. »Soll ich dich abtrocknen?«, bot sie an.

»Willst du?«, fragte Justin geschmeichelt.

»Sie hat *mich* gemeint, nicht *dich*«, bremste ich seine selbstherrlichen Hoffnungen sofort.

»Pardon. Aber ich warte gerne, bis sie mit dir fertig ist.«

Nun wurde er gleich wieder unverschämt.

Ich tat einen schnellen Schritt auf die Wanne zu, legte beide Hände auf Justins Kopf und tauchte ihn mit aller Kraft unter. Er wand sich wie ein Krokodil in den Armen von *Crocodile Dundee*. Als ich ihn schließlich losließ, kam er schnaufend und krebsrot wieder hoch.

Ich warf mir meinen Bademantel über und sagte in hochnäsigem Tonfall zu Alix: »Ich glaube, nächstes Mal suchen wir uns für unseren Wellnesstag eine andere Location. Vielleicht sollten wir doch wieder ins *Steigenberger* gehen. Da ist bedeutend besseres Publikum.«

Kichernd verließen wir das Badezimmer. Doch bevor die Tür endgültig ins Schloss fiel, rief ich noch: »Und vergiss nicht, den Rand aus der Wanne zu putzen!«

Auf dem Weg in unsere Zimmer lachte Alix immer noch, dann aber meinte sie: »Du, Melli, ganz verstehe ich dich aber nicht. Gestern scheuerst du ihm noch eine wegen einem kleinen Kuss und heute machst du Sexspielchen mit ihm in der Badewanne.«

Ach herrje, da unterlag sie aber einem gewaltigen Irrtum, und so machte ich ihr mal ganz schnell den Tathergang klar.

Sie kicherte. »Na dann! Aber ein Wellnesstag ist doch eigentlich eine coole Idee. Das sollten wir uns wirklich mal wieder gönnen.«

»Ist das nicht zu teuer? Ich bin grade nicht so flüssig«, bremste ich ihren Enthusiasmus. Wenn sie etwas gut fand, dann musste es immer sofort gemacht werden. Ein Wunder, dass sie nicht schon am Handy hing und den Saunaplatz und die Massagebank buchte. Natürlich ließ sie sich auch selten von ihren Vorhaben abbringen. Ich erinnere nur an die Aktion »Mr. Blue Eyes«!

So auch jetzt. »Ach was, teuer! Da finden wir bestimmt ein günstiges Angebot. Ich habe eine Kommilitonin, die arbeitet nebenbei in der *Wellness-Oase*. Die weiß garantiert, wie wir da zu einem Sonderpreis reinkommen. Die ruf ich gleich mal an.«

Hatte ich es nicht kommen sehen? Na gut, sollte sie ihr Glück versuchen.

»Tu das«, stimmte ich also halbherzig zu. »Aber vergiss nicht, Paula vorher zu fragen. Wir müssen natürlich alle drei gemeinsam gehen.«

»Alle vier!«, sagte Alix.

»*Was*? Du willst Justin mitnehmen?«

Sie schüttelte angesichts meines panischen Ausrufs belustigt den Kopf, sagte aber: »Willst du ihn nicht fragen?«

Ich warf das nasse Handtuch nach ihr und tauchte rasch in mein Atelier ab, als es retour kam.

Ich legte mich noch einen Moment aufs Bett, setzte meine Brille auf, verschränkte die Arme hinter dem Kopf und ließ meinen Blick entspannt über mein kolossales Meisterwerk gleiten. Da würde ich doch gleich mal ein Areal für einen Garten der Lüste abstecken und eine kleine Badeszene einbauen. Ach, ich liebte es, nach der Realität zu malen – im altmeisterlichen Stil natürlich. Vielleicht hatte ich die Sache mit Justin bisher einfach zu einseitig und zu negativ gesehen. Möglicherweise war der Typ ja ein Quell der Inspiration.

Ich stand auf und suchte nach der hautfarbenen Tube. Merde! Auch alle! Es half nichts, ein Mäzen musste her! Und zwar bald.

♡ ♡ ♡

Ich sah auf die Uhr. Himmel, jetzt musste ich aber den Turbo einschalten, sonst kam ich zu spät zur Generalprobe der Performance von Frau Demarowskaja, und da ich dabei ja eine Rolle hatte, durfte ich mir das natürlich nicht erlauben.

Hätte ich geahnt, dass das Schicksal gerade den heutigen Tag ausgesucht hatte, um mich mal wieder so richtig auflaufen zu lassen, wäre ich besser zu Hause geblieben.

So aber raste ich noch mal zurück ins Badezimmer, wo Justin tatsächlich dabei war, brav mit Viss die Wanne zu putzen.

Na bitte, schön zu sehen, dass mein Wort hin und wieder doch noch etwas galt. Dennoch, jetzt war der Typ hier völlig fehl am Platz, und so scheuchte ich ihn aus dem Badezimmer mit den Worten: »Ist gut, Meister Propper, kannst den Abflug machen.«

Ich schrubbte meine Zähne, föhnte noch mal kurz durch die Haare und betrachtete mich einen Augenblick im Spiegel. Was ich sah, stellte mich auch heute ziemlich zufrieden. Ich war wohl genau der Typ knackige Zwanzigjährige, die Ildikó von Kürthys Heldin Annabel aus ihrem Buch *Freizeichen* am Pool auf Mallorca mit neidgetränkten Worten beschrieb. Tja, konnte schon sein, dass manche Frauen sich mit Mitte dreißig ziemlich alt vorkamen. Ich fand Mitte zwanzig ehrlich gesagt auch attraktiver. Nicht nur was straffe Haut, geringe Faltenzahl und -tiefe anbetraf, sondern auch auf die Lebensperspektive an, sich bezogen. Klar, natürlich strebte ich eine Weltkarriere an, und irgendwann würde ich vermutlich auch eine echte, tiefe und befriedigende Beziehung eingehen, aber wenn ich mir vorstellte, dass ich mit Mitte dreißig all das schon erreicht hätte, überkam mich das kalte Grausen. Da gab es ja dann gar nichts mehr zu tun! Kein Wunder, dass solche Frauen von einer Identitätskrise in die nächste tappten und vor lauter Frust ständig neue Liebschaften anfingen. Nee, wie gut, dass ich noch auf dem Weg war. Es hieß ja nicht umsonst: Der Weg ist das Ziel!

»Bist ganz okay«, sagte ich also augenzwinkernd zu meinem Spiegelbild und rannte ins Atelier, um mich rasch anzuziehen. Wenn ich mich nicht wirklich sputete, bekam ich Ärger an der Hochschule. Ich griff nach dem Helm und raste in den Hof, wo meine Vespa stand. Ich streichelte sie kurz, murmelte »gutes altes Schätzchen« und verschwendete beim Aufsetzen des Helms noch einen kurzen Gedanken an Angelo. Das würde ich wohl immer tun, so lange ich einen italienischen Roller fuhr. Dann brauste ich in gehobener Stimmung in die Kunsthochschule.

Auf der Bühne im kleinen Theatersaal waren jede Menge Schweinehälften installiert – echte wohlgemerkt, aus dem Schlachthof, allerdings tiefgekühlt. Unter ihnen glänzten symbolhafte Blutlachen aus roter Farbe. Ich selbst hatte bei der Aufführung eigentlich nicht viel zu tun, außer im richtigen Augenblick einen Eimer mit Magnesia vor die Füße der Demarowskaja zu schütten, sodass sie darin wie im Schnee waten konnten. Bei den Proben hatte das auch immer alles gut geklappt. Sie hatte sich im Zeitlupentempo in den Kreidestaub herabgelassen und dann begonnen, ihr Gesicht damit zu weißen, bis es wie eine japanische Kabuki-Maske aussah. Dann erhob sie sich wieder, um zu einem Eimer mit roter Farbe zu gehen, wobei sie im weißen Kreidestaub blutrote Fußabdrücke hinterließ. Sie tunkte zuerst den Finger in die Farbe und malte ihren Mund rot an, dann tauchte sie die ganze Hand hinein und ließ die Finger an ihrer Wange herabgleiten. Ich bewunderte immer wieder ihre Einfälle. So sehr ich mich auch zur Malerei berufen fühlte, so sehr liebte ich aber auch die Performance-Seminare der Demarowskaja, die schließlich weltberühmt war für ihre Arbeit.

Normalerweise war ich auch immer voll bei der Sache, nur heute irgendwie nicht. Die durchwachte Nacht, das ermüdende Bad ... Ach, ich weiß auch nicht, was mich so schlapp gemacht hatte.

Ich bezog also meine Position und nahm den Kreideeimer. Die Demarowskaja gab noch ein paar Kommandos, dann verschwand sie kurz zum Umkleiden und zur mentalen Einstimmung hinter der Bühne. Als sie dann zu dumpfen Trommelschlägen den schwarzen Vorhang beiseiteschob und im schwarzen Catsuit auf die Bühne trat, war sie ganz konzentriert und beherrschte ihren Körper bis in die letzte Muskelfaser. Ich war so fasziniert von ihrer Aura, dass ich alles um mich herum vergaß – auch meinen Einsatz offenbar.

Die Demarowskaja schritt durch einen blutroten See, wanderte durch ein Labyrinth aus Schweinehälften und stand plötzlich unerwartet vor mir. Ich fuhr aus meinen Gedanken auf. Oh Schreck, hatte ich meinen Einsatz verpasst? Ich griff nach dem Magnesium-Eimer und schüttete ihr den Kreidestaub vor die Füße. Leider nicht so ganz vor die Füße, denn sie war schon viel zu nahe bei mir und so landete die ganze Kreide komplett auf ihr statt auf dem Bühnenboden.

Um mich herum schrie alles auf, nur wir beide starrten uns stumm an. Sie war von Kopf bis Fuß weiß eingestaubt von der Kreide, und ich war kreidebleich vor Schreck.

Grundgütiger, was hatte ich getan? Ich hatte meine verehrte Professorin und mich unsterblich blamiert.

Als ich mich gerade dezent aus dem Kreidestaub machen wollte, griff sie mit ihrer weißen Hand nach mir.

»Sie bleiben, Melli!«, zischte sie. »Die Performance ist noch nicht zu Ende!«

Oh nein!

Irgendwie sah sie aus, als hätte sie in einen Mehlsack gehustet, was zwar auch seinen ästhetischen Reiz hatte, aber wohl nicht ganz mit dem zu vereinbaren war, was sie für die Performance als Aussage geplant hatte. Um Schadensbegrenzung bemüht, begann ich also, sie mit hektischen Bewegungen abzustauben. Ich schüttelte hier, klopfte da und blies sogar den Kreidestaub von ihren Schultern. *She was not amused.* Wäre ich nicht eine ihrer Lieblingsstudentinnen, hätte sie mich vermutlich mit einer einzigen ihrer so ausdrucksvollen stummen Gesten von der Bühne gefegt. So hob sie nur in leicht verstört wirkender Abwehr die Hände. Ich stoppte abrupt, als sie in heftiges Husten ausbrach.

Hm, es war in der Tat ein bisschen viel Kreide in der Luft.

Der Blick in die tränenden Augen der Demarowskaja riet mir, auf jeden Fall schnell den Rückzug anzutreten. Das tat ich dann auch in meiner typischen Art, also kurz entschlossen und unkoordiniert, und stieß in der

Hektik und durch meine eingestaubte Brille ein wenig der klaren Sicht beraubt gegen den sehr unglücklich platzierten Eimer mit der roten Farbe, die sich sogleich wie eine weitere riesige Blutlache vor unsere Füße ergoss. Ein Entrinnen war nicht möglich, und mein Versuch, ihr durch einen gewagten Sprung zu entkommen, scheiterte kläglich. Wie ein Pferd am Wassergraben, das zu kurz gezielt hatte, landete ich voll in der roten Pfütze, rutschte aus und riss die Demarowskaja ebenfalls zu Boden. Würde es reichen, wenn ich nie wieder einen Performance-Kurs bei ihr besuchte, oder musste ich die Hochschule wechseln?

Im Saal herrschte Totenstille. Nur der Typ am Lichtpult fuhr gemeinerweise den Bühnenscheinwerfer hoch und setzte einen Spot auf das Desaster. Darüber würde ich mit ihm bei Gelegenheit noch ein paar Takte zu reden haben, falls ich hier lebend wegkam. Meine Professorin hatte sich aufgerappelt und sah, mit Armen und Füßen so rot wie Blut und im Übrigen weiß wie Schnee, aus, als würde ihr eine weitere Bluttat nun auch nichts mehr ausmachen.

Ich fuhr hoch und stellte bei einem Blick auf meine Hände fest, dass ich vermutlich sehr viel Ähnlichkeit mit dem Henker von London hatte. Nach der Hinrichtung! So rasch es ging, verdrückte ich mich durch den seitlichen Bühnenausgang.

Hatte ich schon erwähnt, dass die Performance »Schlachtfest« hieß?

Generalproben waren dazu da, um schiefzugehen. Taten sie es nicht, drohte dieses Schicksal der Premiere.

»Du siehst, du hast deiner Professorin genau genommen nur einen unschätzbaren Dienst erwiesen,« versuchte Paula mich aufzumuntern, als ich zerknirscht in der Küche und wider alle Absprachen an einer Fluppe hing. »Nun kann doch bei der Premiere echt nichts mehr passieren, und sie kann der Aufführung völlig relaxed entgegensehen. Was du übrigens auch tun solltest.«

Ha ha ha! Da konnte ich ja nur lachen. Relaxed? Nichts mehr passieren? Glaubte Paula allen Ernstes, die Demarowskaja würde mich auch nur näher als zehn Meter an sich heranlassen? Bestimmt würde jetzt Désirée statt meiner den Kreidestaub vor ihre Füße werfen dürfen und sich dabei total toll vorkommen. Shit! Und dann war auch noch ein Fotograf vom *Tagesanzeiger* da gewesen und hatte es sich bestimmt nicht nehmen lassen, die visuelle Katastrophe auf der Bühne abzulichten.

Nach Timbuktu oder Schafe scheren in Neuseeland? Mehr Alternativen hatte ich wohl nicht.

Ich warf die Kippe der siebtletzten Zigarette in den Müll, putzte meine Brille und mich und pilgerte dann zum Irish Pub, um dort mit dem Stemmen von Guinness-Gläsern schon mal ein bisschen Geld für das Flugticket zu verdienen.

Aber am nächsten Morgen hielt mir Justin mit einem Anflug von Begeisterung den Kulturteil der Zeitung unter die Nase.

Wow! Da hatte der Fotograf aber eine Sternstunde gehabt. Das Foto war dreispaltig und in Farbe und im Ausdruck absolut künstlerisch. Die kreideweiße Demarowskaja wand sich mit mir, die ich lediglich als schwarzer Schattenriss zu erkennen war, in einer glänzenden Blutlache – ineinander verschlungen wie eine aberwitzige Laokoon-Darstellung. Voll Kabuki! Echt, besser kriegten die Japaner es auch nicht hin.

Der Text unter dem Foto war denkbar knapp. Er wies auf den heutigen Aufführungstermin hin und heizte die Erwartungen durch die Bemerkung an, dass bereits die Generalprobe, bei der die Darsteller bereit waren, alles zu geben, eine weitere herausragende Performance der weltberühmten Professorin erwarten ließe.

Alles gegeben – weiß Gott, dachte ich und hoffte inständig, dass die Demarowskaja durch diese positive Presse etwas besänftig sein und mich nicht gleich unangespitzt in die Erde rammen würde, wenn wir uns heute Abend begegneten.

Das tat sie dann auch nicht. Als ich zerknirscht eintraf, kam sie mir lachend entgegen und meinte mit einer Geste auf den rappelvollen Saal, dass sie mich in Zukunft immer für die Generalproben engagieren würde.

»Vorausgesetzt, dir gelingt jedes Mal so eine werbewirksame Aktion!«, setzte sie schmunzelnd hinzu. Zu den Kommilitonen sagte sie mit ihrem osteuropäischen Akzent: »Dem Zuschauer vermitteln, dass es etwas Bedeutendes ist, was wir machen, und in ihm das Gefühl auslösen, bei etwas ganz Großem dabei sein zu dürfen – das ist es, was eine Performance zu Kunst und den Künstler berühmt macht.«

Ich behielt meine Rolle im makaberen Spiel und leistete mir diesmal auch keinen Fehler. Der Kreidestaub landete auf dem Bühnenboden, wo er hin sollte, und die Demarowskaja hinterließ wie geplant ihre blutige Spur. So verlief die Aufführung regulär und war ein voller Erfolg. Nur der Fotograf, der noch einmal anwesend war, fragte etwas enttäuscht, warum wir denn den Plot geändert hätten. Die Generalprobe hätte eindeutig mehr Dynamik gehabt. Na denn!

♡ ♡ ♡

Vom Kochen und Überkochen

Man konnte sich natürlich Stöpsel in die Ohren stopfen, um seine Umwelt nicht zu *hören*, aber was sollte man tun, um sie nicht zu *riechen*? Tampons in die Nase stecken? Ging ja wohl nicht. Und so ließ sich das Problem Justin nicht wirklich lösen.

Ein paar Tage nach der Lustbarkeit im Badezimmer schwelgte ich grade mal wieder in Terpentin und Öl, als fremdartige Düfte aus der Küche durch das Schlüsselloch meiner Ateliertür waberten und meine nicht verstopfte Nase umgaukelten. Knoblauch? Zugleich drangen martialische Geräusche an mein Ohr. Es hörte sich an, als würde jemand aus einem Baumstamm Millionen von Streichhölzern hacken. Aber doch bitte nicht in unserer Wohnküche!

Ich warf noch einen kurzen Blick auf den Kunstdruck des *Gartens der Lüste* von Hieronymus Bosch, von dem ich grade ein paar besonders spektakuläre Figuren als Zitat in mein *Apokalypse*-Bild übertragen hatte, steckte den Pinsel in ein Glas mit Verdünner und ging in die Küche, um dort mal nach dem Rechten zu sehen.

Natürlich ... Wer trieb dort wieder geschäftig sein Unwesen und summte dabei eine Melodie aus seinem nostalgischen Musical vor sich hin? Justin!

Ich schlenderte wortlos zur Kaffeemaschine, um mir einen Kaffee aufzusetzen, aber es war noch frischer drin. Hm ... Sollte ich Justin um eine Tasse bitten? Das brauchte ich gar nicht, denn ehe ich noch überhaupt einen Entschluss fassen konnte, bot er mir bereits an: »Willst du Kaffee? Habe grade welchen gemacht. Kannst du dir nehmen.«

Ich nuschelte ein Danke und goss mir einen Becher voll, während Justin mit seiner lärmenden Arbeit fortfuhr. Nun sah ich auch, was er tat. Er hackte auf einem Holzbrett mit einem langen Messer Petersilie, was recht mörderisch anzusehen war. Ich hätte nie gedacht, dass er so brutal sein könnte. Na ja, jemandem, der einfach so Küsse raubte, war wohl alles zuzutrauen. Viel Rücksicht auf seine Mitgeschöpfe schien er ja nicht grade zu nehmen.

»Hast du jemals darüber nachgedacht, ob Petersilie ein Schmerzempfinden hat?«

Justin hielt in seinem Gemetzel inne und sah verblüfft auf. »Schmerzempfinden? Petersilie?«

»Ja, genau. Es sieht brutal aus, wie du so auf ihr herumhackst. Angenommen, sie wäre so sensibel wie Geranien ...«

»Geranien?«

»Nicht Geranien? Ich dachte, es wären Geranien, die besser wachsen, wenn man sich mit ihnen unterhält und ab und an mal ihre Blätter streichelt.«

Wieder hielt Justin beim Hacken inne, und der Blick, mit dem er mich aus seinen Johnny-Depp-Augen ansah, wirkte bestürzt.

»Du sprichst jetzt aber nicht von Konversation mit Balkonblumen?«

Nun ja, das mag vielleicht auf Anhieb etwas wunderlich erscheinen, aber erhebender als Konversation mit einem Möchtegernmusicalstar wäre es garantiert. Charles von England wusste sicher, warum er hin und wieder solche Gespräche in der Abgeschiedenheit seiner schottischen Gewächshäuser suchte. Womit ich nichts gegen Camilla gesagt haben wollte.

»Doch, genau davon rede ich. Sinnvolle Kommunikation mit biodynamischen Erfolgsmodellen.«

Wenn er jetzt daraus schloss, dass ich ihn nicht zu den Erfolgsmodellen zählte, lag er richtig. Nun gut, wenn er es tat, dann ließ er es sich jedenfalls nicht anmerken, sondern schnippelte munter weiter an den armen Küchenkräutern herum.

»Aber zurück zur Petersilie«, sagte ich daher und trank einen großen Schluck aus meinem Kaffeebecher. »Findest du es nicht auch schrecklich, so auf ihr herumzuhacken? Oder hast du einen kleinen sadistischen Zug an dir?«

Er schüttelte den Kopf. »Nicht, dass ich wüsste. Meine Mutter hat das auch immer so gemacht, und die ist Altenpflegerin.«

»Sag ich doch: sadistischer Zug! Hast du sicher von ihr geerbt.«

Ich konnte die Knoblauchknolle gerade noch auffangen, die Justin spontan nach mir geworfen hatte.

»Warte nur ab, wenn sich die Petersilie und der Knoblauch erst mit der sahnigen Butter geschmacklich vermählt haben.«

Madre mia! Wo hatte er denn diesen Feinschmecker-Journal-Ton aufgeschnappt? Sah der heimlich Kochsendungen im Fernsehen an?

»Was wird es denn eigentlich, wenn es fertig ist?«, begehrte ich nun doch zu wissen.

»Kräuterbutter.«

»*Was*? Dafür so ein Aufwand und die Petersilienfolter? Die findest du doch in jedem Supermarkt im Kühlregal!«

»Nicht diese! Warte es ab, bis du sie schmeckst.«

»Willst du mich bestechen?«

»Nein, aber außer Öl auf Leinwand gibt es durchaus noch andere Fette, die dem Menschen Freude machen können.«

Das hatte er ja direkt mal intelligent ausgedrückt, und ich unterstellte ihm jetzt einfach mal, dass er meinem »Öl auf Leinwand« zwar keinen Gaumen-, aber doch immerhin einen Augenkitzel zugestand. Vermutlich hatte ihn die Tarotkarte beeindruckt, die ich in Paulas Zimmer überdimensional an die Wand gezaubert hatte. Klar, so ein Kitsch passte zu seiner Schauspielerseele.

Egal! Er legte es doch garantiert nur darauf an, sich bei mir einzuschleimen.

»Butter macht dick«, blockte ich also sogleich ab. »Und wirkt sich ungut auf den Cholesterinspiegel aus.«

»Ja, klar, in entsprechenden Mengen. Ich hatte allerdings nicht vor, meine Kräuterbutter gleich tonnenweise herzustellen. Außerdem ist sie ja nur das geschmackliche I-Tüpfelchen auf dem Entrecote.«

»Entrecote! Aha.«

Ich merkte, wie sich in mir mal wieder eine kulinarische Bildungslücke auftat. Essen war in meiner Familie als bourgeoiser Firlefanz abgetan worden und ab meinem dritten Lebensjahr speiste ich vorzugsweise in Kindergarten- und Schulkantinen. Wo meine Eltern aßen, hatte mich eigentlich nie wirklich interessiert. Gekocht wurde zu Hause jedenfalls nur sonntags, und dann meist in Form von Rouladen mit oder ohne Kohl, aber immer mit reichlich Kartoffeln als Sättigungsbeilage, vorzugsweise mehlig kochend, und einer dicken Soße, in die man die reinmatschen konnte. Die Soße war entweder dunkelbraun von angebrannten Zwiebeln oder graubraun auf der Basis einer Mehlschwitze mit Speck.

Als ich das karge Leben einer Künstlerin wählte, ließ ich all das ohne großes Bedauern zusammen mit meinen Eltern in dem Kuhkaff zurück, aus dem ich stammte, und ernährte mich fortan stilecht von Fastfood und der ökologisch korrekteren Variante in Form von Biobouletten auf Sojabasis. Kreativität beim Essen beschränkte sich seit Jahren auf die genialen Einfälle des Mensakochs oder die Völlerei bei Sophya, der ehemaligen Mitbewohnerin von Alix, die als Inderin einen vollkommen anderen Zugang zum Essen hatte – eher meditativ, aber dennoch köstlich. Wenn die ein Hähnchen mit ihrem roten Spezialcurrypulver einpuderte, dann war es, als streichelte sie es mit ihren Händen aus schierer Dankbarkeit dafür, dass es sich uns als Mahlzeit zur Verfügung gestellt hatte.

Ich blickte bei diesem Gedanken zu Justin rüber. So ein Gemetzel, wie er es mit der Petersilie anstellte, würde Sophya keinem zum Verzehr bestimmten Lebewesen zumuten, egal ob Tier oder Pflanze.

Sollte ich in mein Atelier gehen und im Lexikon nachsehen, was ein Entrecote für eine kulinarische Schweinerei war? Nicht nötig. Justin lüftete das Geheimnis bereits selber, denn er klatschte zwei blutig aussehende, dunkle Fleischstücke auf ein zweites Holzbrett und meinte mit zufriedener Miene: »Sehr schön, feine Fettmaserung und gut abgehangen.«

Aha, keine Schweinerei. Genauer gesagt: primitive Rindersteaks und dann auch noch mit Fett drin! Wozu dann eigentlich noch die Kräuterbutter?

»Warte es ab«, sagte er auf meinen diesbezüglichen Einwand.

»Was soll ich abwarten?«

»Das Essen. Warte mit deinem Urteil, bis es fertig ist.«

»Soll ich etwa mitessen?« So hatten wir ja nicht gewettet. Der versuchte doch nur wieder, mich zu überrumpeln.

»Es wäre mir eine Freude«, sagte er auch prompt. »Ich lade dich hiermit ein.«

»Musst du nicht«, blockte ich noch einmal ab, obwohl ich mich vorhin gleich beim Anblick der Steaks gefragt hatte, wen er denn wohl noch zum Essen erwartete. Der wollte doch bestimmt nicht zwei Steaks in sich rein schlingen?

»Ich will niemandem was wegessen.«

»Tust du nicht«, sagte er grinsend und schlug einmal kräftig mit der Faust auf jedes Steak. »Es ist besser für meine Figur, wenn ich nur eins esse statt zwei. Und ich habe ja bei dir auch noch was gutzumachen.«

Ach, sieh an. Und weil ich ihn nicht so einfach mit ein paar Steaks davonkommen lassen wollte, fragte ich fies und gemein, wie ich durchaus mal sein konnte: »Und das wäre was? Was sagtest du, hast du gutzumachen?«

Er pinselte grade die Steaks mit Öl ein und hielt nun inne. Direkt ein wenig verlegen sagte er: »Na ja, wegen dem Kuss in der Nacht ... Also, ich wollte wirklich nicht so über dich herfallen ... Ja, ähm, tut mir leid ...« Und mit einem Grinsen fügte er hinzu: »Muss der Vollmond gewesen sein, der hat wohl den Werwolf in mir geweckt.«

Der Typ schien ja ein echter Scherzkeks zu sein. Entweder machte er Scherze oder er ging einem auf den Keks. Und jetzt tat er sogar mal wieder beides gleichzeitig. Mir lief ein unmotivierter Schauer den Rücken runter, und ich fragte mich, ob ich vielleicht dabei war, eine regelrechte Justin-Allergie auszubilden. Na ja, vielleicht waren es auch nur Begleitsymptome einer Blasenentzündung.

Bei dem Stichwort sprang ich umgehend auf, um Wasser für einen Blasentee zu kochen, und sagte zu Justin: »Und wenn ich deine Einladung ablehne?«

»Machst du nicht.«

»Nicht?« Was ließ ihn da so sicher sein?

Er grinste sein impertinent-arrogantes Grinsen. »Du willst doch sicher wissen, wie sich gefolterte Petersilie, Knoblauch, Zitronensaft und Butter auf diesem Steak zu einem ultimativen Geschmackserlebnis verbinden.«

Na gut, wollte ich wirklich, nachdem er so ein Brimborium darum gemacht hatte. Auch wenn ich in meinem Inneren die Klagerufe der Petersilie vernahm, die mich davon abhalten sollten, ihrem Peiniger womöglich auch noch Lob zu spenden.

Und Lob musste ich leider wirklich spenden. Es schmeckte so verdammt gut, und das auf den Punkt gegarte Fleisch war das Leckerste, was ich in Steakform je zu mir genommen hatte. Natürlich bemühte ich mich, mir den Überschwang nicht anmerken zu lassen. Ich wollte ja nicht, dass der Junge größenwahnsinnig wurde. Man weiß ja, was Schreckliches aus solchen Menschen geworden ist: Sternekoch, Kochbuchschreiber oder gar Star einer eigenen Fernsehkochshow!

Okay, das Essen war nicht schlecht, aber ehe es zu vertraulich wurde, kehrte ich mal besser wieder zu meinem Öl auf der Leinwand zurück.

»Darf man mal sehen?«, fragte Justin mit einem Kaffeebecher in der Hand.

Das fehlte ja noch, dass er sein plastiniertes Haupt auf dem Silbertablett entdeckte. Der Zeitpunkt würde schon noch früh genug kommen, wenn mein Werk das Licht der Öffentlichkeit erblickte – frühestens bei der Ausstellung der *Jury-Freien.*

»Nein, darf man nicht!«, lehnte ich also kategorisch ab.

Die Tür flog ihm mal wieder fast ins Gesicht, was irgendwie schon zur Gewohnheit wurde. Vielleicht sollte ich ihm für die Zukunft ein Päckchen Papiertaschentücher und ein Heftpflaster für seine blutige Nase an die Klinke hängen?

♡ ♡ ♡

Nach dem Entrecote mit Kräuterbutter fiel der nahtlose Übergang zur *Apokalypse* zugegebenermaßen etwas schwer. Gut, ich konnte ein wenig an der Todsünde Völlerei weiterarbeiten. Das hätte dann auch gleich so eine Art Ablassfunktion für mein eigenes hemmungsloses Schlemmen.

Ich suchte bei Bosch nach einer Inspiration, die ich auch prompt fand. Traumhaft, was der Mann für eine anarchische Fantasie entfaltet hatte – sehr anregend. Ich entschloss mich zu einem Entrecote auf zwei Beinen, verfolgt von einem wandelnden Fresssack, der mit Messer und Gabel hinter ihm her hetzte und vergeblich versuchte, es in seinen weit geöffneten Rachen zu bekommen. Wenn das keine Höllenqualen waren!

Ich hatte die mittelalterliche Manier ursprünglich natürlich nur als ironisches Zitat gewählt, aber als ich in der *Apokalypse* weiter fortschritt, stellte ich fest, dass mir das Altmeisterliche lag. Und als ich jetzt begann, meine Idee auf einer Probeleinwand zu skizzieren, fand ich, dass selbst ein Entrecote auf zwei Beinen etwas hatte, sobald es im Stil von Hieronymus Bosch gemalt war. Wenn dieses Bild bei der Ausstellung der *Jury-Freien* nicht wie eine Bombe bei der Kunstkritik einschlug, dann wusste ich ehrlich gesagt auch nicht mehr, womit man die noch beeindrucken konnte.

Ich kicherte. Da würde Justin Augen machen, wenn er entdeckte, zu was er und sein Kochfimmel mich inspiriert hatten. Das nahm mir an der Hochschule garantiert keiner ab, dass Petersilie und Knoblauch die gleiche schöpferische Wirkung hatte wie ein Joint. Hm, es sei denn, ich trat den Beweis an und kochte es für meine Kommilitonen mal nach.

Ich öffnete meine Tür und rief zur Küche hinüber, wo Justin grade den Abwasch erledigte: »Wie viel Petersilie und wie viel Knoblauch? Und wann kommt der Zitronensaft in die Butter …«

Ich brach abrupt ab. Drehte ich denn am Rad? So viel Aufmerksamkeit hatte der Typ wirklich nicht verdient. Die Kräuterbutter allerdings schon.

»Ich schreibe es dir auf«, rief Justin zurück.

Nun gut, es ging ja ausschließlich um ein Rezept. Fürs Essen! Nicht fürs Leben!

♡ ♡ ♡

Ich stürzte mich also wieder in die Arbeit und vergaß dabei Zeit und Raum. Vor allem die Zeit, denn als ich endlich den letzten Pinselstrich des Tages auf die Leinwand setzte, war es schon fast Mitternacht. Da war es mal gut, dass Justin mich so reichlich mit Nahrung versorgt hatte, sonst hätte ich bestimmt schon zwischendurch schlapp gemacht. Am besten brühte ich mir noch einen Blasentee für die Nacht auf, und vielleicht war ja auch noch ein kleiner Snack im Kühlschrank – Bifi oder so.

Als ich leise in die Diele trat, um niemanden zu wecken, sah ich zu meiner Verwunderung, dass Alix auf dem Sofa lag, im Schein der Leselampe ein Magazin las und vor sich hin kicherte. Da war ich ja mal gespannt, was sie so lustig fand. Ich vergaß, dass ich eigentlich in die Küche wollte, und setzte mich zu ihr in den Sessel.

»Was gibt es denn so Witziges?«, fragte ich direkt.

»Ach, Melli! Du bist noch wach?« Sah sie ja wohl.

»Warum kicherst du?«

»Habe ich gekichert?«

»Ja, hast du. Nun sag schon, warum? Was liest du denn da? Ist das so lustig?«

Sie setzte sich auf und hielt mir den *Spiegel* hin.

»Nein, nicht direkt. Aber die Konsequenz aus diesem Artikel könnte für dich ganz spaßig sein.«

Nun war ich aber aufs Äußerste gespannt.

Und Alix hatte recht. Das war zumindest höchst interessant.

Weltmacht Kunst war der Artikel betitelt, und bereits der Einleitungstext zeigte mir, dass es sich um eine unverzichtbare Lektüre für mich handelte: *Noch nie in der Geschichte wurde mit Bildern so viel Geld verdient wie im zurückliegenden Jahr: Einzelne Werke sind so teuer wie eine Boeing.*

Grundgütiger! Und da mir die entsprechenden Maßstäbe fehlten, fragte ich perplex: »Was muss man denn für eine Boeing so anlegen?«

Alix kicherte erneut und zuckte die Schultern. »Keine Ahnung. Die gab es bei Aldi noch nicht im Angebot. Aber vielleicht bei Tchibo oder secondhand bei ebay.«

Ich las weiter und zwar laut. »*Von Shanghai bis New York ist der Hunger nach Schönheit offenbar unstillbar. Ein Höllensturz ist in diesem Rekordklima nicht in Sicht* … Was meinen die damit?«

»Mensch, Mädchen! Stehst du auf der Leitung? Der Kunstmarkt boomt, und du bist mittendrin!«

Na, mal langsam. Die Bilder, die hier abgebildet waren, stammten ja nun nicht grade von Nobodys: Kirchner, Hopper, Klimt. »Ich glaube kaum, dass jemand für einen Melli Kubinski zweistellige Millionenbeträge hinblättern würde.«

Alix ließ sich nicht beirren. »Natürlich nicht, jedenfalls nicht sofort, da muss schon noch ein bisschen Marketing betrieben werden und ... ein Mäzen muss her und ein Galerist und ... ach, lies doch selbst mal ... Seite 172.«

Ich blätterte. *Explosionen im Kopf. Ein Großsammler über seine Leidenschaft.*

Hm, der Typ war echt nicht uninteressant. Was er da über junge Kunst erzählte, ließ wirklich Hoffnung in mir aufkeimen. Besonders gefiel mir seine Antwort auf die Frage, ob er als Großsammler nicht ziemlich verrückt sei. Nicht mehr als die Künstler, die ich sammle, hatte er gesagt. Ob so einer nicht auch meiner *Apokalypse* etwas abgewinnen konnte?

Aber dann fiel mir leider etwas auf. »Sag mal Alix. Der redet hier vom *Spaß mit jungen Malern.* Meinst du, Kunstsammler sind per se homophil? Neo Rauch, Tim Eitel, Matthias Weischer – das sind doch alles Männer. Gibt es eigentlich keine erfolgreichen Frauen in der Kunstszene? Oder haben die einfach keine Chance bei Sammlern?«

Das war ja nun eine sehr delikate Sache, und so rupfte Alix mir den *Spiegel* aus der Hand und überflog den Artikel noch mal kurz mit kontrollierendem Blick.

»Stimmt«, sagte sie. »Du hast recht. Alles Typen. Auch die zehn teuersten Gemälde der Welt. Alle von Männern gemalt.«

Das klang nicht gut. Ich schluckte. Was war angesichts dieser niederschmetternden Erkenntnis mit meinem Weltruhm? Abrupt verdunkelte sich diese Perspektive! Es sah plötzlich sehr finster aus und ein dumpfes Gefühl von Schwermut überkam mich, als hätte jemand ein Leichentuch über meine Zukunft geworfen. Sehr bitter!

Wie es schien, würden eher Boris und Kurtchen irgendwann im *Metropolitan* hängen, und das einfach nur, weil sie Männer waren?

Nein, das konnte und durfte nicht sein, begehrte es in mir auf. Ich wäre nicht Melli Kubinski, wenn ich schon am Beginn meiner Laufbahn resignieren würde. Alix' nächstes Statement bestärkte mich in dieser Haltung.

»Wenn es so ist, kann es jedenfalls nicht so bleiben«, sagte sie. »Frauen können schließlich mindestens genauso gut malen wie Männer. Man hat ihnen bisher vielleicht nur nicht die gleichen Chancen gegeben.«

Ich dachte an meine Eltern und wie sie mich mit allen möglichen fiesen Tricks davon abhalten wollten, Malerei zu studieren. Wer weiß, wie viele andere große Talente auf diese Weise der Kunst verloren gingen, nur weil sie Frauen waren.

»Okay«, sagte ich also zu Alix. »Ich denke, es ist an der Zeit, den Herren Kunstsammlern mal zu zeigen, wie viel Spaß sie mit einer jungen Malerin haben können.«

♡ ♡ ♡

Die erste Vernissage, die sich zur Umsetzung unserer Pläne anbot, fand anlässlich der Semesterausstellung an der Kunsthochschule statt. Zwar trieben sich da überwiegend Hobby-Kunstsammler mit Kleinstbudget herum, die glaubten, eine Studentenarbeit für einen Apfel und ein Ei abstauben zu können, was dann nicht mal dem Wert von Farbe und Leinwand entsprach, aber mitunter verirrte sich auch mal ein Galerist oder ein ernsthafter Kunstsammler unter die Besucher. Immer auf der Suche nach einem genialen Newcomer wie mir zum Beispiel. Wie gut, dass ich gleich zwei Bilder zur Auswahl dabei hatte. Konnte ja sein, dass einer mehr auf abstrakt stand und ein anderer mehr auf figürlich. Mit *Anfang 9* und dem *Ende der Friedfertigkeit* konnte ich so beiden Geschmäckern dienen.

Ausstellungseröffnung war an einem Donnerstagabend, und ein Wäsche- und Bekleidungshaus hatte das Büfett gesponsert. Solide, aber nicht sehr luxuriös.

Den Nachmittag hatte ich damit verbracht, mit Paula und Alix ein cooles Styling auszutüfteln, wobei Alix äußerst kritisch war, weil sie meinte, ich müsste mich in die richtige Beziehung zu meinen Bildern setzen, also sozusagen als Gesamtkunstwerk auflaufen. Das wiederum erschwerte die Sachlage sehr, denn wie stylt man sich zwischen abstrakt und altmeisterlich krasskonkret? Da bot sich ja nur ein Stilmix aus Kenzo und Valentino an. Hatte ich aber grade nicht zur Hand, weil beides unbezahlbar war. Und ein Bäumchen, das am Grab meiner Eltern auf Zuruf Gold und Silber über mich warf, stand mir leider auch nicht zur Verfügung. Meine Eltern lebten schließlich noch.

So griff ich schließlich zum schlichten knielangen Bustierkleidchen von Zara und nähte selbst noch einen breiten Rüschensaum und etwas Glitzer drauf, was dann irgendwie barock wirkte. Alix und Paula waren jedenfalls begeistert.

»Sehr glamourös und dennoch jung!«, schwärmte Alix, und Paula meinte: »Wenn es mit deiner Malerkarriere doch nichts werden sollte, machst du einfach in Modedesign.«

Der Herr verhüte es!

Jetzt stand ich unter der Dusche und schäumte meine kurzen Haare mit Paulas Long-and-strong-Shampoo ein. Für eigenes Shampoo fehlte mir grade mal wieder das Geld, und sie kam ja über den Frisiersalon ihrer Mutter sowieso billiger dran.

Kam sie doch noch, oder hatte ihre Mutter ihr wegen dem Job am Staatstheater dauerhaft die Freundschaft gekündigt, weil sie davon ja offenbar gar nichts hielt? Ich musste sie noch mal darauf ansprechen und machte mir einen Knoten ins Gehirn!

Aus der Wohndiele drang Musik und erregtes Stimmengewirr. Das hatte aber nichts zu bedeuten, denn es waren nur Paula und Alix, die mit Justin eine Musicalszene übten. So lange sie nicht sangen! Andererseits könnten die sich ja allmählich auch mal fertig machen. Ich drehte die Dusche aus, frottierte mich schnell ab, setzte die Brille auf, deren Gläser sofort anliefen, schlüpfte mit einem Handtuch um den Kopf in meinen Bademantel und warf beim Rausgehen einen kurzen kontrollierenden Blick in den ebenfalls beschlagenen Spiegel. So ganz frei von Eitelkeit war ich schließlich auch nicht. Und was hieß das schon – Eitelkeit? Wenn einer von diesen männlichen Malern zu einer Vernissage ging, übergoss der sich sicherlich vorher auch literweise mit Duschgel und knetete Haupt-, Schnurr- und Barthaar mit Matt-Paste zum ultimativen Künstlerlook.

Ich streckte meinem verschwommenen Spiegelbild die gepiercte Zunge raus und öffnete die Tür zum Flur. Barfuß huschte ich zur Diele, wo die drei sich immer noch gegenseitig Textbrocken zuwarfen.

»Wollt ihr nicht mitkommen?«, fragte ich, als ich auf Zehenspitzen an ihnen vorbeitänzelte. »Ihr habt die Vernissage doch nicht vergessen?«

»Natürlich nicht«, sagte Alix sogleich und sah alarmiert auf ihre Armbanduhr, die aussah wie ein Designerstück, aber natürlich aus Hongkong stammte. »Ich geh dann mal duschen ... oder willst du zuerst, Paula?«

Die schüttelte den Kopf und wusste wohl, warum sie Alix den Vortritt ließ. Denn kaum war ich in meinem Zimmer und Alix in der Dusche angekommen, gellte auch schon ein Schrei durch die WG.

»Melli! Komm sofort her und mach die Dusche sauber!«

Oh, da hatte ich wohl mal wieder was vergessen. Aber sie sollte sich nicht so anstellen. Ich hatte auch schon oft genug ihre langen blonden Haare aus dem Ausguss fischen müssen, weil das Wasser nicht mehr ablief, woran ich ja nun erwiesenermaßen keine Schuld trug.

Um ihr Gekreische nicht mehr hören zu müssen, stellte ich den Föhn auf Maximum. Als mein Haarschopf trocken war, war auch Alix' Genöle verstummt. Ich spitzte vorsichtig in die Diele. Kein Mensch mehr da. Na bitte, das war Leben nach dem Merkelprinzip. Manche Probleme erledigten sich von ganz alleine. Sogar Justin war in sein Zimmer verschwunden. Bestens! Nicht, dass dem noch einfiel, mit in die Kunsthochschule zu kommen.

Zu früh gefreut! Es fiel ihm ein. Als Paula, Alix und ich uns gestylt und abmarschbereit in der Diele trafen, tauchte er plötzlich ebenfalls auf.

»Was dagegen, wenn ich mich euch anschließe?«, fragte er mehr rhetorisch und von seinem impertinenten Dauergrinsen begleitet. »Ich würde gerne mal etwas von Mellis Bildern sehen, hier hält sie die ja immer vor mir verborgen.«

Zu Recht, dachte ich, aber da ich ihm ja kaum verbieten konnte, zu einer öffentlichen Ausstellungseröffnung zu gehen, musste ich halt in den sauren Apfel beißen. Also machte ich gute Miene zum lästigen Spiel und zwang ein Lächeln in mein Gesicht. *Let the sunshine in …*

Aber im Treppenhaus nahm ich gleich Paula zur Seite und zischelte ihr zu: »Aber nicht, dass der den ganzen Abend an mir klebt. Du weißt, ich suche einen Mäzen! Da kann ich ihn nicht gebrauchen. Der verschreckt mir ja alle möglichen Kandidaten.«

»Wieso?«, flüsterte sie zurück. »So schlimm ist er doch nun auch nicht.«

»Schlimm oder nicht … Es darf auf keinen Fall der Eindruck entstehen, dass er oder ich oder äh … dass wir beide was miteinander hätten. Das schreckt Sponsoren nämlich total ab.«

Paula schaute ungläubig. »Du meinst, weil die selbst was von dir wollen? Äh, hast du nicht gesagt, du wolltest keinen … ähm … Sex mit so einem Typen?«

Sie war direkt ein bisschen verlegen geworden. Da hatte sie aber etwas gründlich missverstanden.

»Natürlich nicht! Aber wenn die denken, ich hätte einen Freund, glauben die doch nicht, dass ich als Künstlerin ernsthaft an die Weltspitze will.«

»Stimmt«, schaltete Alix sich ein. »Männer können haufenweise Frauen und Freundinnen haben, ohne dass es karriereschädlich ist, aber wenn du als Frau einen Typ hast, glauben alle, dass du sowieso nur auf Nestbau und Kinderkriegen aus bist und der Beruf für dich lediglich eine Überganspphase ist.«

»Wirklich?«

Nun machte Paula aber ein bisschen sehr auf Dummchen.

»Ja, wirklich!«, sagte ich aber dennoch nur knapp,

denn wir hatten die Haustür erreicht, wo Justin bereits auf uns wartete. Zur Straßenbahn war es nicht weit. Gott sei Dank, denn als es dunkel wurde, setzte ein feiner Sprühregen ein, der nicht grade optimal für meine frisch gegelten Haare war. Aber die Straßenbahn kam bald, und als wir an der Kunsthochschule ausstiegen und über den gepflasterten Vorplatz zum Ausstellungspavillon strebten, hatte der Regen bereits aufgehört.

Im Inneren des Glaskubus war es hell und trocken und durch die vielen Menschen, die sich zwischen den Ausstellungswänden drängten, angenehm warm. Ich liebte die Atmosphäre hier, denn anders als bei den meisten anderen Vernissagen traf man hier nicht nur auf den Kreis der üblichen Verdächtigen aus dem bürgerlichen Mittelstand und den Medien. Freakige Studenten und mitunter nicht minder sonderliche Professoren lockerten die sonst meist recht steife Atmosphäre wohltuend auf. Ich liebte meine Hochschule und hatte darum auch vor, diesen Abend voll zu genießen. Wenn dann zufällig noch ein Big Spender meinen Weg kreuzen sollte, okay, dann wäre das natürlich nicht schlecht, aber auch so würde es ein gelungener Abend werden, da war ich mir sicher. Als ich Boris entdeckte, steuerte ich gleich auf ihn zu.

Alix kam hinter mir hergelaufen. Sie hatte ihre Kamera gezückt und war wieder auf Motivsuche für das Onlinemagazin *Nightlife,* wo sie sich ein paar Euros als Fotoreporterin dazuverdiente. Nun wollte sie unbedingt ein Foto von mir vor einem meiner Bilder machen. Vermutlich wegen der Frauenförderung …

»Ich bring dich ganz groß in *Nightlife* raus!«, sagte sie dabei. »Warum soll ich irgendeine fremde Studentin knipsen, wenn ich doch weiß, dass du hier bist und außerdem auch noch die besten Bilder ausgestellt hast.«

»Habe ich?«

»Tu doch nicht so bescheiden«, meinte sie grinsend. »Wenn einer an dich glaubt, dann doch wohl du selbst.«

Und damit hatte sie nicht mal unrecht. Dennoch wäre es natürlich schön, wenn ich nicht die Einzige bleiben würde, die an mich glaubte. Es musste ja nicht gleich ein *Big* Spender sein. Spender würde vielleicht für den Anfang schon mal genügen.

Während ich für Alix vor meinem abstrakten Bild posierte, scannte ich kurz den Ausstellungsraum ab. Hm, da stand doch jemand genau gegenüber vor meinem anderen Gemälde, dem krass-konkreten. Was ... was tat der denn jetzt? Der hatte doch nicht wirklich eine Lupe dabei? Was wollte er denn damit?

Aber ehe ich über diese Frage genauer nachdenken konnte, gab es neben mir plötzlich einen Rums, und nach einem schrillen Schrei ertönte das klirrende Geräusch zerbrechender Gläser. Ich fuhr herum.

Direkt zu meinen Füßen lag eine junge Frau in einem Haufen Glassplitter und klammerte sich krampfhaft an einem Silbertablett fest. Wenn da jetzt das plastinierte Haupt von Justin drauf läge, wäre es eine coole Installation gewesen. So aber wirkte es ein wenig bescheuert.

Hilfsbereit beugte ich mich herab und streckte ihr die Hand hin, um ihr aufzuhelfen. Aber was tat diese Tusse? Sie griff derart heftig danach, dass ich das Gleichgewicht verlor und Sekunden später neben ihr in den Scherben lag. Autsch!

»Was soll der Scheiß?«, schnauzte ich sie natürlich sofort an, worauf sie in Tränen ausbrach, und der Herr, der eben noch mit der Lupe mein Bild betrachtet hatte, sich nun zu ihr herunterbeugte und tröstend sagte: »Kann ich Ihnen behilflich sein?«

Er half ihr auf die Füße und warf mir dabei einen derart missbilligenden Blick zu, dass ich mich gleich wieder freiwillig in die Scherben zurückfallen ließ. Na, falls der sich für meine Kunst interessiert hatte, würde er wohl für mich als Künstlerin nicht mehr zu erwärmen sein. Und dabei traf mich an diesem Chaos überhaupt keine Schuld.

Das sah Alix genauso. Sie zog mich schließlich auf die Füße und half mir in den Waschraum. Wäre es nach mir gegangen, hätte ich wohl den Rest des Abends weiter fassungslos hinter diesem potenziellen Mäzen hergeglotzt und es mir in den Scherben gemütlich gemacht.

Nun stand ich jedoch am Waschbecken in der Damentoilette und wischte mir die Glassplitter von den Beinen und den Klamotten. Warum musste ich auch ausgerechnet heute ein kurzes Kleid tragen. Klar, weil ich ausnahmsweise mal mit der Straßenbahn und nicht mit der Vespa unterwegs war, und weil Paula und Alix der Meinung waren, Mäzene würden auf lange schlanke Beine stehen. Lang und schlank stimmte ja noch, aber mit Schrammen und kleinen blutigen Kratzern übersät waren meine Beine nun alles andere als attraktiv.

»Scheiße, Scheiße, Scheiße!«, rutschte es mir noch mal heraus.

Gott sei Dank war diesmal kein potenzieller Mäzen in der Nähe. Stattdessen stand nun auch die Verursacherin dieser Katastrophe im Waschraum, und da sie kein bisschen besser aussah als ich, eher noch schlimmer, musste ich ihr einfach verzeihen, als sie sich wortreich bei mir entschuldigte. Sie war eine Studentin aus dem ersten Semester und hatte vom Servieren null Ahnung.

»Ist schon okay«, sagte ich also und versuchte, meiner Stimme eine versöhnliche Tonlage zu verpassen, was mir aber nicht recht gelingen wollte. Stattdessen schnappte ich beim Rausgehen: »Pass halt beim nächsten Mal besser auf!«

War ich vielleicht ein Gutmensch, dass ich mich auch noch dafür bedankte, dass ich den Abend jetzt knicken konnte? Paula hätte das vielleicht gebracht, aber bei mir war sie da an der völlig falschen Adresse. Mein Name war Melli Kubinski und nicht Mutter Teresa!

Ich wollte mich grade aus einem Seiteneingang der Kunsthochschule davonschleichen, als Boris mit ein paar Kumpels auftauchte. Er war voll euphorisch, weil er ein Bild verkauft hatte und die Scheine nun schon im Kopf in viele kleine Tüten mit Gras umwandelte. Damit war er so beschäftigt, dass er meinen leicht lädierten Zustand gar nicht wahrnahm.

»Du«, sagte er stattdessen total aufgekratzt. »Da rennt so ein Typ durch die Ausstellung und kauft haufenweise Bilder auf. Wenn du willst, stell ich dich ihm vor.«

Hm, warum nicht? Wenn ich mich etwas im Gedränge aufhielt, sodass er meine Beine nicht sah, würde ihm deren Zustand vielleicht nicht auffallen. Das fehlte ja noch, dass hier endlich mal ein Sammler mit Geld und Kauflust auflief und ich wegen so einer blöden Erstsemestertussi diese Chance verpasste. Ich ließ mich also von Boris zurück in die Ausstellungshalle lotsen, und wir standen wirklich ziemlich im Gewühl, als er jemandem vor mir auf die Schulter tippte und sagte: »Das ist er.«

Im selben Moment drehte der Typ sich herum, und wir erstarrten beide.

Na klar, ich hätte mir ja denken können, dass es natürlich der Typ war, der mich so bitterböse angesehen hatte, als ich es gewagt hatte, die ungeschickte Kuh, die mich in die Scherben gezerrt hatte, anzuschnauzen.

Warum war ich heute überhaupt aufgestanden und zu dieser Vernissage gegangen? Warum? Warum? Egal. Nun war ich da, und der große Bilderaufkäufer stand direkt vor mir und blickte mich starr an. Wir konnten ja hier nicht festwachsen. Also wagte ich einen Konversationsversuch und wünschte mir dabei, dass er die Sensibilität einer Geranie hätte. Hatte er nicht. Eher die eines Kaktus'!

»Ähm ... das wegen eben, ähm ... das tut mir leid ... also ... obwohl es ja nicht meine Schuld war ... weil ich übrigens darin viel Erfahrung habe ... im Servieren, meine ich ... weil ich ja auch gelegentlich serviere ... also im Irish Pub.«

Herrje, das wurde ja wohl nichts mehr. Selbst eine Geranie hätte angesichts dieses Gestammels die Blätter hängen lassen.

Er aber reagierte stachelig. »Dann sollten Sie es dabei auch belassen«, meinte der Typ kurz angebunden und kein bisschen freundlich. »Man kann Ihrem Wirt nur wünschen, dass Sie dort etwas weniger leichtfertig mit den Gläsern umgehen.«

Ging es dem noch gut? Was lief denn in dessen Kopf ab? Der tat ja grade so, als wenn ich das Tablett fallen gelassen hätte.

Sollte die kleine Tusse etwa ...? So ein scheinheiliges Biest! Sich bei mir entschuldigen und dem Typ erzählen, ich hätte ihr die Gläser vor die Füße gedonnert. Na, die sollte mich kennenlernen!

Ich merkte, wie mir die Zornesröte ins Gesicht stieg. Mit meinen roten Haaren sah ich sicherlich aus wie ein Feuermelder. Aber das war mir jetzt auch egal. Ich riss mich zusammen und sagte dann so kühl, wie es mir mit so viel Hitze im Gesicht möglich war: »Sie mögen noch so viel Geld haben, Verstand haben Sie nicht die Bohne, sonst würden Sie nicht über Dinge urteilen, die Sie gar nicht gesehen haben. Wenn Ihnen jede kleine Aushilfskellnerin so schnell eine Lüge unterschieben kann, dann wird Ihnen hier sicherlich auch jeder halbwegs clevere Möchtegernkünstler sein Werk aufschwatzen können. Ich habe das nicht nötig.«

Ich machte auf dem Absatz kehrt und rannte prompt Boris in die Arme, der offenbar die ganze Zeit hinter mir gestanden hatte. Der war gar nicht erbaut über mein Statement, das er sofort auf sich bezog. Sonst bekam er ja eigentlich nie was mit, weil selten etwas aus der realen Welt durch den Kiffernebel in sein Gehirn durchdrang. Aber ausgerechnet dieses Mal musste er bei halbwegs klarem Verstand sein.

Sogleich fühlte er sich angegriffen und war beleidigt. Klar, schließlich hatte dieser Tussenbeschützer auch ihm ein Bild abgekauft. Wie bekam ich das denn jetzt schnell wieder hin?

»Dich habe ich doch gar nicht gemeint, Boris«, versuchte ich klarzustellen. Aber das war ihm nicht genug.

»Ich bin kein Möchtegernkünstler und habe ihm auch mein Bild nicht aufgeschwatzt«, motzte er weiter herum.

»Das weiß ich doch … Es war nur so allgemein und im Zorn gesagt … Der Typ hat mich völlig falsch eingeschätzt …«

»Du mich auch!«, schnaubte er. »Such dir einen anderen Erleuchteten für deinen Ausstellungsschinken!«

Sprach's und machte sich mit seinen Kumpels davon.

Ich suchte, aber zunächst mal nur das Weite, und da ich Alix und Paula im Gewühl nicht entdecken konnte, stolperte ich etwas kopflos aus der Hochschule. Erst als mich die frische Nachtluft auf dem Vorplatz umwehte, kühlte ich auch innerlich wieder etwas ab. Zwar war ich mir sicher, dass ich die Sache mit Boris schon wieder geregelt kriegen würde, aber die Sache mit dem Käufer ärgerte mich maßlos. Bestimmt hätte er auch von mir ein Bild gekauft, denn warum hätte er sonst das *Ende der Friedfertigkeit* so eingehend mit der Lupe studieren sollen? Es war wirklich zu dumm, dass mir dieser Unfall dazwischengekommen war, denn das Geld hätte ich gut brauchen können. Nun musste ich also weiter stilvoll verarmen. Ich zuckte die Schultern und ging hinüber zur Straßenbahn.

Och nee, dachte ich, als ich sah, wer da bereits wartete. Justin! Shit happens!

Das war also mal wieder nichts! Dabei wäre der Typ vermutlich perfekt gewesen. Ein Sammler wie er, der mir mit schöner Regelmäßigkeit meine Bilder abkaufte und deren Marktwert steigerte … ach ja, es wäre auch zu schön gewesen! Da musste ich nun wohl doch erst mal ernsthaft nach einem anderen Job Ausschau halten. Schließlich konnte ich nicht dauernd meinen Freundinnen auf der Tasche liegen, und wenn ich meine *Apokalypse* ansah, dann gab es da noch reichlich viel weiße Leinwand, die nach Farbe schrie.

♡ ♡ ♡

So stand ich denn am nächsten Mittag leicht frustriert in der Lobby der Uni-Mensa und wartete auf Alix, mit der ich mich wie so häufig zum Essen verabredet hatte.

Sie knechtete freitags immer als Studentische Hilfskraft bei Professor Kiesling, und da ich kurz vor zwölf mit meiner Vorlesung über Kunstkritik fertig war, fuhr ich das kurze Stück von der Kunsthochschule zur Uni meist schnell rüber. Das Essen war ohnehin in jeder Mensa gleich, weil es in der Zentralküche des Studentenwerks hergestellt wurde.

Hoffentlich kam Alix bald, denn ich hatte mal richtigen Kohldampf. Aber so wie das schon wieder roch, gab es bestimmt Fisch. Nichts gegen Fisch an sich, aber in gebackener Form war der meist unter der fetten Panade kaum noch auszumachen. Dazu dann immer der gut gemeinte Extraschlag Remouladensauce. Dürfen es auch noch ein paar Rote Bete sein?

Während mich beim Warten also ein leichtes Schaudern überlief, ließ ich meinen Blick eher beiläufig auf dem Schwarzen Brett herumwandern, das in der Vorhalle hing. Was für ein heilloses Chaos! Wohnungsgesuche, Kontaktanzeigen, Fragen nach Skripten und Lehrbüchern, Jobangebote.

Es durchzuckte mich elektrisierend. Jobangebote! Das war ja genau das, was ich brauchte. Aber leider waren die Offerten schon uralt oder wirkten ausgesprochen unseriös. Na ja, und Klofrau am Bahnhof wollte ich ja nun auch nicht unbedingt werden. Obwohl ich in einer der Szenezeitschriften neulich eine Reportage über eine Studentin gelesen hatte, die das allen Ernstes machte.

»Ich schotte mich mental vollkommen ab«, hatte sie im Interview gesagt. »Schließlich muss jeder Mensch mal müssen. Was ist schlecht daran?«

Tja, dazu konnte ich nun am allerwenigsten was sagen. Wo ich nicht mal meine eigene Blase unter Kontrolle hatte.

Aber war es nicht schrecklich, wozu Studenten durch die Einführung der Studiengebühren gezwungen waren? Die geistige Elite der Nation war doch damit buchstäblich am Arsch!

Wütend wollte ich mich ab- und einem Infotisch mit einem Protestaufruf zuwenden, als mein Blick an einem recht seriös wirkenden Briefkopf des Instituts für Elementare Körperlehre am Fachbereich Architektur hängen blieb. Suchten die vielleicht eine studentische Hilfskraft?

Nein, suchten sie nicht. Es war für mich an dieser Stelle zwar völlig unerwartet, aber sie suchten ein *Aktmodell*!

Bezahlung: fünfzig Euro pro Sitzung. Das war mal ein richtig ordentliches Honorar. Sonst schwankte der Stundenlohn für Studenten zwischen sieben und zehn Euros. Daran gemessen war die Vergütung ja geradezu königlich. Vermutlich suchten die schon ewig lange jemanden. Das Anforderungsprofil war schließlich etwas ... na ja, sagen wir mal, speziell.

Obgleich ich mir darunter eigentlich nicht so richtig was vorstellen konnte. Aktmalen wurde an der Kunsthochschule natürlich auch angeboten, aber es hatte mich nie sonderlich interessiert. Dort posierten meistens Frauen, und eine Frau war ich schließlich selber. Wenn ich mich also mit meinem Skizzenblock und Zeichenkohle nackt vor den Badezimmerspiegel stellte, hatte das den gleichen Effekt.

Alix war inzwischen aufgelaufen, und als ich ihr das Angebot zeigte, bekam sie erst mal einen Lachanfall. »Das willst du aber nicht allen Ernstes machen, oder?«, sagte sie schließlich.

Das ärgerte mich nun. Hielt sie mich etwa für zu hässlich oder gar für zu schüchtern?

»Es wird sehr gut bezahlt«, sagte ich, dennoch erst mal um Sachlichkeit bemüht.

»Na ja, aber Geld ist schließlich nicht alles. Du machst dich doch da zum Dödel!«

Nun musste ich aber für die Aktmalerei mal eine Lanze brechen. »Wieso sollte man sich da zum Dödel machen? Der Akt ist eins der zentralen Motive der Kunst. Rubens, Gauguin, Renoir, Degas, Picasso, Marc, Macke, Modigliani, ja selbst Lucas Cranach, der Ältere wohl gemerkt ... Was wären sie ohne ihre Modelle gewesen? Viele waren wie eine Muse für sie und wurden immer und immer wieder gemalt.«

»Nun übertreib aber mal nicht. Du malst schließlich selber und musst nicht für irgendwelche Architekturstudenten, die eh keinen blassen Schimmer von Kunst haben, die Muse mimen!« Das war ja mal wieder typisch Alix! »Komm, lass uns jetzt endlich essen gehen! Ich bin total ausgehungert.«

Zielstrebig steuerte sie auf die Essensausgabe zu, sodass sie nicht sah, wie ich den Aushang schnell vom Brett nahm und in meine Tasche gleiten ließ. Die Sache schien mir doch zumindest einen zweiten Gedanken wert zu sein. Und mal unverbindlich anzurufen, konnte ja nicht schaden. Vielleicht war der Job auch schon längst weg. Schien ja leicht verdientes Geld zu sein, auf das sicher auch noch andere scharf waren.

Natürlich wäre ich nie auf die Idee gekommen, an der Kunsthochschule Modell zu stehen, aber hier, bei wildfremden Architekturstudenten, mit denen ich sonst nichts zu tun hatte, was hinderte mich daran? Außer Alix doch eigentlich nur mein innerer Schweinehund, und der war ja eigentlich nur dazu da, um überwunden zu werden.

Also machte ich es kurz. Nachdem Alix in einen Medienworkshop abgedüst war, rief ich wirklich im Institut an. Eine Assistentin erklärte mir, dass der Job für einen Zeichenkurs war, den eine Dozentin namens Klein durchführte.

»Das Geld gibt es bar auf die Hand, und Sie müssen es selbst versteuern.«

Aha.

»Noch was?«

Nö, so direkt fiel mir nichts mehr ein.

»Dann rufen Sie am besten Frau Klein an und vereinbaren mit ihr einen Vorstellungstermin.«

Sie gab mir die Nummer durch und hängte auf.

Fand sie mich blöd, weil ich auf so eine Stellenausschreibung hin anrief? Und wenn schon!

Ich setzte mich in ein Straßencafe, bestellte einen Cappuccino – das musste jetzt einfach mal drin sein – und rief übers Handy bei Frau Klein an.

»Haben Sie Erfahrung als Aktmodell?«, fragte sie sogleich.

Hatte ich nicht, aber das würde ich ihr ja wohl nicht auf die Nase binden. »Ja, ja, habe ich. Ich, äh … studiere ja an der Kunsthochschule.«

»Ach so«, sagte sie. »Dann können Sie ja gleich zu meiner nächsten Kursstunde kommen.«

»Äh, wollen Sie nicht erst mal sehen, äh … wie ich so … äh, ja … gebaut bin?«

»Nicht nötig. Wir malen alles. Hauptsache, Sie können einige Posen und haben das entsprechende Stehvermögen. Aber wenn Sie das schon mal gemacht haben, wird das ja kein Problem für Sie sein.«

»Nein, sicher nicht«, sagte ich und fragte mich zugleich, was ich mir da nun wieder eingebrockt hatte.

»Ich gehe einfach nicht hin«, sagte ich zu Paula, als ich

ihr bei einer Tasse Tee am Abend beichtete, was ich getan hatte.

Sie war selbst ziemlich fertig, weil die Arbeit am Theater nun, wo das Musical in die Produktion ging, recht stressig war. Darum hatte sie wohl auch keine Lust, für mich den Seelentröster zu spielen.

»Wenn du meinst, dann schau es dir halt an«, sagte sie darum kurz angebunden. »Mehr als blamieren kannst du dich ja schließlich nicht.«

Danke, das waren genau die aufmunternden Worte, die ich brauchte.

Ich schaute es mir also an und blamierte mich auch gleich.

Frau Klein war eine drahtige Person mittleren Alters und entpuppte sich als Kunstlehrerin, die nebenbei noch einen Lehrauftrag für Aktzeichnen an der Uni wahrnahm.

»Ich mache das auch noch an der Volkshochschule und bei der Familienbildungsstätte«, sagte sie stolz.

Damit war der Rahmen für das Niveau der Veranstaltung ja schon mal abgesteckt. Falsch machen konnte ich da eigentlich auch nichts mehr. Wozu mussten Architekturstudenten so etwas überhaupt belegen? Bei der Berechnung der Statik von Hochhäusern würde es ihnen wohl kaum dienlich sein, dass sie den Body-Mass-Index eines Nacktmodells auf ihrem Skizzenblock visualisieren konnten.

Frau Klein lachte auf meinen Einwand hin freundlich. »Für die Statikberechnung freilich nicht«, sagte sie Frohsinn ausstrahlend. »Aber sie lernen etwas über elementare Formen, Bauprinzipien, Proportionen, Perspektiven und Ästhetik.«

Na denn. Im Malsaal der Architekten standen fünfzehn Studenten, überwiegend Männer, hinter ihren Staffeleien, auf denen sie ihre DIN-A3-Skizzenblöcke aufgebockt hatten. Mit Zeichenkohle bewaffnet, starrten sie erwartungsvoll und leicht verlegen auf … *mich*!

Ich hatte mich hinter einer Stellwand meiner Klamotten entledigt: Jacke, Pulli, Jeans, BH und mit gewisser Verzögerung auch meines Slips. Ich fand es reichlich frisch und fragte mich, ob ich am Ende der Sitzung nicht vielleicht zu einem Eisblock erstarrt sein würde. Ich behielt die Sneakers erst mal an, denn nachdem ich grade erst meine Blase saniert hatte, wollte ich nicht wegen kalter Füße schon wieder Probleme kriegen.

Die Staffeleien standen in einem weiten Kreis um ein kleines Podest herum, vor dem – welche Freude – ein Heizstrahler aufgebaut war.

Ich stellte mir kurz vor, dass ich der Kaiser aus dem Märchen wäre, der in der Öffentlichkeit seine neuen unsichtbaren Kleider spazieren trug, wodurch es mir wenigstens teilweise gelang, mich genau wie er auch im splitternackten Zustand bekleidet zu fühlen.

Ich hob das Kinn an und stolzierte auf das Podest zu, wobei ich bemüht war, über die Studenten hinweg und nur ja keinen direkt anzusehen. Als ich auf dem Podest stand, begann eine gewisse Hektik um sich zu greifen, Papier raschelte, Staffeleien wurden gerückt und Zeichenkreide kratzte über den Malkarton.

»Bereit?«, fragte Frau Klein.

Ich nickte. Oh, mein Gott, was tat ich hier? Ihre Stimme hatte mich abrupt wieder in die Realität dieses hässlichen, kahlen und kalten Malsaals zurückgeholt, und ich fühlte mich auf einmal ja so was von nackt. Aber jetzt musste ich da durch. Blieb mir also nur, mir erneut ein mentales Mäntelchen umzuhängen, das Leib und Seele gleichermaßen schützte.

»Das ist Melanie«, sagte Frau Klein. »Sie wird die nächsten Wochen für diesen Kurs als Modell zur Verfügung stehen. Beginnen wir also heute zunächst mit einer freien Übung. Melanie, bleiben Sie ganz locker, ja so ist es gut.«

Und zu den Studenten sagte sie: »Zeichnen Sie nun genau das, was Sie sehen. Egal, ob Sie den Akt von vorne oder von hinten oder von der Seite sehen. Es ist wichtig, dass Sie nur genau das wiedergeben, was Sie wirklich sehen. Nichts hinzukomponieren und auch nichts weglassen.«

Hm, das konnte ja heiter werden. Wenn die jede einzelne Pofalte, jede Wachstumsnarbe am Oberschenkel, den Speckansatz am Bauch und jede Delle am Knie aufs Papier bringen sollten. Obwohl, so ein zwanzigjähriger Körper war ja eigentlich generell noch ganz vorzeigbar. Ich konnte gar nicht verstehen, warum bei *Germany's next Topmodel* nur halbverhungerte Teenies eine Chance hatten.

Nach einer Weile wurde es mir zu langweilig, immer nur über die Köpfe hinwegzustarren, und ich betrachtete unauffällig die Studis um mich herum. Wie würden die wohl aussehen, wenn sie nichts anhatten? Der lange Dürre hier direkt vor mir zum Beispiel. Dem standen doch die Rippen garantiert genauso verhungert heraus wie Boris. Wäre vielleicht ein guter Ersatz, wenn Boris weiterhin sauer war und sich weigerte, mir noch mal für den *Erleuchteten* Modell zu stehen. Hm, ob ich den Typ nachher mal ansprechen sollte?

Mein Blick wanderte durch das Rund der eifrig Zeichnenden, und ich begann vor meinem geistigen Auge, einen nach dem anderen zu entblättern. Hey, da flogen aber die Collegepullis und Oberhemden, die Gürtel und Jeanshosen, die Boxershorts und die Feinrippunterwäsche! Hach, wie sie da plötzlich alle mit mir bibberten und die Penisse mikroskopisch klein zusammenschrumpelten. Herrlich amüsant, und mir wurde fast ein bisschen mollig in den Eingeweiden, was sofort meine Brustwarzen hart werden ließ.

Vorsicht Mädchen, sagte ich zu mir, jetzt keine Hormonwallungen, sonst blamierst du dich wirklich. Und so zog ich die Typen alle ganz schnell wieder an und hoffte, dabei die Klamotten nicht durcheinander gebracht und den Langen aus Versehen in die Jeans von dem Dicken gesteckt zu haben. Musste spaßig aussehen!

Jedenfalls nahmen diese Gedanken sofort den enormen Druck von mir, was psychisch sehr entlastend wirkte. Physisch allerdings nicht. Ich hätte nie gedacht, dass einfaches, tatenloses Herumstehen dermaßen anstrengend sein konnte.

Ich gönnte mir grade angesichts eines vollschlanken Kommilitonen ein kleines, fieses innerliches Grinsen, als erst mein rechter Fuß zu kribbeln begann, dann mein linker, und schließlich hatte ich das Gefühl, einen beidseitigen Wadenkrampf zu kriegen. Merde!

»Melanie, Sie können jetzt die Haltung wechseln«, sagte Frau Klein gerade rechtzeitig, und ich wählte eine Pose, die meine überstrapazierten Beine etwas entlastete. Aber es hieß nicht umsonst Modell*stehen*. Schon bald begannen meine Füße erneut zu kribbeln, und ich versuchte mit ein wenig Zehengymnastik im Schuh, die Blutzirkulation in Schwung zu halten. Aber dennoch hatte ich bald das Gefühl, dass meine Füße eiskalt und kurz vorm Absterben waren. Außerdem kroch mir die Kälte trotz Heizstrahlers unerbittlich die Beine rauf, und ich malte mir schon blühend aus, wie meine Pobacken bald bibbern würden.

Hatte ich irgendwas von leicht verdientem Geld gesagt?

Während ich langsam zum Eisklumpen erstarrte, machte Frau Klein die Runde und betrachtete die Zeichnungen. Sie gab Tipps und verbesserte hin und wieder auch selbst einmal.

Ich versuchte, ruhig und gleichmäßig zu atmen, aber das verstärkte die plötzliche Müdigkeit, die mich überkam, noch zusätzlich. Ich bemühte mich, wach zu bleiben, indem ich all das stumm herunterleierte, was ich jemals über den weiblichen Akt in der Kunst gehört oder gelesen hatte: vom ersten prähistorischen Tonfigürchen einer fetten Frau bis hin zu den nicht weniger fetten Nanas von Niki de Saint Phalle.

Das half aber nicht wirklich, und es fiel mir immer schwerer, die Augen offen zu halten. Ich hatte das Gefühl, leicht hin- und herzuschwanken: vor, zurück und wieder vor ... Ich begann zu tanzen, einen schwerelosen Reigen mit den fettesten Weibern der Welt ... vor ... zurück ... hinauf ... hinab ...

»Melanie!«

Der panische Schrei von Frau Klein riss mich aus der Lethargie, aber es war zu spät. Wie eine antike Götterstatue bei einem Erdbeben kippte ich von meinem Sockel und konnte nur froh sein, dass ich nicht aus Alabaster war, denn sonst wäre mir sicherlich ein Arm oder die Nasenspitze bei diesem Sturz abgebrochen. So zog ich mir lediglich eine leichte Prellung am Steißbein zu, mit dem ich trotz meines Versuchs, den Sturz noch abzufangen, auf die Kante des Podestes knallte.

Meine Güte, die Höhe des Honorars war wohl durch die integrierte Gefahrenzulage zustande gekommen.

Frau Klein eilte zu mir, und auch einige Studenten

fragten, ob sie mir irgendwie helfen könnten. Weder sie noch ich wussten, wo wir vor Peinlichkeit hingucken sollten, denn nun war mein gesamtes mentales Kostüm natürlich ebenso wie meine Nerven völlig zerfetzt und bot meiner Blöße nicht mehr den geringsten Schutz. Nackt Modell zu stehen, war das eine, aber hingegossen wie die nackte Maja auf dem Boden eines Malsaals zu Füßen mehr oder weniger neugieriger oder hilfsbereiter Studenten zu liegen, war was ganz und gar anderes. Recht unerquicklich zumindest. Waren fünfzig Euro das wert?

Wenigstens Frau Klein konnte sich offenbar ein wenig in mich reinfühlen, denn sie bugsierte mich hinter die Stellwand und rief in den Raum: »Kleine Pause!«

Ein großer Teil der Studenten nutzte die Gelegenheit, um zu rauchen. So hatte ich etwas Zeit, um mich zu sammeln. Schlotternd hockte ich auf einem niedrigen Schemel und zog meine Jacke, die Frau Klein mir fürsorglich umgelegt hatte, dichter an den Körper. Nächstes Mal, falls es ein solches nach dieser Blamage geben sollte, musste ich mir unbedingt einen Bademantel für die Pause mitbringen.

»Und Sie sind sicher, Melanie, dass Sie den Anforderungen dieses Jobs wirklich gewachsen sind?«, vergewisserte sich Frau Klein.

Na, aber holla! Ich würde doch jetzt nicht einknicken. Also sagte ich, meine momentane Schwäche überspielend, betont forsch: »Natürlich! Das … das war nur … nun, ich bin ein wenig aus der Übung. Das wird nicht wieder passieren.«

»Gut«, sagte Frau Klein. »Dann stellen Sie sich doch jetzt einen Stuhl auf das Podest. Wenn Sie wollen, können Sie ja ein Buch lesen.«

Ich sah sie dankbar an. »Wenn Sie mir in Zukunft sagen, was Sie in etwa machen wollen, kann ich mir schon ein paar passende Posen überlegen«, sagte ich.

Hatte ich den Job nun, oder nicht?

Ich hockte mich also voller Zweifel auf den kalten Holzstuhl, nahm mir vor, wenn es ein nächstes Mal geben sollte, außer dem Bademantel auch ein weiches Kissen mitzubringen, und lud alle Nackten der Kunstgeschichte zur Gesellschaft ein, die mir grade so einfielen. Frauen als Inspirationsquelle für die künstlerische Inszenierung der Nacktheit. Waren ja reichlich vorhanden. Klar, da die meisten Maler Männer waren, hatten sie sicherlich immer und jederzeit Interesse daran, eine Frau entblättert zu sehen. Kein Wunder, dass die Kunst überquoll von nackten Frauen auf Sofas, im Bade, auf Picknickdecken oder im Paradies. Sie waren namenlos, wie der *Akt mit Fächer* von Gauguin, oder hießen Eva, Venus oder auch ganz schlicht nur *Dodo*, wie die Lebensgefährtin von Ernst Ludwig Kirchner, die er mit rotem Hut und roten Schuhen gemalt hatte. Bei dem Gedanken an das Bild musste ich ziemlich breit grinsen, denn diese Dodo war offenbar eine sehr selbstbewusste Person, die ihre Nacktheit mit selbstverständlichem Stolz zur Schau stellte. Seht her, keine falsche Scham! Nackt ist schön, nicht peinlich! Ich meinte mich zu erinnern, dass sie den Betrachter ziemlich direkt und herausfordernd anschaute. Ob das am Hut lag? Bestimmt, denn wenn ich mir so die Szene in Ascot beim Galopprennen vorstellte, dann konnte man dort sicherlich problemlos ohne Kleid erscheinen, ohne Hut aber wohl kaum. Na, dann würde ich mal nach Hut und schicken Schuhen à la Dodo für das nächste Mal Ausschau halten. Falls es das geben sollte. Vielleicht hatte Alix oder besser noch Paula so etwas im Schrank.

Nach der Sitzung sprang ich so schnell es ging wieder in meine Klamotten, während die Teilnehmer des Zeichenkurses den Malsaal in Ordnung brachten. Ich zündete mir mit klammen Fingern eine Zigarette an und starrte missmutig auf den Hinweis *letzte Schachtel*. Nur noch fünf! Ich musste sparsamer sein, damit ich in echt existenziellen Notlagen noch eine hatte.

Beim Abschied drückte mir Frau Klein fünfzig Euro in die Hand.

»Und?«, fragte ich verunsichert. »War es das jetzt?«

»Ja, sicher«, sagte sie. »Wir sind für heute fertig. Nächste Woche dann um dieselbe Zeit.«

Ich hätte sie vor Freude umarmen können, bremste mich aber grade noch. Was ich in der Hand hielt, war einfach wunderbar, und als ich mit der Vespa nach Hause fuhr, machte ich rasch noch einen Abstecher zum *Painte*, dem Malladen in der Nähe der Kunsthochschule, und kaufte ordentlich ein.

Als ich fertig war, hatte ich noch fünf Euro. Dafür besorgte ich Kuchen beim Bäcker nebenan. Plötzlich hatte ich nämlich unheimliche Lust auf was Süßes und eine schöne Tasse Kaffee mit meinen Freundinnen. Schließlich hatte ich gearbeitet, und wer arbeitete, sollte auch gut essen!

Wer arbeitete, sollte sich auch sonst mal was Gutes tun, und so stand, nachdem ich von meinem neuen Job berichtet hatte, plötzlich wieder der Vorschlag, sich einen Wellnesstag zu gönnen, auf der Tagesordnung. Paula war über das Modellstehen zwar nicht so begeistert, weil sie es natürlich prinzipiell sehr bedenklich fand, wenn jemand seinen Körper für Geld irgendwo vor irgendwem entblößte.

»Ich verstehe dich nicht, Melli«, hatte sie sofort ehrlich entrüstet gesagt. »Wie kannst du dich in aller Öffentlichkeit nackt zeigen? Da kannst du ja gleich in einer Peepshow auftreten.«

Nun ging sie aber ein bisschen zu weit mit ihrem Moralisieren, und Alix fiel ihr auch gleich zu meiner Verteidigung ins Wort: »Paula, das ist etwas ganz anderes. Melli tut das für die Wissenschaft und nicht, damit sich irgendwelche schmierigen Böcke daran aufgeilen. Das ist eine absolut saubere und moralisch einwandfreie Tätigkeit.«

Das glaubte sie vermutlich selber nicht ganz, aber umso höher war es ihr anzurechnen, dass sie meine Partei ergriff.

»Es ist ja nur vorübergehend«, erklärte ich. »Ich habe versucht, bei Pat im Irish Pub noch ein paar Stunden mehr zu kriegen, aber er meinte, das sei nicht drin, und ich sollte erst mal die Stunden abarbeiten, für die er mir den Vorschuss gegeben hätte. Aber wenn wir meinen Big Spender gefunden haben, ist das mit dem Modellstehen nicht mehr nötig. Obwohl es gerade für eine Malerin auch mal hochinteressant ist, in die Rolle des Modells zu schlüpfen.«

»Und du fühlst dich wirklich nicht schlecht dabei, so unter ihren lüsternen Blicken ...«

Nun musste ich aber wirklich lachen. Was hatte das Mädchen nur für eine kranke Fantasie! Wenn einer lüstern blickte, dann wohl eher ich als diese kleinen Saubermänner!

»Paula, die Leute da sind alle so was von schüchtern, die wagen es echt kaum hinzusehen. Kannst ja mal mitkommen.«

Sie lehnte dankend ab, und so konnten wir uns endlich dem Wellnesstag zuwenden, den ich mir natürlich ohne das in Aussicht stehende Honorar fürs Modellstehen nicht mal im Traum würde leisten können.

♡ ♡ ♡

Untauglicher Versuch, das Glück zu erzwingen

Die *Wellness-Oase* war als Club dem besten Hotel am Ort angegliedert, sodass auch häufig prominente Hotelgäste dort relaxten. Man hatte allen Komfort, der zu einem Wellnesserlebnis gehörte wie Sauna, Dampfbad, Tepidarium, Nebelkammer, Regenschauer- und Schwalldusche, Aromagrotte und natürlich Pool, Whirlpool, Wärmeliegen und angenehme Ruheräume. Außerdem gab es eine kleine Bar, wo man sich kostenlos an Wasser und Obstsäften bedienen konnte. Am Eingang lagen stapelweise flauschige, frühlingsfrisch duftende Saunatücher, und wir deckten uns auf dem Weg in die Umkleidekabine gleich ordentlich damit ein.

Da wir erst mal eine Runde schwimmen wollten, sprang ich rasch in den Badeanzug, unter die Dusche und mit lautem Hallo in den Pool, wohin mir Alix und Paula sofort folgten. Die Wassertemperatur lag etwa bei dreißig Grad, was natürlich für sportliche Betätigungen eigentlich zu hoch war. Aber um träge und entspannt herumzudümpeln, war es gerade richtig.

Ich ließ mich auf dem Rücken treiben und schaute auf die vielen kleinen Halogenspots, die für meine unbebrillten, kurzsichtigen Augen den Eindruck eines funkelnden Sternenhimmels an die dunkelblaue Kuppeldecke zauberten.

Wie wunderbar das Leben doch war! Und wie genial, dass ich diesen gut bezahlten Job ergattert hatte.

Ich paddelte langsam zu einer in den Pol eingelassenen Sitzecke und schaltete dort die Massagedüsen an. Als es kräftig sprudelte, kam auch Paula dazu.

»Meine Oberschenkel können das mal wieder gut gebrauchen«, sagte sie. »Eigentlich müsste ich jeden Tag hier sitzen.«

»Wieso? Hast du zugenommen?«

»Na, wenn du das nicht gemerkt hast. Neulich ist beim Bus die Hinterachse gebrochen, weil ich drin saß!«

Ich lachte. »Dann lass dich nicht so oft von Justin vollstopfen.«

»Muss ich aber. Weißt du nicht, dass ich einen Nebenjob als Vorkoster bei ihm angenommen habe?«

»Hast du Lachbrause getrunken?«, fragte ich, denn ihr aufgesetzter Humor verwirrte mich etwas.

»Äh … nein, ich lese grade ein Buch über Rhetorik: *Wie werde ich schlagfertig.*«

Aha. Ich hatte es doch geahnt.

»So nicht, Paula. So nicht!«

Alix setzte sich zu uns und bekräftigte meine Aussage. »Diese Bücher liest doch heutzutage jeder, also kennt auch jeder diese Sprüche. Damit kannst du dich allenfalls noch blamieren. Einen Blumenpott gewinnst du damit nicht und ein Rededuell schon gar nicht.«

»Schade«, meinte Paula geknickt. »Karlos hat es mir gegeben, damit ich seinem Vater bei den Tischgesprächen bei ihm zu Hause auch mal Kontra geben kann. Der verunsichert mich nämlich immer ganz schön. Obwohl er ja jetzt weiß, dass ich keine Jurastudentin bin, redet er immer reichlich hochgestochenes Zeug. Ich komme mir dann immer total ungebildet und hilflos vor.«

Das konnte ich gut nachvollziehen, denn als ich endlich aus meinem Kuhdorf raus und in die Großstadt gezogen war, war das für mich ein echter Kulturschock. Und bis ich mich in das Szenegeschwafel richtig reingehört hatte, dauerte es mehrere Semester. Eigentlich kam ich erst so richtig an, als ich Alix kennenlernte und sie mich zu Paula schleppte, um meine Haare abzuschneiden. Vorher tat ich mich an der Kunsthochschule mitunter ganz schön schwer. Und was die höheren Semester und Meisterschüler, zu denen ich ja nun Gott sei Dank inzwischen auch gehörte, so laberten, war mir keineswegs immer auf Anhieb transparent.

Alix wiegte nachdenklich den Kopf. »Gib Karlos das Buch zurück. Das nützt dir gar nichts. Bleib wie du bist, sei authentisch, erzähl von dem, was du so am Theater erlebst. Das ist deine Welt, und da fühlst du dich auch ohne Rhetorik-Coaching sicher.«

»Meinst du, das interessiert jemanden?«

»Klar!«, unterstützte ich Alix. »Insiderinfos aus dem Staatstheater hört jeder gerne, garantiert auch Karlos' Mutter.«

Und weil Paula wohl daran lag, bei der zu punkten, bedankte sie sich bei Alix für diesen Tipp und trieb weg, um ein paar Bahnen zu ziehen.

Wir durchliefen einmal das ganze Programm, und ich hatte mich gerade noch mal in den Whirlpool gesetzt, als ein höchst bemerkenswertes Pärchen den Wellnesstempel betrat.

Er war ziemlich groß, aber drahtig, mit rasierter Glatze und einem sportlichen Körper. Sie war ebenfalls groß, schlank und so was von vollbusig, dass ihr Bikinioberteil die Möpse kaum zurückhalten konnte. Wenn die eine hektische Bewegung machte, rollten sie ihr garantiert davon. Sie hatte lange, gelockte, goldblonde

Haare, die sie bei jeder Kopfbewegung mit einem Kichern in den Nacken warf. Grundgütiger!

Der Typ hatte ein Handtuch um die Lenden geschlungen, und als er sich jetzt an die Bar begab und sich einen Saft eingoss, sah man auch, warum. Das Handtuch glitt zu Boden, und er stand in einem ultraknappen Badeslip da. So was sah man heute nur noch in El Arenal an fettbäuchigen Männern jenseits der Fünfzig oder bei der Mr.-Universum-Wahl der Bodybuilder! Und genau wie die hatte er sich entweder eine Hasenpfote vorne reingesteckt oder er besaß ein echt ausladendes Gehänge. Auf dem Hintern stand allerdings das Zertifikat für Stil: D & G. Das verwirrte mich nun einigermaßen, denn ich fragte mich, ob Dolce & Gabana überhaupt schon existiert hatten, als derartige Badehosen modern waren.

Die Tusse trug natürlich einen Bikini aus der neuesten Kollektion von Victoria's Secret, den wir uns in der Modezeitschrift nur zum Angucken leisten konnten. Genau dieses Modell hatte Alix besonders stylish gefunden, aber an der Tusse sah es irgendwie billig aus. Tja, es reichte eben nicht, dass Kleider Leute machten, wenn die Leute keine Kleider machten. Kurz, keinen Geschmack hatten und nicht wussten, was zu ihrem Typ passte. Diese Tusse hatte zwar hoch, aber ganz klar daneben gegriffen. Die hatte wirklich nur *die Möpse schön*!

»Tommy«, sagte die Schnepfe grade. »Jetzt habe ich vergessen, meinen Schmuck einzuschließen. Meinst du, ich kann ihn in der Sauna anlassen?«

Versuch's doch mal, dachte ich gehässig, weil solche Weiber mir echt auf den Keks gingen.

Ihr Typ hielt sie wohl auch für bekloppt, jedenfalls sagte er mit einem ironischen Grinsen: »Das würde ich dir nicht empfehlen, Carmen. Schließ die Sachen lieber weg.«

Er nahm sein Glas mit an den Whirlpool – was eigentlich verboten war –, stellte es auf den Rand und stieg hinein. Dabei schenkte er uns einen abschätzigen Blick und ließ sich dazu herab, uns mit der kaum wahrnehmbaren Andeutung eines Kopfnickens zu begrüßen.

Himmel! Entweder war der Typ ein Star oder knallreich oder beides. Der wohnte bestimmt mit seiner Ische im Hotel. Wenn ich an die Zimmerpreise dachte, wurde mir ganz schwindelig. Von dem, was ein Zimmer pro Nacht da kostete, konnte eine Studentin mindestens einen Monat leben.

Ich starrte dieses Wohlstandsmonster bei dem Gedanken wohl ziemlich finster an, denn der Typ blieb plötzlich auf den Stufen des Whirlpools stehen und fragte: »Haben Sie ein Problem damit, wenn ich mich zu Ihnen setze?«

Solange er nicht auf meinem Schoß saß!

Bevor ich jedoch antworten konnte, kam diese Carmen wieder herein, warf ihre dauergewellten und getönten Haare in den Nacken, meinte mit einer eher maskulin klingenden Stimme: »Das wäre es ja noch!«, und ließ sich sofort in den Whirlpool plumpsen. Der Typ stieg hinterher. So erlöste er meine Augen wenigstens von dem Blick auf seinen Lendenschurz. Schürzchen! Lendenschürzchen!

Kaum aber waren beide im Pool, ging nicht etwa das Geturtel los, das ich eigentlich erwartet hatten, sondern er redete in geschäftsmäßigem Tonfall auf sie ein, und sie nickte dazu und sagte manchmal »Ja, mache ich« oder »Das kann ich mir merken«.

Ich mochte wetten, dass sie seine Sekretärin oder so was war. Das war ja uninteressant. Geschäftsreisende mit Sekretärin waren langweilig. Wir hatten hier schon ganz andere Leute gesehen: Pur und Gerhard Schröder, Dieter Bohlen, Boris Becker und Anastacia. Als ich die jetzt so im Kopf durchging, musste ich zugeben, dass unsere Stadt doch mehr Weltstadt war, als ich manchmal wahrhaben wollte. Meine schlechte Meinung hing wohl mit der etwas dürftigen Kunstszene zusammen, die nicht grade mit viel Prominenz aufwarten konnte. Obwohl die Stadt durchaus ansehnliche Museen mit alten Meistern vorweisen konnte.

Da mich die beiden nun eher anödeten, stieg ich aus dem Whirlpool und setzte mich zu Alix und Paula auf eine Wärmebank.

»Worüber reden die denn so konzentriert?«, fragte Alix.

Ich zuckte die Schultern. »Keinen Dunst, scheint irgend so ein Geschäftsreisender mit seiner Sekretärin zu sein.«

Alix wickelte sich aus ihrem Handtuch und meinte: »Komm, Paula, gehen wir auch mal in den Jacuzzi«, und hinter vorgehaltener Hand flüsterte sie: »Lauschangriff starten!«

Na, ob sich das lohnte? Ich schloss die Augen und genoss die leise Entspannungsmusik. Irgendwie war das Leben doch manchmal recht angenehm. Wenn ich nun noch einen Mäzen auftun könnte und mit meiner Malerei endlich Erfolg hätte, wäre es geradezu traumhaft. Melli Kubinski Cinderella! Vom Nobody aus dem westfälischen Hinterwald zum Shootingstar der Kunstszene! Warum eigentlich nicht? An Genie mangelte es mir schließlich nicht, nur noch an den passenden Connections.

Alix blieb nicht lange weg. Kaum hatte ich mich einmal um mich selbst gedreht, stand sie schon wieder neben mir und flüsterte erregt: »Du, die reden über Geschwindner! Das ist doch der Prof, bei dem du Meisterschülerin bist, oder?«

Klar, dass beim Namen Geschwindner auch mein Interesse sofort von null auf hundert schnellte. Was hatten diese komischen Leute mit Geschwindner zu tun?

»Krieg es raus!« Ich schickte Alix sofort wieder in den Whirlpool.

Ich schwang meine Beine von der Liege, setzte mich hin, spitzte meine Löffel und lauschte in Richtung Jacuzzi. Da nur Bruchstücke des Gesprächs bei mir ankamen, stand ich auf, ließ mich vom Rand in den Pool gleiten und paddelte unauffällig an den Whirlpool heran. Schließlich fand ich Blickschutz hinter einer Säule in nächster Nähe des Jacuzzi und bezog dort meinen Horchposten. Schon der erste Satz, den ich richtig mitbekam, elektrisierte mich. Hätte mich in dem Moment jemand unter Wasser berührt, hätte er einen Schlag wie von einem Zitterrochen bekommen.

Die sprachen tatsächlich über Geschwindner, und wenn mich nicht alles täuschte, sogar über eine Ausstellung von Geschwindner in der nächsten Woche in Berlin.

»Du sorgst dafür, Carmen, dass er mit meiner Limo vom Flughafen abgeholt und direkt ins *Adlon* gebracht wird.«

Carmen nickte. »Noch was?«

»Am Abend vor der Eröffnung reichen wir feines Fingerfood zu *Taittinger* und zur Eröffnung am Freitag wie immer das Sandwichbüfett für das gemeine Volk.«

Er ließ sich den Massagestrahl in den Nacken prasseln und stöhnte lustvoll auf. »Ah, tut das gut! Wann können wir bei Geschwindner auflaufen?«

»Um 19 Uhr in der Hochschule. Er meint, er hätte da noch ältere Arbeiten stehen, die er verkaufen könnte.«

Der Typ stöhnte weiter vor sich hin.

»Willst du denn den alten Kram, Tommy?«

»Mal sehen. Seine Sachen ziehen ja an. Zwar mehr die neuen, die er in New York gemalt hat, aber vielleicht zieht der allgemeine Hype die alten Schätzchen ja mit.«

Ich konnte nicht mehr hinhören. Schon bei der Erwähnung von Geschwindners Namen hatte mich ein unkontrolliertes Zittern überfallen.

Das gab es doch nicht! Die sprachen über Kunst und nicht nur allgemein über Kunst – nein, sie sprachen über meinen Professor. Und sie *sprachen* nicht nur über ihn – nein, sie schienen regelrecht Geschäfte mit ihm zu machen. Wer aber machte mit einem Maler Geschäfte? Genau, nur ein Sammler oder Galerist. Ich verfiel in flatternde Hektik. Das war ja der Wahnsinn! So gütig konnte das Schicksal doch eigentlich gar nicht sein, dass es mir hier direkt vor meiner Nase einen Mäzen vom Himmel plumpsen ließ. Direkt in den Whirlpool, in den ich eben noch selbst meinen Body getunkt hatte. Wirklich der schiere Wahnsinn!

Das fanden offenbar auch Alix und Paula, denn sie kamen grade prustend angekrault und bedeuteten mir, ihnen zu folgen. Am anderen Ende des Pools angekommen, berichteten beide in erregtem Flüsterton und sich gegenseitig ins Wort fallend, was ich selbst schon gehört oder mir zumindest zusammengereimt hatte.

Der Typ war ganz offensichtlich ein Galerist aus Berlin und offenbar deshalb hier, um bei Geschwindner Bilder für eine Ausstellung abzuholen.

»Ist das nicht genial!«, frohlockte Alix. »Bei *deinem* Geschwindner. Wenn das nicht Kismet ist!«

Ich konnte es selbst kaum fassen, aber die beiden waren ja total überwältigt. Besonders natürlich von der Tatsache, dass dieser Galerist so greifbar nah war. Ja, er war so unglaublich nah, dass ich mich glatt bei ihm auf den Schoß hocken könnte.

»Na ja, zudringlich solltest du vielleicht nicht gleich werden«, meinte Paula.

Aber Alix sagte nur: »Los, hin! So eine Chance kriegst du so schnell nicht wieder. Und der Whirlpool ist schließlich für alle da.«

»Und was ist mit der Ische? Ist das seine Freundin oder wirklich nur seine Sekretärin?«

»Bei den Möpsen tippe ich mal auf Gespielin mit Lizenz zum Bumsen!«

»Nein, Alix«, widersprach Paula, die Tugendhafte. »Sie ist bestimmt bloß seine Sekretärin. Sie hat doch alles aufgeschrieben.«

»Und zwar wo?«

»Na ja, in ihrem Kopf jedenfalls.«

Alix nickte mit resignierendem Gesichtsausdruck. Manchmal war Paula schon etwas weltfremd.

»Egal, wie kriegen wir sie aus dem Whirlpool, damit Melli freie Bahn hat bei dem Typen?«

Aber ehe wir uns noch darüber den Kopf zerbrechen konnten, stieg die dralle Blonde schon von alleine aus dem Sprudelwasser und schritt mit den Worten »Ich werde noch ein kleines Aromadampfbad nehmen, das entschleimt die Nebenhöhlen und die Bronchien immer so gut« in den griechisch-römischen Dampftempel. Bestens!

»Na, dann soll sie da mal ordentlich ausschleimen«, sagte Alix grinsend und stieß mich an.

»Wie viel Zeit brauchst du?«

»Ich? Wie viel Zeit? Du meinst, mit ihm alleine?«

»Klar, was sonst? Für den Tieftauchgang vielleicht?«

»Nee, nein ...«, stotterte ich, weil mir das plötzlich alles viel zu schnell ging.

Aber meine Freundinnen hatten ja recht. Jetzt oder nie! Was nützten einem die Chancen im Leben, wenn man sie ungenutzt verstreichen ließ?

»So, äh … zehn bist fünfzehn Minuten vielleicht … wenn es geht …«

»Klar, geht das«, sagte Alix. »Also los! Wir passen auf, dass die Tusse ein unvergessliches Dampfbad hat, und du machst jetzt diesen Galeristen klar.« Sie stiegen aus dem Wasser und klopften mir dabei noch mal aufmunternd auf die Schulter. »Ran an den Mann!«

Ich sah die beiden im griechisch-römischen Badeabteil verschwinden. Hoffentlich wussten die, was sie taten, dachte ich, schwamm ans andere Ende des Pools, wo der Jacuzzi angrenzte, und zog mich dann an dessen Rand hoch.

»Kuckuck!«, sagte ich spontan und albern, als ich über den Rand schauen konnte, und beschloss ebenso spontan, mich umgehend zu ersäufen.

Ich hatte sie ja wohl nicht mehr alle. Das dachte der Typ auch, denn er drehte seinen Kopf zu mir und schaute mich mehr als irritiert an.

»Äh … ich meinte, hallo«, versuchte ich meinen dämlichen Auftritt wieder auszubügeln.

»Ja, hallo«, sagte er und es klang sehr distanziert. So, als wollte er sagen, dass ich doch vielleicht besser eine Kapazität vom Landeskrankenhaus hinzuziehen sollte, weil er sicherlich nicht der Richtige wäre, um mein Problem zu lösen.

Da täuschte er sich aber gewaltig. Er war ganz und gar der Richtige, und er würde mir deswegen auch nicht so einfach entwischen. Den Fisch gab ich so schnell nicht auf. Achtung, Harpune in den Anschlag und vorsichtig anschleichen.

»Wir, äh … kennen uns ja schon«, sagte ich. Und genau wie er zuvor, fragte nun ich höflich, während ich mich über das niedrige Mosaikmäuerchen direkt vom Pool in den Whirlpool schwang: »Es macht Ihnen doch nichts aus, wenn ich auch reinkomme?«

»Hier steht nichts von geschlossener Gesellschaft.«

Ich kicherte und hockte mich direkt neben ihn auf die Bank. Er rutschte etwas von mir ab.

Hm, das war jetzt wohl etwas zu aufdringlich. Ich musste mich besser unter Kontrolle halten. Flirten ja, aber nicht anbaggern, und schon gar nicht prollig werden! Warum weiß ich nicht, aber mir fiel ein, dass die Frauen in Sibirien die Männer mit Schnecken bewarfen, wenn sie mit ihnen flirten wollten. Ob das mit Wasserschnecken auch ging? Grundgütiger, litt ich an Hirnfraß!

Ich riss mich zusammen und beschloss, ihn am besten erst mal etwas zuzutexten. »Äh ja, also, ich habe eben so zufällig, also ganz am Rande, mitbekommen, dass Sie, äh … eine Ausstellung von Professor Geschwindner vorbereiten.«

Er blieb unfreundlich. Offenbar schätzte er es nicht, wenn sich andere Leute in seine Sachen einmischten. Er sah nun unruhig zum Dampftempel rüber. Kam wohl ohne seine Ische alleine nicht klar?

»Und was geht Sie das an?«, blaffte er.

Ich schluckte. Die Kontaktaufnahme hatte ich mir leichter vorgestellt.

»Na ja, eigentlich geht es mich gar nichts an, da haben Sie recht, aber weil ich doch … Also ich bin Meisterschülerin bei Professor Geschwindner und da … ja also, da finde ich das schon sehr aufregend, jemanden wie Sie persönlich hier, äh … im Whirlpool zu treffen.«

Ich stammelte wie der hinterletzte Popstarfan bei einem Backstage-Startreffen. Wenn der mich jetzt für debil hielt, konnte ich es ihm nicht mal verdenken. Für komplett beieinander hielt er mich auf jeden Fall nicht, sonst hätte er nicht gefragt: »Haben Sie vielleicht einen Sprachfehler?«

»Äh, nein! Nicht. Gar nicht! Absolut nicht ...«

»Und warum stottern und stammeln Sie in einem fort, statt normal mit mir zu sprechen?«

Tja, das wusste ich, ehrlich gesagt, auch nicht. Weil Sie mir die Sprache verschlagen? Weil mir bei Ihrem Anblick das Hirn verwässert ist? Weil ich noch nie mit einem leibhaftigen Galeristen das Badewasser geteilt habe?

Ich sagte wohl das Letztere, denn er meinte mit einem leicht überheblichen Grinsen in seinem glatten Gesicht: »Wenn es Sie glücklich macht, dürfen Sie mein Badewasser auch schlürfen.«

Bäh! Ging es dem noch gut? Aber ich war ja selber schuld, wenn ich solchen Mist quatschte. Ich weiß nicht wieso – wahrscheinlich wegen dem Badewasser –, jedenfalls fiel mir plötzlich die Badeszene in meiner *Apokalypse* ein, und ich sagte ohne Übergang ziemlich abrupt: »Ich male auch.«

»Das ist anzunehmen, wenn Sie Meisterschülerin bei Geschwindner sind.«

Grundgütiger, der hörte ja richtig aufmerksam zu. Da musste ich mich aber mal zusammenreißen. Ich starrte gestresst zum Dampfbad rüber, von wo eigenartig dumpfe Schläge herüberdrangen.

»Was ist das?«, fragte er verunsichert. Nicht dass der plötzlich aufsprang, um nach seiner Carmen zu gucken.

»Äh, nichts. Nichts was Sie, äh ... beunruhigen müsste.«

»Da bin ich mir aber nicht sicher ...«

»Doch, doch, da können Sie sich sicher sein, also hundertprozentig sicher ... Das ist eine Massage ... eine ganz besondere, äh ja ... Klopfmassage.«

Er schüttelte den Kopf, schien mir meine Erklärung aber abzunehmen. »Klingt ja nicht sehr einladend.«

»Och, doch, sollten Sie irgendwann auch mal ausprobieren. Da werden Ihnen wirklich alle Verspannungen rausgeprügelt, äh ... geklopft! Dann fließen die Energieströme wieder frei. Ganz wohltuend, sage ich Ihnen ...«

Er grinste nun amüsiert. »Sind Sie angestellt, um Werbung für den Masseur zu machen?«

Coole Jobidee eigentlich. Aber was der wieder so dachte.

Wie viel Zeit hatte ich denn noch? Viel konnte es nicht mehr sein, und wie es sich anhörte, steuerte das, was immer sich da im römischen Dampftempel tat, zwanghaft auf ein schreckliches Ende zu.

Ich musste etwas tun ... Etwas, was ihn so beeindruckte, dass er mich unbedingt nach Berlin einlud. Da würde dann genug Zeit sein, um von ihm entdeckt zu werden, und wenn er unbedingt wollte, würde ich ihm ein paar meiner Bilder für seine Galerie überlassen.

Und ohne wirklich darüber nachzudenken, was ich tat, holte ich einmal kräftig Luft und ließ mich auf den Grund des Whirlpools sinken. Ich landete genau zu seinen Füßen. Hm, war ja nicht so appetitlich und seine Waden waren schon ein wenig zu stämmig und im grünlichen Licht der Unterwasserbeleuchtung reichlich bleich und ziemlich behaart.

Ich spürte, wie mein Luftvorrat schrumpfte. Wieso hockte der denn immer noch da rum und merkte nicht, dass hier eine hoffnungsvolle, junge Malerin vor seinen Beinen ersoff? Der Typ schien ja wirklich auf der Leitung zu stehen. Er sollte mich doch nur mal eben schnell retten! Dann konnte ich zu ihm nach Berlin fahren, ihm in ewiger Dankbarkeit für seine Heldentat ein Bild von mir schenken und schwupps, hatte er mich entdeckt! War doch ein genialer Schachzug und ganz easy. Wieso stellte er sich denn so blöd an?

Himmel, nun wurde mir der Sauerstoff aber wirklich knapp. Der ließ mich doch hier nicht einfach ersaufen? So hatten wir aber nicht gewettet! Ich zerrte in meiner Verzweiflung an seiner bleichen Wade. Hey, hallo, Galerist! Nun schwing mal deinen Body hoch und rette mich!

Er schüttelte mich durch heftige Beinbewegungen ab. Zugleich tauchten aber seine Hände knapp unter der Oberfläche auf und machten suchende Bewegungen. Da wollte ich ihn doch gleich mal was finden lassen. Meine Luft war praktisch weg. Wenn er jetzt nicht handelte, musste ich auftauchen oder ersaufen.

Ich stieß etwas nach oben, griff nach seiner Hand und zerrte wohl so heftig daran, dass er das Gleichgewicht verlor und mit dem Oberkörper in den Whirlpool klatschte. Sauber! Ich stürzte mich auf ihn und klammerte mich an ihm fest.

Steh auf!, dachte ich dabei, schnell, ich brauche Luft.

Ich krallte mich in seine kräftigen Armmuskeln und umschlang seinen Unterkörper mit meinen Beinen.

Nun wurde auch ihm die Luft knapp, weil er im Gegensatz zu mir ja unverhofft unter Wasser gezogen wurde, sodass er vorher gar nicht mehr richtig einatmen konnte. Er versuchte mit Arm- und Beinschlägen an die Oberfläche zu kommen. Keuchend und prustend tauchten wir Sekunden später, ineinander verknotet wie nach dem Kamasutra, wieder an der Oberfläche auf.

»Was hat er dir getan?«, hörte ich Alix kreischen, und gleich danach seine krebsrote Ische: »Was hast du mit ihr gemacht?«

Und Paula rief in gespielter Panik: »Wie können Sie es wagen, im Whirlpool über eine unschuldige Studentin herzufallen! Das wird ein Nachspiel haben!«

Den Satz hatte sie offenbar ebenfalls aus ihrem Rhetorikbuch, und diesmal schien er sogar zu wirken.

Ich merkte zwar, wie mir die Dinge gänzlich aus der Hand glitten, aber meine Freundinnen schienen die Situation fest im Griff zu haben. Eigentlich hatte ich ihn nur verleiten wollen, mich zu retten, und mir dadurch näherzukommen, aber so wie es jetzt war, schien es auch zu funktionieren. Wir würden uns nahe kommen, weil er mir *zu* nahegekommen war. So ähnlich jedenfalls.

»Was haben Sie zu Ihrer Entschuldigung zu sagen?«, fragte Alix, und wie ein Papagei krähte seine Ische: »Ja, was hast du zu deiner Entschuldigung zu sagen? Los, sag was!«

Er stand ziemlich außer Atem und von der Situation überrumpelt mit hängenden Armen im Whirlpool.

»Ich habe ihr nichts getan«, sagte er sehr langsam, so als wollte er noch mal den Film vor seinem inneren Auge abspulen, auf dem alles festgehalten war, was grade im Zeitraffer abgelaufen war. »Sie ist ganz plötzlich weggesackt und, ja, ich glaube, ich habe sie gerettet.«

»Dass ich nicht lache!«, brauste Alix in gut gespieltem Zorn auf. »Sie sind zudringlich geworden, als Sie sich unbeobachtet glaubten, und als sie sich gewehrt hat, haben Sie sie ersäufen wollen, damit es wie ein Badeunfall aussieht. Die Obduktion wird alles ans Licht bringen! Sie ... Sie ... Frauenschänder!«

Ich tippte Alix auf die Schulter. »Äh, Alix?« Sie hatte

sich in Rage geredet und nahm mich gar nicht wahr.
»Alix! *Alix!*«

Sie fuhr herum.

»Nur am Rande: Nix Obduktion, ich lebe noch.«

Da war mal wieder ihr übertriebener Medienkonsum voll durchgeschlagen. Immer diese kompletten Krimiabende bis tief in die Nacht. Pathologie und so ein Zeug – das musste ja schädigende Einflüsse haben.

Nun schien auch die Tussi den ersten Schock, was ihren Lover und mich anging, überwunden zu haben, denn sie sagte: »So ein Blödsinn! Tommy würde so etwas nie tun. Garantiert ist sie über ihn hergefallen!«

Tommy nickte, und nun hatte Carmen wohl auch die einzelnen Mosaiksteinchen zusammengesetzt. Immer noch krebsrot wie ein gekochter Hummer schrie sie plötzlich hysterisch auf und stürzte sich auf Alix und Paula.

»Ein Komplott!«, schrie sie. »Das ist ein Komplott. Die beiden haben mich in der Dampfsauna eingesperrt, damit dieses kleine Miststück dich ... äh ... vergewaltigen konnte!«

Ja, klar! Zu langer Aufenthalt in der Dampfsauna konnte das Gehirn ganz schön schädigen. Sie versuchte, mit Fäusten auf Alix loszugehen, aber für solche Fälle hatten wir unseren Grund- und Aufbaukurs in Selbstverteidigung für Frauen gemacht. Bald hing sie ruhiggestellt zwischen Alix und Paula und krakeelte nur noch ihre aberwitzige Verschwörungstheorie heraus.

Alix wiegte bedenklich den Kopf und sagte mit vor Mitleid triefender Stimme: »Schrecklich, die Arme scheint einen Schock zu haben. Sie war wohl wirklich zu lange in der Dampfsauna. Zu dumm aber auch, dass die Tür klemmte. Wenn wir sie nicht aufgehebelt hätten, säße die Ärmste noch immer da drin.«

Und Paula sagte ebenfalls im Brustton des Bedauerns: »Ja, wirklich, die Gute muss ja völlig dehydriert sein.« Und dabei warf sie mir einen triumphierenden Blick zu, weil sie dieses geile Fremdwort so treffend angewandt hatte.

Der Typ jedenfalls war sehr beeindruckt und holte gleich ein Mineralwasser, um es seiner Tusse einzuflößen und den Wasserverlust wieder auszugleichen.

»Ich glaube, wir bringen sie mal unter eine Dusche zum Abkühlen«, sagte Alix, und schon stand ich mit dem Tommy-Typ wieder allein am Poolrand.

»Glauben die immer noch, ich hätte Sie vergewaltigen wollen?«, fragte er und wirkte dabei etwas verunsichert.

»Nein, glaube ich nicht. War ja auch eher, äh, ja ...« Hm, sollte ich einfach so ohne größere Not meinen Trumpf aus der Hand geben? Das ging doch eigentlich nicht. Und so sagte ich verhalten: »Aber es kam schon etwas seltsam rüber ... Also, wenn meine Freundinnen nicht aufgetaucht wären ... Sind Sie sicher, dass Sie mich wirklich nicht ...«

Er sah mich an, als würde er jeden Moment schreien und mit dem Kopf gegen die Wände rennen, weil er an der Situation verzweifelte.

»Ich kenne Sie doch gar nicht!«, sagte er um Haltung bemüht.

»Eben drum. Vielleicht haben Sie gedacht: Ach, wie praktisch, eine fremde Stadt, ein fremdes Mädchen, meine Freundin dämpft in der Dampfsauna, ich habe freie Bahn. Was wissen wir schon über unsere verborgenen Triebe, die dunkle Seite der Lust in uns!«

Ich musste an Paulas Paartherapie denken und freute mich, dass ich mein Gegenüber mit den Worten von

Frau Dr. Schmidt beeindrucken konnte. Leider war die Wirkung nicht so berauschend wie erwartet.

»Ich habe keine dunkle Seite und keine verborgenen Gelüste«, sagte er ungeduldig.

»Das sagt jeder, und wenn man dann anfängt die Seele zu sezieren, tun sich Abgründe auf.«

Alix tauchte auf. »Ihre, äh ... Sekretärin hat sich wieder beruhigt. Meine Freundin hilft ihr beim Anziehen.« Sie sah von ihm zu mir. »Und hier?«

»Nix«, sagte ich.

»Wie, nix?« Alix nahm mich mit theatralischer Geste in die Arme. »Sie Rohling!«, sagte sie dabei. »Sehen Sie nicht, wie Ihr Verhalten sie verstört hat?«

»Äh, ja ...«, sagte er zögernd, weil er das Geschehen offenbar immer noch nicht richtig auf den Schirm kriegte. »Aber was kann ich dazu tun?«

»Sie können sich wenigstens entschuldigen und eine Wiedergutmachung anbieten.«

Der Gedanke schien ihm nicht sonderlich zu gefallen, aber Alix war eine geschulte Kommunikationswissenschaftlerin, die gelernt hatte, in Gesprächen ihre Ziele durchzusetzen.

»Nun?«, blieb sie beharrlich. »Wie sieht es aus?«

Der Typ schien knurrig zu werden. Gingen wir nicht vielleicht doch ein bisschen zu weit? Der würde mich doch eh verfluchen und niemals ein Bild von mir kaufen!

»Wollen Sie Geld?«

Alix brauste auf: »Ich bitte Sie! Halten Sie uns für Erpresser?«

Ehrlich gesagt sah er so aus, als täte er genau das.

»Sie wissen doch, dass meine Freundin eine Meisterschülerin von Professor Geschwindner ist. Sicherlich würde es sie sehr glücklich machen, seine Ausstellung in Ihrer Galerie besuchen zu können.«

Er sah mich zweifelnd an, doch ich nickte und versuchte dabei einen sehnsüchtigen Ausdruck in meine Augen zu legen.

»Leider ist das normalerweise ein für sie unbezahlbarer Traum«, fuhr Alix fort, »aber wenn Sie als Wiedergutmachung vielleicht eine Einladung …«

Ich glaubte, er stand nun kurz vorm Überkochen, und vermutlich musste er auch mal aufs Klo, denn plötzlich fing er an, komisch rumzuzappeln. Das verhalf uns ihm gegenüber eindeutig zu einer fabelhaft günstigen Position.

Tatsächlich sagte er wenig später in ziemlicher Hektik und mit Worten, die er uns wie Fleischbrocken hinwarf, die er an die Löwen verfüttern wollte: »In Gottes Namen, kommen Sie nach Berlin und kommen Sie zur Vernissage der Geschwindner-Ausstellung. Ich übernehme sämtliche Kosten, aber jetzt entschuldigen Sie mich bitte …« Er raste aus dem Schwimmbad in die Herrentoilette.

Meine Herren! Ich konnte seinen Unmut irgendwie nachfühlen, aber es wäre reine Dummheit gewesen, diesen Vorteil nicht zu nutzen.

»Komm!«, sagte Alix. »Zieh dich schnell an! Du musst ihn beim Rausgehen abpassen, damit er dir wenigstens seine Karte gibt.«

An was das Mädchen alles dachte. Ich warf mich also in rasender Eile in meine Klamotten und erwischte ihn und seine Tusse genau in dem Moment, in dem sie die *Wellness-Oase* mit dem Hotelfahrstuhl verlassen wollten.

Ich stieg mit ein und sagte beim Hinaufschweben: »Ihre Karte.«

»Wie bitte?«

»Sie wollten mir Ihre Karte geben … wegen der Einladung nach Berlin.«

Seine Ische stierte mich wortlos, aber vernichtend an.

»Carmen, gib ihr mal eine Einladungskarte für die Vernissage, du hast doch sicher einige dabei.«

Hatte Carmen. Sie war wohl wirklich seine Sekretärin ... jedenfalls außerdem! Sie wühlte in ihrer überdimensionalen Louis-Vuitton-Tasche und drückte mir schließlich die Karte mit so angewidertem Gesichtsausdruck in die Hand, als werfe sie Perlen vor die Säue.

»Äh ja, und ein, äh ... kleiner Reisekostenvorschuss?«

Ich fragte mich wirklich, woher ich die Frechheit nahm, auch darum noch zu bitten. Aber er hatte ja schließlich von sich aus angeboten, alle Kosten zu übernehmen, und wer weiß, ob er davon nicht abrückte, wenn er erst mal wieder zu sich gekommen war und ihm bewusst wurde, was für einem Akt von Piraterie er aufgesessen war.

Er nestelte an seinem Sakko herum und brachte schließlich eine Brieftasche zum Vorschein. Im selben Moment hielt der Fahrstuhl und öffnete seine Türen zur vornehmen Hotellobby. Wir traten heraus, und ich sah in den Spiegelsäulen mein völlig derangiertes Äußeres: Haare nass, Klamotten unordentlich, hektische Flecken auf den Wangen. Wirklich keine Frau, bei der irgendjemand Lust verspüren würde, sie näher kennenzulernen.

Ich zumindest verspürte plötzlich einen heftigen Fluchtreflex und wäre schon fast in kopfloser Panik davongestürzt, als mir der Typ mit einem Fünfhundert-Euro-Schein vor der Nase herumwedelte.

»Ich habe es grade nicht kleiner. Sie können mir den Rest ja dann in Berlin wiedergeben.«

Carmen lief schon wieder rot an, aber das wollte ich mir dann nicht mehr geben, und so stammelte ich schnell: »Danke schön. Alles wieder okay«, und sprang in den Fahrstuhl zurück.

Ich drückte auf den Knopf für das zweite Untergeschoss und rannte genau in Paula und Alix rein, als ich aus dem Fahrstuhl sprang. Ich winkte mit dem Geldschein und kreischte völlig von der Rolle: »Ich fahre nach Berlin! Ich fahre nach Berlin! Ich fahre zu Geschwindners Ausstellung nach Berlin!«

Und weil alle beide ja einen erheblichen Anteil an dem Coup hatten, rief ich spontan: »Und ihr kommt natürlich mit!«

♡ ♡ ♡

Erst als ich in meinem Atelier etwas zur Ruhe gekommen war und die Einladungskarte aus dem neutralen Umschlag zog, begriff ich, was wirklich passiert war. Ich sprang von den Matratzen hoch und raste in die Diele.

»Alix! Paula!«

Ich erntete einen leicht panischen Blick von Paula, die auf dem Sofa saß und in einem Glitter-und-Glanz-Magazin blätterte, und gleichzeitig ertönte lautes Scheppern aus der Küche, so als hätte Alix vor Schreck einen Stapel Töpfe fallen lassen. Hatte sie tatsächlich.

»Wie kannst du mich so erschrecken, Melli!«, sagte sie vorwurfsvoll, als sie in der Diele auftauchte. »Die Töpfe haben jetzt alle eine Delle.«

Ach herrje, da hatte sie einmal gespült und dann so was. Das würde sie doch gleich wieder in eine willkommene Ausrede ummünzen. Na, klar!

»Ich fasse so schnell nichts mehr in der Küche an!« Dito!

»Und warum hast du nun so nach uns gebrüllt?«,

wollte Paula wissen. Ich wedelte mit der Einladungskarte.

»Haltet euch fest, Mädchen! Der Galerist – wisst ihr überhaupt, wer das war?«

»Nö, du wirst es uns ja bestimmt gleich sagen.«

Ein gespannter Blick von Alix. »Nu? Komm rüber mit der Kunde!«

»Tommy Mahonny!«

Keine Reaktion.

»Von der GZK!«

Paula kratzte sich am Kopf, was zeigte, dass sie überhaupt keinen Plan hatte. Und so klang es auch, als sie spekulierte: »Häh? GZSZ?«

Alix versuchte zu dolmetschen: »Zentralkomitee …«

Grundgütiger! »Galerie für Zeitgenössische Kunst! Contemporary Arts!«

»Ah ja.« Auch Alix schien von dieser Galerie noch nie etwas gehört zu haben. »Also ist der Typ ein hohes Tier in der Kunstszene?«, schloss sie aber.

»Kluges Mädchen! Einer der Leitwölfe. Erinnerst du dich nicht, Alix? Der wurde auch in dem Artikel über den boomenden Kunstmarkt erwähnt. One of Germany's and the world's leading Galleries!«

»Schmuck«, meinte Paula. Schmuck? Was war denn das wieder für ein Ausdruck? Hatte sie den auch aus ihrem Rhetorikbuch? *Zeigen Sie niemals echte Begeisterung, sondern greifen Sie zu leeren Floskeln des hirnlosen Understatements.*

»Es ist großartig, genial, mega!« Schmuck! Tzz!

Allmählich begann auch in Alix' Augen der Funke der Begeisterung zu glimmen.

»Also, wenn das so ein richtig potenter Typ ist«, sie kicherte wegen der Wortwahl, »dann müssen wir hinsichtlich der fünfhundert Euro ja gar kein schlechtes

Gewissen haben. Im Gegenteil, den können wir ruhig noch ein bisschen mehr melken.«

»Alix!« Jetzt ging sie aber zu weit, vor allem in die falsche Richtung, und ehe sie sich völlig verrannte, machte ich mal schnell meinen Standpunkt klar. »Erinnere mich bloß nicht daran! Hätte ich geahnt, wer er ist, hätte ich mich nie zu so einer zweifelhaften Aktion hinreißen lassen.«

Alix war pikiert. »Ach nee!? Wo wärst du denn jetzt ohne Paulas und meine Hilfe?«

»Na gut«, gab ich zu. »War schon eine coole Aktion, aber von jetzt an gilt: keine Tricks mehr. Es wird schwer genug sein, den schlechten Eindruck wieder wettzumachen, den ich dadurch bei ihm hinterlassen habe.«

Alix blieb unbeeindruckt. »Hauptsache, du hast überhaupt einen Eindruck hinterlassen. Ungewöhnliche Auftritte werden von Künstlern einfach erwartet, und darum werden sie ihnen auch verziehen.«

Na, da war ich mir aber nicht so sicher.

»Warum guckst du jetzt so depressiv?«, wollte Paula wissen.

»Ach, ich habe doch garantiert keine Chance mehr bei dem. Der wird, wenn er mich sieht, sofort zehn Meter Abstand zwischen uns legen, und diese Tusse von ihm wird ihn darin auch noch bestärken.«

»Völlig egal! Berlin ist ein gänzlich neues Spiel mit anderen Spielregeln«, sagte Alix lachend. »Neues Spiel – neues Glück!«

»Genau«, meinte auch Paula. »Jetzt hast du wenigstens schon mal einen Platz am Spieltisch ergattert. Also mach was draus!«

Ich seufzte zwar, konnte aber ein lustvolles Kribbeln in den Eingeweiden dabei nicht leugnen. Wenn ich jetzt meine Jetons richtig platzierte, würde es die ganz große Chance meines Lebens werden. Ich nahm in Gedanken den Haufen mit den Chips und schob ihn komplett auf Rot. Rien ne va plus!

Paula war es dann leider nicht möglich, mit nach Berlin zu fahren, weil am Theater der Premierenstress einsetzte und alle Überstunden schieben mussten, um die Kostüme und Perücken zu perfektionieren. Aber Alix konnte ihre Arbeitsstunden als Studentische Hilfskraft bei Professor Kiesling mit einem Kommilitonen tauschen und mich begleiten.

»Das hast du auch verdient«, sagte ich zu ihr. »Ohne dich wäre ich nie auf die Idee gekommen und hätte mich vor allem auch nicht getraut, das so durchzuziehen.«

Wir klatschten die Hände ab. Was waren wir nur für ein geiles Team!

♡ ♡ ♡

Berlin ist arm, aber sexy! Wenn's denn schon der Regierende Bürgermeister sagt.

Arm konnte sich wohl nur auf die öffentliche Haushaltskasse beziehen, denn was wir von Berlin live und hautnah zu sehen bekamen, war reich, reicher, superreich und genierte sich kein bisschen, mit diesem Reichtum auch zu protzen. Glitzernde Boulevards, glitzernde Geschäfte mit glitzernden Auslagen und nicht minder glitzernden Kunden. Mir blieb echt die Spucke weg, und Alix meinte: »Glaubst du, wir studieren irgendwie in der falschen Stadt?«

Was die Galeriedichte anging, ganz sicher.

»Willst du die jetzt alle abklappern?« Alix wirkte bei

diesem Gedanken nicht sehr begeistert. »Die GZK ist doch eh die beste Galerie. Warte doch mal ab, was sich da ergibt. Wenn der Mahonny erst auf den Tischen tanzt und Schampus aus deinen High Heels schlürft, brauchst du keinen anderen Galeristen mehr.«

»Schampus? Aus welchen High Heels?«

»Na, aus denen, die wir jetzt kaufen werden. Lass uns shoppen gehen!«

Gut, der Gedanke lag nahe. Wir waren mit dem Zug angereist, und da wir vorhatten, die Nacht durchzumachen, brauchten wir auch kein Hotel. So blieb von Mahonnys Kohle noch ein beträchtliches Sümmchen übrig. Es einfach in meine Haushaltskasse zu stecken, verbot sich irgendwie und das »Rest wieder zurückgeben« musste ich überhört haben. Jedenfalls würde ich das sagen, falls Mahonny mich danach fragen würde, was er garantiert nicht tat. Der wirkte nicht wie jemand, der persönlich die Reisekosten abrechnete. Wenn er allerdings seine Carmen damit beauftragte …

»Nun mach dir darüber mal keinen Kopf.« Alix las mal wieder meine Gedanken. »Und was weg ist, ist weg!«

Sie hakte sich bei mir unter und zog mich vor das Schaufenster einer dieser Glitzer-Boutiquen.

»Wir legen das Geld doch genau genommen nur für die Vernissage an, und du hast gesagt, er wollte dafür alle Kosten übernehmen. Kannst ja schließlich in dieser Stadt nicht wie Aschenputtel auflaufen.«

Nee, konnte ich nicht. Voll überzeugt folgte ich Alix in den Laden.

»Weißt du was?«, sagte ich am Spätnachmittag zu Alix, als ich völlig fertig auf einem Kaffeehausstuhl am Kudamm hing. »Jetzt eine Dusche und dann ein Sofa und die Beene ausstrecken.«

Alix grinste. »Haben wir aber leider nicht. Keins von beidem.«

Sie rührte in ihrer Latte macchiato herum und schleckte dann den steifen Schaum mit hörbarem Genuss von dem langen Löffel.

Ach ja, meine Alix! Eine Freundin wie sie und alles war bunt wie eine meiner Farbpaletten. Wie hatte ich je fürchten können, sie würde mich vernachlässigen, nun wo sie ihren Mr. Right gefunden hatte? Unsere Freundschaft war eher noch fester geworden, denn es gab ja so viel zu bereden, wenn eine Freundin eine neue Beziehung einging.

Zum Beispiel die Sache mit der Verhütung. Die musste ganz dringend anders geregelt werden. Wer hatte schon Lust, in einer festen Beziehung ständig mit Kondomen rumzumachen. Es einfach ohne zu tun, traute Alix sich aber nicht.

»Wenn ich dann mal die Pille vergesse oder Durchfall habe und sie nicht wirkt, was ist dann? Das Risiko ist mir viel zu hoch!«

War ja nachvollziehbar, und so empfahl ich ihr, es mal mit dem Ring zu probieren. »Ist wirklich ganz simpel und auch viel gesünder, als immer die Pille zu schlucken. Die Hormone werden nur da abgegeben, wo sie auch gebraucht werden. Stört auch gar nicht beim Verkehr. Aber wenn du willst, kannst du das Teil auch drei Stunden rausnehmen.«

Alix versprach, sich bei der Frauenärztin zu informieren, und ich nahm mal an, dass sie sich dafür entschieden hatte.

Ich trank einen Schluck Cappuccino und schaute stolz auf unsere Einkaufstüten. Ich hatte ein Paar silberne High Heels erstanden, runtergehandelt und perfekt zu meinem Bustierkleid passend. Wir hatten noch vier Stunden Zeit, denn das Get-together am Vorabend der Vernissage, zu dem wir natürlich unbedingt hingehen wollten, weil da offenbar die wirklich wichtigen Leute zusammenkamen, begann erst um 21 Uhr. Wir hatten Hunger, und obwohl es ganz sicher Geldverschwendung war, jetzt noch etwas zu essen, wo es doch in der Galerie nachher das luxuriöse Fingerfood geben sollte, lockte die legendäre Fressabteilung des KaDeWe, das gleich um die Ecke lag.

Andererseits lockte auch ein ganz besonderer Kunstgenuss. Die Galerie lag nämlich in der Nähe der Museumsinsel, wo gerade erst das Bode-Museum nach umfassender Renovierung neu eröffnet worden war, und auch das Pergamonmuseum hatte ich schon immer mal besuchen wollen.

»Eigentlich würde ich ja gerne die Gelegenheit nutzen ...«, meinte ich.

»Du willst ins Museum gehen?« Alix schien von dem Gedanken nicht sehr erbaut zu sein.

»Ja, will ich. Zufällig studiere ich an einer Kunsthochschule und betrachte dies sozusagen als Dienstreise.«

»Nicht wirklich!« Alix' Lebensfreude schien einen beachtlichen Dämpfer zu bekommen.

»Ach, komm! Wenigstens mal kurz reinschauen. Ischtar-Tor und so ... Wird dir auch gefallen. Das ist einfach ein Muss!«

Also ging es erst ins KaDeWe und anschließend auf die Museumsinsel. Beides war ein zu Herzen und Magen gehendes Erlebnis. Beim ersten hätte Justin unbedingt dabei sein müssen, denn was im Obergeschoss des KaDeWe an lukullischen Genüssen ausgebreitet war, hätte einen Hobbykoch wie ihn zu völlig neuen Kreationen inspiriert.

Ich weiß nicht warum, aber ich kaufte ihm ein paar Tüten äußerst seltsam geformter und gefärbter Pasta, wovon die schwarze mit Tintenfischtinte gefärbt war, was ich irgendwie gruselig fand. Also genau das richtige Mitbringsel für ihn. Ich würde davon selbstverständlich nichts essen. Für Paula erstanden wir eine Schachtel mit allerfeinsten Diätpralinen für den Genuss ohne Reue. Zum Schluss aßen wir noch eine leckere Fischsuppe.

Die Museumsinsel kam dann ein wenig zu kurz, aber ein Highlight wie der Pergamonaltar überzeugte Alix davon, dass wir am nächsten Morgen unbedingt noch einmal herkommen sollten. Jetzt taten uns wirklich tierisch die Füße weh, und so pilgerten wir erschöpft zur Galerie in der Hoffnung, dass wir uns dort umziehen und frisch machen konnten. Pustekuchen!

Erst mal kamen wir gar nicht in die Galerie rein. Carmen, dieser Zerberus, fing uns gleich am Eingang ab und fragte sehr ironisch, ob wir nicht lesen könnten? Die Ausstellungseröffnung sei erst am Vormittag des nächsten Tages, und der heutige Abend sei ausschließlich Freunden des Hauses vorbehalten, zu denen wir uns wohl kaum zählen durften.

Na, das war ja heiter. Nach dieser Abfuhr standen wir einen Moment mit kleinem Gepäck und unzähligen Einkaufstüten ziemlich belämmert da und gaben das Mondschaf im Tandem.

»Ich will aber da rein!«, zischte ich Alix zu. »Die wirklich wichtigen Leute sind heute da, das hat er im Whirlpool selbst gesagt.«

Luxuriöses Fingerfood und Champagner von *Taittinger*, das sagte doch wohl alles. Wenn wir zu diesem Kreis keinen Zugang erhielten, konnten wir auch gleich wieder nach Hause fahren. Und wozu hatte ich mir dann die Cinderella-Schuhe gekauft? Für ein läppisches Sandwichbüfett am nächsten Morgen bestimmt nicht. Auflehnung! Aktion!

Während ich noch grübelte, schob uns ein Bodyguard aus dem Eingangsbereich, und eine silberne Limousine fuhr vor. Ihr entstieg Mahonny, den ich ja bisher nur als Badehosen-Tarzan kennengelernt hatte, im edlen Mafioso-Zweireiher in Nachtblau mit Burgunderstreifen. Aber er war nicht allein. Hinter ihm krabbelte niemand anders als mein Meister aus der Nobelkarosse: Professor Geschwindner himself!

Da war sie plötzlich, die schicksalhafte Fügung, die es im Leben braucht, um eine durchschnittliche Alltagsbiografie in ein Erfolgsmodell mit Turbolader zu verwandeln.

»Ran!«, raunte ich Alix zu. »Das ist unsere einzige Chance. Ich mache mich an Geschwindner ran.«

Was aber nicht so leicht war, denn der Bodyguard hatte mich zwischenzeitlich ziemlich abgedrängt, und es hatten sich ziemlich viele Leute zwischen uns und das Auto geschoben. Ich schubste einige vor mir weg und versuchte, zurück zum Eingangsbereich zu gelangen. In der Hektik übersah ich einen kleinen dekorativen Schuhabstreifer aus Gusseisen in unmittelbarer Nähe der Eingangstür, verhakte mich mit der Schuhspitze darunter und krachte mitsamt den Einkaufstüten Geschwindner genau vor die Füße.

Jolifanto bambla o falli bambla, dadaistete es mir durchs Hirn, was wohl deutlich machte, wie es um mich bestellt war. *Balla Balla*!

Das hieß, nicht zum Besten jedenfalls! Nach der Schwalbe würde ich alle meine Knöchelchen einzeln aufsammeln können. Und wo, zum Teufel, war meine Brille? Alix!

Aber ehe mein mentaler Aufschrei sie erreichen konnte, hörte ich Mahonny zu einem Ordner sagen: »Räumen Sie das da weg!«, während im selben Atemzug Geschwindner erkennend ausrief: »Melanie!«

Er rief nicht nur, sondern beugte sich hilfsbereit zu mir herunter, wobei er mit dem Kopf des Ordners, der im Begriff war, das Gleiche zu tun, kräftig zusammenrasselte.

Es klang nach zerberstender Schädeldecke und verspritztem Gehirn. Was aber wohl bloß eine Täuschung war, weil ich selbst gerade in Stücke zu zerbrechen drohte. *Gone to pieces* – aber total! Der Ordner immerhin war einen Moment außer Gefecht gesetzt, sodass mir Geschwindner ungestört unter die Arme greifen konnte, um mir aufzuhelfen.

Der hatte ja wohl eine Eisenplatte im Kopf, so unbeeindruckt wie er diesen Zusammenprall weggesteckt hatte. Jetzt fing er sogar an, meine Klamotten abzustauben, während ich noch immer leicht benommen registrierte, dass erstaunlicherweise alle Knochen da waren, wo sie hingehörten. Nur die Brille nicht … und ohne sie war ich verloren! Wo waren denn die Einkaufstüten geblieben? Um beides schien sich jedoch zu meiner Erleichterung Alix bereits zu kümmern. Dann fing ich den Blick von Mahonny auf. Genauso gut hätte er mir mit einem Colt in den Mund schießen oder meine Füße in ein Zementfass stecken können. Man sah ihm an, dass ihm keine Mafiamethode zu skrupellos sein würde, um mich loszuwerden. Vermutlich hätte er mich am liebsten, wie einst die Meuchler von Rosa Luxemburg, im Landwehrkanal oder, weil es näher lag, in der Spree entsorgt.

Als sie ertrunken war und im Wasser schwamm …

Geschwindners Stimme riss mich aus den Endzeitgedanken. »Das ist Melanie Kubinski«, stellte er mich Mahonny vor. »Eine meiner besten Meisterschülerinnen.« Und zu mir sagte er, wobei er mich fürsorglich am Arm in die Galerie hineingeleitete: »Das ist aber eine nette Überraschung! Was führt Sie denn nach Berlin?«

»Sie!«, sagte ich und musste mich gar nicht anstrengen bei dem dankbaren Lächeln, mit dem ich ihn anhimmelte. »Ich bin nur Ihretwegen hier. Wegen Ihrer Ausstellung.«

Der Rest war ein Selbstläufer. Natürlich bekam ich Alix auch noch rein, und als wir beide in der schnieken Damentoilette in unsere Abendgarderobe schlüpften und ich meine silbernen Cinderella-Schuhe anzog und die gesäuberte Brille wieder auf der Nase hatte, rollte die Kugel im Roulette auf Rouge!

Hatten Kleid, High Heels, frisierte Haare und Make-up mich so verändert? Jedenfalls erkannte mich Mahonny nicht auf Anhieb wieder, als ich gestylt und tatendurstig den Galerieraum betrat. Dort hatten sich bereits überall kleine Gesprächsgruppen gebildet, zwischen denen Kellnerinnen Tabletts herumreichten.

»Wen begleiten Sie?«, fragte er und reichte mir zuvorkommend ein Glas *Taittinger*.

Doofe Frage, typisch Macho, passte zu seinem Anzug! Als wenn eine Frau nicht auch alleine zu einem solchen Event gehen konnte. Aber gut, jetzt keinen weiteren Disput!

»Professor Geschwindner«, sagte ich also. »Ich bin Melli Kubinski, den Namen sollten Sie sich merken, er wird die Kunstwelt in Kürze aufhorchen lassen.«

Er sah mich an, als hätte ich bereits mein zehntes und nicht mein erstes Glas Champagner, und so fügte ich erklärend hinzu: »Wir hatten bereits das Vergnügen …«

Nun hatte er mich wohl erkannt und fiel mir unwirsch ins Wort. »Das Vergnügen war wohl ganz auf Ihrer Seite!«

Gott, war der nachtragend. Das reizte mich ja nun doch.

»Ach, und Sie hatten kein bisschen Spaß?«, spielte ich auf die Whirlpoolgeschichte an. »Das habe ich anders in Erinnerung.«

»Nichts haben Sie!«, kläffte er mich an wie ein Dobermann, und ich hatte den Eindruck, dem Landwehrkanal schon wieder verdammt nahe zu sein. Aber er fing sich und quälte sich ein weiteres Statement ab. Diesmal gab er den Gentleman.

»Genießen Sie den Abend«, sagte er mit gebremstem Schaum vor dem Mund. »Genießen Sie ihn, und dann verschwinden Sie aus meinem Leben! Für immer, wenn ich bitten darf!«

Damit machte er auf dem Absatz kehrt, um seinerseits schon mal wenigstens aus meinem Leben zu verschwinden. Aber so leicht wollte ich ihn nun auch nicht davonkommen lassen. Er war immerhin der erste Galerist, dem ich so nahe gekommen war, und dazu noch ein echt dicker Fisch, den ich nicht einfach wieder vom Haken lassen konnte.

So hielt ich ihn mit einer spontanen Geste am Arm zurück und stieß etwas hektisch hervor: »Ich bin auch Malerin! Ich habe einige Fotos meiner Bilder dabei … Wollen Sie sich die nicht einmal ansehen? Ich …«

Er fuhr herum, und sein Gesicht war aschfahl. Meist liefen Leute ja rot an, wenn sie wütend waren, aber bei ihm schien das Blut völlig aus dem Gesicht gewichen zu sein, was irgendwie sehr gefährlich aussah. Vampiresk! Ich ließ ihn los und fuhr mit der Hand spontan an meinen unbedeckten Hals. Nicht beißen, bitte!

»Kein Interesse«, quetschte er mit zusammengebissenen Zähnen hervor, wohl damit ich sein Vampirgebiss nicht sah. »Und wenn Sie die neue Frida Kahlo wären, ehe ich mir ein Bild von Ihnen ansehe, werde ich Schuhputzer am Bahnhof Zoo!«

Ich wollte die Schlacht nicht verloren geben und so startete ich noch einen letzten verzweifelten Versuch, ihn für meine Kunst zu interessieren.

»Aber Ihre … Ihre Galerie«, stieß ich hervor, »Ihre Galerie ist doch für zeitgenössische Kunst! Ich bin wirklich sehr … zeitgenössisch …«

Er war weg.

»Den kannst du knicken«, sagte Alix, um gleich darauf aufmunternd ihr Champagnerglas zu heben. »Komm, lass uns Party machen!«

Und da man die Feste feiern muss, wie sie fallen, gab ich mir einen Ruck und langte erst mal kräftig beim luxuriösen Fingerfood zu: Garnelenhäppchen, Sushi, Tempura und exotische Obstspießchen – einfach lecker!

Geschwindner war als Star des Abends fast immer umlagert, aber da Alix und ich recht ansehnlich waren und mit unseren Outfits zwar nicht beim Preis, aber vom Stylefaktor her, gut mit der Hauptstadtschickeria mithalten konnten, kamen wir auch bald mit ein paar netten Typen ins Gespräch. Wir teilten die Meinung, dass es besser sei, wenn die Leute ihr Geld für Kunst statt für eine dritte Motorjacht ausgaben, und dass der Kunstmarkt ein völlig irrationales Gebilde sei.

»Wenn jetzt auch noch die Russen ihr Geld hier reinpumpen, dann ist auf lange Sicht kein Ende des Booms zu erwarten«, sagte der eine Typ, der Marc hieß, wozu der große Blonde, der sich als Helge vorgestellt hatte, äußerst zufrieden nickte.

Na, mir sollte es recht sein.

Es stellte sich bald heraus, dass wir an zwei Kollegen geraten waren. Beide waren Künstler, die in einem Hinterhof in Neukölln ein gemeinsames Atelier hatten. Klar, dass ich sofort mit denen ins Fachsimpeln geriet, in gehobener Stimmung weiter fleißig dem Champagner zusprach und die Zeit, Geschwindner und Mahonny darüber völlig vergaß.

Später mixte uns jemand das In-Getränk der Saison. Es nannte sich Stoli-Bolli und bestand aus Champagner, Wodka und Eis, und das alles reichlich. Oh, Mann! Das haute rein!

Wo Alix und ich am nächsten Morgen aufwachten? Na, wo wohl? Genau, in Neukölln. Im Atelier dieser netten Typen.

Das war mir allerdings nicht sofort transparent, denn spätestens ab Mitternacht fehlten mir etliche Stunden in meiner Biografie, in denen ich wohl jenseits von Eden war!

Ich setzte mich auf. Neben mir lag Helge, der große Blonde mit der Strandmatte und dem Wikingerschnurrbart und schnarchte.

Himmel! Wir hatten doch nicht? Oder hatten wir doch?

Mein Partykleid und die silbernen Schuhe lagen auf einem Haufen Einkaufstüten. Slip und BH hatte ich noch an.

Hm, dann hatten wir wohl eher nicht. Wenn die Typen nur halb so stoned gewesen waren wie ich, dann hatten sie eh nichts mehr zum Stehen gebracht. Auch gut. Wo war eigentlich Alix?

Ich entdeckte sie an der anderen Seite des Bettes in die Arme von Marc gekuschelt. Sie schlief noch und hatte ein seliges Lächeln auf den Lippen. Hatte sie vielleicht?

Später am Vormittag stand ich mit Alix im Bad und versuchte, die Spuren der heftigen Sauferei in meinem Gesicht ein wenig zu beseitigen, während die Typen in der Küche ein Frühstück zubereiteten.

»Die sind ja echt süß«, sagte ich.

Alix nickte. »Supersüß! Und so schwul.«

Aha, dann also nicht.

Wir genossen das Frühstück, ließen uns durchs Atelier führen, in dem Unmengen von Bronzen herumstanden, und hörten, dass wir es mit Leuten zu tun hatten, die in der Kunstszene schon einen ziemlich bekannten Namen hatten. Dafür waren sie erstaunlich wenig eitel.

Gegen Mittag verabschiedeten wir uns, ließen die offizielle Ausstellungseröffnung ausfallen und fuhren mit dem ersten Zug, den wir kriegen konnten, wieder nach Hause.

»Alix?«, fragte ich verunsichert. »War das nun ein Erfolg oder ein Misserfolg?«

Alix grinste und deutete auf die silbernen Schuhe, die ich immer noch an den Füßen hatte.

»Eigentlich ganz erfolgreich«, meinte sie, »aber du hättest vielleicht einen Schuh am Hofe des Prinzen zurücklassen sollen.«

Hätte ich … vielleicht … wenn ich gewusst hätte, wer denn der Prinz war.

♡ ♡ ♡

Von Künstlern und Kiffern

Nun gut, da war ich also um eine Erfahrung reicher, aber um eine Illusion ärmer. Ganz so einfach war es offenbar doch nicht, in den Kunstmarkt hineinzukommen. Galerien schien es zwar wie Sand am Meer zu geben, aber die, die den Ton angaben, waren entsprechend elitär und für einen Nicht-Insider kaum zugänglich. Es gab ja schließlich nicht überall zufällig grade eine Ausstellung des eigenen Profs. Daraus hätte ich sicherlich mehr machen können, aber nach meinen peinlichen Auftritten hatte ich nur erreicht, dass zumindest Mahonny mich niemals in seinen erlauchten Kreis aufnehmen würde. Wenn der – und das zu Recht – eine Melli-Kubinski-Phobie entwickelte, würde er zu mir und jedem meiner Kunstwerke stets einen Sicherheitsabstand einhalten und folglich niemals ein Bild von mir in seine Galerie hängen.

Dumm gelaufen!

Ich hatte mich im Irish Pub, wo ich mal wieder knechtete, um die Miete bezahlen zu können, einen Moment zu Alix an den Tisch gesetzt und spülte mit einem Guinness meinen Frust herunter.

Klar, Alix und ich hatten eine Menge Spaß gehabt, aber wenn ich ehrlich war, war die ganze Berlinfahrt doch eigentlich umsonst gewesen: Keinen Galeristen ergattert, bei zwei schwulen Künstlern im Doppelbett gelandet, und die fünfhundert Euro waren auch weg. Meine Herren!

»Ach Gott, so tragisch finde ich das nun auch nicht. War doch alles in allem ein netter Trip«, meinte Alix und leckte sich genüsslich den Guinnessschaum von den Lippen, während Paula mal wieder voll in einem ihrer Karaokesongs aufging. »Aber irgendwie haben wir das Ganze wohl von Anfang an falsch angepackt. Ich dachte, da ist mehr drin.«

Tja, das dachte ich eigentlich auch.

»Es geht halt nicht mit Gewalt und Erpressung«, meinte ich resignierend, und Alix gab mir recht. »Obwohl doch alles wirklich attraktiv verpackt war und wir uns bemüht haben, es charmant an den Mann zu bringen.«

Nun ja, ob Mahonny das auch so gesehen hatte? Da waren doch Zweifel angebracht. Also war es nichts mit einem Galeristen, Mäzen und dem schnellen Weltruhm. Da musste ich eben weiter im Irish Pub jobben und Modell für künstlerisch unbedarfte Architekturstudenten stehen. Na ja, war schon ganz okay, es gab Schlimmeres.

»Du musst eben deine *Apokalypse* fertig malen, und dann kommst du in die Herbstausstellung und wirst garantiert entdeckt«, sagte Alix tröstend. »Dieser Mahonny wird sich in den Schwanz beißen, weil er dich nicht eingekauft hat.«

Das sollte er mal machen. Bemitleiden würde ich ihn deswegen sicher nicht. Auch wenn unsere Methoden nicht ganz die feine Art waren, hätte er schon etwas mehr Interesse an mir zeigen können. Immerhin war ich eine Meisterschülerin von Geschwindner, der ihm sicherlich nicht grade wenig Kohle einbrachte. Außerdem sagte die Demarowskaja immer, man müsse so auftreten, dass die Leute glauben, dass man mal zu den ganz Großen gehören würde: »Du musst noch nicht groß sein, was zählt ist dein Potenzial. Wenn die Galeristen begreifen, dass die kleine Melli Kubinski das Zeug dazu hat, in ein paar Jahren berühmt zu sein, dann investieren sie auch in dich. Also tritt so auf, wie du in Zukunft wahrgenommen werden willst!«

Mit Cinderella-High-Heels und falschem Selbstbewusstsein? Das jedenfalls war danebengegangen.

»Ich glaube, ich bin nicht der Typ für solche Auftritte«, sagte ich aus diesen Gedanken heraus zu Alix. »Ich kann mich nicht verbiegen, und diese ganzen Leute, die da mit viel Getue auflaufen, gehen mir ehrlich gesagt sonst wo vorbei. Ich will malen, Alix! Gute, krasse Bilder malen und sonst gar nichts!«

Alix grinste. »Okay! Wenn du so ein sensibles Künstlerseelchen bist, dann werde ich ab sofort mal dein Management in die Hand nehmen. Du malst brav deine *Apokalypse* weiter, und ich suche dir einen Galeristen oder Mäzen. Einverstanden?«

Ich sah sie misstrauisch an. Schließlich war ja auch das letzte Desaster ihrem genialen Management zu verdanken gewesen. Aber wenn ich ihr Angebot ablehnte, war sie sicher sauer.

»Und wie viele Prozente willst du?«, versuchte ich das ganze ins Scherzhafte zu ziehen.

»Gut, dass du es ansprichst. Ein Erfolgshonorar wäre echt nicht schlecht.« Sie merkte, wie mein Blick stier wurde. »Äh, aber da können wir uns dann ja zu gegebener Zeit noch drüber unterhalten …«

Zu gegebener Zeit! Am Sankt-Nimmerleins-Tag vielleicht. Da konnte ich ja gleich einen Vollprofi engagieren, wenn sie mich auch noch abzocken wollte für etwas, was sie als Freundschaftsdienst angeboten hatte. Am besten beendete ich schleunigst das Gespräch, denn ich musste sowieso mal wieder ein bisschen was für mein Geld tun. Pat zu verärgern, konnte ich mir unter den gegebenen Umständen wirklich nicht leisten.

»Vielleicht bist du für diese Kunstmenschen einfach ein wenig zu krass, Melli«, gab Alix mir noch ein Trostwort mit auf den Weg. »Sei in Zukunft einfach etwas verbindlicher.«

»Kannst du das Wort noch mal wiederholen?«, fragte ich leicht zynisch. »Das hat bisher nämlich in meinem Wortschatz gefehlt.« Ich klackerte herausfordernd mit meinem Zungenpiercing an den Schneidezähnen.

»Eben!«, blieb Alix ungerührt. »Schreib es dir also mal hinter die Ohren!«

Grundgütiger! Jetzt sprach sie wie meine Mutter! War es das, was sie unter Management verstand? Ich ergriff die Flucht.

Während ich am Tresen Bier zapfte und Paulas Gesängen lauschte, ging mir das Wort nicht mehr aus dem Kopf. Verbindlich sein … verbindlich! Wie in drei Teufels Namen konnte eine Melli Kubinski verbindlich sein?

Als sich Paula wenig später zu mir auf einen Barhocker setzte, blaffte ich ihr das Ergebnis meines Denkprozesses ohne Vorwarnung ins verblüffte Gesicht: »Eine Melli Kubinski ist nicht verbindlich! Ich bin eine Künstlerin, die Großes schaffen will, und darum kann ich nicht auch noch ständig bittend und bettelnd irgendwelchen Galeristen von Gottes Gnaden Speichel leckend hinterherdackeln! Klar?«

Paula schluckte schwer beeindruckt. »Klar, Melli, ganz klar!«

Na bitte, wenigstens sie verstand mich.

♡ ♡ ♡

Als ich am nächsten Vormittag bei den Architekturstudenten Modell stand, gab der Heizstrahler mit einem zischenden Knall unversehens seinen Geist auf, und ich zitterte mich bis zum Ende der Sitzung zähneklappernd durch.

Ich versuchte, mir ein paar warme Gedanken zu machen, was mir über die nächste Viertelstunde half, aber dann versagte selbst Peter Paul Rubens, und der Schwan zwischen Ledas Schenkeln wurde vom Bild einer prall mit heißem Wasser gefüllten Wärmflasche verdrängt. Mehrmals war ich versucht, einfach vom Podest zu steigen und den Job für heute hinzuschmeißen, aber ich war halt jung und brauchte das Geld.

Als die Sitzung endlich vorbei war und ich hastig und mit klammen Gliedmaßen in meine Klamotten stieg, begann meine Nase bereits zu laufen, und als ich mich mit Alix in der Mensa zum Essen traf, tränten mir auch noch die Augen, und ich hatte weder Bock auf Königsberger Klopse mit Kapernsauce noch auf die Nachmittagsvorlesung.

»Du solltest dich mit einer Wärmflasche ins Bett packen«, meinte Alix und schaute mich besorgt an.

Ja, so sah ich das auch. Ein Schwan wäre wohl etwas unpraktisch, und überhaupt Geflügel … Eine Grippe kriegte ich bestimmt auch so, dafür brauchte ich keinen Vogel mehr. Also fuhr ich mit der Vespa durch den feinen Nieselregen auf dem schnellsten Weg zur Jägerstraße.

Im Treppenhaus traf ich Jean-Paul, der mit einem Stapel Bücher auf dem Arm vergeblich versuchte, seine Wohnungstür aufzuschließen.

»Komm, lass mich mal«, sagte ich hilfsbereit, schob ihn zur Seite und öffnete ihm die Tür.

Was sah der Typ mal wieder gut aus. Allein schon

diese blauen Augen! Alix hatte wirklich den ultimativen Glücksgriff mit ihm getan. Nur schade, dass er wegen seiner Doktorarbeit so wenig Zeit hatte und sich ständig in seinem Arbeitszimmer oder in der Museumsbibliothek vergrub. Er bedankte sich höflich und fragte, ob ich noch einen Tee bei ihm trinken wollte, aber ich lehnte mit einem Hinweis auf meinen angegriffenen Gesundheitszustand ab.

»Ich will dich schließlich nicht anstecken.«

In der WG nahm ich erst mal eine heiße Dusche und kochte mir anschließend einen Erkältungstee. Gut, dass Paula so etwas immer vorrätig hatte. Als sie mit Justin aus dem Theater kam, lag ich bereits mit dickem Schal um den Hals in meinem Bett und dachte missmutig darüber nach, was die beiden nur ständig zu kichern hatten. Wenn ich Karlos wäre, hätte ich mir diesen engen Kontakt von Paula zu Justin bestimmt längst verbeten. Aber er bekam ja nicht mal einen Bruchteil von dem mit, was ich ständig ertragen musste. Dennoch, ich würde Paula gelegentlich mal darauf ansprechen müssen. Es ging schließlich nicht, dass sie für diesen dahergelaufenen Schauspieler womöglich ihr Glück mit Karlos aufs Spiel setzte.

Es klopfte an meiner Tür. Paula.

»Melli, bist du da? Ich habe deine Vespa unten stehen sehen …« Sie steckte ihre Nase ins Atelier. »Alles okay mit dir?«, fragte sie und sah dann erst, dass ich im Bett lag. »Bist du krank?« Sofort nahm ihre Stimme eine besorgte Färbung an.

»Nö, nicht richtig«, wiegelte ich ab. »Nur ein bisschen Schnupfen. Kein Grund zur Sorge.«

Es war dann aber doch Grund zur Sorge. Jedenfalls hatte es mich ganz schön erwischt: Die Nase lief, die Augen tränten, der Hals schmerzte und die Stimme war weg. An Arbeit war unter diesen Umständen nicht zu denken. Mist, wo ich doch auf das Geld so dringend angewiesen war.

Alix entschuldigte mich bei Pat und sagte auch bei Frau Klein den nächsten Termin ab. »Und sorgen Sie dafür, dass künftig ein funktionierendes Heizgerät da ist«, sagte sie unwirsch.

Aber recht hatte sie ja. So ging es wirklich nicht.

Justin kochte mir eine Hühnerbrühe, weil das angeblich das ultimative Hausmittel gegen Schnupfen sein sollte, und hielt sich ansonsten von mir fern. Schauspieler haben eine natürlich Phobie gegen erkältungskranke Mitmenschen. Das ist wohl berufsbedingt.

Drei Tage war ich völlig durch den Wind, dann hielt ich es im Bett nicht mehr aus. Ich wickelte mich selbst in meinen Bademantel, meinen Hals in den irischen Schal von Boris – reine Schafwolle soll ja einen enormen Heileffekt haben – und versuchte, an der *Apokalypse* weiterzuarbeiten. Ich zog eines der Bettlaken herunter, mit denen ich das Bild immer sorgfältig abdeckte, um es vor unbefugten Blicken – zum Beispiel von Justin – zu schützen, und schaute mir Boris, den Erleuchteten, an.

Hm, da war noch einiges zu tun, nachdem er Opfer von Justins Hackbraten geworden und neulich so überstürzt aufgebrochen war. Ich musste ihn unbedingt dazu bewegen, noch einmal für mich zu posieren. Zu ärgerlich, dass wir uns gestritten hatten.

Ich griff zu Pinsel und Palette und begann ein neues Motiv.

♡ ♡ ♡

Als ich in der Mitte der folgenden Woche, weitgehend wiederhergestellt, den Malsaal betrat und Boris mich weiter ignorierte und äußerst geschäftig auf Kurtchen einredete, reichte es mir mit dem Affentheater. So konnte es nicht mehr weitergehen! Abgesehen davon, dass der *Erleuchtete* auf seine Vollendung wartete, wem außer ihm sollte ich schließlich von meinem ultimativen Hauptstadt-Geschwindner-Galerie-Erlebnis berichten? Gretchen vielleicht? Oder Hugo? Hm, Hugo ... warum eigentlich nicht? Hugos Staffeleien standen ziemlich in der Nähe von Boris ...

Kurz entschlossen steuerte ich also auf Hugo zu und ignorierte nun meinerseits Boris völlig. Der sollte nicht glauben, dass ich auf Knien angekrochen käme, um seine Freundschaft und eine Versöhnung zu erbetteln. Das hatte eine Melli Kubinski nun weiß Gott nicht nötig!

»Hugo! Nein, wie genial!«, rief ich übertrieben enthusiastisch und entschieden zu laut aus, was den Angesprochenen erschreckt zusammenzucken ließ und ihm glatt den Pinsel aus der Hand schlug.

»Wenn das Geschwindner sieht, wird er seine Meinung über dich sofort ändern!«

Hugo sah mich misstrauisch an. Sollte sich doch hörbare Ironie in mein Lob geschlichen haben?

Ich merkte, dass seitlich hinter mir auch Boris und Kurtchen ihr Gespräch eingestellt hatten und zu uns herüberschauten. Wegen meines lautstarken Auftritts tat das nun vermutlich auch der Rest meiner Kommilitonen. Tja, wenn Melli mal tönte, fielen selbst die Mauern von Jericho!

»Seine Meinung ändern?«, wiederholte Hugo ungläubig. »Meinst du wirklich, dass Geschwindner das tun würde?«

Seine schmalen grauen Augen blickten lauernd. Er

hatte wieder ein weißes Oberhemd und, passend zu seiner Augenfarbe, die graue Frackweste an. Seine Haare waren im Nacken zu einem Mozartzopf gebunden. Sehr affig!

»Doch«, spielte ich das Spiel weiter. »Dein Bild sieht jetzt fast aus wie ein echter Geschwindner.«

Dummer Kopist, dachte ich bei diesen Worten, damit wirst du nie einen Blumenpott gewinnen. »Und glaub mir, Hugo, ich kann das beurteilen. Schließlich war ich letzte Woche mit Geschwindner in Berlin zur Eröffnung seiner Ausstellung in der GZK!«

Die Bombe war geplatzt, und wenigstens hier erzeugte das Kürzel GZK sofort ehrfürchtiges Gemurmel.

»Mit Geschwindner? In Berlin? Du?« Hugo riss Augen, Mund und Nasenlöcher auf.

»Er hat mich bei Tommy Mahonny eingeführt.« Dass er mich zuvor vom Bürgersteig aufsammeln musste, tat hier ja nichts zur Sache. »Es war sensationell!«

»Du warst bei der Vernissage?« Gretchen hatte sich neugierig herangerollt.

»Nicht wirklich ...«, sagte ich, worauf sie sofort stutenbissig meinte: »Also alles mal wieder Aufschneiderei von dir, Melli!«

Ich warf ihr einen selbstbewussten und, wie ich hoffte, nur ein wenig arroganten Blick zu und sagte mit kältestem Understatement: »Wenn du es so sehen willst, Gretchen. Aber wer geht schon noch zu Vernissagen, wenn er die wirklich wichtigen Leute viel zwangloser beim Get-together am Vorabend treffen kann?«

Gott, was konnte ich hochnäsig rüberkommen! War das vielleicht die Melli der Zukunft?

Hugo bekam einen Hustenanfall und Gretchen lief magentafarben an. In Boris' Ecke fiel mit Getöse eine Staffelei um. Vermutlich wollte er sich daran festhalten, um nicht selbst vor Überraschung zu Boden zu gehen.

Kurtchen gab zuerst auf. Zwar hatte er Boris sicherlich ewige Vasallentreue geschworen, aber das schien ihm nun doch zu interessant zu sein. So ließ er ihn seine Staffelei alleine aufsammeln und nutzte diesen Augenblick, um zu mir herüberzukommen.

»Hast du ihn kennengelernt?«, fragte er hektisch. »Sag schon, wie ist er?«

»Wer?«

»Na, Mahonny! Es heißt, er ist der erfolgreichste und coolste deutsche Galerist. Er hat Krumbiegel und Sperrklotz unter Vertrag. Sie entwerfen für ihn am laufenden Meter Bronzen. Skulpturen.«

»Bronzeskulpturen?« Hatte nicht bei unseren beiden schwulen Künstlerfreunden in Neukölln ziemlich viel Blech herumgestanden? Sollten sie etwa ... ?

»Marc ...«

»Genau, Marc Krumbiegel und Helge Sperrklotz!«

Ich werde ja nicht mehr! Da musste ich ja ziemlich dicke Tomaten auf den Augen gehabt haben, dass ich nicht gemerkt hatte, bei welchen Stars wir untergeschlüpft waren. Allerdings hatte ich mich ehrlich gesagt bisher auch nicht sonderlich für Skulpturen interessiert. Ich war Malerin! Aber dann war es ja kein Wunder, dass die Jungs sich ein so geiles Atelier in Berlin leisten konnten, wenn sie so gut im Geschäft waren.

»Äh, ja, die beiden waren auch da«, sagte ich. »Nette Typen. Ich habe die Na ... äh, den restlichen Abend mit ihnen verbracht.«

Erneut erfüllte ehrfurchtsvolles Gemurmel den Malsaal. Boris hatte sich nun endlich auch heranbewegt.

»Fließbandware!«, sagte er abfällig.

»In New York reißen sie Mahonny die Skulpturen aus den Händen.«

»Kaufhausgalerie-Mist!«

Kurtchen wollte sich Mahonny jedoch nicht miesmachen lassen. »Und Mahonny selbst? Hast du ihn kennengelernt? Wie ist er?«

Ein Arschloch, dem man das Hirn gequirlt hat! Aber das sagte ich natürlich nicht, denn diese Göttergläubigen hätten es mir auch gar nicht abgenommen. Und vielleicht war er ja auch gar nicht so … unter anderen Umständen.

»Qualitätsbewusst«, sagte ich also. »Sehr qualitätsbewusst. Der stellt wirklich nicht jeden aus.«

»Aber dich!«, motzte Boris weiter.

Einen winzigen Augenblick war ich versucht, zu lügen und herumzuprotzen, aber dann sagte ich wahrheitsgetreu: »Natürlich nicht, Boris! Aber er hat mich protegiert.«

Hatte er ja schließlich auch, mit fünfhundert Euro und der Einladung zur Vernissage. Nicht ganz freiwillig zwar, aber immerhin.

»Ich habe ihn übrigens in der *Wellness-Oase* im Whirlpool kennengelernt.«

Na, wenn das jetzt nicht einen Besucherboom dort auslöste. Ich sah schon vor meinem geistigen Auge, wie der Whirlpool überschwappte, weil Gretchen sich hineinplumpsen ließ, in der Absicht einen Galeristen zu treffen.

»Alles klar«, sagte Boris, drehte sich um und ging zu seinen Staffeleien. »Hast dich also wieder mal hochgeschlafen! Machst du das mit Geschwindner auch?«

Ich sprang ihn von hinten an, und die Aufprallenergie warf uns beide zu Boden. Kratzend, schreiend und spuckend fiel ich über ihn her.

So ein mieser Scheißkerl!

Wir rollten schlagend und tretend durch den halben Malsaal und stießen dabei etliche Farbeimer und Staffeleien um.

Grundgütiger, dachte ich dabei, wir benahmen uns ja wie in einer billigen Comedy-Sendung. Eigentlich völlig unter unserem Niveau. Aber andererseits ... musste ich mich von diesem Kiffer, dem sein Drogenkonsum doch völlig das Hirn zerfressen hatte, so behandeln lassen?

Er lag grade unter mir und weil es sich so verführerisch anbot, biss ich ihm herzhaft ins Ohr. Er jaulte auf, griff mir in die Haare und riss meinen Kopf nach hinten. Madre mia! Wenn ich sein Ohr jetzt nicht losließ, würde er den Rest seines Lebens wie ein Langohr von den Osterinseln herumlaufen müssen. Wollte er nicht! Er bäumte sich auf, und wir rollten vor eine Ausstellungsvitrine, die krachend umfiel. Vermutlich hätten wir noch stundenlang so weiter gebalgt, wenn nicht Kurtchen und Hugo uns schließlich auseinandergezerrt hätten.

»Wenn Geschwindner so schwul wie du wäre, hättest du es doch längst mit ihm getan!«, keifte ich Boris an.

»Ich bin nicht schwul!«, schnauzte er zurück.

»Beweise es!«

Ich wusste zwar auch nicht wie, aber das war ja schließlich nicht mein Problem.

War es doch. Denn nach zwei großen Schritten stand er plötzlich bei mir, zog mich an sich und begann, mich so herausfordernd zu küssen, dass ich um mein Zungenpiercing fürchtete. Grundgütiger!

Beifall brandete auf, und ich kam mir vor wie Shakespeares widerspenstiges Käthchen in Petruchios Armen.

»Heißt das, wir sind wieder Freunde, Boris?«, hauchte ich schließlich atemlos.

Er ließ mich los, grinste und sagte leise: »Sieht so aus.«

♡ ♡ ♡

Wir ließen im Malsaal alles stehen und liegen und fuhren, begleitet von Kurtchen auf seinem eigenen Roller, zu Boris. Bevor die Saaltür hinter uns zufiel, hörte ich Gretchen zetern, und Désirée rief etwas von Sauerei, und wer die denn wohl jetzt wegmachen sollte?

Aber das interessierte mich im Moment, ehrlich gesagt, überhaupt nicht. Boris hatte sich wieder mit mir versöhnt, und das allein zählte. So schlimm konnten ein paar umgefallene Leinwände und Farbeimer schließlich auch nicht sein. Und wenn Désirée und Gretchen die ausgelaufene Farbe nicht wegputzen wollten, dann machte ich es mit Boris eben beim nächsten Mal sauber. Im Malsaal war ohnehin der ganze Fußboden vollgekleckert, da kam es wohl auf ein paar Farbpfützen mehr oder weniger auch nicht an. Dass die sich auch immer gleich so anstellen mussten.

Bei Boris rauchten wir dann erst mal die Friedenspfeife, und weil Kurtchen mitrauchte, blieb es auch dabei. Kein Kamasutra also, obwohl ich da nach so langer Enthaltsamkeit eigentlich mal wieder Lust drauf gehabt hätte. So zog ich mir in Ermangelung eines anderen Sinnesrauschs ein paar Joints durch und fuhr mit der Vespa in die WG.

Es nieselte schon wieder, und weil irgend so ein volltrunkener Autofahrer wohl nur sein Glasauge drin hatte und mich fast touchierte, landete ich beim unvermeidlichen Ausweichmanöver mit dem Vorderrad seitlich am Bordstein und semmelte mich voll hin. Statt zu halten und mir wenigstens seine Hilfe anzubieten, fuhr der Typ auch noch einfach weiter. Wichser!

Es war dunkel und nass und ich war unendlich allein. Na ja, ganz allein dann doch nicht, denn als ich mich grade aufgerappelt hatte, hielt ein Streifenwagen neben mir. Auch das noch. Wenn die mitbekamen, dass ich bekifft Roller fuhr, war ich dran.

»Haben Sie Probleme?«, fragte einer der Polizisten durch die offene Scheibe.

Ich war froh, dass ich den Roller wieder im Griff hatte und schüttelte den Kopf. »Nee, alles okay, habe nur, äh ... das Rücklicht kontrolliert. Kann man, äh ... ja nicht oft genug machen.«

Licht kontrollieren war gut, das zeigte doch, dass ich ein vorbildlicher Verkehrsteilnehmer war.

»Und? Ist es in Ordnung?«

»Äh, ja klar! Ich fahr dann mal los, dann können Sie es ja sehen. Ciao.«

Ich gab Gas und bretterte los. Scheißgefühl, so bekifft wie ich war, die Bullen als Begleiteskorte zu haben. Krampfhaft bemühte ich mich, die Spur zu halten. Es war mir noch nie so bewusst geworden, dass ein Joint die Fahrtüchtigkeit dermaßen einschränken konnte. Hm, na ja, war auch nicht nur einer gewesen.

Ich schaute in den Rückspiegel und sah, dass der Streifenwagen immer noch hinter mir war. Hatten die eigentlich nichts anderes zu tun? Kein kleiner Einbruch in der Nähe, Handtaschenraub, Schlägerei? Das war doch tausendmal wichtiger als Melli Kubinski, die mal einen Joint zu viel geraucht hatte.

Ich zuckte zusammen, als plötzlich das Blaulicht aufleuchtete und das Martinshorn jaulte. Im selben Moment zischte das Polizeiauto an mir vorbei.

Wie schön, dass im Universum kleinere Wünsche

auch einmal prompt erhört wurden. Ich atmete auf. Glück gehabt!

Als ich die Vespa in den Hof stellte und abschloss, fiel der Stress endgültig von mir ab. War doch eigentlich ein Supertag gewesen: Gretchen war vor Neid magentafarben angelaufen, Hugo war nicht weniger neidisch, weil er mich für einen Protegé von Mahonny hielt, und Boris hatte sich wieder mit mir versöhnt.

Oh, what a beautiful world ...

Einem allerdings schien meine Versöhnung mit Boris ganz und gar nicht zu passen. Als ich mir ganz relaxed noch eine schöne Tasse Kaffee in der Küche machen wollte, stieß Justin dazu, spülte übertrieben lange seine zweieinhalb Geschirrteile ab und sagte schließlich mit dem Rücken zu mir: »Dieser Typ, äh, Boris oder so ... Warst du bei dem?«

Ich wusste zwar nicht, was es ihn anging, sagte aber friedfertig gestimmt: »Ja, wieso?«

»Dieser Typ ist nicht gut für dich, Melli«, kam es wie aus der Pistole geschossen.

Ach, das sah ich aber ganz anders. »So? Was bringt dich denn darauf? Ich finde, er ist sogar sehr gut für mich. Absolut inspirierend.«

»Er oder die Drogen, die er dir verabreicht?«

»Verabreicht? Mir verabreicht niemand Drogen!«

»Nicht?« Er schnupperte übertrieben auffällig in der Luft herum. »Also, selbst wenn man wollte, das kann man ja gar nicht, äh ... überriechen.«

Überriechen? Sehr kreative Formulierung.

»Ja, und? Stört es dich? Muss es nicht. Ich mache es ja nicht täglich. Nur hin und wieder mal.«

»Aber das ist es ja«, redete Justin weiter hektisch auf mich ein. »Das solltest du nicht tun, Melli. Das ist wirklich nicht gut für dich ... Damals, als ich bei euch eingezogen bin zum Beispiel ...«

»Jaaa? Was war damals?« Das interessierte mich nun aber doch. Meine plötzliche, gespannte Aufmerksamkeit irritierte ihn offenbar, denn er fühlte sich auf einmal sichtlich unbehaglich und stotterte: »Da warst du so ... so ... von Sinnen ...«

»Ich war was?«

Der Typ hatte ja wohl ein Rad ab! Nur weil ich sein Zimmer nicht in diesem charakterlosen, uncharismatischen Grau streichen wollte, mit dem er seine verborgenen Lüste zu übertünchen versuchte ... Der sollte mich mal erleben, wenn ich wirklich von Sinnen war. Melli von Sinnen!

Ich kicherte, was ihn noch mehr irritierte, weil er wohl annahm, dass ich ihn auslachen wollte.

So klang es etwas eingeschnappt, als er sagte: »Jedenfalls warst du wegen der Kifferei nicht wirklich du selbst. Du solltest auch als Künstlerin nichts tun, wodurch du die Kontrolle über dich verlierst.«

Jetzt reichte es mir aber. Als wenn ich dazu Drogen benötigte. Ob ich gleich mal ein Exempel statuierte? So ein kleiner Kontrollverlust konnte doch ganz spaßig sein. Was sollte ich denn so auf die Schnelle mal machen? Fernseher aus dem Fenster werfen, schreiend und Haare raufend wie Medea durch die Wohnung rennen, Justin an die Wäsche gehen? Ach, Unsinn, das war der Typ doch gar nicht wert.

»Danke für die Belehrung«, sagte ich also nur zynisch. »Aber mal so am Rande gefragt, was geht es dich eigentlich an?«

Er türmte sein Geschirr fein säuberlich aufeinander und stellte Teller, Untertasse und Tasse in den Geschirrschrank.

»Stimmt«, sagte er dabei. »Geht mich wirklich nichts an. Aber dieser Boris ist kein guter Typ.«

Er stand schon in der Tür, als ich ihm hinterherrief: »Aber du, oder was?«

Er drehte sich noch einmal um, grinste wieder sein impertinentes Jack-Sparrow-Grinsen und sagte rotzfrech: »Klar, ich bin auf jeden Fall die bessere Alternative!«

Kochen statt Kiffen? Hatte der Knabe heute zu heiß gebadet?

♡ ♡ ♡

Während ich mit Alix in Berlin weilte, war Paula nicht untätig gewesen. Sie hatte tatsächlich Karlos wegen der Beziehungen seines Vaters angesprochen und präsentierte uns stolz drei Einladungskarten für die nächste Vernissage im *Artefakt*.

Nein, wie cool war denn das?! Jetzt kam aber mal richtig Schwung in die Sache. Feixend tanzte ich mit meiner Einladung in der Hand durch die Diele. Als ich mich schließlich auf das Sofa plumpsen ließ, fiel mein Blick auf das Datum, und ich schoss sofort wieder hoch.

»Da … da … das ist ja schon morgen Abend!«, rief ich entsetzt.

Paula verstand meine Aufregung gar nicht. »Ist das schlimm? Ich dachte, besser jetzt als nie.«

Da hatte sie ja recht, aber …

»Ich … also, das ist schon ein bisschen plötzlich, also wegen der Strategie und so … Alix und ich, wir haben uns noch gar nicht überlegt, wie wir so vorgehen wollen, und ja … überhaupt, was ziehen wir denn an?«

Paula und Alix brachen gleichzeitig in Gelächter aus.

»Du bist mir vielleicht ein Stratege«, sagte Alix kichernd. »Was ziehen wir an!«

Na ja, ich maß dem ja wirklich nicht allzu viel Bedeutung bei, aber wenn ich auftreten sollte wie jemand, in den es sich zu investieren lohnte, dann wollte das Outfit gut überlegt sein.

Das sahen Alix und Paula letztlich auch so. Daher hechelten wir mal kurz unsere Klamottenbestände durch, und obwohl ich mir nach Berlin ja eigentlich geschworen hatte, bei der nächsten Vernissage etwas schlichter zu erscheinen, entschieden wir uns schließlich doch für die aufgebrezelte Variante. Das *Artefakt* war nun mal die angesagteste Galerie am Ort, und es gab keinen Grund, in Sack und Asche da aufzulaufen. Wenn nicht dort, wo sonst sollte ich mein Potenzial zu Höherem präsentieren?! Also war Klotzen und nicht Kleckern angesagt. Natürlich stilvoll, versteht sich.

Am Spätnachmittag des nächsten Tages veranstalteten wir also die übliche Modenschau in der Wohndiele und kamen alle drei zu dem Schluss, dass Rinaldo von Stetten das Beste vom Besten wert war.

Das hieß bei Alix das Gucci-Top, bei Paula die JLo-Klunker an den Ohren und bei mir eben die Cinderella-High-Heels. Vielleicht fiel ja diesmal einer meiner Schuhe einem Prinzen in die Hände, der es wert war, mein Mäzen zu werden.

Die Räume der Galerie *Artefakt* lagen in einer zu einem Businesscenter umgebauten ehemaligen Spinnerei. Die roten Klinker der Fabrik waren weiß getüncht, die Rahmen der großen Glastüren und Industriefenster mit Eisenglimmerfarbe gestrichen, und überall taten sich optische Fluchten auf, die selbst schon innenarchitektonische Kunstwerke aus Stahl und Zedernholz waren.

Der Gebäudekomplex war riesig und enthielt neben zahlreichen innovativen Dienstleistungsunternehmen ein Zentrum für moderne Wohnraumgestaltung, ein Fitnessstudio und eben das *Artefakt*.

Das *Artefakt* war ganz anders als die übrigen Galerien der Stadt, die, wie zum Beispiel *Hammelsprung*, allen alles anboten, vom röhrenden Hirsch im Okertal mit barockem Goldrahmen bis zur Bruno-Bruni-Lithografie im Edelstahlrahmen, und die sich nicht genierten, im Schaufenster allerlei kunstgewerblichen Nippes auszustellen. Van Gogh hätte sich angesichts seiner für das *Malen nach Zahlen* präparierten Brücke von Arles gleich noch ein Ohr abgeschnitten oder besser noch die Augäpfel herausgerissen.

Aber wie gesagt, Rinaldo von Stettens *Artefakt* war ein wirklicher Kunsttempel und rettete damit den Ruf der Galerien in unserer Stadt. Absolut in, nobel, modern – ein Traum! Milchglasscheiben, Deckenstrahler und Glaspyramiden auf dem Dach schufen ein Licht, das mit ausgeklügelter Technik wahre Bühneneffekte zaubern konnte. Leider waren die ausgestellten Künstler nur selten so avantgardistisch wie der Rahmen, in dem sie präsentiert wurden. Offenbar war selbst von Stetten gezwungen, Zugeständnisse an den Geschmack der örtlichen Kaschmirladys und deren eher konservative Gatten zu machen, wenn er überhaupt etwas verkaufen wollte.

Schließlich lief die Ratsdebatte, ob sich die Stadt nicht endlich mal ein Museum für moderne Kunst leisten sollte, nach wie vor ins Leere. Warum das Land gerade hier eine Kunsthochschule betrieb, wusste wohl nicht mal der Ministerpräsident. Wenn hier dennoch der eine oder andere Absolvent oder Professor zu Weltruhm kam, dann nicht wegen, sondern trotz der Verhältnisse.

Auch diesmal hätte mich ja eigentlich nichts und niemand wegen des Malers ins *Artefakt* gebracht. Huldreich Wunderwasser hatte inzwischen die Altersgrenze wirklich mehrfach überschritten und alle Kreativität, die dem Alzheimerfraß in seinem Gehirn widerstanden hatte, reichte doch nur dazu, dass er sich ständig – drücken wir es mal milde aus – selbst zitierte.

So versprach ich mir von der Ausstellung sehr viel weniger als von dem anwesenden Eröffnungspublikum, das bei Rinaldo von Stetten immer handverlesen war, und zwar nach den Kriterien Münze und Macht. Beides gab einen wunderbaren Nährboden für Mäzene ab.

»Also, Melli, heute muss es aber mal klappen mit dem Sponsor«, sagte Alix denn auch, kaum dass wir unsere Garderobe am Eingang abgegeben hatten. Sie deutete kichernd und etwas undezent auf die Besucherschar, die sich in der Nähe der Bar und des Büfetts, das noch nicht eröffnet war, tummelte. »Sind doch genügend potente Leute da.«

Sie zog einen Stapel Bilder aus ihrer Handtasche, und ich sah mit Schrecken, dass es sich um Fotos meiner bisherigen Werke handelte. »Die … die willst du doch niemandem hier zeigen?«, sagte ich leicht geschockt.

»Aber klar doch!«, entgegnete sie ungerührt. »Hast du vergessen, dass ich deine Managerin bin?« Und schon stürzte sie sich auf einen distinguiert aussehenden älteren Herrn und hielt ihm eins der Fotos unter die Nase. Dabei sagte sie: »Guten Abend, es freut mich, Sie hier zu sehen. Eine wunderbare Atmosphäre. Ich bin Alix Auwald und habe eine außerordentlich vielversprechende junge deutsche Künstlerin unter Vertrag. Melli Kubinski, ein Name, den man sich merken sollte, denn er wird die Kunstwelt in Kürze aufhorchen lassen. Wenn ich Ihnen vielleicht ein paar ihrer Werke …«

Weiter kam sie nicht, denn eine von Kopf bis Fuß in beiges Kaschmir gekleidete Dame stürzte sich mit den Worten »Herbert, das Büfett wird jeden Augenblick eröffnet!« auf Alix' Gesprächspartner und zerrte ihn Gott sei Dank mit sich fort.

»Macht nix!«, meinte Alix unverzagt. »Hören wir uns erst mal die Eröffnungsreden an und futtern was. Nach dem Essen und ein paar Gläsern Sekt sind die Leute ohnehin meist viel besser ansprechbar. Genug potente Leute scheinen ja heute da zu sein.«

Bei dem Wort »potent« kicherte Paula gleich wieder anzüglich los, worauf ich trocken sagte: »Ich brauche keinen potenten, sondern einen reichen Mann, der gerne auch etwas älter sein darf.«

In dem Moment hätte ich mir nicht träumen lassen, dass mir genau das Gegenteil ins Haus stand.

Jedenfalls blies Alix das Halali, und auf ging es zum fröhlichen Jagen. Jede schnappte sich ein Glas Sekt, das man uns reichte, und wir stürzten uns ins Gewühl.

Wir gingen an einer Spiegelinstallation vorbei, und obwohl ich ja sonst gut an Spiegeln vorübergehen konnte, ohne mir die Lippen nachzuziehen, warfen wir heute alle drei gleichzeitig einen Blick hinein.

Sauber! Drei Göttinnen der Jagd, bereit ihre Pfeile gemeinsam abzuschießen. Picadoras, olé! Big Spender würde wie ein Kampfstier gespickt werden, bevor ihn der finale Stoß traf, der ihn unweigerlich vor meine Füße sinken lassen würde, im todeswunden Blick nur eine einzige Bitte: Lass mich für den Rest deines Studiums Farbe, Leinwand und dein Atelier bezahlen!

Ich schlug mir die Hand vor den Mund, als ich den etwas konsternierten Blick der Kaschmirladys sah. Da hatte ich wohl etwas zu laut gekichert.

»Kennst du denn eigentlich jemanden hier?«, fragte

Paula, während sie an ihrem Sekt nippte und im Nebenraum jemand kluge Worte über Wunderwassers Lebenswerk sagte.

Ich nickte. Klar, die üblichen Verdächtigen: die Profs von der Kunsthochschule und ihre Assistenten, die sich mal wieder kostenlos die Bäuche vollschlagen wollten.

»Die meine ich doch nicht«, sagte Paula enttäuscht. »Sondern solche Leute, die dir was bringen können. Promis.«

Promis? Klar wimmelte es bei von Stetten auch von Promis – was bei uns eben so als Promi galt: der glatzköpfige Oberstadtdirektor nebst Gattin, die zweite Bürgermeisterin, der Kulturdezernent mit seiner wunderhübschen Referentin, ein paar Ratsfrauen und -herren quer durch alle Parteien und der Vorsitzende der Industrie- und Handelskammer.

»Das sind die Falschen«, nölte Alix. »Wir brauchen keinen Beamten-, sondern Geldadel! Jemanden wie diesen Menschen, der bei der Semesterausstellung so viele Bilder aufgekauft hat.«

Und fast auch eins von mir, dachte ich immer noch wütend, weil ich mir die Chance damals so verdorben hatte.

»Interessiert sich in dieser Stadt denn kein Industrieller für Kunst?«

Für Kunst vielleicht, dachte ich zur Ehrenrettung unserer Industriebarone, aber wohl nicht unbedingt für Alzheimer in Acryl und Tempera. Wunderwasser mit seiner Siebzigerjahre-Ästhetik war sicherlich nicht spektakulär genug, um wirkliche Kunstkenner hinter dem Managerschreibtisch hervorzulocken. Was man ja auch schon daran sah, dass – Gott sei Dank – dieser Sammler von der Kunsthochschule nicht anwesend war. Tja, wer kam denn dann heute überhaupt als Mäzen in Frage? Hier interessierte sich doch garantiert mal wieder niemand für junge, geschweige denn ganz junge deutsche Kunst. Verdammt, wozu hatte ich mich so aufgebrezelt?

Meine Füße begannen bereits, in den strapaziösen silbernen Stilettos zu schmerzen, als Paula plötzlich aufkreischte und mich dabei so hektisch am Arm rüttelte, dass mir fast mein Lachsschnittchen vom Teller glibschte.

»Guck mal, wer da steht!«

Mit einem gewagten Balanceakt gelang es mir gerade noch, es vor einem Absturz auf das Designerkleid der Dame neben mir zu bewahren.

Aber auch so spießte sie mich förmlich mit ihrem spitzen Zeigefinger auf, als sie tadelnd sagte: »Etwas Zurückhaltung, bitte, es ist genug für alle da.«

Grundgütiger! Sah ich so verhungert aus?

Ich schaute Paula an und stellte fest, dass ihre Wangen ein unnatürliches Kadmiumrot angenommen hatten, und weil ich mich natürlich sogleich fragte, wer sie in solchen seelischen Aufruhr versetzt hatte, folgte ich ihrem Blick. Aber wohin eigentlich? Er schien sich irgendwo jenseits der Schlacht am kalten Büfett in Raum und Zeit zu verlieren.

»Wer steht wo?«, fragte ich also.

Ihre Hektik hielt an und hatte nun auch Alix ergriffen. »Da ... da ... siehst du ihn denn nicht?«

Nee, wen denn nur?

»Huldreich Wunderwasser?«

Nur das plötzliche Auftauchen des Künstlers himself schien mir diese flatternde Nervosität erklären zu können.

Alix bürstete mich sofort ab. »Quark! Wer interessiert sich denn für den?«

Ja, wer wohl? War ja nur zufällig seine Ausstellung, aber so ist das leider heutzutage überall. Der Ausstattung des Büfetts wird bei einer Vernissage mehr Beachtung geschenkt als dem Künstler. Banausen, alle!

Egal, das tat jetzt nichts zur Sache. Der Künstler war es also nicht, der Paula so abrupt erröten und Alix in Hektik verfallen ließ. Wer also dann?

Grundgütiger! Jetzt sah ich ihn auch. Das war doch nicht ... *Lars*!

Doch, er war es. Lars – die erotische Lichtgestalt persönlich. Er stand voll angestrahlt von mehreren Spots vor einem überdimensionalen Wunderwasser-Flickenteppich in allen nur erdenklichen Blautönen. Einmal die ganze Palette durch: Pariserblau, Indigo, Ultramarin, Preußisch ...

Ich konnte nicht umhin zuzugeben, dass es perfekt passte. Lars' hellblonde Haare und der dunkelblaue, schmal geschnittene Anzug vor diesem Hintergrund – besser konnte sich niemand in Szene setzen.

Ich holte keuchend Luft. Meine Herren, der Typ war wirklich atemberaubend!

»Nicht wahr?«, flüsterte Paula und hatte nun offenbar ihre Emotionen besser im Griff.

Ich erinnerte mich, dass sie, bevor sie Karlos kennenlernte, einen hochdramatischen One-Night-Stand mit Lars gehabt und sich sogar eingeredet hatte, in ihn verliebt zu sein. Na, das hatte er ihr aber sofort ausgeredet. Als anerkannter Single mit Lizenz zum grenzenlosen Vögeln war er ohnehin nicht beziehungstauglich und somit für Paula, die sich nur in festen Händen wirklich wohlfühlte, gar nicht geeignet. Das sah sie schließlich auch ein und hörte auf, ihm rollig nachzulaufen. Aber einen bleibenden Eindruck schien er ja doch hinterlassen zu haben.

Und nicht nur bei ihr. Auch Alix kriegte bei seinem Anblick förmlich Stielaugen. Vorsicht, Mädchen!

Aber sie hatte schon selbst beschlossen, dass Action angesagt war, und so griff nun sie nach meinem Arm, und der Rest des Lachsschnittchens landete doch noch bei meiner Nachbarin.

Leider genau im klunkerbehangenen Dekolleté. Ich versuchte, das Corpus Delicti wieder herauszufischen, worauf sie mir eins auf die Finger gab und etwas von ungehöriger Jugend keifte. Na, dann nicht! Sollte sie doch selber sehen, wie sie mit Butter und Fischöl zurechtkam. War eh nicht mein Metier.

Ich ließ mich dankbar von Alix wegziehen und tauchte mit ihr im Gewühl ab.

»Wo wollt ihr hin?«, fragte ich.

»Na, wohin wohl? Zu Lars natürlich!«

Hm, ob der darüber so erfreut sein würde?

»Echt? Ist euch das nicht peinlich? Immerhin hat er ja mit jeder von euch ...«

Paula wurde wieder rot, diesmal eher mit einem Stich ins Zinnober, aber Alix sagte nur grinsend: »Na und! Bei einem Typ wie ihm, der es mit jeder Frau nur einmal treibt, wäre es doch glatt Verschwendung, wenn man ihn nicht weiterreichen würde.«

Das hatte sie jetzt aber nicht wirklich gesagt? Da kam mir ja fast die andere Hälfte vom Lachs wieder hoch.

Alix sah mich forschend an. »Ist was?«

»Nee, wo steckt er denn nun?«

Sie hatte ja im Grunde recht, sonst war ich schließlich in diesen Dingen auch nicht grade zimperlich. Nur ihr als anerkannter Romantikerin hätte ich so eine pragmatische Sichtweise denn doch nicht zugetraut. Aber man entwickelte sich ja weiter.

Und dann waren wir bei ihm. Er stand lässig, eine

Hand in der Hosentasche, in der anderen ein Glas Sekt, immer noch vor dem Flickenteppich, der *Blue hour* hieß. Nein, wie romantisch. Aber selbst den würde ich mir nicht in mein Atelier hängen – also den Teppich. Bei Lars war ich mir nicht so sicher. Gut, nicht grade hängen, aber … da gab es ja auch noch horizontale Möglichkeiten …

Der Typ war echt nicht übel anzusehen, und wenn er im Bett wirklich hielt, was sein Äußeres versprach, und davon musste ich nach den euphorischen Schilderungen meiner Freundinnen wohl ausgehen, dann … Ach je, war ich ausgehungert!

Seit Wochen war nicht mal mehr mit Boris was passiert. Es gab nur einen nervigen Mitbewohner und malen, malen, malen … Verdammt, warum kam mir das denn jetzt plötzlich genauso defizitär vor wie meine Finanzsituation?

Aber ehe ich darüber noch weiter nachdenken konnte, steuerte Alix schon geradewegs auf Lars zu, kickte seinen Gesprächspartner, einen ebenfalls recht seriös aussehenden Managertyp, förmlich zur Seite und presste ihm ein Küsschen auf die gebräunte Wange. Dabei flötete sie in einer irgendwie unnatürlichen Tonlage: »Lars! Nein, was für eine Überraschung, dich hier zu treffen!«

Und um nun ja nichts anbrennen zu lassen, zerrte sie mich zu ihm hin und zirpte: »Du musst unbedingt meine Freundin Melli kennenlernen, eine begnadete Malerin, dahinter kann sich Wunderwasser aber verstecken!«

Hm, das Mädchen war manchmal schon ein bisschen prollig.

Ich wollte grade etwas sagen, was der Situation die Peinlichkeit nehmen sollte, als Lars Paula entdeckte. Seine Zunge fuhr über seine Lippen, und in seine Augen trat ein – es war nicht zu leugnen – versonnener Ausdruck, so als schmeckte er einem köstlichen Tropfen Wein hinterher.

Grundgütiger, da musste Paula ja wirklich einen beträchtlichen Eindruck bei ihm hinterlassen haben. Umgekehrt war es wohl nicht anders, denn die beiden starrten sich einen Moment derart intensiv an, dass es direkt unnatürlich war.

Hallo, dachte ich alarmiert, Paula, denk an Karlos!

Und um die Beziehung meiner Freundin zu retten, schob ich mich kurz entschlossen und opferbereit selbst in Lars' Blickfeld.

»Äh, hallo«, sagte ich und riss ihm seine Hand aus der Hosentasche, um sie heftig zu schütteln. »Nett, dich kennenzulernen.«

Sein Blick kam zu ihm selbst zurück, wanderte aber noch leicht in Trance nicht zu mir, sondern zu seiner Hand, die ich noch immer umklammert hielt. Er betrachtete sie einen Moment wie etwas, was ihm fremd war und nicht zu ihm gehörte, und sagte dann: »Angenehm.«

Dann erst war er wohl wieder bei sich angekommen. Jedenfalls hob er den Blick und sah mir – ach, herrje! – direkt aus nächster Nähe in die Augen. Was er erblickte, schien ihn zu befremden.

»Deine Augen sind grün«, sagte er und es klang ein wenig verwirrt.

Alix lachte. »Und ihre Haare sind rot.« Das war nun wirklich nicht zu übersehen. »Und sie hat ein Zungenpiercing und ein Tattoo auf dem linken Schulterblatt.«

Ich fuhr zu ihr herum. Was plapperte sie denn da naiv-dreist vor sich hin? Demonstrierte sie auf meine Kosten mal wieder die Unabhängigkeit ihrer Zunge von ihrem Gehirn? Wie konnte sie mich so bloßstellen!

Nun mischte sich Gott sei Dank der Managertyp, mit dem Lars vorher geredet hatte, in unser hochgeistiges Gespräch ein und bat darum, mit uns bekannt gemacht zu werden. Da Alix das natürlich als meine Managerin sofort übernahm, blieb mir ein Moment, um mich zu sammeln.

Dann wurde ich auch schon von Lars angesprochen. »Du bist also Künstlerin? Und dein Name ist wirklich Melli?«

Ich nickte. »Eigentlich Melanie, aber meine Freunde nennen mich alle Melli. Du kannst es also auch tun.«

»Gefällt dir Wunderwasser?« Er sah mich durchdringend an.

Wo waren eigentlich Paula und Alix? Die hatten sich doch nicht etwa abgesetzt?

Hatten sie in gewisser Weise doch, aber nur mehr oder weniger freiwillig, denn der Managertyp hatte offenbar Gefallen an ihnen gefunden und schob lachend mit ihnen ab in einen der anderen Ausstellungsräume.

Das war jetzt aber nicht korrekt von denen, mich mit diesem Jäger hier alleine zu lassen! Ich wusste ja gar nicht, was ich mit dem reden sollte. Na gut, ein Stichwort hatte er mir ja gegeben: Wunderwasser! Wollte er wirklich wissen, was ich von dem hielt?

»Gefallen wäre übertrieben«, sagte ich sondierend.

Konnte ja sein, dass er voll auf den stand. Aber nach dem, was Alix so über die Einrichtung seiner Wohnung erzählt hatte … Wunderwasser über einem weißen Sofa in einem minimalistischen Wohnzimmer käme schon etwas krass. Aber wer weiß?

»Er zitiert sich nur noch selbst«, sagte Lars ganz unvermittelt, und ich merkte, dass ich plötzlich einen Frosch im Hals hatte.

Das … das war doch genau meine Meinung! Wie kam

er denn so exakt zu der gleichen Einschätzung wie ich? Sollte da eine kunstkritische Seelenverwandtschaft vorliegen? Ich wischte mir diesen absolut albernen Gedanken sofort wieder aus dem Hirn. War ja peinlich!

Ich starrte ihn wohl ziemlich perplex an, denn er fragte: »Liege ich damit so falsch?«

Konnte der Typ überhaupt falsch liegen? Was das Liegen anbetraf, lag er doch, soweit ich wusste, immer total richtig, sogar stehend unter der Dusche!

Meine Güte, was dachte ich mir denn da für einen Unfug zusammen? Ich machte doch bestimmt einen total hirnamputierten Eindruck auf ihn.

Ich riss mich aus meinem debilen Zustand und stammelte: »Äh, nein, nein ... das, ähm ... sehe ich ganz genauso. Habe ich selbst grade noch zu meiner Freundin Alix gesagt ...«

Aber während ich das von mir gab, fiel mir ein, dass diese Einschätzung sicherlich nicht auf meinem Mist gewachsen war, vermutlich hatte ich es in einer der zahlreichen Werkkritiken zu Wunderwasser gelesen, und so war es auch erklärbar, dass Lars die gleiche Einschätzung wiedergab.

Also keine Seelenverwandtschaft – keine Mystifizierung, bitte! Es war lediglich ein gemeinsames Nachplappern von Kritikermeinungen. Ich atmete erleichtert auf. Das wäre mir denn doch etwas zu viel an Übereinstimmung gewesen.

»Die Ausstellung bringt nicht viel Neues«, ergänzte ich also. »Die Kunstkritiker haben recht. Irgendwie beginnt er, sich zu überleben.«

Lars lachte, und es klang charmant. »Harte Worte aus einem weichen Mund«

Dabei starrte er auf meine Lippen. Der konnte ja wohl gar nicht anders als baggern. Vermutlich war er auch nur deswegen hier. Vernissagen waren sicherlich die idealen Jagdgründe für einen Jäger wie ihn, der ständig nach lohnendem Wild Ausschau hielt. Springende Hirschkuh mit Jägermeisterkeuz im Geweih! Oder so ähnlich! Die Kunst und der Künstler waren es doch wohl kaum, die ihn zu diesem Event gelockt hatten. Genau wie bei mir. Sprach ja eigentlich für ihn.

Ich leckte mir über die Lippen und begann irritiert, darauf herumzukauen. Mein Piercing stieß gegen meine Zähne.

Verdammt, ich hatte es doch eigentlich längst entfernen wollen.

Er hatte es gehört und sprang sofort drauf an. Natürlich nur, weil Alix solchen Schwachsinn über mich geredet hatte, fragte er: »Du stehst auf Körperkunst?«

»Ähm, ja, also früher jedenfalls ... Aber dieses Zungenpiercing ... Ich mache es wohl besser raus ...«

»Warum? Mich würde es nicht stören, im Gegenteil.« Er grinste frech. »Es wirkt sehr erotisch ...« Er versenkte seinen Blick in meinen, und ich hoffte, dass ich nicht zu verschreckt aussah. » ... genauso wie grüne Augen.«

Nun übertrieb er aber gewaltig. Und ehrlich gesagt, fand ich seine Masche etwas hohl und reichlich selbstgefällig wirkte er auch noch. Na ja, das war nach den Schilderungen von Alix und Paula ja auch eigentlich nicht anders zu erwarten. Und schließlich hatte er wohl nicht umsonst den Beinahmen Mr. One-Night-Stand. Wenn er heute noch bei irgendwem landen wollte, war es sicherlich an der Zeit, das Vorspiel einzuleiten. Offenbar war er schon kräftig dabei!

Ich schluckte bei diesem Gedanken, von dem ich nicht wusste, ob er mir angenehm oder unangenehm sein sollte.

»Du scheinst eine außergewöhnliche Frau zu sein«, fuhr er mit der Balz fort.

Hm, was machte ich denn nun? Sollte ich mich einfach so mir nichts dir nichts von ihm abschleppen lassen? *Ich sei, gewähr mir die Bitte, in dem Bund die Dritte*? Eigentlich fand ich es doch etwas peinlich. Außerdem wurmte es mich, dass er so selbstverständlich annahm, dass ich gleich mit ihm in die Kiste hüpfen würde, nur weil er mir etwas Süßholz vorraspelte.

Ich sah mich nach Alix und Paula um. Die waren wohl immer noch in der anderen Ausstellungshalle. Es half nichts: Wenn ich ihren Rat wollte, musste ich ihnen dahin folgen.

»Äh, ich würde gerne mal sehen, was da drüben noch hängt«, sagte ich also wild entschlossen, dem Netz dieses Jägers zu entspringen.

»Eine gute Idee, da war ich auch noch nicht. Man steht bei solchen Vernissagen immer viel zu lange am Büfett.«

Ja, tat man, weiß Gott!

»Die Leute bei diesen Events scheinen zunehmend weniger von Kunst als vom Essen zu verstehen«, sagte er grinsend, und ich konnte ihm angesichts des Gesprächs der beiden Herren neben uns auch da natürlich nur beipflichten.

»Nein, das ist ganz gewiss kein irischer Wildlachs, dieser tranige Geschmack lässt eindeutig auf Fischfarm schließen.«

»Wussten Sie, dass es in Connemara riesige Lachszuchtanlagen gibt?«

»Wirklich? Sogar schon in Irland? Man kann ja auf gar nichts mehr vertrauen!«

»Ich sage Ihnen, das ist nur der unselige Einfluss der EU.«

Sprach's und stopfte den Retorten-Lachs ins gierige Schlemmermaul!

Nein, nicht ich bin krass, das Leben ist es!

Apropos Leben. Auf dem Weg in den anderen Ausstellungssaal kam ich mit Lars sogar in ein sachlich-inhaltliches Gespräch. In unserer gemeinsamen Ablehnung der dekorativen, und inzwischen eher undekorativen Kunst von Wunderwasser kamen wir darin überein, dass eine Kunst, die nicht die Innovation zu ihrem Ausgangspunkt machte, heutzutage ihren Auftrag verfehlt hatte.

»Ich verstehe zwar nicht viel von Kunst«, sagte Lars, »und sicherlich wäre ich auch nie zu dieser Ausstellungseröffnung gekommen, wenn mich mein Kollege nicht um meine Begleitung gebeten hätte, aber ich glaube schon, dass ich mir das eine oder andere Original eines jungen Künstlers aufhängen würde.« Er grinste. »Oder auch einer jungen Künstlerin selbstverständlich.«

Ich strahlte ihn an. Was für ein Wahnsinn! Er hatte es tatsächlich gesagt. Er hatte das Zauberwort gesagt! Er würde ein paar Bilder von einer jungen Künstlerin in seine Wohnung hängen. Also auch von mir! Unbedingt von mir! Nur von mir! Das würde ich gleich mal regeln.

Ich wollte grade vor Glück zerbersten, als er hinzufügte: »Die Bilder sollten natürlich zur Einrichtung passen.«

Ach, du Schreck! Ein weißes Ledersofa und die *Apokalypse* konnte ich mir nicht unbedingt als gelungene Kombination vorstellen. Hm, vielleicht meine abstrakten Bilder? Aber sicher war ich mir da auch nicht. Mist! Es musste doch zu schaffen sein, dass er mir was abkaufte. Wenigstens ein Bild.

Verdammt, wo war denn Alix mit den Fotos? Die

könnte ich jetzt gut brauchen. Oder ... vielleicht redete ich ihm diesen dummen Gedanken, Kunst als Dekoration zu betrachten, einfach aus. Wenn er meine Bilder als Investition, also als gute Geldanlage auffasste, dann war es doch eigentlich egal, ob sie zu seinem Sofa passten oder nicht, denn über kurz oder lang würde er sie ja weiterverkaufen, und zwar mit Gewinn.

Na, immerhin fand er Neo Rauch genial, das war doch schon mal ein Ansatz. Und obwohl er sich den auf keinen Fall ins Wohnzimmer hängen würde, so beeindruckten ihn doch die Preise, die dessen Gemälde auf Kunstauktionen erzielten. So ließ er sich schließlich von mir überzeugen, dass die jungen deutschen Künstler in Kürze den Kunstmarkt beherrschen würden, ich natürlich eingeschlossen.

»Doch«, sagte er und wirkte nachdenklich bei seinen nächsten Worten. »Da magst du wirklich recht haben, Melli. Darin gleicht der Kunstmarkt der Börse. Wir setzen dort zurzeit auch sehr auf Investitionen in entwicklungsfähige Märkte. Mag sein, dass auch der Kunstmarkt ein wenig mehr Aufmerksamkeit verdient hätte.«

Nicht nur der Markt, auch die jungen Künstler, und da natürlich eine Künstlerin besonders. Und wenn er selbst nicht ran wollte, bestand ja immerhin noch die Möglichkeit, dass er jemanden kannte, der als Mäzen für mich in Frage käme.

Doch bevor ich eine diesbezügliche Frage auch nur starten konnte, tauchten plötzlich Alix und Paula mit Jean-Paul und Karlos auf.

Ach ja, die hatten ja gesagt, dass sie uns abholen würden. Meine Herren, war es schon so spät?

Meine Freundinnen waren in reichlich aufgekratzter Stimmung, und Paula machte sich auf die Suche nach einem Drink für die Männer. Es schien aber nichts mehr da zu sein. Erstaunlich, das hätte ich bei von Stetten nicht vermutet. Geizkragen!

Also schlug Karlos vor, doch noch irgendwo einen Schlummertrunk zu nehmen.

Ich schielte zu Lars rüber, der nicht den Eindruck machte, als hätte er Bock, sich den beiden Pärchen anzuschließen. Nun ja, bei allem, was ich so über ihn wusste, passte das auch nicht so ganz zu seinem Image. Er war ein einsamer Jäger. Ging ich nun mit meinen Freundinnen oder warf ich mich als willige Beute in seine Arme?

Er nahm mir die Wahl ab. »Ich müsste noch ein wenig bleiben, zumindest bis ich mich von meinem Kollegen verabschiedet habe. Schließlich sind wir zusammen hierher gekommen.«

»Ja, klar«, sagte ich sofort. »Dann ... äh ... noch einen schönen Abend.«

Er sah mich fragend an. »Ich hatte eigentlich gehofft, dass wir unsere interessante Konversation noch etwas fortführen könnten. Mein Kollege würde sich sicherlich ebenfalls freuen, von einer Fachfrau so einen kompetenten Einblick in die moderne Malerei zu erhalten.«

So? Würde er? Vielleicht war er ja der lange ersehnte Förderer junger Talente. Die Chance, das auszuloten, konnte ich nicht ungenutzt lassen.

Also sagte ich leise zu Alix: »Du, ich kann hier nicht weg. Ich habe da vielleicht einen Sponsor am Haken ...«

Sie sah mich erstaunt an. »Doch nicht Lars?«, wisperte sie irritiert.

Ich schüttelte den Kopf. »Nein, natürlich nicht. Aber sein Kollege, mit dem er vorhin zusammenstand, ist an Investitionen in neue Märkte interessiert.«

»Könnte sein«, meinte auch Alix. »Jedenfalls hatte ich den Eindruck, als wir vorhin mit ihm durch die Ausstellung gingen, dass er von Kunst etwas versteht.« Sie grinste. »Mehr jedenfalls als Paula und ich. Er hat uns sämtliche Lebensdaten von Wunderwasser heruntergebetet.«

Ach herrje!

Sie nickte mir und Lars kurz zu. »Schönen Abend noch!« Dann schoben die beiden Pärchen ab. Ich konnte mir einen kleinen sehnsuchtsvollen Seufzer nicht verkneifen.

Lars hatte ihn mitgekriegt und fragte einfühlsam: »Nicht immer einfach, Single zu sein, nicht wahr?«

Ich sah ihn verstört an. Solche Worte von ihm? Hatte er Angst, dass er an seinem dreißigsten Geburtstag die Rathaustreppe fegen musste? Der sollte sich mal ja nicht einbilden, dass ich mit meinem Dasein als Überzeugungssingle Probleme hätte.

Und so sagte ich sibyllinisch: »Es ist nicht immer einfach, eine Künstlerin zu sein.«

♡ ♡ ♡

Das Chaos ist bunt

Lars und ich gingen noch einmal durch die ganze Ausstellung, aber sein Kollege war nicht zu finden. Entweder befand er sich immer am anderen Ende der Galerie oder er hatte sich dezent aus dem Staub gemacht.

Schade, na dann machte ich am besten auch den Abflug, ehe Lars noch auf dumme Gedanken kam.

Zu spät. Auch ihm war wohl inzwischen bewusst geworden, dass die Zeit für den finalen Blattschuss gekommen war.

»Wollen wir noch woanders etwas trinken?«, fragte er ohne große Umschweife.

Und so landeten wir in der *Viper*, wo die Drinks eindeutig mein Budget überstiegen. Für ihn schien die schicke Location jedoch eine Art Stammkneipe zu sein. Jedenfalls war er bekannt wie ein bunter Hund.

Meine Herren, dachte ich, war der mit jeder Ische, die ihn begrüßte und abknutschte, schon im Bett gewesen? Wenn ich jetzt anfing darüber nachzudenken, würde das sicherlich Probleme geben. Was also wollte ich? Einen Kick für den Augenblick oder die Genugtuung, nicht in einer Reihe mit all diesen aufgestylten Tussen bei ihm angestanden zu haben?

Alix! Paula! Gebt mir einen Rat! Aber was wollte ich von denen, die hatten es ja auch getan! Und sie hatten es genossen. Verdammt! Ich wusste, was ich als Nächstes in meine *Apokalypse* malen würde: die sexuelle Begierde! Natürlich unerfüllt! Ha, das würde eine Qual werden, schlimmer als das Fegefeuer!

»Woran denkst du?«, fragte Lars, der mit zwei Drinks zu mir zurückgekommen war. »Du hast ein überaus sinnliches Lächeln.«

Ach, das erstaunte mich aber. Nun ja.

»Woran hast du gedacht?«

Nicht an dein Bett jedenfalls. »Ans Fegefeuer.«

Er war verblüfft. »Bist du katholisch?«

Ich schüttelte den Kopf. »Nein. Es ist eine Allegorie in meinem neuen Gemälde. Ich male es für die Herbstausstellung der *Jury-Freien.*«

»Hört sich spannend an.«

»Ist es auch.« Ich grinste innerlich.

Spannend – wenn du wüsstest, wer da schon alles drauf versammelt ist! Vielleicht ließ sich ja für ihn auch noch ein Plätzchen finden. Ein geiler Jäger, der drei Jungfrauen hinterherhetzte, die lieber ins Fegefeuer liefen, als sich dem Feuer der verbotenen Lüste auszusetzen. Ja, so konnte es gehen.

Ich kicherte, und da Lars mich verständnislos ansah, erklärte ich: »Ich male es teilweise im altmeisterlichen Stil. Hieronymus Bosch, wenn dir das etwas sagt.«

Es sagte ihm was. »Ist das nicht dieser spätmittelalterliche Chaot?«

Ja, genau der. »Er … er passt zu mir … irgendwie …«, sagte ich und löste bei ihm Gelächter aus.

»Ist das jetzt eine Selbstanzeige? Bis du eine Chaotin?«

Ich hatte den Drink ziemlich hastig runtergespült, und nach dem reichlichen Sektgenuss bei der Vernissage bekam mir das nicht gut. Ich fühlte, wie eine leichte Übelkeit in mir aufstieg, und in der verqualmten Bar wurde mir direkt die Luft knapp.

Ob ich selbst mal eine rauchen sollte, dann war das

sicherlich besser zu ertragen. Aber eine der wenigen Zigaretten aus meiner letzten Schachtel dafür zu verschwenden, das war es nun auch nicht wert. Wer weiß, in welchen Lebenskrisen ich die noch brauchen würde. Ich beschloss, ein wenig zu mogeln!

»Hast du eine Zigarette für mich?«, fragte ich also, für Lars ziemlich unmotiviert.

Er zog eine Packung *Gauloises* aus der Anzugtasche und schüttelte einen Suchtstängel raus. Er gab mir Feuer, und ich sog den Rauch gierig ein, brach jedoch sofort in bellenden Husten aus. Was die Übelkeit anging, war das alles kontraproduktiv.

Nee, so hatte das keinen Zweck.

»Äh, ich gehe mal eben kurz vor die Tür, ein bisschen frische Luft schnappen«, keuchte ich und preschte nach draußen.

Er folgte mir. Ja, er hatte sogar meine Jacke und seinen Mantel mitgebracht.

»Ich würde gerne mit dir schlafen«, sagte er, als er mir in die Jacke half.

»Ich mit dir auch«, antwortete ich, ohne lange nachzudenken.

I know I stand in line …

Unser Karaokehit *Something stupid* kam mir in den Sinn, aber, ehrlich gesagt, war mir das so was von egal. Ich wollte nur ein warmes Bett und einen heißen Typen darin.

Ich war so lang allein … doch das ändert sich!

Der Mann war eine Offenbarung. Nicht die des Johannes, aus der ich für mein Bild so zahlreiche Inspirationen gewonnen hatte, aber doch eine Offenbarung. Meine Freundinnen hatten vollkommen recht, der Typ war absolut ein zweites Mal wert.

Erst war es ja ein etwas irritierendes Gefühl, zu wissen, dass man mit einem Typ Sex hatte, mit dem sämtliche Freundinnen und die halbe Stadt es ebenfalls schon getan hatten. Aber irgendwie hatte er eine Art, Sexualität zu zelebrieren, die zumindest in mir das Gefühl weckte, einzigartig für ihn zu sein. Seine Leidenschaft war authentisch und ungekünstelt und er wusste, was eine Frau wollte. Also ich jedenfalls. Und das wirklich Geniale war, dass er so viel positive Energie ausstrahlte, dass ich mehr Spaß hatte als je zuvor in meinem Leben. Kamasutra hin, Kamasutra her!

Kurz gesagt: Es war der raffinierteste und kompetenteste Sex meines Lebens. Nicht mehr, aber auch nicht weniger.

What's love got to do with it!

Ich erwachte am Morgen in seinen Armen und wollte mich grade davonschleichen, als er einmal tief schnaufte und dann die Augen aufschlug.

Mist! Da ich ja wusste, was bei ihm danach kam, wollte ich mir das eigentlich durch eine schnelle Flucht aus seinem Bett ersparen.

»Entschuldige«, sagte ich also. »Ich war grade auf dem Abflug.«

»Bleib doch noch«, sagte er zu meiner Verwunderung.

Wenn es ihn ärgerte, dass ich noch da war, ließ er es sich jedenfalls nicht anmerken. Stil hatte der Typ, das musste man ihm lassen.

Ich legte mich einen Moment zurück in seine Arme. Er war warm und roch gut.

»Was machst du eigentlich beruflich?«, fragte ich und hätte mir gleich auf mein Piercing beißen können. Das ging doch nun gar nicht.

Aber er lachte nur und sagte: »Nebenberuflich jobbe ich ein bisschen an der Börse, aber im Hauptberuf bin ich Erbe.«

Ich fuhr wie elektrisiert hoch. »Was bist du?«

Ich starrte auf ihn runter, wie er da mit nackter, leicht beharrter Brust und zerzaustem blonden Haarschopf völlig relaxed und verdammt attraktiv auf dem zerwühlten Bett lag.

Er grinste. »Ich bin Erbe. Meiner Familie gehört die Kabelfabrik Heimbach & Winkers. Die macht immer noch ganz schönen Umsatz und wirft eine ordentliche Rendite ab. Wovon glaubst du, könnte ich mir das hier sonst alles leisten?«

Stimmt. Er war allenfalls Ende zwanzig, und der feine Zwirn, den er trug, der Sportwagen mit den weißen Ledersitzen, das edle Interieur in seiner schnieken Wohnung, das hatte schon alles seinen Preis. Und die Bars und sonstigen Lokalitäten, in die er seine diversen Eroberungen abschleppte, waren ja auch nicht grade low budget! Schon Alix und Paula hatten den Eindruck gehabt, dass der Typ recht gut betucht war, aber dass er Erbe eines Industrievermögens war, hatte keine von uns geahnt.

Ich ließ mich wieder in seine wertvollen Arme fallen und konnte mein Glück gar nicht fassen.

Da war es mir doch plötzlich schnurzpiepegal, dass der Typ ein Beziehungskrüppel war und mit jeder Frau nur einmal schlief. Ich hatte ganz andere Pläne mit ihm.

Wieso hatte ich eigentlich immer nach einem alten Knacker Ausschau gehalten, der für mich den Mäzen spielen sollte, wo es doch offensichtlich auch vermögende Männer in den besten Jahren gab, die liebend gerne bei entsprechendem Zuspruch eine Investition mit Potenzial tätigten. Ich musste also Lars nur noch klarmachen, dass ich genau das war: eine gute Zukunftsinvestition!

»Lars«, sagte ich also behutsam und mit liebevoller Stimme. »Du solltest mich mal besuchen kommen. Mein Atelier wird dir gefallen.«

Hoffentlich dachte er jetzt nicht, dass ich was von ihm wollte, und so fügte ich, um jedem Missverständnis gleich vorzubeugen, hinzu: »Meine Bilder … Es lohnt sich, sie anzusehen. Wenn du in meine Kunst investierst, liegst du absolut im Trend. Du wirst sehen, es wird gar nicht lange dauern und ich bin berühmt wie Neo Rauch.«

Klang das nicht ein wenig überheblich? Ach, was. Ein Investor musste absolutes Vertrauen in die Investition haben und ein Vergleich mit Neo Rauch schuf Vertrauen. Da schwang doch gleich verheißungsvoll die Möglichkeit einer eigenen Ausstellung oder des Ankaufs durch die Tate Gallery mit.

Lars zog mich wieder zu sich herunter, küsste mich und spielte mit meinem Zungenpiercing.

»Du bist eine krasse Person«, sagte er. »Aber gut, ich komme und schaue mir deine Bilder an.«

Ehe er es sich noch anders überlegen konnte, hüpfte ich aus seinem Bett, sprang in meine Klamotten und stürzte aus seiner Wohnung.

»Ich ruf dich an!«, rief ich, bevor ich die Tür hinter mir zuzog.

Hatte ich mich verhört oder hatte er geantwortet: »Brauchst du nicht! Ich melde mich!«

»Das hat er nicht wirklich gesagt!?«

Paula verstand die Welt nicht mehr. »Mir verbietet er jeden Kontakt und dich will er anrufen?«

Auch Alix war ziemlich verwundert, fand dann aber die ihrer Ansicht nach einzig logische Erklärung: »Das hat er nur gesagt, damit du ihn nicht weiter belästigst. Der meldet sich garantiert nicht mehr. Der hat dich genau wie alle anderen nur für einen One-Night-Stand benutzt.«

»Aber er hat mich nicht benutzt«, wehrte ich ab. »Eher habe ich ihn benutzt ... oder ... ähm, ich habe es zumindest vor.«

Ich erntete nur verwirrte Blicke der beiden, also erzählte ich ihnen, was ich über Lars herausgefunden hatte.

»Wahnsinn!«, sagten meine Freundinnen wie aus einem Munde.

Wir lümmelten in unserer Wohndiele auf dem Sofa herum und tranken starken Kaffee. Justin schien noch zu schlafen, und so konnten wir in aller Ruhe ein Frauengespräch führen.

»Aber er will doch nicht wirklich herkommen und deine Bilder ansehen?«

Das passte wohl gar nicht in den Rahmen, den Alix sich für Lars gezimmert hatte. Ich fasste es ja selber kaum.

»Ich hätte nie gedacht, dass ein Typ wie er als Mäzen überhaupt infrage käme, aber wenn ich es schaffe, ihm hin und wieder ein Bild zu verkaufen, wäre das doch finanziell eine große Entlastung, und meiner Karriere würde es auch dienen. Bestimmt hat er gute Beziehungen und kann die Bilder gleich gewinnbringend weiterverscherbeln, wenn er sie nicht selber sammeln will.«

»Wie auch immer«, meinte Paula. »Hauptsache, du hast endlich deinen Big Spender! Soll ich Sekt aus dem Kühlschrank holen, damit wir auf deinen Erfolg anstoßen können?«

Sie wollte schon aufspringen, aber ich hielt sie zurück. »Es gibt da nur einen kleinen Haken, also jedenfalls einen Punkt, den ich noch mit ihm klären muss.«

Beide schauten mich erwartungsvoll an.

»Ja, also, ihr wisst ja, was ich gesagt habe und das ist immer noch meine Meinung: Ein Mäzen soll meine Bilder mögen, nicht mich.«

»Aha«, schnaufte Paula. »Und was heißt das im Klartext?«

»Kein Sex mit Big Spender!«

Alix brach in Gelächter aus.

»Nee, Melli«, sagte sie schließlich keuchend. »Haken würde ich das nicht nennen. Das ist nicht mal ein Problem. Begeistere ihn für deine Bilder, das ist alles was du tun musst. Den Gedanken, dass er für dich seine Lebensphilosophie über den One-Night-Stand aufgeben könnte, den lass mal getrost fahren.«

Und weil sie vermutlich richtig lag und aus Erfahrung sprach, sagte ich mir: Okay, Sex und Leidenschaft war gestern, gehen wir also zum geschäftlichen Teil über.

Money makes the world go round …

♡ ♡ ♡

Es gab dann doch einen Haken und es zappelte zudem ein echt dicker Fisch daran.

Der Grundgedanke, Geschäftliches und Privates zu trennen, war vom Ansatz her zweifellos okay, aber dann mussten sich auch alle Beteiligten an die Regeln halten.

Lars dachte gar nicht daran. Er trat seinen Ruf als One-Night-Ständer in die Tonne und schickte mir einen Strauß mit dreizehn roten Rosen.

Ich war verstört, zermarterte mir das Hirn und verstand es einfach nicht. Warum schickte mir ausgerechnet Lars, der jede Frau, mit der er einmal geschlafen hatte, so schnell wie möglich wieder loswerden wollte, Blumen? Und dann noch rote Rosen! Mir fiel kein vernünftiger Grund für sein abstruses Verhalten ein. Ich war weder eine berauschende Schönheit wie die Kameliendame, sodass er mir rettungslos verfallen musste, noch eine brillante Unterhalterin oder gar atemberaubende Sexgöttin. Ich war schlicht und einfach eine etwas schräge Studentin mit einem Hang zu Körper- und sonstiger Kunst, grünen Augen und roten Haaren und viel spontaner Lust im Bauch. Mehr wirklich nicht.

Daher teilte ich auch die begründete Ansicht meiner Freundinnen, dass ich vermutlich nie wieder etwas von Lars hören würde, wenn ich nicht selbst die Initiative ergriff, um ihn als Sammler zu gewinnen.

Als der Fleurop-Bote an der Tür klingelte, kippte ich also fast aus den Pantinen, und weil Alix und Paula bereits aus dem Haus waren, bekam nur Justin meinen erstaunten Aufschrei mit.

»Nein! Für mich?«, hatte ich gerufen, die Blumen in Empfang genommen und vor lauter Verwirrung dem Boten die Tür vor der Nase zugeknallt – eine meiner liebsten Übungen, wenn in mir die Gefühle Amok liefen. Das musste ich von meiner Mutter haben, die das mindestens dreimal pro Woche mit dem Ausruf getan hatte: »Dann seht doch zu, wie ihr ohne mich zurechtkommt!«

Da Justin lange Ohren hatte, die er offenbar auch ständig lauernd aufstellte, kam er sofort wie beiläufig in die Diele geschlendert und ließ den selbstlosen Helfer heraushängen.

»Irgendein Problem?«

Aber kaum hatte er das gesagt, sah er den Rosenstrauß und blieb verstört stehen.

»Für, äh … dich?«, stotterte er.
Ich nickte.
»Sie, ähm … sind rot?«
Auch das war zweifellos richtig. Sie waren rot. Alle dreizehn. Dunkelstes Dunkelrot, Tiefrot, Samtrot, Vinotinto-rot … rot, rot, rot … röter ging's nicht.
»Von wem sind sie?«
Das ging ihn ja nun gar nichts an. Wäre andererseits aber doch interessant zu wissen … obwohl, eigentlich gab es ja nur einen … andererseits würde der ja niemals, überlegte ich, und da Justin nicht die geringsten Anstalten machte, zu verschwinden, zog ich aufs Äußerste gespannt vor seinen Augen die Karte aus dem Umschlag, der an der Klarsichtfolie klebte.
Sie war neutral weiß, also nicht so ein übliches Blumenladen-Kitschprodukt, und in einer großzügigen, klaren Handschrift stand darauf: *Für die Frau, die ein zweites Mal wert ist. Lars*
Ich fühlte, wie die Karte in meinen Fingern in Flammen aufging. *Diese Botschaft zerstört sich in zehn Sekunden selbst!*
Garantiert! Es konnte nur ein Spuk sein, der in wenigen Sekunden vorbei war. Die Karte fiel mir aus der zitternden Hand. Justin hob sie vom Boden auf und gab sie mir zurück, nicht allerdings, ohne vorher neugierig den Text überflogen zu haben.
»Wer ist Lars?«
Ja, wer war Lars überhaupt? Zorn kochte in mir hoch. Wie unfair war denn das? Konnte eine Frau sich denn auf gar nichts mehr verlassen?
Und so platzte es aus mir heraus: »Ein reicher Erbe und der schärfste Gockel der Stadt!«
»Und der schickt *dir* Rosen?«
Ich begriff es zwar immer noch nicht, aber ich be-

gann, mich allmählich zu fangen, und Justins indiskrete Fragerei ging mir ganz schön auf die Nerven. Was berechtigte ihn eigentlich, sich dermaßen in meine intimsten Angelegenheiten zu mischen? Waren wir vielleicht verwandt? Nee, wir hatten nicht mal als Kinder das Pausenbrot geteilt.

Also sagte ich schnippisch: »Ja, tut er. Was dagegen?«

»Nö, ich frag mich ja nur, was der für einen Grund hat? Hast du Geburtstag?«

Mich stach mal wieder der Hafer, und so konnte ich meine freche Schnauze nicht halten. »Nein, habe ich nicht, aber ich hatte eine einzigartige Nacht mit dem Typ, und er mit mir offenbar auch. Das ist ja wohl ein kleines Dankeschön wert.«

Und weil Justin sofort wieder seinen ironischen Johnny-Depp-Blick aufsetzte, fügte ich hinzu: »Es gibt eben Männer, die haben einfach Klasse und Stil!«

Als ich wenig später auf der Vespa zur Kunsthochschule rollte, freute ich mich tierisch, dass ich offensichtlich ohne großes eigenes Zutun, einfach durch die wundersame Fügung des Schicksals, Lars am Haken hatte. Ich musste ihn nur noch anrufen und ins Atelier einladen.

Hey Big Spender, spend a little time with me!

♡ ♡ ♡

Glück ist ein flüchtiges Wesen. Das merkte ich, als ich im Malsaal ankam, wo offensichtlich die Kacke am Dampfen war.

Boris hatte mehrere seiner Bilder aufgebockt und stand mit Kurtchen, Gretchen und Désirée davor.

Als ich eintrat, begann er mit hektischen kleinen Schritten vor den Bildern auf und ab zu laufen und dabei lamentierend auszurufen: »Ruiniert! Alles ruiniert! Meine ganze Arbeit umsonst! Ich bringe sie um!«

»Wen bringst du um?«, fragte ich reichlich naiv.

Er fuhr herum und starrte mich an, als wäre ich ein sechsarmiges Alien, das grünen Speichel sabberte.

»*Du* wagst es, hierherzukommen?«

Ich begriff nicht sofort, was los war, aber dann fiel mein Blick auf seine Leinwände, und mein Herzschlag stockte.

Ach herrje! Was war denn mit seinen Bildern passiert? Sollte unsere Prügelei ...?

»Sieh an, unser Geschwindner-Protegé!«, rief Gretchen aus. »Was hast du dir eigentlich dabei gedacht, dich erst mit Boris wie ein Fischweib zu prügeln und dann den Malsaal wie einen Saustall zu hinterlassen!«

»Gretchen hat völlig recht«, mischte sich nun auch Désirée ein, die normalerweise den Mund nie aufmachte. »Wir haben natürlich versucht, sauber zu machen und vor allem so viel wie möglich zu retten, aber die Bilder von Boris ...« Sie brach ab und deutete mit anklagender Miene und Geste auf die Staffeleien.

Oh nein! Ich erinnerte mich dunkel an das Geräusch umfallender Leinwände und scheppernder Farbeimer. Die waren doch wohl hoffentlich nicht ausgerechnet auf Boris' Bilder gefallen?

Ein zweiter Blick zu seinen Staffeleien machte mir klar, dass der absolute GAU eingetreten war. Er würde mich zerreißen, erwürgen, wie auch immer ... auf jeden Fall irgendwie hinmachen. Mein Gehirn begann fieberhaft zu arbeiten, denn so sollte Melli Kubinski nun auch nicht enden: hingemeuchelt in einem hässlichen Malsaal einer mittelprächtigen Kunsthochschule! Wenn ich mal abtrat, dann mit dem Glorienschein des Weltruhms und einer Gedächtnisausstellung in der Serpentine oder Tate Gallery in London! Es ist zu früh, schrie alles in mir!

In einer plötzlichen Eingebung beschloss ich schlicht und einfach das zu tun, was unsere Politiker stets so erfolgreich praktizierten: Unübersehbares einfach ignorieren, Negatives in Positives ummünzen und sich den Schuh, für was auch immer, nie selbst anziehen!

Ich ignorierte also alle verbale Hetze gegen mich, trat mutig auf eins der Bildfragmente zu, ließ meine Hand prüfend über den dicken Farbauftrag gleiten und sagte dann ehrfurchtsvoll: »Ich finde es absolut innovativ und beeindruckend. Geradezu schicksalhaft.«

Boris stockte in seiner Aktion, die mich leicht das Leben hätte kosten können. »Nimmst du mich auf den Arm?«

»In den Arm, Boris, in den Arm! Danke für den wunderbaren Abend vorgestern.« Ich drückte ihn kurz, und sein Zorn schwand etwas, dafür machte sich nun heulendes Elend breit.

»Warum musstest du mich auch so anfallen? Ich hatte es doch gar nicht so gemeint. Guck dir nur meine Bilder an«, forderte er mich auf.

Ich guckte und nun überkam auch mich allmählich das Grausen.

»Sie sind, äh … bunt«, sagte ich sehr vorsichtig, um ihn nicht in noch tiefere Depressionen zu stürzen. Ich hätte gar nichts sagen sollen, denn er heulte auf wie ein waidwundes Tier!

»*Bunt*! Du sagst es! Meine monochromen Bilder sind *bunt*!«

»Ähm, ja, eine etwas andere Interpretation von monochrom …«, sagte ich. »Gebrochen eben.«

Boris sah aus, als würde er gleich selber brechen, hier direkt vor unsere Füße in den Malsaal.

Was sagte ich denn mal Tröstliches? War ja riesig nett von ihm, dass er nicht gleich auf mich losging. Das verpflichtete aber auch. Ich musste ihn unbedingt irgendwie wieder aufbauen.

Auf die Schnelle fiel mir nur Kaminski ein. Was hatte er noch in diesem Interview, das er seinem Biografen in der Provence gegeben hatte, über die Farbe gesagt?

Ich versuchte, seine Worte zusammenzukriegen, und praktizierte einmal mehr das allmähliche Verfertigen der Gedanken beim Reden: »Du musst es als eine Chance sehen, Boris. Kaminski hat gesagt, dass die, äh … Wahrheit eines Gemäldes in der, äh … Farbe liegt, weil nämlich die Farbe es ist, die die Atmosphäre macht …« So ähnlich jedenfalls. »Monochrom war gestern. Hörst du? Die Farbe ist der eigentliche Motor zur Bildfindung. Es ist die Farbe, aus der die Malerei gemacht ist.« Punkt!

Damit hatte ich nun so in etwa den Vorlesungsstoff der ersten Semesterhälfte aus »Farbgebung als Kompositionsfenster« zu einem schwarzen Loch verdichtet wiedergegeben. Boris und alle Umstehenden waren schwer beeindruckt.

»Das heißt, du findest es besser als vorher?«, fragte Boris ungläubig.

»Besser? Es ist genial!« Und genau wie Politiker aus Scheiße Luxusscheiße machten, stilisierte ich das neben mir aufgebockte Malheur zu einem ultimativen Geniestreich hoch. »Wirklich, Boris! Das ist eine absolute Bestätigung der Chaostheorie. Ohne unsere Prügelei wäre dieses Kunstwerk niemals entstanden. Niemand wäre in der Lage, so etwas bewusst zu inszenieren. Es ist geradezu schicksalhaft. Du musst es unbedingt für die Ausstellung der *Jury-Freien* einreichen! Nenn es einfach *Das Chaos ist bunt*. Das klingt nach Allegorie und kommt garantiert gut an.«

Boris stand vor dem Bild und kratzte sich am Kopf. »Aber es ist dann nicht mehr monochrom ...«

Nee, das nun echt nicht, aber man konnte schließlich auch nicht alles haben.

Doch als Kurtchen, der Anarchist, zustimmend nickte, war auch Boris überzeugt.

Er nahm mich spontan in den Arm, drückte mir einen Kuss auf und sagte für seine Verhältnisse geradezu aufgekratzt: »Danke, Melli, du schaffst es doch immer wieder, einem neue Sichtweisen zu vermitteln. Ich denke, das bringt mich jetzt echt weiter.«

Na denn! Glück gehabt!

♡ ♡ ♡

Als ich nach Hause kam, saßen Paula und Alix in der Wohndiele, tranken Sekt und zerrissen sich das Maul über meinen Rosenstrauß. Nahm ich mal an, denn warum hätten sie sonst bei meinem Eintreten so abrupt ihr Gespräch einstellen sollen?

»Wieso schickt Lars dir Rosen?«, fragte Paula dann aber sofort, und es klang diesmal tatsächlich ein wenig neidisch.

Hatte ich es doch geahnt, dass sie sich damals empfindlich in ihn verliebt hatte. Nun fragte sie sich sicherlich, wie ausgerechnet ich zu der Ehre seiner weiteren Aufmerksamkeit kam.

»*Rote* Rosen!«, betonte Alix, und auch bei ihr klang es irgendwie nicht sehr erfreut, sondern anklagend.

Grundgütiger! Was sollte das Theater? Ich konnte ja schließlich am allerwenigsten dafür, dass dieser Typ sämtliche Spielregeln, die unausgesprochen unter geschlechtsreifen Großstädtern galten, über Bord warf. Mich hatte er ja schließlich auch getäuscht, denn auf mehr als eine Nacht mit ihm war ich überhaupt nicht eingestellt gewesen. Das sagte ich meinen Freundinnen auch. Er war mir schließlich selber peinlich, dieser fette, übertriebene Strauß Rosen.

Das sahen sie auch schnell ein, und weil es Paula offenbar unangenehm war, dass sie so eifersüchtig gewirkt hatte, schlug sie mal wieder sofort ins andere Extrem um.

»Und wenn er sich nun wirklich in dich verliebt hat?«, spekulierte sie hemmungslos. »Das wäre ja so super, Melli!«

Hm, so weit wollte ich gar nicht denken.

»Also, erstmal hat er ja nur geschrieben, dass er an einem zweiten Mal interessiert sei. Also nichts von Liebe oder so. Da liegst du garantiert krass daneben, Paula. Vielleicht hat er einfach noch nie eine Frau mit Zungenpiercing gehabt.«

Doch das wollte Alix nicht gelten lassen. »Rote Rosen sprechen doch wohl eine eindeutige Sprache. Dazu braucht er wirklich nichts mehr schreiben.«

»Und warum ruft er mich nicht an? Er hat gesagt, dass er mich anruft«, bremste ich sie aus.

»Wie? Anrufen?« Alix sah mich irritiert an. »Hast du ihn denn nicht angerufen?«

»Nö …«

Beide wirkten fassungslos.

»Da schickt dir ein Typ nach einer Nacht einen derart geilen Rosenstrauß und du rufst ihn nicht mal an, um dich zu bedanken?« Paula schien die Welt und ganz besonders mich nicht mehr zu verstehen.

»Na ja, er ist ja heute Mittag erst gekommen und da musste ich dann gleich in die Hochschule. Lars wird das auch gar nicht erwartet haben …«

Oder doch? Man wusste ja nie …

Ich schüttelte den Kopf. Lars war wohl kaum der Typ, der Blumen verschickte, um einen Schwall von Dankesbezeugungen auszulösen.

Aber auch Alix sah das anders. »Natürlich musst du ihn anrufen und dich bedanken. Egal, ob du ihn als Lover oder als Mäzen haben willst. Das gehört sich so.«

»Ja, ja, ja! Ich weiß auch, dass es sich gehört, aber es hat mich einfach so überrumpelt. Ich musste es erst mal sacken lassen.«

»Und?«, fragte Alix grinsend. »Ist es gesackt? Wohin?«

»Sei nicht albern«, sagte ich betont ernst. »Die Sache ist etwas schwieriger, als ihr glaubt.«

Das verstand Paula nicht. »Was ist schwierig dran, wenn ein Typ so verrückt nach dir ist, dass er dir dreizehn rote Rosen schickt? Das heißt doch ganz klar, dass er total in dich verknallt ist.«

Wieder hatte ihre Stimme so einen kleinen neidischen Unterton, als könnte sie einfach nicht verstehen, warum er mir und nicht ihr diese Rosen geschickt hatte, wo er doch offenbar sogar im *Artefakt* von der Erinnerung an den Sex mit ihr übermannt worden war.

Alix sah es mal wieder realistischer. »Also, um es mal mit Nena zu sagen: *Liebe will nicht, Liebe ist.* Und Tatsache ist: Lars hat sich nicht in mich oder in Paula, sondern in dich verknallt, Melli, und du solltest ihn schleunigst anrufen und dich für die Blumen bedanken. Überschwänglich! Denk dran, man muss das Eisen schmieden, solange es heiß ist – und Männer auch!«

Ich musste lachen, denn dass Lars heiß war, lag auf der Hand. Aber das war ja zugleich auch der Haken.

»Ich weiß nicht«, versuchte ich also mein Problem zu erklären. »Er hat auf der Karte doch lediglich geschrieben, dass ich in seinen Augen eine Frau bin, die ein zweites Mal wert ist. Er hat nicht geschrieben, dass er eine Affäre mit mir anfangen will oder mich gar ein Leben lang auf Händen tragen möchte. Lediglich ein zweites Mal möchte er! Und was ist, wenn er danach Schluss macht?«

Nun wirkten meine Freundinnen gleich etwas nachdenklicher und Paula sagte: »Meinst du, er folgt nur dem modischen Trend zu einem More-Night-Stand?«

»Stimmt!« Alix pflichtete ihr bei. »Zuzutrauen wäre es ihm.«

»Na, seht ihr«, sagte ich und war froh, dass ich sie von dem dämlichen Gedanken heruntergeholt hatte, dass ich jetzt und sofort mit Lars eine Liebesaffäre anfangen müsste. Schließlich hatte ich höhere Ziele.

Weltruhm! Weltruhm!, blinkte es in Neonschrift durch mein Gehirn.

Ich überlegte laut: »Außerdem wäre eine Affäre mit ihm echt kontraproduktiv. Er ist ein reicher Erbe, und er nützt mir viel mehr, wenn ich ihn für meine Bilder statt für mich erwärmen kann. Er eignet sich hervorragend als Big Spender. Das seht ihr doch genauso.«

Alix konnte mir problemlos folgen, während Paula immer noch in romantische Gedanken verstrickt war, was ihr klares Denken natürlich erheblich trübte.

Dennoch fuhr ich fort: »Wenn ich mich auf ein zweites Mal mit Lars einlasse, gehe ich also das Risiko ein, dass er mich danach wie alle seine anderen Gespielinnen auch einfach fallen lässt. Glaubt ihr im Ernst, er würde dann noch Bilder von mir kaufen?«

Alix schüttelte den Kopf. »Nee, vermutlich nicht. Bringt ihm ja nichts mehr.«

Ja, genauso sah ich das auch, und so mussten meine Freundinnen doch auch kapieren, dass nur eins ging: Sex oder Geschäft. Und wo meine Prioritäten in dieser

Frage lagen, hatte ich ihnen bereits gesagt: »Kein Sex mit Big Spender!«

»Na gut«, meinte Paula, diese romantische Seele. »Es ist deine Entscheidung. Hoffentlich machst du keinen Fehler. Denn wenn er sich doch in dich verliebt hat …«

»Hat er nicht. Hat er garantiert nicht«, beruhigte ich sie.

»Aber rote Rosen …«

»Liebes Lieschen, Paula!« Nun riss Alix der Geduldsfaden. »Bei einem Casanova seiner Klasse kann es halt auch mal ne Rose mehr sein. Es kommt ja nicht von einem Armen!«

Sie stand auf, um zu ihrer Kabarett-AG zu fahren, und Paula erhob sich ebenfalls, um sich für ein Date mit Karlos zu stylen.

»Aber bedanken solltest du dich«, meinte sie noch mahnend. »Sonst wäre das unhöflich, und du willst ihn ja schließlich als Mäzen nicht verlieren.«

»Na gut«, sagte ich. »Dann gib mir mal seine Handynummer.«

Da ließ sie sich nicht lange bitten und so ging ich mit dem Rosenstrauß in mein Atelier hinüber, wo mein Handy lag. Weil ich ehrlich nicht wusste, was ich Lars sagen sollte, schickte ich ihm einfach eine SMS: *Danke für die Rosen. Man hat aus Versehen rote geschickt. Freue mich auf Deinen Anruf. Melli*

♡ ♡ ♡

Ich weiß nicht, ob es die Rosen von Lars waren, die Justin so niederwarfen, oder wirklich eine Grippe. Jedenfalls hatte er am nächsten Morgen einen dicken Schal um den Hals, Ringe unter den Augen und hustete sanatoriumsreif wie ein Schwindsüchtiger aus Thomas Manns *Zauberberg*.

»Was ist?«, fragte Krankenschwester Paula, die sofort auf sein theatralisch zur Schau getragenes Siechtum ansprang. »Bist du jetzt auch krank?«

»Krank ist gar kein Ausdruck«, lamentierte er unter erneutem bellendem Husten. »Ich liege im Sterben.«

Ja, das sah man. Hatte ich ihn etwa angesteckt? Sofort bekam ich ein schlechtes Gewissen.

»Na, dann setz dich erst mal«, sagte Alix mit einladender Geste, und fügte aber gleich hinzu: »Hauptsache, du bist nicht ansteckend.«

»Sterben ist nicht per se ansteckend«, röchelte er und ließ sich auf dem Sofa neben mir nieder.

»Wenn's nicht durch die Pest verursacht ist«, sagte ich und rückte sicherheitshalber etwas von ihm ab.

»Allenfalls Rüsselpest«, erwiderte er und schnäuzte sich geräuschvoll die Nase in ein überdimensionales kariertes Herrentaschentuch.

Dass es so etwas überhaupt noch gab?! Das hatte ihm sicher die Omi zusammen mit den Socken auf den weihnachtlichen Gabentisch gelegt. Wenigstens schien ihm der Humor noch nicht vergangen zu sein, obwohl er echt beklagenswert aussah. Da ich gerade dasselbe durchgemacht hatte, konnte ich mit ihm fühlen.

Das ganze Ausmaß der Katastrophe wurde aber erst deutlich, als Paula total entsetzt ausrief: »Justin! Die Premiere!«

Ach herrje! Ich hasste den Kerl zwar, aber so sehr nun auch wieder nicht, dass ich ihm bei seiner ersten Premiere eine Erkältung an den Hals wünschte. Immerhin hatte er sich ja, als es mich erwischt hatte, mit einer Hühnerbrühe auch an meinem Gesundungsprozess beteiligt.

»So kannst du aber nicht auftreten«, sagte Alix mal wieder gnadenlos analytisch, was ich ja nun ziemlich taktlos fand. Obwohl es zweifellos stimmte. Dennoch …

»Natürlich kann er auftreten«, fiel ich Alix sogleich ins Wort. Sie konnte den Typ ja schließlich nicht noch zusätzlich niederdrücken.

»Egal, ob er auftreten kann oder nicht«, schaltete sich nun Paula ein, »er *muss* auftreten!«

Justin nickte und meinte lahm: »Ich *will* ja auch auftreten.«

»So aber nicht.« Alix blieb realistisch. »Du bist Sänger. So kriegst du keinen graden Ton raus.«

Paula legte ihm die Hand auf die Stirn. »Du hast Fieber!«

»Wenn er so tanzen soll«, meinte Alix, »knicken ihm doch glatt die Beine weg. Das hält er keine zehn Minuten durch, geschweige denn eine ganze Aufführung lang.«

»Sehr aufbauend, Alix, wirklich«, röchelte Justin und sah mich an, als hätte er solche brutalen Worte eher von mir erwartet.

Wieso eigentlich? War ich ein Unmensch? Mitnichten! Ich sprang auf und eilte ins Badezimmer an den Erste-Hilfe-Kasten, fischte ein Fieberthermometer heraus und stopfte es ihm in den Mund.

»Hoffentlich hatte es vorher niemand im Arsch«, sagte er.

»Wenn du es nicht warst«, gab ich sauer zurück. »Wir pflegen diese anrüchige Methode nicht anzuwenden. Auch nicht hinterrücks!« Wofür hielt der mich eigentlich?

Ich riss ihm das Ding wieder aus seiner frechen Klappe. »Super! 39,7! Da hilft nur noch der Arzt oder Apotheker!«

Alix schlug sich mit der flachen Hand gegen die Stirn. Da musste sie ja mal wieder einen gewaltigen Geistesblitz gehabt haben.

»Elke!«, stieß sie hervor. »Ich muss Elke anrufen!«

Na schön doch, aber das war im Moment hier nicht grade von Interesse.

»Doch! Elke kennt einen Arzt, so einen Wunderdoktor, der spritzt dir was, Kortison oder so, direkt ins Blut, und zack, bist du wieder fit wie ein Turnschuh!« Sie sah Justins zweifelnden Blick und versicherte: »Doch, kannst du mir glauben. Mir hat der einmal sehr geholfen.«

»Na, dann ruf ihn um Himmels willen an und mach hier nicht so einen Terz«, drängelte Paula.

»Ja, mach!«, schloss Justin sich an. »Ich muss in zwei Tagen zur Generalprobe wieder fit sein.«

Alix zog ihr Handy raus. Die hatte es gut: Homezone. Das sollte ich mir auch mal besorgen.

Justin war in sich zusammengesunken und sein Oberkörper lag nun schon fast auf meiner Brust.

Wehe, wenn der mich wieder ansteckte. Das fehlte mir noch, eine Pingpong-Infektion!

Ich versuchte, ihn in die andere Sofaecke zu schieben. Vergeblich. Er rutschte zurück und lag nun ganz auf mir.

»Nimm mich in deine Arme!«, deklamierte er theatralisch mit heiserer Stimme. »Lass mich in ihnen meine Seele aushauchen.«

Gott, was waren diese Schauspieler peinlich!

»*Ich bin der reichste Mann der Welt!*«, fuhr er fort. »*Meine silbernen Yachten schwimmen auf allen Meeren ... Ich beachte sie kaum ... Ein, ein Nichts ist meine ganze Herrlichkeit ... vor diesem Tau ... äh ... tropfen ... der in der Sonne funkelt.*«

Tautropfen? Es war zu allererst mal Rotz, der ihm aus der Nase tropfte. Ich zog ihm das karierte Taschentuch aus der Hosentasche.

»Da, schnäuz dich mal!«

Aber er reagierte nicht, sondern laberte weiter ungereimtes Zeug. »*Und plötzlich weiß ich: Ich bin der ärmste Bettler.*«

»Er spricht im Delirium«, sagte Paula, und ich fand, sie hatte recht, auch wenn es offenbar einstudierte Dichterworte waren, die er vor sich hin lallte. Ich tippte mal so ins Blaue auf Arno Holz' *Phantasus*. Das kannte ich aus der Vorlesung *Brechungen der Jahrhundertwende*.

»Mund auf!«, kommandierte ich und schob ihm das Fieberthermometer noch einmal in den Rachen.

40,2 Grad! Lebensgefahr!

»Er stirbt wirklich«, sagte ich mit einem gewissen Bedauern und wischte ihm mit dem großkarierten Taschentuch den Schweiß von der Stirn.

Konnte mich nicht mal jemand von ihm befreien? Ich war schließlich selber gerade erst vom Siechenlager aufgestanden und solchen Belastungen weder physisch noch psychisch gewachsen. Außerdem war ich, in Anbetracht unseres Verhältnisses zueinander, wirklich die Letzte, die ihn auf seinem letzten Gang begleiten musste!

Oh Danny Boy, the pipes, the pipes are calling …

Ich schob ihn von mir, stand auf und bettete ihn mit Paulas Hilfe aufs Sofa.

Grundgütiger! Wenn ein Mann mal krank war, dann brach das Universum zusammen!

»Kalte Wadenwickel«, schlug Paula vor.

»Stimmt, das hat meine Mutter auch immer als bewährtes Hausmittel angewendet, wenn ich als Kind Fieber hatte.«

War mir ja sehr willkommen, dass ich mich auf diese Art und Weise ins Bad absetzen konnte. Ich drehte den Kaltwasserhahn auf und ließ das Wasser laufen, bis es echt eisig war. Dann nahm ich zwei Handtücher aus dem Regal und machte sie nass. Ein Badelaken als Unterlage, damit er nicht gleich das ganze Sofa versaute, und ab ging die Post. Wir schoben gemeinsam die Hosenbeine von seinem labbrigen Schlafanzug hoch und klatschten ihm die feuchten Tücher um die Waden.

Er fuhr mit dem Oberkörper hoch und kreischte wie von der Tarantel gestochen: »Ihr bringt mich um!« Dann fiel er wieder kraftlos auf das Sofa zurück und stöhnte mit klappernden Zähnen: »Mama, rette mich aus den Klauen dieser Frauen!«

Muttersöhnchen!

Elke kam. Sie hatte ein Auto und darum angeboten, Justin gleich selber zu fahren. Der faselte inzwischen nur noch abgedrehtes Zeug aus seiner Musicalrolle: »Gott … ist nicht … tot … Er … glaubt an Claude … das heißt … an *mich*!«

»Ja, ja«, sagte Elke, als Alix und ich Justin zu ihr ins Auto hievten. »Tut er, Justin, tut er.« Und wie eine Soldatin der Heilsarmee fügte sie in festem Tonfall hinzu: »Gott glaubt an dich, Justin. Nun glaub du aber auch an ihn.«

Grundgütiger! Gut, dass Paula ihn begleitete und nicht ich.

»Er ist ein schrecklicher Hypochonder, wie alle Männer und Schauspieler besonders«, sagte ich, als ich mit Alix wieder zu unserer Wohnung im Dachgeschoss hochstieg.

»Denken Sie an die Hauswoche!«, rief Frau Waschkowski mahnend hinter uns her.

Da hatte sie doch bestimmt wieder die ganze Zeit hinter ihrem Türspion geklebt.

Wütend drehte ich mich rum und rief zu ihr hinunter durchs Treppenhaus: »Aber erst nach der Beerdigung! Wir hatten grade einen Todesfall!«

»Melli«, maulte Alix und zog mich weiter. »Mit so was macht man keine Scherze. Justin geht es echt schlecht.«

»Ach Quatsch!«, wies ich ihre abergläubischen Unkenrufe zurück. »Kein Mann von Mitte zwanzig, der in Kraft und Saft steht, stirbt an einem Schnupfen!«

Das tat Justin dann natürlich auch nicht. Zwar jammerte er noch bis zum Abend, aber dann wirkte die Medizin von Elkes Wunderdoktor, und Paulas Voodoo-Zauber, den sie bereits vorbereitet hatte, musste nicht mehr stattfinden. Schade eigentlich, denn so ein Tamtam ersetzte glatt den Comedy-Mittwoch in Sat1.

Wir verfrachteten Justin in sein Bett, wo er von Paula bewacht wurde, die sich nicht entblödete, ihm die Hand zu halten. Er schloss die Augen, stöhnte noch kurz: »Wie bei meiner Mama«, und schlief dann ein.

Hm … Paula und Justin schon wieder. Ich musste ein Auge auf die beiden halten.

Am nächsten Morgen ging es ihm sichtlich besser, und nach einem zweiten Arztbesuch, zu dem ihn Elke dankenswerterweise noch einmal fuhr, war er praktisch wiederhergestellt.

Als er bei seiner Rückkehr allein durch das Treppenhaus ging, hörte ich Frau Waschkowskis empörten Ausruf bis oben: »Sie … Sie sind ja gar nicht tot, Herr Justin! Frechheit!«

Ich riss die Tür auf und hörte, wie Justin in verschwörerischem Tonfall sagte: »Doch, bin ich. Außer Ihnen weiß es nur noch keiner.«

Ich trat ins Treppenhaus, um alles von der Treppenhauskomödie mitzubekommen.

»Dann ... dann sind Sie ein ... ein Geist?«

»Könnte man so sagen. Soll ich mal meinen Kopf abnehmen?«

Ich sah über das Treppengeländer gebeugt, wie Justin seine Hände zum Kopf bewegte und Frau Waschkowski ihre eigenen in einer abwehrenden Geste hob, wobei sie rückwärts wieder in ihre Wohnung ging. Dabei stammelte sie, vor lauter Schreck des Hochdeutschen nicht mehr mächtig: »Dat tut echt nit not!«

Sie brachte Justin von da an stets einen gewissen Respekt entgegen.

♡ ♡ ♡

Ich saß in der Vorlesung von Professor Schwindowius über die Sakralkunst des Mittelalters, als das Handy rülpste. Das passte jetzt gar nicht, aber so einfach abwürgen wollte ich es auch nicht. Es konnte ja immerhin Lars sein.

Also hob ich es so unauffällig wie möglich ans Ohr und hauchte: »Ja?«

Es war Lars.

Was nun? Ich konnte doch hier mitten in der Vorlesung zwischen Madonnenbildern und Kirchenschätzen nicht mit ihm telefonieren.

Was hatte er gesagt?

»Weißt du, dass mir dieses kleine Tattoo auf deiner linken Schulter einfach nicht mehr aus dem Sinn geht?«

Ich fühlte, wie mir die Hitze in die Wangen stieg.

»Und dieses Piercing in deiner Zunge, als es mein ...«

Ich riss das Handy vom Ohr und hielt es unter die

Bank. Der wollte doch jetzt nicht Dirty Talk mit mir praktizieren? Was glaubte der, wo ich war?

Ich hob das Handy wieder ans Ohr und zischte hinein: »Ich bin in einer Vorlesung.«

»Wie sexy!«

Das fand ich ja nun gar nicht, und die Kommilitonen neben mir schauten schon reichlich neugierig.

»Weißt du, dass allein der Gedanke an dich …«

Oh Gott, das wollte ich gar nicht wissen, was der Gedanke an mich bei ihm womöglich auslöste …

Bei Schwindowius löste mein Telefonat jedenfalls einen Wutanfall aus.

»Verlassen Sie sofort den Hörsaal!«, bellte er. »Eine derartige Missachtung meiner Lehre muss ich mir nicht bieten lassen!« Er wippte bei diesen Worten an seinem Stehpult hektisch auf den Zehenspitzen auf und ab und wirkte, ehrlich gesagt, wie Rumpelstilzchen, das man an die Leine gelegt hatte und das darum nicht um sein Feuerchen tanzen konnte. Wohl nur darum griff er zur fürchterlichsten aller Drohungen, die Rhetoriklehrbücher so anbieten: »Aber seien Sie sicher: Das wird für Sie ein Nachspiel haben!«

Ich konnte mir ein Grinsen angesichts dieser Leerformel nicht verkneifen. Was ihn nur noch wütender machte.

»Raus mit Ihnen! Sofort raus, oder ich konfisziere Ihr Handy!«

»Äh, Lars?«, zischte ich hastig ins Gerät. »Ich rufe später zurück!«

Es tat mir ja leid, wenn ihm nun doch keiner abging. Dann quetschte ich mich an den grienenden Kommilitonen vorbei durch die Hörsaalreihe.

»Ähm, tut mir leid«, sagte ich vage nach vorne in Richtung Rednerpult. »Es … es war ein Notfall.«

»Notfall!«, bellte Schwindowius zurück. »Wollen Sie mir erzählen, Ihre Großmutter liegt in den Wehen?«

»Genau das«, erwiderte ich. »Schließlich ist sie ja erst neunzig!«

Vor dem Hörsaal rief ich Lars sofort zurück. Er lachte schallend, als ich ihm erzählte, wo mich sein Anruf erreicht und was er ausgelöst hatte.

»Gut, dass ich bei Schwindowius keine mündliche Prüfung machen muss, sondern eine Klausur schreibe. Dann wäre ich nämlich bereits durchgefallen. Aber da er sich keine Namen merken kann, wird er meine Klausur unter den sechzig anderen garantiert nicht finden.«

Lars lachte noch mal. »Ich drücke dir die Daumen. Aber warum ich dich eigentlich angerufen habe: Wann sehen wir uns?«

Tja, die Frage hatte ich befürchtet.

»Wir, äh ... sollten da nichts überstürzen, äh ...« Himmel, so ging es doch nun wirklich nicht. Das war ja total abtörnend, als wenn ich gar kein Interesse an ihm hätte. Und das stimmte ja auch gar nicht ... »Äh, ich meine, ich äh ... habe auch ... ja ... habe ich ... ich habe sogar sehr großes Interesse ... äh ... an einem Wiedersehen.«

»Sag mal, kannst du auch mal einen klaren Satz formulieren? Ich hatte dich, was deine kommunikative Kompetenz angeht, etwas anders in Erinnerung.«

Ja, ja, ja, er hatte ja recht. Ich riss mich zusammen.

»Also, Lars ...«, sagte ich kommunikativ wieder voll kompetent, »ich danke dir für dein Angebot, zweites Mal und so, aber ich bin im Moment sehr beschäftigt. Ich male an einem wichtigen Gemälde und ...«

»... da wäre doch ein wenig Sex zwischendurch mal ganz entspannend ...«

»Nein! Es wäre nur ablenkend!«

»Wie schade!«

»Ja, finde ich auch.«

»Und was machen wir da?«

Tja, was machte ich, um ihn hinzuhalten, aber nicht abkühlen zu lassen, denn das der heiß war, lag auf der Hand.

Aber noch ehe ich eine Erleuchtung hatte, kehrte er den Profi heraus, der einer drohenden Absage stets elegant zuvorkam.

»Mach dir keine Gedanken, Melli! Ich habe im Moment auch viel um die Ohren im Büro. Ruf mich einfach an, wenn du mal eine kreative Pause brauchst.« Abschließend fügte er äußerst raffiniert hinzu: »Aber warte nicht, bis die Rosen verwelkt sind.«

Arsch!

♡ ♡ ♡

Mäzen mit Macken

Als ich am nächsten Morgen in den Badezimmerspiegel schaute, fand ich mich alles andere als attraktiv und verstand noch weniger, warum Lars ausgerechnet in mir die Frau sah, die für ihn ein zweites Mal wert war. Mein Haarschopf sah aus wie ein Wischmopp, und es war allerhöchste Zeit, dass Paula mal wieder zur Schere griff.

Leider war sie schon ins Theater gerauscht, aber wenn sie nach Hause kam, würde ich sie gleich mal fragen, wann sie Zeit für einen Haarschnitt hatte. Klar, dass sie das als einen Freundschaftsdienst auffasste, wodurch ich mir die horrenden Friseurkosten sparen konnte.

Erst mal versuchte ich, meine sperrige Frisur mit viel Gel zu bändigen. Ganz so wichtig war mein Aussehen heute ja nicht, denn ich wollte zu Hause bleiben und an meiner *Apokalypse* weitermalen. In der Hochschule hätte ich heute nur freies Malen in der Meisterklasse gehabt, und da Geschwindner längst wieder nach New York abgedüst war, nahm ich mir die Freiheit, es lieber in meinem Atelier zu tun. *Ich bin so frei …*

Auf Dauer war das mit meinen Haaren aber kein Zustand, zumal ich am Samstag bei Justins Premiere eine gute Figur machen wollte. Warum, wusste ich zwar auch nicht, aber ein Theaterbesuch an sich war ja schon etwas, wofür man sich gern mal ein bisschen herausputzte und jedenfalls nicht wie ein Wischmopp aussehen wollte.

Paula war auch gleich nach ihrer Rückkehr bereit, meinen Wunsch nach Veränderung zu erfüllen, und nach einem entspannenden Yogi-Tee griff sie beherzt zu Kamm, Frisierumhang und Schere. Als ich ihr von der grade noch abgewendeten Katastrophe in der Malklasse erzählte, kriegte sie sich gar nicht wieder ein, fand aber sofort eine Erklärung dafür, warum Boris so erstaunlich schnell eingelenkt hatte.

»Der ist doch froh, dass er nun nichts mehr machen muss«, sagte sie grinsend. »Alleine hätte er doch nie ein Bild für die Ausstellung fertig bekommen.«

Da mochte sie nicht mal unrecht haben. Der Fleißigste war Boris wirklich nicht, und von seinen achtzehn Semestern hatte er bestimmt mehr Zeit mit Joint und Bong als mit Pinsel und Leinwand verbracht. Na gut, er hatte halt andere Qualitäten.

»Und zwar welche?«, fragte Paula lachend, weil ich laut gedacht hatte.

Ich zuckte die Schultern. War jetzt auch egal.

»Hast du wirklich Premierenkarten für Alix und mich?«, vergewisserte ich mich noch mal.

»Klar, richtig gute Plätze im ersten Rang.«

Wunderbar! Ich ging rasend gerne ins Theater, und wenn ich nicht Kunst studieren würde, wäre Bühnenbildnerin meine zweite Wahl gewesen.

Daher freute ich mich also schon total und es interessierte mich ebenso sehr, wie die Generalprobe gelaufen war.

Wohl nicht grade berauschend. Obwohl Justin soweit wieder hergestellt war, waren nach Paulas Erzählung zu urteilen, einige Szenen so richtig schiefgelaufen. Ein

Tänzer hatte sich den Knöchel verstaucht und bei seinem Sturz auch noch die Perücke völlig ruiniert. Zudem waren etliche Einsätze bei den Songs danebengegangen, weil entweder die Sänger oder das Orchester gepennt hatten. Justin hatte einmal den Text vergessen und einer anderen Schauspielerin ein falsches Stichwort gegeben, das erst einen Akt später hätte kommen dürfen. Daraufhin stimmte ihr Partner bereits seinen Schlussmonolog an, was das Stück um gut zwanzig Minuten verkürzt hätte.

»Ich weiß nicht«, stöhnte Paula, »ein bisschen Chaos bei der Generalprobe muss ja sein, aber was heute los war … Ich kann mir beim besten Willen nicht vorstellen, dass das am Samstag alles ohne Pannen über die Bühne geht.«

»Ach, da mach dir mal keine Sorgen«, sagte ich und schaute im Spiegel von Paulas Frisiertisch zu, wie sie an meinem Haarschopf herumschnippelte. »Geht die Generalprobe schief, klappt die Premiere umso besser. Alte Schauspielerweisheit.«

»Und woher hast du die?«

»Wusstest du nicht, dass ich in meinem früheren Leben die göttliche Marlene war?« Und um gleich den Beweis anzutreten, schmetterte ich so falsch, wie nur ich es konnte: *»Ich weiß nicht, zu wem ich gehöre, ich bin doch zu schade für einen allein … Ich weiß nicht, zu wem ich gehöre, ich glaub, ich gehöre nur mir ganz allein …«*

»Na, Klasse!«, sagte Paula. »Da hast du dich aber mal geoutet. Es liegt also gar nicht an den Männern, dass du noch keine Beziehung hast!«

Ich grinste frech in den Spiegel. »Nein, liegt es nicht. Es liegt an mir und meiner promiskuitiven Ader! Ich halte es mit einem Typen alleine einfach nicht aus. Ist ja auch langweilig! Da habe ich mit mir selber entschieden mehr Abwechslung.«

Das verstand Paula offenbar überhaupt nicht, und so protestierte sie sofort. »Ich finde es mit Karlos überhaupt nicht langweilig.«

Mein kleines Teufelchen wurde wieder aktiv. Ob ich mal unauffällig das Gespräch auf Paulas Verhältnis zu Justin bringen sollte? Das machte mir schon ein wenig Sorge und so hörte ich mich sagen: »Na ja, du hast ja auch noch Justin zur Abwechslung.«

Die Bombe ging sofort hoch. Paula auch. »Was soll das denn heißen?«

»Nichts. Das soll gar nichts heißen.«

»Willst du mir unterstellen, ich hätte was mit Justin am Laufen?!« Sie war wirklich sauer.

»Na ja, bist du etwa nicht von Justin begeistert?«

»Ja klar, bin ich begeistert. Ich finde ihn sogar außerordentlich cool, aber ...«

Hatte ich es doch geahnt und so fiel ich ihr gleich ins Wort: »Aber was sagt Karlos dazu? Ist er nicht eifersüchtig, oder hat er Tomaten auf den Augen und kriegt gar nicht mit, wie du Justin anhimmelst?«

Mist, jetzt hatte sie sich vor Schreck verschnitten! Eine richtig fette Ecke hatte sie mir aus dem Deckhaar gesäbelt. War das schon die himmlische Strafe für meine Boshaftigkeit? Kleine Sünden bestraft der Herr sofort, größere überlässt er der weltlichen Gerichtsbarkeit?

Erst mal bekam Paula, als der verlängerte Arm göttlicher Gerechtigkeit, einen kräftigen Anschnauzer ab.

»Pass doch auf! Denkst du, ich will als Vogelscheuche zur Premiere gehen?«

Sie entschuldigte sich verlegen.

Grundgütiger, da war doch garantiert was im Busch,

sonst musste sie doch bei der Erwähnung von Karlos nicht gleich einen solchen Schock bekommen, dass ihr so ein unprofessioneller Patzer unterlief.

»Nun sag schon!« Ich ließ nicht locker. »Was ist mit Justin und dir?«

Sie wurde ganz fleckig im Gesicht. »Nichts ist. Alles rein beruflich. Ich weiß gar nicht, was diese Ausfragerei soll.«

Ich sah im Spiegel, wie sie nun mich mit einem sehr misstrauischen Blick bedachte. »Genauso gut könnte ich fragen, warum *du* so an Justin interessiert bist. Das klingt direkt ein wenig nach Eifersucht. Vielleicht hättest *du* ja gerne was mit einem Typen, der aussieht wie Johnny Depp und auch noch gut kochen kann.«

Jetzt ging es ihr aber nicht mehr gut. Oder war sie einfach nur raffiniert und versuchte, mit einer klassischen Taktik aus dem Rhetorikhandbuch den Spieß umzudrehen? Nicht mit mir! Mit dem Kochen hatte sie mir genau das richtige Stichwort geliefert.

»Paula, was seine Kochkünste angeht, ist ja wohl nur eine von uns wirklich davon beeindruckt. Nämlich du!«

Dass man es ihr ansah, wie gerne sie mit ihm in lukullischen Genüssen schwelgte, behielt ich aus reiner Freundschaft für mich. Aber ich musste sie warnen: Es ging nicht, dass sie wegen diesem dahergelaufenen Schauspieler ihre total romantische Beziehung zu Karlos aufs Spiel setzte, und darum wählte ich nun, durchaus mit einem gewissen ironischen Vergnügen, Justins eigene Worte, um die Dimension des Problems deutlich zu machen: »Paula, ich finde ja, dieser Justin tut dir nicht gut.«

Sie bekam wieder diesen kalbsäugigen Blick, der in ihrem hübschen Gesicht so debil wirkte. Doch sie ließ sich wider Erwarten nicht einschüchtern. Karlos schien einen richtig guten Einfluss auf ihr Selbstbewusstsein zu haben.

»Aber dir tut er gut, oder was?«, stellte sie eine richtig zickige Gegenfrage.

Kompliment, Mädchen, auch wenn du dich auf dem Holzweg befindest, und zwar heftig!

»Nein, mir tut er auch nicht gut. Ehrlich gesagt, tut er der ganzen WG nicht gut. Wir sollten ihm nach der Premiere nahelegen, sich ein anderes Zimmer zu suchen.«

Paula wirkte nicht glücklich. »Aber warum denn nur, Melli? Er tut doch niemandem etwas. Er kocht gut, ich kann mit ihm zusammen zur Arbeit gehen, er fällt niemandem zur Last ...«

»Er ist ein Mann, und wir sind eine Frauen-WG! Ich habe gleich gesagt, dass das Probleme geben wird.«

»Aber welche denn, Melli? Was denn für Probleme?«

Verdammt, da schien wirklich ziemlich viel aus diesem klugen Buch von Karlos bei ihr hängen geblieben zu sein. Sie gab sich heute einfach nicht geschlagen. Aber richtig wohl fühlte sie sich bei dieser Diskussion offenbar noch nicht, denn sie kämmte nun völlig planlos auf meinem Kopf herum.

Hm, war vielleicht nicht so gut, das Thema noch weiter auszudehnen. Wer weiß, was sie sonst noch mit meinen Haaren anstellte. Und was die Probleme mit Justin anging, fiel mir so konkret im Moment auch keins ein.

»Er läuft in Unterwäsche rum und lässt Schamhaare in der Dusche liegen«, sagte ich lahm.

Und um jede Entgegnung von Paula gleich auszubremsen, wechselte ich elegant das Thema und fragte: »Meinst du, ich müsste den Haaransatz mal wieder nachtönen?«

Sie schien ebenfalls froh über diese Wendung zu

sein, kämmte ein paar kleine Scheitel in das Oberkopfhaar und sah sich sehr genau die Ansätze an.

»Doch, wäre mal wieder fällig. Soll ich es gleich machen? Farbe ist noch da.«

Ich musste grinsen. Das wäre ja mal spaßig, wenn in diesem Haushalt die Farbe ausgehen würde!

Paula eilte also ins Bad und rührte Farbe an, während ich weiter vor ihrem Schminktisch saß und in den Spiegel schaute.

Melli Kubinski, sagte ich zu mir. Sieh es ein, da ist nichts zwischen Paula und Justin. Lass die beiden einfach in Ruhe und kümmere dich um deine eigenen Angelegenheiten: Mäzen, *Apokalypse*, Weltruhm. In dieser Reihenfolge.

Und als Paula zurückkam und mir die Farbe ins Haar schmierte, nahm ich mir vor, es genau so zu machen.

♡ ♡ ♡

Lars wartete nicht auf meinen Anruf. Kaum hatte Paula die Farbe aus meinen Haaren gewaschen und den Föhn angeworfen, klingelte es an der Wohnungstür. Wir hätten es beim lauten Geräusch des Haartrockners fast überhört. Paula schaltete das Gerät aus und sah mich fragend an.

»Wer kann das denn sein? Alix und Justin haben doch einen Schlüssel.«

»Vielleicht hat Alix ihren mal wieder vergessen. Es wäre nicht das erste Mal«, sagte ich, ohne der Sache auch nur den Hauch einer Bedeutung beizumessen.

Das hätte ich aber besser getan, denn dann hätte ich Lars bestimmt nicht mit Frisierumhang, mit verstrubbelten und halbtrockenen Haaren und in meinen abgenutzten und zerknitterten Hausklamotten empfangen.

Es hat überhaupt nichts mit Eitelkeit zu tun, wenn eine Frau in einem solchen Zustand nicht unbedingt einem Mann, schon gar nicht einem Mann, der ihr den Hof macht, gegenübertreten möchte. Verständlich also, dass ich total sauer war, als Paula mit ihm hereinkam, und mich am liebsten auf die Rückseite des Mondes gebeamt hätte.

Das Mondschaf stand auf seiner Flur, es kam gerade von der Schur …

»Wie ein Mondschaf siehst du aber nicht aus, Melli«, griff Lars meinen schrägen Gedanken auf, was wohl bedeutete, dass ich ihn mal wieder ungeprüft herausgeblubbert hatte.

Nein, Melli trägt ihr Hirn nicht auf der Zunge, sie hat gar keins!

Andererseits hatte er die Bemerkung ja ganz humorvoll genommen, und so konnte ich das abhaken und mich einer viel dringlicheren Frage widmen: »Was zum Kuckuck willst du hier?«

»Dir dies überreichen«, sagte er im galanten Tonfall einer Rosamunde-Pilcher-Verfilmung und zog hinter seinem Rücken einen opulenten Blumenstrauß hervor: weiße Rosen mit irgendwelchen blau blühenden Schlingpflanzen zu einem esoterisch-blassen Jugendstilerlebnis aufgebunden. Wie überaus geschmackvoll und dem Genius Loci entsprechend. Ich musste ihm irgendwann an jenem denkwürdigen Abend im *Artefakt* wohl von dem Jugendstilfenster in meinem Atelier erzählt haben. Lars – ten points!

Ich stand auf, legte den Frisierumhang ab und sagte zu Paula: »Ich denke, der Rest trocknet so. Erst mal danke«, und schob Lars in mein Zimmer rüber.

Als er das Atelier sah, war er sofort begeistert. Ob von dem Fenster oder noch mehr darüber, dass er es mit den Blumen so kongenial getroffen hatte, blieb im Dunkeln. Jedenfalls sah es absolut stylish aus, als ich den Strauß in einem großen weißen Blechpapierkorb auf den Tisch vor die Fensterwand stellte – Fortsetzung der Glaskunst mit anderen Mitteln.

»Wunderschön«, sagte ich und meinte es ausnahmsweise auch mal so. Wenn schon Kitsch, dann richtig! Und gerade die Ornamentik des Jugendstils war durchaus geeignet, Saiten in einem zum Klingen zu bringen, die geheimen Sehnsüchten eine poetische Stimme gaben.

Einen Strauß wild funkelnder Blumen … streckt eine Hand von hinten … über mein verhülltes Haupt … Mein Herz braust in strahlender Seligkeit …

In diesem Moment rationaler Impotenz fragte ich mich, ob ich einen Mann, der mich in derart dichterische Schwingungen versetzte, lieben könnte?

Wir lagen schon fast auf meinem Lotterbett, als ich diesen Augenblick geistiger Abwesenheit überwand. Ich schlug die Hände vor meinen nur noch mit einem BH bekleideten Oberkörper und stopfte sein beträchtlich angeschwollenes Teil wieder zurück in seine Hose.

Nein, nein, nein, das ging ja gar nicht! War ich denn wahnsinnig? Das wollte ich doch überhaupt nicht, was ich da im Begriff war zu tun. Zack, Reißverschluss zu und Schluss mit dem Spaß!

Ich bückte mich und sammelte die am Boden verstreuten Kleidungstücke auf: mein Hemd, sein Hemd, seinen Hilfiger-Pullover, mein Sweatshirt, meine Latschen, seine Schuhe … italienisches Design.

»Was machst du, Melli … Was ist denn los?«

»Nichts! Nichts ist los … äh … außer … dass hier zwischen uns, äh … nichts geht … Rien ne vas plus!«

Es war nicht wirklich seine Schuld, dass er nicht

mehr richtig mitkam. Vermutlich war ihm so etwas in seinem ganzen langen Lust- und Lotterleben noch nie passiert.

»Ich finde es ja durchaus reizvoll, in intimen Situationen Französisch zu sprechen, noch besser, es französisch zu machen, aber könntest du jetzt doch vielleicht mal auf Deutsch sagen, was das soll?«

Erst hatte er ja nur erstaunt gewirkt, aber nun schien er irritiert und leicht verärgert.

Klar, es drückte ihn sicherlich ganz mächtig in der Hose. Hoffentlich hatte ich sein gutes Stück nicht zu sehr eingequetscht. Nicht dass es da noch zu irgendwelchen Spätschäden kam. Das wollte ich wirklich nicht.

»Ähm, ich …« Nein! Was tat ich denn nun schon wieder? Ich war drauf und dran, an seinem Reißverschluss herumzufingern, um seinem erregten Kumpel ein wenig Erleichterung zu verschaffen … Nur so … eine rein karitative Maßnahme …

Aber Lars verstand meinen Griff zu seiner Hose natürlich vollkommen falsch.

»Du willst es also doch! Sehr raffinierter Schachzug, um meine Lust anzustacheln!«

Aber ich wollte doch gar nicht stacheln … Ich wollte nur aus dieser völlig verkitschten Szene in meinem Atelier einen möglichst raschen Abgang finden, und zwar *ohne* es mit ihm das zweite Mal getan zu haben! Wenn überhaupt, dann hob ich mir das doch für später auf … für irgendwann einmal … Nachdem er mir viele weitere Blumensträuße oder noch besser Farben, Leinwände und Pinsel geschenkt hatte und mir ein, zwei oder besser noch drei Bilder abgekauft hatte.

Und so sagte ich ohne jeden Hintergedanken und in der mir eigenen Offenheit: »Lars, ich will nicht mit dir poppen. Nicht jetzt jedenfalls. Ich habe dir doch erklärt, dass ich völlig in der Arbeit an meinem Werk gefangen bin, das ich für die Herbstausstellung der *Jury-Freien* male. Das verstehst du doch?«

Da konnte er ja jetzt schlecht Nein sagen. Ein wenig musste er sich schon in meine Künstlerseele einfühlen, wenn er bei mir überhaupt einen Stich kriegen wollte. Dass da kein kitschiges Blumengebinde reichte, sah er inzwischen wohl auch so, denn er begann, sich wieder anzuziehen, wenn auch sichtbar frustriert.

»Da habe ich also den falschen Augenblick erwischt?«, fragte er.

Ich zuckte mit den Schultern. »Na ja, ein bisschen schon.« Ich konnte ja nun nicht behaupten, dass ich gerade eine wahnsinnig inspirierende Phase hatte, wo er mich mit Frisierumhang beim Haareschneiden angetroffen hatte. Also musste ich es anders erklären. »Ich habe mich in den letzten Tagen total unkreativ, ausgelaugt und unoriginell gefühlt. Warum glaubst du, hätte ich mir sonst die Zeit zum Haareschneiden genommen. Aber als ich deine Blumen hier in diesem Zimmer stehen sah ... da war es plötzlich wieder da ...«

»Was war da?« Er schaute mich skeptisch prüfend an. »Was war plötzlich bei dir da? Was bei mir da war, kann ich dir sagen ...«

»Nee, nein, danke ...« Das war ja mehr als kristallklar. »Das meine ich nicht ... Es war der ... ähm ...«, kam jetzt vielleicht etwas kitschig, » ... schöpferische Funke.«

Das musste ihm doch einleuchten. So was kam einfach so vom Himmel, ob man nun wollte oder nicht. Schlug ein wie ein Blitz und verkohlte alles drumherum. Gefühle, sexuelle Gier, einfach alles verwandelte sich in Schutt, Asche und Bedeutungslosigkeit in diesem gleißenden göttlichen Licht. Nur eins blieb: die geniale kreative Idee!

Diese Gedanken waren mir selbst ausgesprochen peinlich und so sagte ich in betont sachlichem Tonfall: »Du wolltest Bilder von mir sehen, bitte sehr!«

Und mit einer nun doch wieder reichlich unbedachten, großspurigen Geste zog ich eins der Bettlaken von der *Apokalypse*. Ich merkte, wie Lars schluckte, und ließ das andere, welches Justins plastiniertes Haupt verhüllte, darum besser gleich oben. Aber der erleuchtete Boris stand nackt und dürr, umgeben von einem Heiligenschein, vor Lars' verschreckt blickenden Augen.

Merde! Was machte ich denn heute nur wieder! Irgendwie lief aber auch alles schief, was ich anpackte. Ich hatte doch selbst schon längst erkannt, dass Lars allenfalls ein Typ für meine frühen abstrakten Werke war, genau wie Jean-Paul. Diese künstlerisch halbgebildeten Menschen suchten doch in einem Gemälde nicht die Konfrontation mit den großen Fragen der Menschheit, sondern am ehesten noch die Übereinstimmung mit ihrer Couchgarnitur und den Bose-Boxen. Irgendetwas Abstraktes zwischen *Anfang 1-7* oder gegebenenfalls *Mitte 3-11*, notfalls auch noch *Ende 13-27*, aber doch nichts Provokatives und beunruhigend Figürlich-Konkretes!

Einem wie Lars konnte ich vermutlich nicht mal mit dem *Ende der Friedfertigkeit* kommen, geschweige denn mit meiner Interpretation der *Apokalypse*.

»Du findest es hässlich, nicht wahr?«, versuchte ich ihm wenigstens aus der Verlegenheit zu helfen. »Das findet Paula auch. Und vermutlich ist es ja auch hässlich. Aber Ästhetik ist eben ein sehr dehnbarer Begriff …«

Er sah aus, als hätte ich grade den Versuch unternommen, ihm die Weltformel auf Kisuaheli zu erklären.

»Sieh mal«, nahm ich einen zweiten Anlauf. »Einige

Menschen finden Jugendstil zum Beispiel viel schrecklicher als Hieronymus Boschs *Jüngstes Gericht*, weil blumenbekränzte Nixen und Hirsche mit leuchtendem Kreuz im Geweih nämlich eigentlich grausamer Kitsch sind, während das Chaos und die Gräuel von Bosch visionärer Ausdruck tief empfundenen Leidens sind.«

Krass, wie gut ich die Worte von Professor Degenhardt aus der Kunstkritik-Vorlesung behalten hatte.

»Und du leidest jetzt also auch ... woran genau?« Lars starrte auf die drei Jungfrauen, die ins Fegefeuer rannten. »Nicht vielleicht doch an Enthaltsamkeit?«

Oh Grundgütiger! Für ihn schien es ja wirklich *nur* ein Thema zu geben, und so sagte ich patziger als ich eigentlich wollte: »Nee, eher an Geldmangel! Ich leide chronisch und zurzeit auch mal wieder ganz akut an Geldmangel! Alles, was ich brauche, ist jemand, der mir endlich mal ein Bild abkauft!«

Das kam jetzt zwar etwas unelegant, aber es stimmte schließlich.

Lars riss sich von den nackten Jungfrauen los und drehte sich zu mir herum. Zunächst schien es, als wollte er meinen Hilferuf, den Schrei nach einem Mäzen, einfach ignorieren, denn er schaute an mir vorbei, als suchte er nach weiteren Resten seiner Kleidung, die er im Affekt wahllos von sich geworfen hatte. An der Tür lag in der Tat noch seine braune Lederjacke.

Aber dann sagte er plötzlich: »Na, dann zeig doch mal was. Hast du auch etwas kleinere Sachen? Und ...«, er stockte einen Moment, weil er wohl selbst merkte, dass das, was er grade von sich gab, nicht eben vom exquisiten Kunstverstand eines Sammlers zeugte, »... meine, ähm ... Einrichtung kennst du ja. Es dürfte ruhig ein wenig mehr dazu passen ... weniger endzeitlich vielleicht ...«

Holzkopf, dachte ich und frohlockte innerlich, weil ich ihn richtig eingeschätzt und nun ganz unverhofft auch noch genau da hatte, wo ich ihn haben wollte. Vielleicht war der Tag doch nicht so saublöd, wie ich bisher gedacht hatte.

Ich stürzte mich auf den unsortierten Haufen von Bildern, der an der Wand neben der Tür stand, und zerrte ein paar Werke aus meiner abstrakten Phase hervor. Na bitte, war doch alles da, von *Anfang* bis *Ende*, auf Melli Kubinskis Leinwänden. Lars brauchte nur zugreifen.

Zuerst präsentierte ich ihm *Anfang 7*, ein nebulöses Etwas in Eierschale und Anthrazit gespachtelt. Skeptischer Blick. Dann *M 9*, Basalt und Eisenglimmer in vertikaler Verstrickung. Vielleicht ein wenig zu heftig für eine weiße Couch. Also kramte ich auch noch *Ende 13* raus: im Grunde ein Meisterstück, grobstrukturell mit lackierten Flächen in Aschgrau und Sepia. Das war es. Er konnte nicht aufhören, es in höchsten Tönen zu loben.

»Wirklich, Melli, als hättest du es speziell für mein Wohnzimmer gemalt.«

Ich hätte jetzt lügen und sagen können, Alix' und Paulas detailreiche Schilderungen seiner Luxusbehausung hätten mich dazu inspiriert, aber wozu? Er kaufte es auch so.

»Was kostet denn so ein echter Kubinski?«, fragte er doch tatsächlich.

»Äh, sofort ... Setz dich doch, schau dir die Bilder noch mal ganz in Ruhe an. Ich, äh ... muss mal schnell für kleine Mädchen.«

Ich raste zu Paula rüber und fegte ohne anzuklopfen in ihr Zimmer. Shit! Sie saß in eindeutiger Pose auf einem schnaufenden Wesen, welches sich bei näherem Hinsehen, was ich natürlich vermied, bestimmt als Karlos entpuppt hätte. Ich stammelte eine Entschuldigung und knallte die Tür wieder zu.

Merde! Und jetzt? Alix? Rascher Blick in ihr Zimmer. Gähnende Leere.

Und nun? Wer sagte mir nun, was ein echter Kubinski mittlerer Größe wert war?

Nein!, rief ich mich selbst zurück. Das war gar kein guter Gedanke, aber schon klopfte ich an Justins Tür. Mist, *der* war natürlich da.

Er sah mir zunächst reichlich erstaunt entgegen, rief dann aber geradezu freudig: »Wie schön, dass du mich mal besuchen kommst, Melli.«

Na, der sollte sich jetzt bloß keine Schwachheiten einbilden. Also mal ganz sachlich bleiben.

»Ja also, ich wollte nur eine Auskunft von dir, oder, ähm ... einen Rat. Ich habe da einen Käufer für ein Bild von mir. Was meinst du, kann ich dafür wohl nehmen?« Ich zeigte ihm mit den Armen, wie groß es war und schilderte ihm knapp, was darauf zu sehen war.

»Wirkt es luxuriös?«, fragte er nicht ungeschickt. Doch ja, tat es. »Und ist dieser Käufer gut bei Kasse?« Doch, könnte man auch sagen.

»Also dann pass doch den Preis seinen Verhältnissen an.«

»Neulich hat ein Kommilitone ein ähnliches Bild an einen Sammler verkauft. Der hat fünfhundert Euro gezahlt.«

»Na gut, dann nimm tausend!«

»Echt?«

»Nein, nimm besser tausendzweihundertfünfzig!«

»Warum das?«

»Dann kannst du dich um zweihundertfünfzig Euro runterhandeln lassen, und er hat das Gefühl, ein gutes

Geschäft gemacht zu haben. Ein echtes Kunstwerk zu einem Freundschaftspreis.«

Ich drückte ihm einen dankbaren Schmatzer auf die Wange, was nur einmal mehr bestätigte, dass heute wirklich ganz und gar der Wurm drin war bei mir, und raste zurück in mein Atelier.

»Na, erleichtert?«, fragte Lars.

War ich – in jeder Hinsicht.

»Tausendzweihundertfünfzig!«, sagte ich, für ihn etwas zusammenhanglos, und ergänzte: »Das Bild. Du kannst es für tausendzweihundertfünfzig Euro haben. Das ist ein marktüblicher Preis.«

Das haute ihn nun doch fast um. *Deal or no deal*?

Hatte ich das Blatt überreizt? Aber da ich ihm ja dank Justins genialem Ratschlag einen anständigen Nachlass einräumen konnte, war der Handel nach kürzester Zeit perfekt.

Lars kaufte tatsächlich *Ende 13*. Womit wieder mal gegen alle Logik bewiesen war, dass die Dreizehn meine Glückzahl ist. Paula und ihre Zahlenmystik waren doch manchmal wirklich erstaunlich.

Meine Freundinnen glaubten es fast nicht, aber das triumphierende Grinsen in Justins Gesicht machte jeden weiteren Beweis überflüssig.

Später ging Paula mit Karlos aus, aber Alix und ich stießen noch mit einem Gläschen Prosecco auf das Ereignis an, und sie fragte mal wieder reichlich indiskret: »Und nach dem Geschäft? Was habt ihr da gemacht?«

Sie dachte doch bestimmt, ich würde ihr nun von dem ultimativen zweiten Mal erzählen. Da musste ich sie aber enttäuschen.

»Ich habe ihn alleine in sein Bettchen geschickt, ohne Essen und Nachtgebet.«

Sie kicherte. »Du bist aber grausam!«

Nicht nur zu ihm, dachte ich, und es tat mir schon ein wenig leid wegen des entgangenen Vergnügens. Aber da ich zunächst mal an den höheren Zweck denken musste, hatte ich mich noch einmal zur Selbstkasteiung gezwungen.

»Nicht grausam genug«, sagte ich. »Er hat beim Abschied mit meinem Piercing gespielt und gesagt, dass er morgen Abend mit mir essen gehen will.«

»Und? Hast du etwa zugesagt?«

»Wieso ›etwa‹? Was hast du für ein Problem damit, wenn ich morgen mit ihm essen gehe? Wir müssen den Kauf doch ein bisschen feiern.«

Alix wirkte seltsam unruhig. Gönnte sie mir Lars vielleicht nicht? Quatsch! Da lag ich mal wieder völlig falsch.

»Ja, ja, klar, müsst ihr das«, sagte sie. »Aber nicht morgen! Hast du vergessen, dass morgen Justins Premiere ist?«

Hatte ich tatsächlich.

Nun, dann musste ich Lars eben umbestellen. Das war ja nun das kleinste Problem, er würde das sicher verstehen.

Und so schrieb ich ihm sofort eine SMS: *Kann morgen Abend leider nicht kommen. Hatte ganz vergessen, dass ich eine Einladung zu einer Theaterpremiere habe. Wir holen unsere Feier nach. LG Melli*

So, das war doch okay.

Er fand das wohl nicht so ganz okay, denn wenig später trudelte eine Nachricht von ihm ein: *Glaub nicht, dass Dein Bild Dich ersetzen kann. Es hängt nur über meinem Sofa, Du aber solltest darauf sitzen. Es war teuer, Du aber bist mir teurer. Denk an mich! Lars*

Ich las Alix die Message vor.

Sie schüttelte den Kopf und sagte mit bedeutungsschwerer Stimme: »Und wenn du es tausendmal ignorierst: Der Typ liebt dich!«

♡ ♡ ♡

Es war, als hätten sich Alix und Paula vorgenommen, mich auf Teufel komm raus mit Lars zu verkuppeln. Wenn sie ihn nicht haben konnten, dann sollte wenigstens ich mir diesen Mr. Lover Lover angeln. Das war wohl eine Frage der Ehre!

Nicht mal im Kraftraum der Uni, wo wir neuerdings jeden Samstagmorgen etwas für unsere Fitness taten, war dieses Thema tabu. Während wir Bauch und Po strafften, schreckten die beiden nicht einmal davor zurück, mich ins Übermenschliche zu verklären.

»Du bist eine wirkliche Göttin!«, hob Paula mich zum Beispiel auf ein Podest, worauf ich nur müde grinsend gleich wieder vom Sockel steigen konnte: »Klar, eine Göttin mit leerem Bankkonto und Gelegenheitsjobs! Oder meintest du Sex-Göttin?« Und schief wie immer intonierte ich: »*Sexbomb, Sexbomb!*«

Das fand Alix eine viel zu profane Reaktion von mir. »Mädchen, ich glaube, du begreifst gar nicht, dass du mitten in einem Märchen steckst. Andere Frauen können davon nur träumen. Du brauchst nur Ja zu sagen, und der tollste Typ der Stadt liegt dir zu Füßen.«

»Doch wohl eher in meinem Bett!«

Alix resignierte. »Ich sag's doch. Keine Spur von Romantik.«

Na, das sah sie aber etwas sehr einseitig.

»Findest du es echt romantisch, dich bei jeder Frau, die dir in der Stadt begegnet, zu fragen, ob sie schon mal mit deinem Lover gepoppt hat?«

Paula lief kirschrot an. »Melli!«

»Was ›Melli‹? Ist doch wahr! Bei seinem Durchschuss hat die halbe Stadt es schon mit ihm getrieben. Jedenfalls annähernd jede geschlechtsreife Großstädterin im Ort.«

»Aber doch jeweils nur einmal, weil ihm keine – außer dir – für ein weiteres Mal gut genug war. Das muss doch total schmeichelhaft für dich sein.«

Tja, sollte es wohl, aber mich interessierte nach wie vor mehr, wie ich überhaupt zu dieser Ehre kam.

»*Liebe fragt nicht*«, sagte Alix mit sibyllinischem Gesichtsausdruck. »*Liebe ist!*«

»Du wiederholst dich«, sagte ich und verlangte provozierend: »Definier es doch mal anders!«

»Aber man kann Liebe nicht endgültig definieren«, fiel Paula mir nun ins Wort. »Es ist ein Fehler, es immer wieder zu versuchen. Liebe muss man leben, dann erst kann sie Wirklichkeit werden!«

Das klang pragmatisch und konnte darum nicht ganz so falsch sein, aber da ich allmählich keine Lust mehr hatte, das Thema weiter zu vertiefen, sagte ich: »Kommt Leute, es ist, was es ist! Mir genügt es, wenn Lars mein Mäzen wird. Vielleicht entsteht ja mal mehr daraus, aber erst mal ist es mir wichtiger, eine, ähm … geschäftliche Beziehung zu ihm aufzubauen. Ihr glaubt gar nicht, wie befriedigend es für eine Malerin ist, hin und wieder ein Bild zu verkaufen. Mehr kann er mir im Bett eigentlich auch nicht bringen.«

»Materialistin!«, schimpfte Alix mich daraufhin empört und entschwand aufs Laufband.

Hobbypsychologin Paula versuchte nun, meinen wissenschaftlich-therapeutischen Ehrgeiz anzustacheln.

»Guck mal, Melli. Du berücksichtigst, was die Beziehung zu Lars angeht, nur deine Sichtweise. Hast du auch schon mal an Lars gedacht? Ich glaube, er leidet unter einer tiefen Bindungsangst, wie viele Männer in seinem Alter ...«

»... nur äußert sie sich bei den meisten anders!«, sagte ich herzlos. »Mir ist nicht bekannt, dass irgendein anderer Beziehungskrüppel in dieser Stadt ein vergleichbares Sexualleben hat. So krank muss erst mal einer sein! Allein schon dieser Leidensdruck!«

»Hör auf mit deiner Ironie! Das ist ein ernsthaftes Problem, und du hast es in der Hand, ihn zu heilen.«

Sie überzeugte mich nicht. »Ich glaube nicht, dass ich die Richtige dafür bin. Vielleicht ist es ein Fehler, dass es mich stört, wenn eine seiner ehemaligen Gespielinnen, der vor Neid die Galle ins Blut übergetreten ist, mich auf einer Diskotoilette anquatscht und mir Tipps gibt, wie ich ihn am schnellsten wieder hochkriege. Er schafft es dreimal in einer Nacht, und wenn du ihm einen bläst, auch noch ein viertes Mal! Fändest du das cool, oder was?«

»Schade«, sagte Paula, »ich habe immer gedacht, wenn jemand überhaupt da drüberstehen kann, dann du, Melli!«

Ich schüttelte den Kopf. »Nee, Paula, ich bin weder die Caritas noch frei von Eifersucht. Ich bin leider auch nur ein Mensch und kann als solcher nicht garantieren, dass mich, selbst wenn ich jetzt darüber hinwegsehe, seine Vergangenheit nicht irgendwann doch mal nervt.«

»Aber er müsste doch nur bei einer einzigen Frau mal merken, dass es auch schön ist, eine richtige Beziehung zu haben statt immer nur One-Night-Stands.«

Warum wollte Paula eigentlich nicht verstehen, dass ich den Sex mit ihm zwar wahnsinnig genossen hatte, dass es mir aber deswegen nicht das Gehirn weggeschossen hatte.

»Ich will ihn ja, Paula, aber als Sponsor. Wenn ich seinem Gebalze nachgebe, schneide ich mir ins eigene Fleisch. Im schlechtesten Fall hat er erreicht, was er wollte, und macht sich aus dem Staub, und ich kann mich wieder nach einem neuen Mäzen umsehen.«

Und als Alix wiederkam, sagte ich abschließend: »Was den Menschen wirklich antreibt, ist die Vorfreude. Die Erfüllung der Wünsche langweilt ihn, und das Schlimmste ist, dass Wünsche und Sehnsüchte an der Schwelle des Erreichten sterben.«

»Ist das von dir?«, fragte sie.

Ich schüttelte den Kopf. »Nee, Ernst Bloch, darum aber nicht weniger wahr.«

Paula blieb jedoch hartnäckig. »Würdest du deine Meinung ändern, wenn es bei Lars doch Liebe wäre?«

»Dann erst recht nicht!«

♡ ♡ ♡

Am Premierenmorgen lief Justin wie ein Spuckbeutel durch die Wohnung. Den Flur rauf, eine Runde durch die Wohndiele, den Flur wieder runter. Er sah blass und grünlich um die Nasenspitze herum aus und hatte völlig verquollene Augen.

Oh Gott, war das vielleicht eine Premierenallergie?

Als ich diese Vermutung äußerte, brach er jedoch in schallendes Gelächter aus, was ich ja nun ziemlich übertrieben fand. Hätte doch gut sein können. Einem Typen wie ihm würde ich so ziemlich alles unterstellen, jedenfalls alles nahe an Psychose, Wahnsinn, Hypochondrie!

»Na, dann stell dich nicht so an!«, muffelte ich und

zog mich in mein Atelier zurück. Sollte ihn doch eine meiner Freundinnen aufbauen.

Ich trat an meine Kleiderstange, die mir den Schrank ersetzte, weil ich Schränke ganz schrecklich sperrig, klotzig und undekorativ fand, und schaute die Klamotten durch.

Was zog ich denn heute Abend mal an? Es musste nur zu den silbernen High Heels passen. Die Dinger waren so was von nobel, dass ich sie nicht oft genug spazieren tragen konnte, und das Theater war dazu mal wieder ein sehr passender Anlass. Gut, es war nur eine Musicalpremiere und keine Oper, aber dennoch – ein wenig aufstylen musste einfach sein und machte ja schließlich auch Spaß.

»Alix! Paula! Was ziehen wir heute Abend an?«

»Nichts!«, tönte Alix zurück. »Weil wir nämlich hierbleiben!«

Ich trat alarmiert in die Diele. »Warum denn das? Was ist passiert?«

»Justin kackt ab!«, sagte sie und wies auf das Sofa, wo der Typ hingegossen in Paulas Armen hing.

Perugino, Pietà, Uffizien, Saal 5, schoss es mir durch den Kopf. Grundgütiger! So jung und schon sterben?

»Was hast du?«, fragte ich ziemlich grob und trat an seine Bahre.

Die Diagnose war eigentlich klar. Premierenfieber! Letztes Stadium – kurz vorm Exitus. Klar, dass er in diesem Zustand nicht mehr ansprechbar war.

»Was machen wir denn nur mit ihm?« Selbst Paula wusste sich keinen Rat mehr. »Ich muss gleich los ins Theater und kann mich gar nicht mehr um ihn kümmern.«

»Vielleicht wäre das das Beste.«

»Wie? Was?«

»Na, dass wir ihn einfach in Ruhe lassen. Wenn ein Schauspieler kein Publikum hat, kann er ein ganz normaler Mensch sein.«

Justin sprang förmlich vom Sofa und giftete mich an: »Du unterstellst mir also, dass ich Theater spiele?«

Ich musste über seinen Ausbruch lachen. »Quod erat demonstrandum!«

»Sprich deutsch!«

»Wofür du gerade selbst den Beweis antrittst!«

»Du beleidigst mich, sobald du den Mund aufmachst!«

»Und du spielst Theater, sobald ein Mensch in deine Nähe kommt! Sei doch einmal authentisch und du selbst!«

Er wirkte nun richtig wütend. »Danke für diese überaus freundliche Einschätzung meiner Person!«

»Nicht dafür! Gern geschehen!«, gab ich in süßlichem Tonfall zurück, drehte mich um und ging gelassenen Schrittes zurück in mein Zimmer. »Wir sehen uns später im Theater«, sagte ich locker über die Schulter, bevor ich verschwand.

So ein Blödkopf! Der sollte sich jetzt mal ganz schnell zusammenreißen. Ich war auf einen wunderschönen Theaterabend programmiert und hatte keine Lust, mir den durch sein Getue ruinieren zu lassen. Dazu hatte er kein Recht.

»Aber er ist immerhin einer der Hauptdarsteller«, gab Alix zu bedenken, als sie wenig später zu mir kam, um die Klamottenfrage von Frau zu Frau zu erörtern.

»Auch das rechtfertig es nicht, uns diesen Abend durch sein hysterisches Verhalten zu verderben.«

»Na ja«, meinte Alix. »Er ist ja gerade dabei, sein Premierenfieber zu überwinden.«

»Dann soll er sich mal beeilen.« Ich sah auf meine Uhr. »Muss er nicht bald mal los?«

Alix erstarrte. »Liebes Lieschen! So spät schon? Das schafft er doch nie mehr rechtzeitig. Die werden ihn lynchen in der Maske!«

Sie stürzte aus der Tür, und ich hörte sie nun nicht minder hysterisch brüllen: »Justin, Justin, du musst sofort los! Du kommst zu spät!«

Das hatte er inzwischen auch gemerkt. Er hockte wie das in Stein gemeißelte Elend von Barlach bewegungsunfähig am Küchentisch und starrte uns hohläugig an.

Der stand aber reichlich neben sich, dachte ich, und war, was die Premiere anging, nun wirklich nicht mehr sehr zuversichtlich.

Ob der Knabe im nächsten Monat noch die Miete zahlen konnte, schien mir sehr fraglich. Nach dieser Vorstellung schmissen sie ihn doch garantiert achtkantig raus.

»Was ist denn? Warum hockst du noch hier rum? Die warten im Theater auf dich! Du weißt doch, Paula und die Masken- und Kostümbildnerinnen!«

»Ich muss meinen Text lernen«, sagte er. »Ich kann nicht auftreten, bevor ich meinen Text nicht kann! *Wir sehen einander hungrig in die Augen … in Wintermäntel eingehüllt … und den Düften aus Retorten …*«

In Mäntel eingehüllt! Das war das Stichwort!

Ich rannte in die Garderobe, griff mir seinen Parka und steckte ihn hinein.

»Los, Alix! Sorg dafür, dass er Schuhe anzieht! Ich fahre ihn mit der Vespa. Muss mir nur schnell selber noch was überwerfen und die Helme holen.«

Ich sauste ins Atelier und stand Minuten später gestiefelt und gespornt vor dieser Memme von einem Möchtegernmusicalstar.

Ich weiß auch nicht, warum ich mir das antat, diesem Jammerlappen hilfreich unter die Arme zu greifen, denn normalerweise litt ich nicht grade unter dem Mutter-Teresa-Syndrom. Das war eher Paulas Angelegenheit. Na gut, die war nicht da, also sprang ich eben ausnahmsweise mal ein. Aber wirklich nur dieses eine Mal! Nicht, dass das zur Gewohnheit wurde.

»Los komm«, forderte ich Justin nicht gerade freundlich auf, griff nach seiner Hand und zerrte ihn durch das Treppenhaus hinter mir her.

»Halt, halt, ich habe mein Textbuch vergessen …«, nölte er auf der Etage von Frau Waschkowski.

»Besser als deinen Kopf!«

»Was?«, fragte er.

Ich zerrte ihn weiter und brüllte: »Besser, als wenn du deinen Kopf vergessen hättest!«

Wir waren bereits im ersten Stock, als Frau Waschkowski sich über das Geländer beugte und leicht panisch rief: »Wer hat seinen Kopf vergessen?«

Es war dieser Moment, der Justin schlagartig wieder normal werden ließ. Er lachte noch immer, als er bereits auf dem Sozius der Vespa saß. Ich gab Gas und rief gleichzeitig nach hinten: »Worüber lachst du so?«

»Über Frau Waschkowski. Sie hält mich, glaube ich, ernsthaft für einen Geist und denkt jetzt sicher, dass ich ohne Kopf im Haus herumspuke«, brüllte er gegen das Knattern des Motors an.

Nun musste ich auch lachen. Das geschah dieser neugierigen Kuh wirklich recht.

Wir erreichten das Theater mit Müh und Not, und Justin erwies sich plötzlich wieder als äußerst lebendig.

Denn als er den Helm abnahm, sagte er: »Kannst du deinen Helm auch mal eben abnehmen?«

»Warum?«

»Mach mal, ich will was überprüfen. Schnell!«

Und weil wirklich keine Zeit für lange Diskussionen

war, tat ich ihm den Gefallen – blöd, wie ich war. Denn kaum hatte ich den Helm ab, zog er mich in seine Arme und gab mir einen Kuss.

Aber was für einen! Reiner Zufall, dass er nicht gleich mein Zungenpiercing mit aufgefressen hatte! Was erlaubte der sich eigentlich? Dem waren ja wohl ein paar Relais im Gehirn durchgebrannt!

Aber jetzt bloß keinen Zoff provozieren, sonst fing er womöglich gleich wieder an zu zittern und spie sein frisch aufkeimendes Selbstbewusstsein vor meine Füße.

Also schob ich ihn ohne Kommentar von mir – besondere Umstände erfordern nun mal besondere Maßnahmen – und fragte ablenkend: »Wolltest du nicht was … äh … überprüfen?«

Er fuhr sich mit der Hand über den Mund und sagte mit einem genüsslichen Grinsen im Gesicht: »Habe ich getan.«

»Wie bitte?« Nun kam ich aber nicht ganz mit.

»Na ja, ich wollte überprüfen, ob du gut küsst, und das Ergebnis ist mehr als zufriedenstellend.«

Es war gut, dass er sofort Fersengeld gab und im Bühneneingang verschwand. Ich weiß nicht, ob ich ihn anderenfalls nicht eigenhändig im Stadtgraben ertränkt hätte!

Zurück in der WG hatte ich dann grade noch die Zeit, um schnell zu duschen und mich schick anzuziehen, dann mussten Alix und ich auch schon los. Wir nahmen die Straßenbahn, denn bei der Premierenfeier würde es sicher Alkohol geben und mein Führerschein war mir heilig. Natürlich taten mir schon beim Betreten des Theaters die Füße in den High Heels weh, aber als ich auf ihnen die breite, mit einem roten Teppich belegte

Treppe hinaufstieg, die in den ersten Rang führte, fühlte ich mich wie eine Prinzessin. Und als ich oben vor einer der zahlreichen Spiegelsäulen stand, fand ich, dass ich wirklich super in den Rahmen dieser Veranstaltung passte. Genau wie Alix.

»So wie wir aussehen, Alix«, sagte ich denn auch im Brustton tiefster Überzeugung, »müssten wir doch noch viel mehr aus dem Leben herausholen! Wollen wir nicht ab dem nächsten Semester in einer Weltstadt studieren? Paris, New York, London, Rom oder wenigstens Berlin oder München?«

Alix lachte, und nicht nur weil es klingelte, zögerte sie die Antwort heraus: »Lass uns in der Pause darüber sprechen.«

Gott, klebte die an ihrem Jean-Paul!

In der Pause hatten wir dann jedoch genügend anderen Gesprächsstoff. Die Inszenierung war genial und die größte Überraschung darin war für mich Justin! Nicht ein Hauch von Bühnenangst war bei seinen Auftritten mehr zu spüren. Er sang hervorragend und spielte absolut überzeugend. Ich war von seiner Darstellung des Claude vollkommen hingerissen. Der Typ hatte nicht nur Talent, er entfaltete auch ein Charisma, an das keiner der anderen Hauptdarsteller heranreichte.

Als Alix mich fragte: »Und, wie hat dir Justin gefallen?«, war ich zunächst geradezu sprachlos.

So begann sie erst mal selbst zu schwärmen, und obwohl ich gerne ihre Hymne auf Justin mit einem kritischen Wort unterbrochen hätte, fiel mir nichts wirklich Kritisierbares ein.

Also sagte ich schließlich nur: »Nun komm mal wieder runter. Das Stück ist ja noch nicht aus. Er kann also noch ganz schön patzen!«

»Niemals!« Alix sah mich an, als hätte ich eine Majestätsbeleidigung begangen. »Er ist absolut göttlich!«

Na dann! Das Klingeln verkündete das Ende der Pause und rief uns zurück auf die Plätze. Wir saßen in der dritten Reihe in der Mitte des ersten Ranges und hatten einen fantastischen Blick auf die Bühne. Bühnenbild und Ausstattung und besonders die von Paula mitgestalteten Perücken waren großartig und vermittelten sehr authentisch das Flair der Siebzigerjahre. Justin spielte weiter so gut wie vor der Pause und schien sich sogar noch steigern zu können. Jedenfalls brandete nach seinem letzten Song, dem mit den Wintermänteln, spontaner Szenenapplaus auf.

Ich konnte es gar nicht glauben, klatschte aber natürlich begeistert mit. Unser Justin! Er war ja so genial!

»Und?«, zischelte Alix mir zu. »Willst du ihn immer noch aus der WG schmeißen?«

Was sollte denn das jetzt? Sein Erfolg hier hatte mit seiner überaus problematischen Rolle in unserer WG zunächst mal gar nichts zu tun.

Wenn es nach Alix ging, aber doch, denn als wir nach dem letzten Vorhang zur offiziellen Premierenfeier in den Blauen Saal gingen, meinte sie: »Ich finde, ihr solltet euren Streit endlich begraben. Der Typ ist eine absolute Bereicherung unserer Wohngemeinschaft, und ich bin hundertprozentig davon überzeugt, dass er nach dieser Spielzeit am Staatstheater bleiben wird.«

Der Ansicht war auch Paula, die sehr bald zu uns kam, um auf die gelungene Premiere anzustoßen. Erst standen wir etwas verloren zwischen den reichlich überalterten Besitzern von Premierenabos herum, aber dann trudelten nach und nach die Schauspieler ein. Als Justin kam, wurde er natürlich von Alix und Paula sogleich mit Lob überschüttet. Damit er nicht größenwahnsinnig wurde, hielt ich mich in seinem eigenen Interesse lieber etwas zurück.

Dann schwang der Intendant eine kurze Rede, Fotos wurden gemacht und alle erhoben noch einmal gemeinsam das Glas auf die wirklich gelungene Vorstellung. Ein paar Leute vom Orchester, die gelegentlich als kleine Jazz-Combo auftraten, spielten auf und Justin und die anderen Schauspieler waren ständig von mittelalterlichen Damen umlagert. Schließlich wurde es ihnen zu viel und sie setzten sich, nicht ohne uns zum Mitkommen aufgefordert zu haben, in die Theaterkantine ab, wo sehr viel zwangloser weitergefeiert wurde.

Wir waren alle schon ganz schön angeschickert, als von einem harten Kern der Entschluss gefasst wurde, noch in den *Lindenpark* zu ziehen, damit der Hausmeister dichtmachen konnte. Dort stießen dann auch noch Jean-Paul und Karlos zu uns, und weil wir so jung und so glücklich nicht so bald wieder mit den Theaterleuten zusammenkommen würden, hieß es, die gute Laune so lange wie möglich zu erhalten und das Vergnügen richtig schön auszukosten. Ich jedenfalls tat in der Hinsicht mein Bestes. Das Letzte, woran ich mich erinnerte, war, dass ich mit Alix und ein paar Mädels aus der Schauspielertruppe auf den Tischen tanzte.

♡ ♡ ♡

Kontrollverluste

Nach der Premierenfeier war dann plötzlich alles anders.

Ich weiß nicht, ob ich vielleicht selbst die Veränderung durch meine Erzählung über Justins dreisten Kuss vor der Premiere ausgelöst hatte – möglich wäre es. Jedenfalls machte Paula eine totale Wende, was ich jedoch zunächst gar nicht so richtig mitbekam.

Es ging zwar schon beim Frühstück los, aber weil ich reichlich Kopfschmerzen nach der sehr alkoholhaltigen Premierenfeier hatte, hörte ich nur mit halbem Ohr hin, als sie mit Alix mal wieder über mich und meine Beziehungsbaustelle diskutierte.

Grundgütiger, konnten sie mich denn nicht mal an einem solchen Morgen in Ruhe lassen?

Nein, konnten sie nicht. Allerdings hatten sie wohl selbst gemerkt, dass ich nicht wirklich aufnahmefähig war, und so saßen sie zwar mit mir am Frühstückstisch, diskutierten aber mehr untereinander aus, ob denn eher Justin oder Lars der Mr. Right für mich wäre, was ja eigentlich nur eine rein akademische Frage sein konnte.

Ich goss literweise schwarzen Kaffee in mich rein, wodurch es mir allerdings nicht wesentlich besser ging, und spielte mit zittrigen Fingern mit meiner letzten Zigarettenpackung, in der nach dieser Nacht leider nur noch drei Zigaretten enthalten waren. Ich rang mit mir, ob ich diesen geringen Bestand nun noch weiter dezimieren sollte. Da mich dieser innere Konflikt völlig absorbierte, war ich ein wenig geistesabwesend und schwieg wie eine Auster. Schließlich ging mir ihr Gequassel aber dermaßen auf die Nerven, dass ich abrupt aufstand und ziemlich barsch sagte: »Könnt ihr vielleicht mal aufhören, mich mit einem Typen zu verkuppeln, der in wenigen Tagen nicht mehr in dieser WG wohnen wird?«

Beide starrten mich verwirrt an.

»Soweit ich mich erinnere, hatten wir doch eine Wette darüber laufen, dass Justin nach der Premiere auszieht, und meines Erachtens ist die Premiere vorbei.«

Ich machte, dass ich wegkam, bevor ihr Protestgejaule einen Hörsturz bei mir auslösen konnte.

Justin ging natürlich nicht. Er fühlte sich heimischer in der WG als je zuvor, und Paula und Alix umturtelten ihn, als wäre er ihr Bruder! Familienidyll pur!

Er ließ es sich nicht nehmen, die erfolgreiche Premiere auch noch mit einer Koch- und Fressparty zu feiern, und so traf sich wenige Tage später in der WG ein kleiner erlauchter Kreis, um von ihm mit einem Spezialdinner beglückt zu werden. Alix, Paula, Jean-Paul, Karlos, Sophya und Sean und natürlich Justin als Gastgeber. Und weil ich die einzige Frau ohne Partner in der Runde war, blieb er auch noch an mir kleben. Warum hatte er eigentlich Lars nicht eingeladen?

»Na, du bist vielleicht naiv!«, meinte Alix.

War ich wohl wirklich, denn Paula musste mir erst mal auf die Sprünge helfen.

»Hast du denn nicht gemerkt, dass Justin auf dich steht? Wer lädt schon seinen Rivalen zur Party ein!«

Ach je, was sollte denn das nun schon wieder? Konnte sie nicht mal ihre Gedanken aus meinem Liebesleben raus lassen und mich mit solchen Spekulationen verschonen, denn nichts anderes war es doch?

Aber da Justin sich vorgenommen hatte, uns zu bekochen, und weil Sophya ihn dabei unbedingt unterstützen wollte, hatte ich, wenigstens, bis das Menü fertig war, meine Ruhe und einen kurzweiligen Smalltalk mit Sophyas Freund Sean. Wir amüsierten uns köstlich, als wir spekulierten, was die beiden wohl kochen würden.

»Als Vorspeise gibt es sicher Fisch«, meinte Sean.

Ich kicherte. »Gepiercte Seezunge vielleicht«, sagte ich und klackerte ein bisschen mit meinem Piercing an den Zähnen.

Sean grinste. »Hast du das immer noch?«

»Klar, warum nicht?«

Wir diskutierten den Hauptgang, während Jean-Paul und Alix sich gegenseitig fast auffraßen und Karlos und Paula im Kissenberg auf dem Sofa versanken.

»Gegrilltes Meerschwein«, schlug ich vor, »oder mongolischer Lammtopf.«

Beides fand ich bemerkenswert gruselige Gerichte, die mich in einer Fernsehreportage über die Äußere – oder war es die Innere? – Mongolei maßlos beeindruckt hatten.

»Wusstest du, dass die Mongolen das Fleisch vom Lamm mit Gemüse und Kartoffeln in ein Fass packen und das dann den ganzen Tag mit den Füßen durch die Gegend treten?«

Sean sah mich ungläubig an.

»Doch, im Ernst. Es muss ständig rollen, und wenn man es dann am Abend öffnet, ist alles gar. Also jedenfalls kann man es essen.«

»Cool«, sagte Sean, und es klang richtig begeistert.

Hm, so hatte ich das aber nicht gemeint. Ich beugte mich zu ihm rüber und flüsterte ganz dicht an seinem Ohr: »Verrat es um Himmels willen nicht Justin!«

»Warum nicht?«, fragte er leise zurück.

»Der kriegt es fertig und kocht es nach!«

Das Essen war fabelhaft. Wir saßen alle in der Wohnküche um den großen Esstisch herum und genossen die Speisen und reichlich Wein. Justin hatte offenbar beim Kochen alles gegeben, jetzt hockte er eher blässlich und ausgepowert zwischen uns.

»Iss doch, Justin, lang zu«, wurde er immer wieder aufgefordert. »Oder traust du deinen eigenen Kochkünsten nicht.«

Vielleicht lag es auch am Wein. Als wir nach der kulinarischen Orgie in die Wohndiele umgezogen waren und Alix und Paula gerade mit ihren Typen zu lauter Musik so richtig abrockten, sprang er plötzlich aus dem Sessel hoch und raste auf den Balkon. Was er da tat, war unschwer zu erraten, so geräuschvoll wie er es tat.

Ich raste hinter ihm her und schrie noch: »Denk an Opa Schulzes Geranien!«

Zu spät. Das durch die Magensäure nicht grade zu seinem Vorteil veränderte Menü ergoss sich auf die Blumenkästen des Balkons unter uns.

Ich schüttelte resignierend den Kopf. So sehr ich Justin heute auch für seine Kochkünste bewundert hatte, im Grunde war und blieb der Typ einfach peinlich!

Wenigstens machte er sich am nächsten Morgen mit Eimer und Wischlappen auf den Weg zu Opa Schulze, um sein Malheur zu beseitigen. Nur gut, dass der von der ganzen Sauerei noch gar nichts mitbekommen hatte. Ich stand oben auf unserem Balkon und lauschte belustigt der Konversation von unten.

»Dat find ich aber man bannig nett von dir, min Jung, dat du die Balkons putzen tust.«

Schweigen und klatschende Geräusche des Wischlappens.

»Die Geranien riechen heute etwas streng.«

Unartikuliertes Grunzen von Justin und das Schwappen von Wasser.

Wie es aussah, hatte er den ganzen Eimer Wischwasser über die Geranien entleert. Na lecker! Da würde es wohl noch etwas länger streng im Blumenkasten riechen.

Als er wieder hochkam, sah er noch voll fertig aus. Er schüttelte leicht verwirrt den Kopf, hielt mir seine geöffnete Hand hin, in der ein blankes Eurostück lag, und stammelte völlig durch den Wind: »Er hat mir auch noch Trinkgeld gegeben!«

♡ ♡ ♡

Eigentlich wäre nun alles im grünen Bereich gewesen, wenn Lars sich nicht in einem schrecklichen Irrtum befunden hätte.

Ich war der Annahme, nachdem er nun ein Bild von mir gekauft hatte, würde er sich von selbst mit der Rolle eines Sammlers und Mäzens zufriedengeben, aber das schien ganz und gar nicht der Fall zu sein. Ständig bombardierte er mich mit Einladungen per SMS zum Essen, zum Spazierengehen, zum Cabrio fahren … Und wenn ich nicht antwortete, stand er meist wenig später mit einem gigantischen Blumenstrauß, einer Trüffeltorte, Champagner, Kaviar, Farben, Leinwand oder Pinseln vor der Tür. Alles was er tat, nervte zwar fürchterlich, aber es hatte Stil. Und wenn ich nachgab und ihn in mein Atelier ließ, dann steuerte er zwar immer mehr oder weniger stürmisch und zielstrebig auf das besagte zweite Mal mit mir zu, ließ sich aber doch immer wieder von mir hinhalten und kaufte aus Frust oder weil er wirklich Gefallen an meinen abstrakten Werken gefunden hatte, meistens ein Bild.

So ging es mir eigentlich ganz gut. Ich musste mir zum ersten Mal in meinem Studium keine Sorgen um meine Finanzen machen und konnte, dank seiner großzügigen Geschenke und Bilderkäufe, unbeschwert und fröhlich an meinem Untergang der Menschheit in der *Apokalypse* weitermalen.

Paula schienen die häufigen Besuche von Lars allerdings überhaupt nicht zu gefallen. Mir wurde einmal mehr klar, warum, als ich im Vanilleschaumbad in der Badewanne lag und ungewollt ein Gespräch zwischen ihr und Alix mit anhörte.

Die beiden hockten nebenan in der Küche, und weil ich normalerweise nicht die Gespräche anderer Menschen belauschte, war es erst die Erwähnung meines Namens, die mich die Ohren spitzen ließ.

»Ich finde es nicht gut, was Melli da mit Lars abzieht«, hörte ich Paula sagen. »Nur wegen dem Geld, das er ihr bietet … Das ist sehr berechnend und das hat er nicht verdient. Er scheint sich ja wirklich in sie verliebt zu haben.«

»Höre ich da ein wenig Neid heraus?«, vernahm ich Alix' Stimme. »Du trauerst ihm doch nicht immer noch nach?«

Paula wehrte sofort vehement ab. »Was für ein Unfug!«

»Du bist ihm jedenfalls noch eine ganze Weile nachgeschlichen, und so wie er dich neulich auf der Vernissage angeschaut hat … Vielleicht sehnst du dich ja heimlich doch noch nach dem Sex mit ihm. Der war ja wohl der ultimativ beste deines Lebens.«

Ich hörte sie kichern. »Und wenn es so war, das ist kein Grund, wieder was mit ihm anzufangen. Du vergisst, dass ich mit Karlos sehr, sehr glücklich bin.«

»Und warum gönnst du Melli dann Lars nicht?«

»Ich gönne ihn ihr ja, aber ich will nicht, dass sie eine Enttäuschung erlebt … und … ich glaube, Justin würde viel besser zu ihr passen.«

Ach herrje! Also war es wirklich ihr Ernst?! Ich tauchte erst mal tief in die Wanne ab und atmete dann kräftig durch.

Ich hatte mich neulich beim Frühstück also nicht verhört. Paula wollte mich offenbar tatsächlich mit diesem Musicaldarsteller verkuppeln, an dem mich ja nun geradezu alles nervte und dessen Verbleib in der WG über meinen Kopf hinweg einfach mehrheitlich beschlossen worden war. Singen, kochen, küssen … na gut, das Letztere war nicht ganz so schlimm, das machte er eigentlich ganz gut. Allerdings war es eine Frechheit, wie er sich meine Küsse erschlich, raubte, klaute … jedenfalls widerrechtlich aneignete! Justin und ich? Was für ein absolut abartiger Einfall von Paula.

Das fand Alix offenbar auch, denn sie meinte nur: »Das schlag dir aus dem Kopf, Paula. Melli und Justin sind wie Katze und Hund. Ich habe am Anfang zwar auch geglaubt, dass zwischen den beiden vielleicht eine unausgesprochene Erotik knistern könnte, aber inzwischen bin ich eines Besseren belehrt. Zwei Kreative, das passt einfach nicht. Die sind so gleich gepolt, dass sie sich nur gegenseitig abstoßen können.«

Hm, was meinte sie denn damit? Gleich gepolt? Die tickte ja wohl nicht richtig.

Ich müsste mich da mal blicken lassen, dachte ich, bevor die Fantasie meiner Freundinnen noch wildere Blüten trieb! Und so stieg ich aus der Wanne, frottierte mich schnell ab und wandelte im Bademantel in die Küche.

»Na, habt ihr einen Kaffee für eine Schaumgeborene?«, fragte ich harmlos.

Daraufhin stellte Alix mir einen gefüllten Kaffeebecher hin und seufzte: »Schade, dass kein Mann deine Reize genießen kann.«

Wenn sie jetzt Lars erwähnt, springe ich vom Balkon, dachte ich, tat es dann aber doch nicht.

»Wir haben grade über dich gesprochen, Melli«, sagte Paula ganz offen. »Alix meint allen Ernstes, dass Lars in dich verliebt ist.«

»Na ja, das sieht doch ein Blinder«, meinte Alix. »So wie der dich mit Geschenken und Aufmerksamkeiten überhäuft. Sogar deine Bilder kauft er dir ab, um dich glücklich zu machen.«

»Sind die so schrecklich?«, fiel ich ihr ins Wort. War ja nett, mal so eine ehrliche und vernichtende Einschätzung des eigenen künstlerischen Tuns von seiner besten Freundin zu hören.

»Nein, nein, sind sie nicht … Aber noch bist du doch eine ganz unbekannte Künstlerin und keiner … Äh, na ja, es ist schon sehr nett, finde ich, dass er sich so viele von deinen Bildern über das Sofa hängt. Das spricht zumindest dafür, dass er alles an dir liebt.«

»Sogar meine Bilder! Das wolltest du doch sagen, oder?«

Sie ging nicht darauf ein, sondern meinte beim Rausgehen: »Melli, er liebt dich. Ich dachte, du wüsstest eine solche Liebe zu würdigen.«

»Was weißt denn du?«, rief ich ihr hinterher. »Liebe ist mehr als all das, womit er mich überhäuft … Liebe ist …«

Ich brach meinen Satz ab. Ja, was war Liebe denn nun eigentlich?

Ich starrte Paula fragend an. Aber sie schüttelte nur den Kopf. »Das ist bei jedem anders«, sagte sie vage. »Karlos und ich ...« Sie brach ab und ich verließ die Küche.

Karlos und ich! Sie wusste es doch garantiert auch nicht!

Ein paar Wochen später war ich um etliche Leinwände, Berge von Farben und voluminöse Blumensträuße reicher und hatte mich immer noch nicht dazu durchringen können, Lars hinsichtlich meiner ausschließlich geschäftlichen Absichten reinen Wein einzuschenken. Aber angesichts des Liebesfeuerwerks, das er abbrannte, war es mir ganz und gar unmöglich. Es kam mir einfach undankbar vor.

Natürlich spürte er meine Zurückhaltung, und wie immer er sie sich erklärte, seine Art, sie zu ignorieren, hatte schon ziemlich viel Charme. Und alles, was er tat, tat er mit Stil. Er mochte nicht viel von Kunst verstehen, dafür aber umso mehr von gepflegter Lebensart. Na ja, er hatte ja auch das Geld, um sie zu zelebrieren.

Und was Paulas abartige These von der Neurose betraf ... Wenn der Typ eine Beziehungsphobie hatte, dann verstand er jedenfalls prächtig, sie zu verbergen.

»Vielleicht muss ich nun doch nicht die Rathaustreppe fegen«, sagte er grinsend, als wir nach einem leckeren Essen beim Italiener anstießen.

Klar, dass mir der Wein gleich wieder aus den Ohren raus wollte bei dieser Drohung. Ich brach in bellenden Husten aus.

Als ich wieder einigermaßen Luft bekam, fragte ich zögernd: »Du willst in nächster Zeit heiraten?«

Er lachte. »Nö, nicht zwanghaft, aber wenn es sich

bis zu meinem dreißigsten Geburtstag ergeben sollte, warum nicht?«

»Und die, äh … passende Frau hättest du schon an der Hand?«

Er sah mich mit einem offenen Grinsen an. »Ich denke schon.«

Der Typ war ja gar nicht von sich überzeugt.

»Und sie? Sie weiß es auch?«

Er lachte. »Melli, was soll dieses Quiz? Wenn du nicht heiraten willst, dann fege ich eben. Ich kann dich schließlich nicht zwingen.«

Ach, wie freundlich. Ich merkte, dass mir schon wieder die Halsschlagader gewaltig anschwoll. Aber ich wollte den schönen Abend nicht ruinieren, und so sagte ich wieder nur reichlich lahm: »Nett von dir.«

Weil er wusste, dass ich das Geld brauchte, kaufte er weitere Gemälde von mir, alle natürlich abstrakt. Und jedes Mal, wenn er im Atelier auftauchte, hatte er ein Geschenk dabei. Nach Blumen, Farben und Leinwänden wurden diese nun zunehmend intimer, und als Letztes schleppte er teures Parfüm von Ricci und Unterwäsche von Victoria's Secret an.

»Zieh doch mal an«, bat er, aber ich lehnte, herzlos wie ich war, ab.

How can people be so heartless, how can they ignore their friends, easy to say no …

Ja, ja, dachte ich, als mir dieser Song aus Justins Musical in den Kopf schoss. Es ist nicht wirklich die feine Art, aber …

»Verdammt noch mal, Lars, es tut mir ja auch leid, dass ich dich so behandele, aber ich habe wirklich keine Zeit!« Und weil er mich ziemlich frustriert ansah, fügte ich etwas geduldiger hinzu: »Es geht im Moment einfach nicht, Lars. Ich muss malen. Ende der Woche ist die Abgabe für die Herbstausstellung der *Jury-Freien,* und ich habe noch so viele weiße Flecken und nicht ausgearbeitete Stellen auf der Leinwand.«

Er küsste mich auf die Stirn und verabschiedete sich. Die teuren Dessous blieben anklagend auf meinem Bett liegen.

»Ruf mich an, wenn dir der Sinn nach Abwechslung steht«, sagte er.

Grundgütiger, der Knabe war echt lieb.

Dennoch: Ich mochte ihn, aber ich liebte ihn nicht, und selbst wenn ich ihn lieben würde, hätte ich in einer Beziehung mit ihm keine ruhige Minute, weil ich ihm einfach nicht vertrauen konnte. Irgendwann, da war ich mir sicher, würde wie bei einem Werwolf seine andere Seite wieder durchbrechen, und er würde erneut mit heraushängender Zunge und sabberndem Maul seiner natürlichen Beute hinterherhetzen. Und dann würde unweigerlich der Tag kommen, an dem er mich verlassen würde. Alles andere wäre wider seine Natur.

»Merkt euch, eine kluge Frau wird nicht verlassen, sondern geht rechtzeitig selber!«

Wie oft hatte ich meinen Freundinnen dieses grundlegende Gesetz weiblicher Selbsterhaltung gepredigt. Nun war es wohl an der Zeit, es selbst zu beherzigen. Ich musste Lars den Laufpass geben. So wie jetzt ging es jedenfalls nicht weiter, und er würde es über kurz oder lange sicherlich auch merken.

Wenn er erst den Eindruck bekam, dass ich mit ihm gespielt und ihn hingehalten hatte, um in den Genuss seiner materiellen Wohltaten zu kommen, dann konnte seine momentane Verliebtheit ganz schnell in das Gegenteil umschlagen. Und ich wollte nicht, dass er mich hasste, denn dazu mochte ich ihn inzwischen irgendwie viel zu gerne.

Es war einfach nicht fair, ihn noch länger auszubeuten und ihn in dem Glauben zu lassen, dass zwischen uns irgendwann doch mal etwas mehr passieren könnte. Ich beschloss also, endlich ehrlich zu ihm zu sein und ihm die Wahrheit über meine Gefühle zu sagen.

Zu dumm nur, dass ich dann wohl auch sein Mäzenatentum in den Wind schreiben konnte, und damit eine nette kleine Einnahmequelle versiegen würde. Aber eine Melli Kubinski machte sich nicht zur Sklavin des schnöden Mammons! Dann stand ich halt wieder Modell für die Architekturstudenten. Ich hatte den Job zwar gleich gekündigt, nachdem Lars das erste Bild gekauft hatte, aber Frau Klein hatte mir angeboten, dass ich jederzeit wieder bei ihr einsteigen könnte. Ich seufzte. Bilder an Lars zu verkaufen war zwar eindeutig das leichtere Business, aber deswegen konnte eine Frau ja schließlich auch nicht ihre Ehre verkaufen. Ehe es so weit kam, musste ich dem Ganzen einen Riegel vorschieben. Schon aus Selbstachtung. Schluss, aus und basta!

Es passte ganz gut, dass Paula Alix und mich an diesem Abend eingeladen hatte, eine Wasserpfeife zu schmauchen. Nicht so gut passte es, dass Boris gegen Mitternacht mit seiner Bong und frischem Stoff auftauchte und dass Paula uns rausschmiss, als er in seinem Rucksack kramte.

»Bei mir nicht!«, erklärte sie kategorisch und wies uns rigoros die Tür.

Da Boris mein Kumpel und sozusagen Besuch war, zogen wir also in mein Atelier um, weil ich als Anhängerin arabischer Gastfreundlichkeit niemals einen Besucher abwies.

»Du bist die einzige echt krasse Frau, die ich kenne«, zollte Boris mir dafür Anerkennung, packte sogleich das Marihuana ins Röhrchen und zündete es an. Wir saugten abwechselnd, und ich fühlte mich bald so relaxed wie lange nicht mehr.

Worum machte ich mir eigentlich so einen Kopf? Klar würde ich mein Gemälde rechtzeitig zum Abgabetermin fertig kriegen. Klar ließ sich die Sache mit Lars lösen! Natürlich würde ich es diesmal in die Ausstellung der *Jury-Freien* schaffen ... berühmt werden ... reich werden ... glücklich werden ...

»Habe ich dir eigentlich schon mal das Kickloch gezeigt?«, fragte Boris. »Da rauchst du auf der Überholspur.«

Klang verlockend, also ließ ich es mir von Boris erklären.

»Leg mal den Finger da drauf ...«

Ich entdeckte das kleine Loch in der Glaswand und tat, wie Boris mir geheißen hatte. Was er nicht gesagt hatte, war, dass nun der Stoff direkt ins Gehirn katapultiert wurde. Das war ja eben der Kick. Egal! Ich wollte immer schon fliegen, in Farben baden, über den Regenbogen schwimmen ...

Halt! Stopp! Wieso lustwandelte ich denn auf einmal in Boschs *Garten der Lüste* – ganz nackt und von gierigen alten Männern verfolgt! Das war nun gar nicht angenehm. Überhaupt nicht cool fand ich es, als der Lustgarten urplötzlich im Fegefeuer des *Jüngsten Gerichts* in Flammen aufging und ich, umgeben von Folterknechten, vergeblich versuchte dem Inferno zu entkommen. *Hilfe*!

»Melli? Melli? Bist du okay?«

Es war Paula, die mir die Wange tätschelte.

»Hau ab!«, sagte ich undankbar und drehte mich auf die andere Seite.

Ich lag auf meinem Matratzenlager, und wie es schien, war Boris schon lange weg.

»Du sollst doch nicht kiffen«, moralisierte Paula. »Durch Drogen löst du deine Probleme auch nicht. Wie willst du dein Bild rechtzeitig fertig bekommen, wenn du dich wegschießt statt zu malen?« Moral! Moral!

»Jahaa! Lass mich in Ruhe!«

»Würde ich ja, aber du musst dir helfen lassen, Melli!« Ihre Stimme war eindringlich und eine Spur zu ernst, um sie völlig zu ignorieren.

Ich setzte mich also auf. Grundgütiger! Konnte sie mich denn nicht einfach mit ihrem Helfersyndrom verschonen?

Dennoch sagte ich mit gebremstem Unmut und verhältnismäßig zahm: »Mir geht es gut!«

Dabei hätte ich sie am liebsten ohne lange Diskussion aus meinem Atelier geworfen. Was wollte sie überhaupt hier? Musste sie nicht zur Arbeit?

»Ich muss um elf Uhr im Theater sein«, sagte sie. »Deswegen habe ich schnell noch mal nach dir gesehen. Brauchst du noch irgendetwas? Kommst du alleine zurecht?«

Nein! Komme ich nicht, Frau Super Nanny! Bitte einmal Windeln wechseln, Nase putzen und Fläschchen geben! Das war mir doch jetzt nicht im Zorn herausgerutscht?

»Fläschchen geben?« Paula guckte irritiert mit ihren großen Kulleraugen. »Du willst doch nicht schon am frühen Morgen anfangen zu trinken?«

Oppositionsgeist erwachte in mir. Wenn ich eins nicht vertragen konnte, waren es Leute, die mich unter dem Deckmäntelchen der Hilfsbereitschaft zu einem besseren Menschen machen wollten. Gegen solche Umerziehungsversuche war ich außerordentlich resistent. Da hatten sich schon meine Eltern und diverse Omas, Opas, Onkel und Tanten die Zähne an mir ausgebissen. Was die Zunft der Kieferchirurgen und Zahntechniker mir gar nicht genug danken konnte.

Wie auch immer ... Paula lag total daneben, wenn sie glaubte, mir Vorschriften machen zu müssen. Kein Alkohol am Morgen! Warum eigentlich nicht? Was hatte ich denn noch in meiner geheimen Hausbar?

Ich hievte mich aus den Federn, ignorierte Paula bewusst und ging zur Kommode, deren obere Schublade überquoll von all den Malutensilien, die Lars mir in letzter Zeit geschenkt hatte. In den unteren Schrankfächern bewahrte ich einen kleinen gastlichen Vorrat an Alkohol für überraschenden Besuch auf: Eierlikör, Eckes, Bacardi, Gin – Gordons, den mit dem Löwen, was richtig Gutes. Der kam mir gerade recht. Den hatte Queen Mum doch auch gerne getrunken und war damit hundert Jahre oder so geworden. Ein sehr gesunder Tropfen also.

Ich nahm die Flasche heraus und setzte sie mir demonstrativ an den Mund.

Paula geriet in Panik. »Nicht, Melli, echt nicht, das darfst du nicht machen!«, krakeelte sie.

Wie meine Mutter ... Das darf man nicht, Melanie! Lass das! Tu das nie wieder! Mama wird böse, Mama wird traurig, sieh, wie Mama weint!

Die konnten mich alle mal! Melli Kubinski regelte ihre Sachen selber, und zwar so, wie sie das für richtig hielt. Auch diese Sache mit Lars ... jawohl! Melli Kubinski wusste selber, was sie tat, was ihr guttat und was sie vertragen konnte!

»Die Frau säuft wie ein Loch, ohne dass man ihr den

Alkoholpegel im Blut auch nur ansieht«, hatte mal jemand im Irish Pub anerkennend über mich gesagt. Also bitte!

Der Gin lief heiß und scharf meine Kehle runter.

»Scheiße, Melli«, sagte Paula in für sie unüblicher Fäkalsprache. »Das ist doch jetzt echt Scheiße!« Und mit den Worten »Ich bin um vier wieder da« machte sie sich frustriert vom Acker.

Hätte ich sie nicht so provozieren sollen? Ach was, niemand hatte sie gebeten, die Übermutter für mich zu spielen. Ich trank noch einen Schluck und es durchrieselte mich dabei angenehm warm, dann zog ich mich mit meinem Wärmfläschchen wieder ins Bett zurück.

Als ich erneut aufwachte, lag die Flasche leer neben meinem Bett und mir war schlecht. Nicht so richtig zum Speien, nur einfach schlecht. So eine latente Grundübelkeit. Kotze steht bis zum Hals, kommt aber nicht raus. Kennt jeder. Dieser Zustand ist bestens geeignet, auch den sonnigsten Optimisten in eine tiefe Depression zu katapultieren. So auch mich.

Wenn ich es genau nahm, war die Welt ja schließlich auch ziemlich schlecht. Die Leute, das Leben als solches und am allerschlechtesten war dieses hässliche Gemälde, das fast den ganzen Raum einnahm! Was machte es überhaupt in meinem Zimmer, das es durch seine Anwesenheit völlig verunstaltete? Ekelhaft! Wollte mich da jemand verrückt machen, in die Irrenanstalt treiben, entmündigen lassen? Plastinierte Köpfe auf einem Silbertablett, verwesende Dinosaurier, perverse Badeszenen – das hatte doch nicht ich gemalt? So kranke Fantasien waren doch nicht *meinem* Hirn entsprungen?

Ich stieg über die am Boden liegenden Tücher, die wohl dieses ästhetische Schrecknis verhüllt hatten, trat an die riesige Leinwand und berührte sie mit beiden Händen. Erst überkam mich Abscheu, dann Ekel, schließlich übermannte mich die bittere Erkenntnis, dass dieses Machwerk wohl doch unter meinen Fingern entstanden war, und es befiel mich eine tiefe, schwarze Depression.

Wie hatte ich nur mein Talent und Monate meiner kostbaren Zeit an so ein makaberes Machwerk, solch schändliche Scheußlichkeit, derart widerlichen Wahnsinn vergeuden können?

Wie von einem Bannstrahl getroffen, sank ich vor dem Bild auf die Knie und legte völlig verzweifelt meine heiße Stirn auf die kühlen Jugendstilfliesen des ehemaligen Wintergartens.

Doch bald keimte im Morast der Verzweiflung junges Grün der Hoffnung. Omas Allheilspruch fiel mir ein: *Wenn du denkst, es geht nicht mehr, kommt von irgendwo ein Lichtlein her …*

Aber holla! Klar war mir zu helfen! Ich musste nur diesen monströsen Ölschinken aus meinem Zimmer schaffen, und der böse Bann, der meinen kreativen Geist fesselte, war gebrochen. Das Bild musste weg! Und zwar sofort! Es war ein Irrweg in meinem künstlerischen Schaffen.

Was für eine wunderbare, fundamentale Erkenntnis!

Und ich stand damit ja nicht allein. Gerade die Größten und Besten meiner Zunft hatten nicht selten ihre sämtlichen Werke zerstört, um wie der Phönix aus der Asche mit neuer genialer Schaffenskraft aus dieser Krise hervorzugehen.

Also weg mit diesem Ballast! Diesem grauenhaften, düsteren Ölschinken! Seuchen und Hungersnöte hatten geherrscht, als Bosch malte, ein dunkles Zeitalter hatte seine Spuren in sein Werk eingefräst. Das war Geschichte und seit Jahrhunderten überwunden. Was interessierte es mich? Wir lebten in Ovids goldenem Zeitalter.

Let the sunshine in, let the sunshine in …

Jawohl! Zukünftig würde ich das Licht malen. Nur noch das Licht: rein, weiß, gleißend … und zwar in Acryl. Nie wieder Öl! Viel zu schwer, zu niederdrückend, zu depressiv!

Ich sprang auf, ergriff eins der auf dem Maltisch liegenden Messer, mit denen ich normalerweise die Leinwand zuschnitt, und stürzte mich in wildem Enthusiasmus auf die *Apokalypse*.

Das Messer fuhr mit einem scharfen Schnitt über Justins plastiniertes Haupt auf dem Silbertablett direkt hinein in die Vorhölle. Ich zog es heraus und stieß es auf der anderen Seite knapp neben dem unfertigen *Erleuchteten* wieder in das Bild. Es riss auch dort eine tiefe Wunde. Und so machte ich weiter, ich hieb und schnitt! Das Messer riss immer tiefere und tödlichere Furchen.

Ein Schrei ertönte von der Tür und ließ mich herumfahren.

»Melli, was tust du? Bist du wahnsinnig?«

Justin! Der hatte mir gerade noch gefehlt, denn er war auch so ein Problem, dass ich endlich mal lösen musste. Es umgaben mich nur Verrückte und Wahnsinnige, und ich musste mein Leben ein für alle Mal von ihnen säubern.

Bei seinem Schrei hatte ich das Messer losgelassen. Als ich mich umdrehte, um zu schauen, wo es abgeblieben war, sah ich, dass es noch in der Leinwand steckte. Aber als ich danach greifen wollte, war Justin schneller und fiel mir in den Arm.

»Lass es stecken!«, sagte er ziemlich autoritär.

Na, so konnte er mir ja schon mal gar nicht kommen.

»Du hast mir gar nichts zu sagen!«, stieß ich hervor und merkte, dass es mir aus irgendeinem Grund schwerfiel, zu sprechen.

»Ich mache es trotzdem«, sagte Justin impertinent wie immer.

»Wenn jemand so stockbesoffen ist wie du, muss man ihn vor sich selbst beschützen.«

Nein, wie liebreizend!

»Eigentlich gehörst du in eine Ausnüchterungszelle.«

Er zog mich von dem Bild weg und drückte mich auf mein Bett. Dabei stolperte er über die leere Ginflasche.

»War die etwa voll?«, fragte er und es klang bestürzt.

»Äh, jein, fast, beinahe ...«, lallte ich mit schwerer Zunge.

Wieso konnte ich nicht mehr vernünftig sprechen? Hatte ich mir, statt wie van Gogh das Ohr, aus Versehen die Zunge abgeschnitten? Ob die bei ebay auch was brachte?

»Damit wäre dein Zustand ja erklärt«, meinte Justin, und wie zu sich selbst sagte er: »Allerdings nicht dieser selbstzerstörerische Vandalismus.«

Ich schreckte hoch. »Wo sind die Vandalen?«

»Fort! Die Römer haben sie geschlagen.«

Ich nickte zufrieden über diese Antwort. »Das ist gut«, sagte ich und kicherte wie Obelix. »Das ist wirklich gut«.

Dann war ich schlagartig weg. Genau wie die Vandalen.

Ich *denke* gelegentlich, also *bin* ich manchmal auch, nur leider oft im falschen Film. So auch diesmal.

Ich erwachte in unbekannter Umgebung, und ehe ich glauben konnte, dass man mich in die Klapse verfrachtet hatte, erkannte ich, dass ich in Justins Zimmer lag. Nirgendwo sonst gab es derart grauenhaft graue Wände. Allenfalls noch im Knast. War ich im Knast? Der Schreck fuhr mir in die Glieder. Aber als ich den roten Streifen an der Wand sah, wusste ich, dass es Justins Bett war, auf dem ich lag. Sein Bett!

Ich schoss sofort hoch. Was machte ich hier? Grundgütiger, was war geschehen? Ich hatte mich doch nicht etwa mit ihm eingelassen?

»Nein, hast du nicht«, sagte Justin, woraus ich schloss, dass ich zumindest wieder reden konnte, und da ich mein Zungenpiercing fühlte, war mir wohl auch die Zunge nicht abhanden gekommen.

Gott, war das ein Albtraum!

Justin reichte mir Tee, und ich trank wie eine Verdurstende.

»Justin«, sagte ich langsam. »Ich hatte einen grauenvollen Albtraum.«

»Ich weiß«, meinte er zustimmend. »Nur dass es kein Albtraum war.«

Wieso kein Albtraum? Musste der Typ mir ständig widersprechen? Ich wusste ja wohl selber am besten, was ich geträumt hatte.

»Natürlich ein Albtraum. Es war grauenvoll, irgendwie so … so realistisch …«

»Ich weiß.«

»Ich weiß, ich weiß, ich weiß! Merkst du eigentlich nicht, dass du dich wiederholst? Nichts weißt du! Du warst ja schließlich nicht dabei.«

»Doch, war ich«, sagte Justin relativ leise und sachlich. »Leider.«

Ich setzte den Teepott mit einem Knall auf der Kiste ab, die ihm neben seinem Bett als provisorischer Nachttisch diente.

»Du warst *was*?«

Wollte der Kerl allen Ernstes behaupten, dass er sich nun auch schon in meine Träume drängte? Also ich konnte mich bremsen, von dem zu träumen.

»Jetzt bilde dir aber mal keine Schwachheiten ein«, sagte ich also bockig. »Ich habe nicht von dir geträumt.«

Gott, wo kamen bloß diese Kopfschmerzen her?

Er nickte. »Nein, hast du nicht.«

Langsam ging mir sein lahmes Getue auf den Nerv. Warum behandelte er mich wie eine Geisteskranke?

Ich schwang mich kurzentschlossen aus dem Bett. Meine nackten Füße landeten auf seinem Lammfellteppich. Einen kurzen Moment grub ich meine Zehen hinein.

Das Mondschaf lag am Morgen tot, kam es mir in den Sinn. Armes Schaf.

Ich stand auf. Wie immer ich auch hierhergekommen war, es gab keinen Grund, länger zu verweilen. Egal, was zwischen Justin und mir passiert oder nicht passiert war.

»Äh, ich gehe dann mal wieder.«

»Nein!« Es klang panisch. »Bleib lieber hier!«

Der Knabe verwirrte mich. Was tat er nun?

Er stellte sich vor die Zimmertür. »Bitte, Melli, bleib noch ein bisschen.«

Hatte der ein Rad ab? »Du willst mich jetzt aber nicht hier festhalten?«, sagte ich grob. »Das ist Freiheitsberaubung!«

Er sah verlegen zu Boden. »Wollen wir nicht auf Alix und Paula warten?«

Na, das wäre es ja noch, dass die mich bei Justin im Bett entdeckten. Das hatte er sich ja fein ausgedacht. Sie würden doch sofort in grellen Jubel ausbrechen, weil sie uns endlich verkuppelt wähnten. Da musste ich mit dem Knaben aber wohl mal Klartext reden.

»Hör zu, Justin«, sagte ich also und versuchte tough rüberzukommen. »Was immer zwischen uns gewesen ist, vergiss es! Es hat nicht stattgefunden, und Alix und Paula werden es nie erfahren.«

Er blieb weiter vor der Tür stehen und blockierte mir dadurch den Ausgang.

»Das, äh … wird sich wohl nicht so ganz vermeiden lassen … die Folgen … äh … sind leider unübersehbar …«

Was schwafelte er denn da? Der Typ machte mich nun vollkommen nervös und mein Kopf schien jeden Moment platzen zu wollen. Jedenfalls brummte er, als sei eine Armee von Sozialhilfeempfängern mit Laubsaugern darin unterwegs. Ich hatte keine Lust auf eine weitere Debatte!

»Mach Platz oder ich schreie das Haus zusammen. Frau Waschkowski macht dich ein!«

Er trat zur Seite. Na bitte, wirkte doch.

»Okay, aber auf deine Verantwortung.«

War der Kerl hirnamputiert?

Ich riss die Tür auf und eilte den Flur entlang zu meinem Zimmer, das genau am anderen Ende lag. Als ich eintrat, erstarb der Schrei des Entsetzens auf meinen Lippen und ich fiel in eine gnädige Ohnmacht.

Ich erwachte, weil etwas Nasses über mein Gesicht lief. Als ich danach tastete, merkte ich, dass es ein dünnes Rinnsal Wasser war, welches aus einem feuchten Tuch lief, das auf meiner Stirn lag. Als mein Bewusstsein nach und nach zurückkehrte, vermischte es sich mit dem Strom meiner Tränen.

»Das habe ich nicht getan, Justin«, jammerte ich leise und flehend. »Bitte sag mir, dass ich das nicht getan habe. Es war ein Einbrecher, nicht wahr? Ein Monster! Der Geist eines Untoten ... aber nicht ich!«

Aber ich war es wohl doch. Nach allem, was Justin mir mit vorsichtigen, möglichst schonenden Worten erklärte, war ich tatsächlich im Vollrausch wie ein Berserker über mein Meisterwerk hergefallen und hatte es unwiederbringlich zerstört.

Was für ein Verlust! Für die Menschheit und vor allem für mich. Die Ausstellung der *Jury-Freien* konnte ich vergessen und den Weltruhm auch. Wochen und Monate harter Arbeit waren dahin. Und warum? Weil ich mich ohne wirklichen Grund wie ein dummer Pennäler so sinnlos besoffen hatte, dass ich nicht mehr wusste, was ich tat? War ich denn wahnsinnig? Ich fummelte eine der letzten drei Zigaretten aus der inzwischen schon reichlich unansehnlichen und zerdrückten Packung, hielt sie mit zittrigen Fingern in die wackelige Flamme des Feuerzeugs und sog den Rauch gierig in meine Lungen. Dann warf ich mich schluchzend auf mein Bett, und da lag ich immer noch heulend, als Paula und Alix heimkamen.

Sie versuchten, mich aufopfernd zu trösten, und boten mir alle nur erdenkliche Hilfe an.

Aber das Einzige, worum ich sie bat, war: »Schafft es weg! Räumt es mir aus den Augen oder ich springe in Opa Schulzes Geranien!«

Natürlich war mein Wunsch nicht so einfach zu realisieren, denn das Gemälde war nach wie vor riesig. Für die Ausstellung hätten wir es über den Balkon hinunterlassen müssen, da es außer durch die sehr hohe alte Wintergartentür durch keine andere Tür passte. Der Möbeltransporter war schon gebucht, der es zur Kunsthalle fahren sollte. Aber so ein Aufwand war nun nicht mehr nötig.

Ich griff zur Elektrosäge und hielt sie Justin hin.

»Dann säg es klein«, sagte ich. »Dann passt es auch besser in die Tonne.«

»Kann man denn wirklich gar nichts retten?«, fragte Paula und hatte schon selber Tränen in den Augen.

»Nein«, sagte ich und musste dabei erst mal die Verzweiflung runterschlucken. »Kaputt ist kaputt.«

Alix legte ihren Arm um mich. »Komm, Melli, lass es jetzt erst mal stehen. Da musst du nun nichts mehr überstürzen. Entsorgen können wir es auch morgen noch.«

Bei dem Wort entsorgen jaulte ich auf wie ein geprügelter Hund, und so fühlte ich mich auch.

Das durfte doch alles nicht wahr sein. Mein Meisterwerk durch einen einzigen Ausraster ruiniert! Wie konnte so etwas bloß passieren? Wie konnte es *mir* passieren?

»Na ja«, meinte Alix später in der Küche, als wir Tee tranken und Justin Waffeln backte. »Erst hängst du mit Boris über der Bong und gibst dir den Kick, dann kippst du eine halbe Flasche Gin hinterher … Du kannst eigentlich froh sein, dass du überhaupt noch lebst!«

»Stimmt«, sagte Paula und schaute in Gedanken versunken in ihren Tee. Wollte sie aus den Teeblättern lesen? »Das hätte viel übler ausgehen können. Du weißt doch, Drogen und Alkohol sind eine tödliche Mischung.«

Ihre Worte klangen immer noch schulmeisterlich und moralinsauer, aber diesmal schwieg ich. Die Fakten gaben ihr ja recht. In Zukunft würde ich vorsichtiger mit beidem umgehen müssen. Schließlich machte es keinen Sinn, mir das Rauchen abzugewöhnen, wenn ich mich schon vorher durch andere Suchtexzesse ins Jenseits katapultierte!

Ich schloss mein Atelier ab und gab Justin den Schlüssel. Irgendwie hatte ich dem Typ wohl gewaltig unrecht getan.

Als er und Paula ins Theater mussten, machte ich mit Alix den Abwasch und schob ansonsten vor der Glotze den Blues, bis sie zurückkamen. Zwar starrte ich zwischenzeitlich immer mal wieder gierig meine Zigarettenpackung an, blieb aber standhaft. Eine letzte Notreserve musste ich aufheben. Da war ich eisern.

Wir waren alle froh, als es endlich spät genug war, um ins Bett zu gehen. Paula hatte mich eingeladen, bei ihr im großen Doppelbett zu schlafen, was ich dankbar annahm. Ich hatte noch genügend Restalkohol im Blut, um sofort einzupennen. Mein Schlaf war traumlos und schwer.

Am Morgen hätte ich mir gerne in aller Ruhe noch einmal die Stätte des Grauens angesehen. Aber ich hatte mich ja selbst aus meinem Atelier ausgesperrt. So ging ich unter die Dusche, und als ich leidlich erfrischt und nur in ein Handtuch gewickelt, weil mein Bademantel in meinem verschlossenen Zimmer hing, in die Küche trat, saßen Alix und Paula schon abmarschbereit dort. Eigentlich hätte ich auch in die Hochschule gemusst, aber auf eine Vorlesung über Kunstgeschichte würde ich mich nun wirklich nicht konzentrieren können. Erst mal musste mein Atelier wieder bewohnbar gemacht werden.

»Kopf hoch!«, empfahl Alix beim Abschied. »Du hast dich immer noch selbst am eigenen Schopf aus dem Dreck gezogen.«

Damit hatte sie zweifellos recht, aber hatte ich jemals so tief dringesteckt?

Und dann rief auch noch Lars an. Den konnte ich nun

überhaupt nicht gebrauchen, und so wimmelte ich ihn ziemlich uncharmant ab. Was ihm natürlich nicht gefiel.

»Melli, wenn etwas nicht in Ordnung ist, dann musst du es mir sagen«, hob er zu einem dieser nervenden Beziehungsgespräche an. Sofort blockte ich ab.

»Nö, nein, ist alles okay. Ich, äh, bin nur im Stress. Wegen … du weißt ja …« Ich brachte die Worte *Apokalypse* und Ausstellung einfach nicht über die Lippen, ohne dass mir bereits bei dem Gedanken daran schon wieder das Wasser in die Augen schoss.

»Ja, ich weiß, wegen deiner Ausstellung«, sagte Lars. »Und ich kann dir gar nicht irgendwie helfen? Wenn du mal ein wenig Abwechslung brauchst …«

»Nein!«, rutschte es mir etwas heftig heraus. »Nein! Brauche ich ganz und gar nicht. Nicht mehr!«

Er verstand meine überzogene Reaktion auf sein nett gemeintes Angebot natürlich überhaupt nicht und beendete darum unser Gespräch sichtlich unzufrieden.

Na, sauber, hatte ich es mir mit ihm auch noch verdorben!

So saß ich immer noch depressiv am Frühstückstisch und schob weiter den Blues, als Justin in die Küche kam.

»Spiegeleier?«, fragte er, was bei mir gleich Übelkeit erzeugte. Ich wusste doch, dass der Kerl mich töten wollte.

Er verzichtete mir zuliebe auf Eier, schlang ein paar Scheiben Toast mit Schinken und Tomaten runter und legte dann den Schlüssel auf den Tisch.

»Fühlst du dich stark genug?«, fragte er.

Tat ich zwar nicht, aber was half es? Wir gingen hinüber. Es war noch grauenhafter, als ich es in Erinnerung hatte, und so fing ich gleich wieder an zu heulen.

Mein Lebenswerk! Mein Geniestreich!

»Los! Zersäg es!«, sagte ich mit abgewandtem Gesicht. »Und ab damit in die Tonne.«

»Und es ist gar nichts mehr zu retten?«

»Wie denn?«

Tja, wie? Ich hatte nicht die kleinste Eingebung, dafür aber Justin.

Er hielt mir den Kunstdruck von Hieronymus Bosch unter die Nase und fragte: »Was ist das?«

»Das *Jüngste Gericht* von Bosch. Ich habe Teile meines Bildes in seiner Manier gemalt und auch ein paar Figuren zitiert. Es ist ein Triptychon. Er hat es als dreiteiliges Altarbild gemalt.«

»Und wenn du das auch tätest?«

»Wie meinst du das?« Ich stand auf der Leitung.

»Na ja, wenn du die Leinwand in drei Teile aufteilen könntest und dabei die zerstörten, unbrauchbaren Stücke herausschneidest. Es ist ja klar, dass du das nicht flicken kannst, aber wenn man es so teilen könnte, dass es drei intakte Einzelbilder werden, so wie bei diesem Bosch ...«

Seine Idee war absolut genial! Zu genial wahrscheinlich, um zu funktionieren. Aber hatte ich überhaupt eine andere Wahl?

Ich stürzte an die Leinwand. Justins plastinierter Kopf war hin, so kaputt, dass er Gott sei Dank nicht einmal merkte, was da in Fetzen am Keilrahmen hing. Die Badeszene war okay, der Erleuchtete war meinem Vandalismus um Haaresbreite entkommen. Ein paar Figuren, die ich von Bosch übernommen hatte, waren hin und auch Jean-Pauls vermodertes Dinosauriergerippe.

Hm, es konnte gehen. Ein großes Mittelstück und zwei schmalere Seitenteile waren noch unbeschädigt.

Genau das, was man für ein Triptychon brauchte. Da ich noch einige freie Stellen hatte, konnte ich etwas von dem Zerstörten vielleicht dort reproduzieren.

»Wirst du mir helfen?«

Justin nickte. »Klar, wenn es dich wieder fröhlich macht.«

Fröhlich? Wieder? Wie kam der Typ bloß darauf, dass ich je ein fröhlicher Typ gewesen wäre? Eine Melli Kubinski war krass, aber nicht fröhlich! Ich sagte es doch, der Typ hatte keine Ahnung und null Menschenkenntnis!

Justin half mir zu retten, was zu retten war. Wir schnitten vorsichtig die Leinwand auf, sägten den Keilrahmen durch und lösten Stücke des Maltuchs ab. Justin schnitt neue Leisten zu und verschraubte sie mit den noch brauchbaren Restleisten. Vorsichtig spannten wir die Leinwand wieder auf. Das erste Seitenteil war fertig. Nur wenig Farbe war abgeblättert, und das ließ sich mit etwas Feingefühl restaurieren. Als es am Fenster lehnte, konnte ich es gar nicht fassen.

»Wir kriegen es hin«, sagte Justin. »Du wirst sehen, Melli, wir kriegen das hin.«

Und weil es diesmal so gar nicht überheblich, sondern sehr bescheiden klang, musste ich ihn einfach in den Arm nehmen.

»Danke!«, sagte ich. »Ich danke dir Hundert, nein Tausend, nein eine Million Mal!«

»Dafür nicht«, sagte er mit seinem typischen Johnny-Depp-Grinsen und verabschiedete sich zu einer Probe ins Theater.

Kurtchen und Boris glaubten es nicht, als ich ihnen erzählte, was ich im Drogen- und Alkoholrausch angezettelt hatte, ehe sie das Ausmaß der Katastrophe nicht mit eigenen Augen in meinem Atelier gesehen hatten.

»Versprich mir eins, Boris«, sagte ich. »Wenn du mich in Zukunft besuchst, lass die Bong zu Hause!«

Das fand er zwar nicht grade cool und murmelte etwas wie »Schmeiß lieber deine Schnapsflaschen weg«, was ich selbst auch schon in Erwägung gezogen hatte, aber er versprach es.

Natürlich waren beide bereit, mir zu helfen. Kurtchen nahm für die Rahmen Maß, während Boris mir noch mal für den *Erleuchteten* Modell stand, den ich nun endlich vollenden konnte.

Grade als er nackt in meinem Zimmer stand, platzte Lars herein. Natürlich wieder mit einem übergroßen Blumenstrauß. Dieses Mal waren es diese Friedhofsblumen, Calla oder so ähnlich, weiß mit rotem Fruchtstand in der Mitte, der wie ein Minipenis aussah.

Grundgütiger, so etwas schenkte man doch keiner Frau, die man angeblich liebte.

Oder hatte er diese vielen kleinen roten Penisse ganz bewusst ausgewählt? Waren sie die Untermalung seiner immer gleichen Leier: Bitte, bitte, schlaf mit mir! Mir fiel ein schwachsinniges Statement aus dem Hohlspiegel ein: *Der Penis ist die Fahne der Liebe!* Konnte es sein, dass Lars so einen Blödsinn auch dachte und diese peinlichen Blumen absichtlich ausgesucht hatte? Weil sie mit vielen kleinen Liebesfähnchen wie mit einem Zaunpfahl winkten?

Jetzt dachte er aber erst mal gar nichts, sondern starrte auf den nackten Boris und drückte mir dabei geistesabwesend den Strauß in die Hand.

»Er ... er steht mir Modell«, erklärte ich, schob ihn aus dem Atelier, stellte die Blumen in der Küche in der Spüle ab und Lars eine Tasse Kaffee auf den Tisch. Der

Kaffee war zwar nur noch lauwarm, aber er sollte froh sein, dass ich ihm überhaupt einen anbot, wo er mich so unangemeldet überfiel.

Ich erklärte ihm die Lage, ohne allzu genau zu schildern, wer sie herbeigeführt hatte. Was ihn natürlich nicht zufriedenstellte.

»Wieso zersägst du das Bild, wo du doch immer so stolz auf seine Größe warst?«, fragte er völlig verwirrt. »Hast du Sorge, dass du es nicht transportieren kannst?«

»Ja, das auch«, griff ich diesen Gedanken dankbar auf. »Es hat doch nicht durch die Balkontür gepasst. Aber das ist nicht der einzige Grund. Ich … ich wollte es wirklich als Hommage an Bosch präsentieren und da … da bot es sich einfach an, es in Form eines Triptychons … also so ein dreiteiliges Altarbild … Das hat er auch gemacht … und …«

Er fiel mir ins Gestammel.

»Aber Melli, so kurz vor dem Einreichungsschluss?! Ist das nicht ein bisschen gewagt? Wie willst du das denn noch schaffen? Wie ich sehe, malst du ja auch noch daran … So wirst du doch nie fertig!«

»Doch, werde ich! Aber du siehst«, beendete ich das Gespräch, »dass ich unter diesen besonderen Umständen leider bis Ende der Woche nicht eine Minute Zeit für dich und auch sonst für niemanden habe. Dieses Bild muss zum Abgabetermin fertig sein und das wird es auch werden.« Basta!

»Und wenn ich es dir abkaufe?«

Gott, war der Typ verzweifelt.

»Nein, jedenfalls jetzt noch nicht«, sagte ich. »Es muss erst in die Ausstellung. Danach können wir darüber reden.«

»Über das, äh … andere auch?«

»Welches andere?«

»Na, uns und unsere Liebe.«

Bloß nicht, dachte ich, sagte aber zahm: »Okay, darüber auch.«

Ich arbeitete die nächsten Tage wie im Rausch – Tag und Nacht. Es war, als hätte mich wirklich ein göttlicher Funke getroffen. Jedenfalls war ich nur von einem Gedanken besessen, dieses Gemälde zu vollenden, und zwar rechtzeitig bis zum Abgabeschluss für die große Herbstausstellung. An Schlaf war kaum zu denken und an Essen auch nicht.

Entweder fiel ich einfach mitten in der Arbeit in meinen verdreckten Malklamotten auf mein Bett und sank in einen kurzen traumlosen Schlaf oder Alix und Paula zwangen mich, wenigstens ein bisschen was von Justins selbst gekochten Mahlzeiten in mich reinzuwürgen.

Auch Lars brachte hin und wieder etwas Nahrhaftes vorbei: einen Obstkorb, Vitaminsaft, ein Döschen Beluga-Kaviar. Und stets steckten kleine Kärtchen dabei, auf denen so geistreiche Muntermacher wie *Frohes Schaffen, Nervennahrung* oder *Kaviar stärkt die Potenz – jedwede* standen.

Einmal hockte er im Cabrio und ließ die Quadrophonie seiner gewaltigen Lautsprecheranlage durchs ganze Viertel dröhnen, weil er meinte, mich mit etwas Musik aufmuntern zu können. Ich warf ihm einen Geranientopf an den Kopf.

Konnte mich denn, verdammt noch mal, niemand in Ruhe arbeiten lassen? Wäre ich bloß in meinem Loft im Schlachthaus geblieben! Das Schlimmste aber war, dass ich das Gefühl hatte, überhaupt nicht weiterzukommen. So würde ich den Abgabetermin nie einhalten können!

Schließlich waren es Alix und Paula, die es schafften, mich aus meiner strengen Klausur herauszulocken. Sie drangen an einem Spätnachmittag einfach bei mir ein, steckten mich in meine Jacke, hakten sich bei mir unter und schoben mich aus der Wohnung.

»Wir gehen jetzt spazieren und dann trinken wir im Biergarten ein Bierchen. Es ist so ein schöner Tag, und du brauchst nach all dem Farbgestank mal ein bisschen Frischluft.«

Widerstand war zwecklos. Und sie hatten ja so recht. Als wir durch den Stadtpark gingen und schließlich am Ufer des Baggersees saßen, in dem die untergehende Sonne sich spiegelte, war ich ihnen total dankbar.

»Du schaffst es doch?«, fragte Paula ein wenig besorgt.

Aber Alix wartete meine Antwort gar nicht erst ab. »Klar, schafft sie es!«

Ich nickte. Irgendwie war ich jetzt auch davon überzeugt. Das wäre doch gelacht, wenn Melli Kubinski dieses Meisterwerk nicht rechtzeitig vollenden würde. Irgendwie wusste ich, dass ich mit der *Apokalypse* vor dem ganz großen Durchbruch in meinem Schaffen stand. Wenn denn das Auge eines Kunstkritikers sie jemals erblicken würde.

»Natürlich wird es das«, bestärkte Alix mich, und als wir dann im Biergarten nicht nur ein kühles Helles, sondern gleich mehrere gezischt hatten, traten wir beschwingt den Heimweg an.

Justin musterte uns bei unserem etwas lautstarken Eintreten in die Wohnung zwar mit ziemlich kritischem Blick und meinte zu mir: »Eine anständige Hühnersuppe wäre besser für dich als Bier«, aber der konnte mir den Buckel runterrutschen. Den Oberaufseher im geschlossenen Entzug musste er nun auch nicht geben.

War ich Alkoholiker, oder was? Auch wenn ich hartem Alkohol nach meinem katastrophalen Ausraster fürs Erste abgeschworen hatte, ein Bierchen musste schon noch erlaubt sein! Und was seine sicherlich gut gemeinte Hühnersuppe anging …

»Iss sie doch selber«, sagte ich locker. »Ich habe noch nie gehört, dass Künstler ihre Inspiration auf lauwarme Hühnerbrühe zurückgeführt hätten.«

Das musste man sich mal vorstellen, wie Mama Botticelli wohl gerufen hätte: *Sandro, Junge, nun lass doch mal die Venus und iss endlich deine Hühnersuppe!*

Aber Justin ließ sich nicht beirren und trug mir ein Schüsselchen mit seinem Gebräu nach. »Probier doch wenigstens mal. Das weckt wirklich die Lebensgeister, und wenn du heute noch weiterarbeiten willst, ist es genau das Richtige.«

Er war ja mal wieder ziemlich von sich überzeugt. Aber da ich wirklich gerne noch weiterarbeiten wollte, ließ ich mich schließlich überreden und kostete etwas von seiner Hühnersuppe.

Also, der Typ mochte sein, wie er wollte, aber kochen konnte er!

Er schaute mir glücklich zu, wie ich seine Suppe in mich reinlöffelte, und als er dann mit dem Geschirr mein Atelier verließ, sagte er mit seinem impertinenten Grinsen im Gesicht: »Vergiss nicht: Liebe geht durch den Magen.«

Unverschämtheit! Dabei wollte ich mich grade für seine selbstlose Unterstützung bedanken. Tja, sein Pech!

♡ ♡ ♡

Bruchlandung auf den Punkt

Und dann war es soweit. Die *Apokalypse* war vollendet.

Ich setzte mit einem letzten Pinselstrich noch ein Spitzlicht auf den Strahl der Erkenntnis, der vom Himmel kommend die Düsternis auf der Erde erleuchtete, und reinigte danach Pinsel und Paletten.

Fertig! Geschafft! Morgen würde die Farbe trocken sein und ich konnte mein Werk zur Kunsthalle bringen. Wirklich auf den letzten Drücker, denn um 14 Uhr war Annahmeschluss für die Herbstausstellung.

Nachher würde Boris mit Kurtchen kommen und die Leisten für die Rahmen bringen: ebenholzschwarz mit einem dünnen Goldstrich, ganz im Stil der Renaissance.

»Und wie kriegst du die Leinwände in die Kunsthalle?«, fragte Alix.

Na, wohl kaum auf der Vespa.

»Ich glaube, ich werde Lars fragen. Er hat doch ein Cabrio, und wenn er das Verdeck aufmacht, kriegen wir das sicher hin.«

Tja, hätten wir auch problemlos, wenn die Sonne geschienen hätte, aber nein, es musste ja aus Kübeln schütten. Wir standen alle im Atelier und sahen zu, wie die Wassermassen an den Jugendstilscheiben herunterliefen. Immer wieder schaute ich auf die Uhr, wo der Zeiger unbarmherzig vorrückte. Ich rannte wie ein gefangener Tiger im Zimmer auf und ab.

Bitte, Herr, knips die Sonne an!

Lars sagte schließlich: »Es macht keinen Sinn, noch länger auf besseres Wetter zu warten. So wie es aussieht, hat es sich total eingeregnet. Ich rufe jetzt in unserer Firma an und lasse einen kleinen Transporter kommen.«

Ich sprang ihm unter Justins missbilligendem Blick an den Hals. »Das würdest du für mich tun?«

Lars lachte etwas überrumpelt durch meine Knuddelattacke. »Natürlich, und noch viel mehr. Alles was du willst.«

Lars klemmte sich ans Handy und Justin verließ das Atelier. War es Absicht, dass er die Tür etwas zu laut ins Schloss warf?

Wenig später stand tatsächlich ein Kleintransporter von Heimbach & Winkers vor der Tür, und Jean-Paul, Lars und Justin schleppten unter dem kontrollierenden Blick von Frau Waschkowski die Gemäldeteile aus dem Dachgeschoß nach unten.

Gut, dass die Bilder verpackt waren, sonst wäre uns ein Exorzismus sicherlich nicht erspart geblieben. Alles Teufelszeug!

Lars und ich verabschiedeten uns hastig, denn nun blieb uns wirklich nur noch eine knappe Stunde bis zum Annahmeschluss.

Die Kunsthalle war eigentlich nicht weit, aber wir mussten durch die Innenstadt fahren, und samstags war die immer total verstopft. So ein Mist aber auch! Ich rutschte unruhig auf meinem Sitz hin und her und Lars trieb den Fahrer mehr als einmal zur Eile an.

Aber der blieb kühl wie eine Eiswürfelmaschine und sagte nur: »Ich habe kein Raketenauto. Wenn Sie wollen, dass ich solche Staus überfliege, müssen Sie Ihren Vater bitten, die Werksflotte entsprechend umzurüsten.«

Hahaha! Fand ich ja nun gar nicht witzig. Als ich dann auch noch in der Ferne ein Martinshorn hörte und flackerndes Blaulicht herannahte, begann ich so langsam in Panik auszubrechen.

Lars sah, dass meine Hände zitterten, und so nahm er sie in die seinen und streichelte sie. »Wir schaffen es, Melli, mach dir keine Sorgen.«

Die machte ich mir zwar trotzdem, aber sie erwiesen sich in der Tat als unnötig. Wir rauschten exakt fünfzehn Minuten vor Annahmeschluss an der Kunsthalle vor, und da der Fahrer so nett war, noch mit anzufassen, waren die Bilder wenig später an der Abgabestelle.

Ich reichte der Dame dort die Kopie meines Anmeldebogens und wollte gerade erleichtert aufatmen, als diese sagte: »Zwei Bilder sind pro Maler maximal erlaubt. Ich zähle drei.«

»Es ist aber nur eins«, sagte ich in Verkennung des Problems.

Sie sah mich pikiert an. »Wollen Sie mich auf den Arm nehmen?«

»Ich? Sie auf den Arm?« Nichts lag mir ferner, denn sie wog mindestens eine halbe Tonne. »Nein, wieso?«

»Warum sagen Sie dann, dass es *ein* Bild ist, wo doch jeder, der einigermaßen erfolgreich die erste Klasse absolviert hat, sieht, dass es *drei* Bilder sind.«

»Aber es ... es ist *ein* Bild, das aus drei Teilen besteht.«

»Das kann ja jeder sagen. Ich sehe nur, dass jedes Bild einzeln verpackt ist, also sind es drei Bilder und nicht eins.«

Sie ging zu ihrem Pult zurück und sagte dabei: »Sie können zwei hierlassen, eins nehmen Sie bitte wieder mit. Entscheiden Sie sich, es wollen noch andere Künstler ihre Werke einreichen.«

»Was ist?«, fragte Lars, der von draußen kam, wo er den Fahrer mit einem Trinkgeld entlassen hatte. »Bist du noch nicht fertig?«

Ich schüttelte den Kopf. »Diese dämliche Tusse will behaupten, dass mein Bild, äh … drei Bilder sind und darum will sie es nicht annehmen … und sagt, ich soll eins wieder mit nach Hause nehmen … und das geht doch gar nicht … weil es doch nur eins ist … und wenn da was fehlt …«

Lars verstand nur Bahnhof. Das hätte ich an seiner Stelle vermutlich auch.

»Ach, sprich du doch mal mit ihr«, sagte ich völlig verzweifelt.

Das tat er dann auch, aber sie erwies sich weiterhin als uneinsichtig.

»Haben Sie denn noch nie von einem Triptychon gehört?«, fragte Lars und war nun auch ein wenig aufgebracht.

Die Tante blieb stur. »Egal, wie Sie es nennen, hier steht ›maximal zwei Bilder‹ und das hier sind drei. Entscheiden Sie sich, welche beiden Sie einreichen wollen, aber bitte schnell. Wir schließen in fünf Minuten.«

»Ich bringe sie um!«, presste ich mit zusammengebissenen Zähnen hervor und war drauf und dran, mich auf diese unflexible Plumpskuh zu stürzen.

Wer hatte der bloß diesen Job gegeben, wenn sie von Kunst so viel Ahnung hatte wie ein Walross vom Orgelspielen?

Aber Lars hielt mich zurück. »Okay«, sagte er zu mir. »Dann müssen wir wohl mal stärkere Geschütze auffahren.«

Er trat an das Pult, hinter dem die Schnepfe wieder abgetaucht und offensichtlich schon damit beschäftigt war, ihren Büroschluss vorzubereiten.

»Wie ist Ihr Name?«, fragte Lars und seine Stimme klang sehr kalt und sachlich.

»Wieso? Warum wollen Sie meinen Namen wissen?« Die Kuh käute ein wenig wieder und war offenbar etwas irritiert.

»Weil ich mich über Sie bei Ihrem Vorgesetzten beschweren möchte. Sie scheinen reichlich wenig Qualifikationen für die Aufgabe, die Sie hier ausüben sollen, mitzubringen.«

Sie war erbost und verunsichert zugleich. »Wie kommen Sie denn darauf?«

Jetzt bitte keine langen Debatten, dachte ich und blickte gehetzt auf die Uhr. Die Zeit lief davon.

»Ihren Namen, bitte!« Lars ließ sich Gott sei Dank auf keine Diskussion ein. »Ich werde alles schriftlich begründen. Außerdem bereiten Sie sich bitte auf eine Schadensersatzklage der Künstlerin vor. Wenn Sie aufgrund Ihrer fehlenden Qualifikationen von der Ausstellung ausgeschlossen wird, entsteht ihr nämlich ein erheblicher Verlust.«

»Verlust?«

»Natürlich. Wenn sie dieses Gemälde, dieses Triptychon, aus der Ausstellung heraus verkaufen würde … Aber Sie haben ja sicherlich eine gute Haftpflichtversicherung, die Schäden bis fünfzigtausend Euro locker deckt.«

»Fünfzigtausend Euro?« Es verschlug ihr fast die Sprache, aber dann war sie bauernschlau genug einzuwenden: »Aber dazu müsste es ja erst mal von der Jury ausgewählt werden.«

»Was es nicht kann, wenn Sie es nicht annehmen.« Lars ließ sich nicht beirren. »Den Schaden verursachen ganz alleine Sie. Weil Sie nicht wissen, dass ein Triptychon ein dreigliedriges Gemälde ist.«

Ich glaube, ich wäre schon längst Amok gelaufen. Wie konnte Lars nur so ruhig bleiben?

Die Tante sah auf ihre Uhr. Sie atmete schwer und hatte Schweißperlen auf der Stirn, hinter der es sichtbar arbeitete.

Lars machte noch einen Vorschlag zur Güte: »Nehmen Sie das Werk jetzt an und lassen Sie doch die Jury entscheiden, ob sie es als Einheit sehen will oder nicht.« Und im Tone falscher Verbrüderung sagte er komplizenhaft: »Sie können doch schließlich nichts dafür, wenn man Ihnen keine eindeutigen Richtlinien gibt.«

Er hatte sie! Das genau war das Ohr, auf dem sie hören konnte. Nicht sie war schuld an der Situation, sondern ihre Vorgesetzten. Dann sollten die auch sehen, wie sie damit fertig wurden. Man sah ihr die Erleichterung förmlich an, als sie die von Lars aufgebaute goldene Brücke beschritt.

»Sie haben ja so recht«, sagte sie sichtlich erleichtert und in verbrüderndem Tonfall. »Was glauben Sie, mit was für Problemen ich mich in den letzten Wochen hier herumschlagen musste. Da ist Ihres wirklich das kleinste. Also wie heißt das Werk?«

»*Apokalypse*«, sagte ich rasch.

Sie schrieb, nahm einen Stempel, knallte ihn auf drei Karten und klebte sie an die Rahmen. Jeweils ein Doppel davon drückte sie Lars in die Hand. Die nahe Kirchturmuhr schlug zweimal.

»Das werde ich dir nie vergessen«, sagte ich zu Lars, als wir wenig später draußen unter dem Säulenportal der Kunsthalle standen. »Ohne dich und deine kluge Taktik hätte ich die dumme Kuh nie davon überzeugen können, dass ein Triptychon aus drei Bildern besteht.« Meine Stimme zitterte immer noch.

»Nicht der Rede wert«, winkte er bescheiden ab. »Ein Lexikon hätte es auch getan.«

Ich schubste ihn übermütig die Treppe runter in den Regen. »Ich hatte aber nur dich dabei!«

»Komm!«, rief er ausgelassen. »Lass uns zur Feier des Tages lecker essen gehen!«

Dazu brauchte er mich nicht zweimal aufzufordern, und so stürzten wir durch den Regen zum Taxistand und ließen uns in die City zum *Smutje* fahren, wo es eine köstliche Fischsuppe gab.

Wir stießen mit Champagner an, und Lars sah mir tief und liebevoll in die Augen, als er sagte: »Ich wünsche dir ganz viel Erfolg und dass dein Werk die Jury so begeistert, wie du mich begeisterst.«

Er war manchmal ein Schwätzer, aber ein charmanter und eigentlich war er in diesem Augenblick richtig liebenswert.

Ob ich nicht doch mit ihm …? Nein! Ich war nicht der Typ Frau, der sich von seinem Lover aushalten ließ, und darum musste ich Geschäft und Privatleben strikt trennen. Ein Privatleben mit Lars konnte zwar nett werden, aber es hatte auch seine Risiken. Sein Minimäzenatentum half mir, mich finanziell über Wasser zu halten, ohne jeden Cent zweimal umdrehen zu müssen und ohne mit schlotternden Gliedern für Architekturstudenten ohne den geringsten Kunstsinn das Aktmodell spielen zu müssen.

Es ist wie es ist, dachte ich. Lars der Lover hatte einfach die schlechteren Karten als Lars der Mäzen. Also blieb am besten alles so, wie es war.

Das sah Lars aber etwas anders, denn kaum war das Fischsüppchen ausgelöffelt, fragte er: »Und wann hast du nun Zeit, über uns und unsere Zukunft zu sprechen?«

Das Gemälde war fertig und eingereicht, sodass ich keine Ausrede mehr zur Hand hatte. Die Stunde der Wahrheit ließ sich wohl nicht mehr länger hinausschieben. Na gut, irgendwann musste ich ihm meinen Standpunkt ja erläutern. Aber doch jetzt noch nicht! Ich bekam richtige Panik bei dem Gedanken. Konnte nicht alles einfach so weiterlaufen? Nein, konnte es wohl nicht …

Lars sah mich erwartungsvoll aus seinen blauen Augen an.

Alix hatte recht: Männer mit blauen Augen hatten einen ganz speziellen Blick. Ob ich ihn mochte, darüber war ich mir nicht so ganz schlüssig. Irgendwie schien er mir bis in den Magen zu schauen, so durchdringend war er.

»Ja«, sagte ich und stierte konzentriert auf meine Hände, die die Serviette in kleine Stücke rupften. »Können wir machen. Wann hast du denn gedacht? Morgen Abend oder Mittwoch oder nächsten Samstag vielleicht?«

Er lächelte leicht ironisch. »Wenn ich die Wahl hab, dann am liebsten gleich morgen.«

»Gut«, sagte ich betont locker. »Dann machen wir das doch. Ich freue mich drauf.«

Aber erst mal traf ich mich mit Paula und Alix abends im Irish Pub, wo ich servieren musste, denn ohne das regelmäßige Einkommen bei Pat könnte ich nicht mal meine Miete bezahlen. Aber das war schon okay so, denn die Arbeit war eigentlich ganz lustig und Pat ein guter Chef, der auch nichts dagegen hatte, dass Alix und Paula ab und zu mal ein wenig mit mir schwätzten.

Heute allerdings wurde seine Großmut gleich mehrfach auf die Probe gestellt.

Erst mal musste ich mit Alix und Paula die Situation mit Lars durchkauen, was aber leider keine neuen Erkenntnisse brachte.

»Ich verstehe dich einfach nicht, Melli. In einer Beziehung mit Lars wärst du doch alle deine Sorgen los und könntest in Ruhe weiter studieren und malen. Ein Typ wie er hat doch jede Menge Potenzial«, sagte Alix, die aus irgendeinem Grund ja schon immer einen Narren an ihm gefressen hatte.

Aber Paula blieb skeptisch: »Hat das denn Eile?«

Na ja, eigentlich nicht, aber Lars drängelte so! Wer weiß, wo dieses Gespräch mit ihm hinführte?

Ich schüttelte den Kopf. »Nein, Alix, eine Beziehung mit Lars ist nicht drin. Obwohl er mir heute ja ganz süß geholfen hat. Aber ich habe da meine Prinzipien. Liebe oder Geschäft – beides geht nicht.«

»Na, dann lass doch das Geschäft sausen!«

»Klar, und stelle mich wieder nackt in diesen Eiskeller von einem Malsaal bei den Architekturstudenten!«

»Dann werd eben erst mal berühmt!«, schlug Alix ironisch vor und schüttete ein Guinness in sich rein.

Offenbar hatte sie allmählich genug von meiner Beziehungsbaustelle. Sie schien auch nicht ganz zu kapieren, wo mein Problem lag. Tja, wer kapierte es überhaupt? Ich selbst ja manchmal auch kaum noch.

»Ich würde ja alles so lassen, wie es ist«, sagte ich. »Aber Lars drängt so. Er will irgendeine Entscheidung von mir. Ich fürchte, er steuert tatsächlich auf eine Beziehung zu.«

»Nein, wie schrecklich!«, sagte Paula und ging lachend hinüber zum Karaoke.

Merde! Warum nahm mich eigentlich niemand mehr ernst?

♡ ♡ ♡

Ich hätte nicht gedacht, dass ich diesen Typ von der Vernissage an der Hochschule jemals wiedersehen würde. Aber wie schon James Bond ganz richtig bemerkt hatte: Man soll niemals nie sagen.

Ausgerechnet am Karaokeabend, an dem der Pub tierisch voll war, tauchte Mr. Bilderaufkäufer und Tussenbeschützer dort auf.

Alix entdeckte ihn zuerst und stürzte sofort zu mir an die Theke. »Melli!«, rief sie mit sich überschlagender Stimme. »Hast du ihn schon gesehen?«

»Wen?«

»Na, diesen Typ, der die ganzen Bilder von eurer Semesterausstellung aufgekauft hat.«

»Sag nicht, der ist hier!«

Ich konnte es nicht fassen und ließ vor Verblüffung das Bier überlaufen, das ich grade zapfte, was mir sofort einen Rüffel von Pat einbrachte. So großzügig er sonst war, aber Bier vergeudete man nicht! Nicht einen Tropfen!

Aber er war tatsächlich da. Als ich in die Richtung schaute, die Alix mir dezent wies, sah ich ihn an einem der hinteren Tische sitzen. Er konnte grade erst gekommen sein, denn er hatte noch kein Bier. Hm, das war die Chance, oder?

»Klar«, versicherte Alix auf meine unschlüssige Frage. »Natürlich ist das eine Chance. Weiß der Himmel, wie der ausgerechnet hierher kommt, aber wenn ihn dir das Schicksal dermaßen auf dem Silbertablett serviert, dann solltest du zugreifen.«

Hm, das Silbertablett löste in mir ja nun sehr zwiespältige Assoziationen aus: Justins Haupt in Öl und die Erstsemestertusse machten sich da gegenseitig den Rang streitig.

Paula sang grade irgendwas von Madonna und würde mir so schnell keinen Rat geben können.

Na denn! Ich schnappte mir das übervolle Glas Guinness, stellte es auf ein Tablett und steuerte den kunstbeflissenen Typ an. Er sah mich erst, als ich das Glas auf seinen Tisch stellte und ihn dabei etwas lauter als nötig zum Trinken animierte: »Zum Wohlsein!«

Er fuhr herum, blickte mich verblüfft an und bekam einen sehr merkwürdigen Ausdruck in die Augen, als er merkte, wen er vor sich hatte. So eine Mischung aus blankem Entsetzen und freudvollem Wiedererkennen nach zwölf Monaten *Verschollen im Packeis.*

»Ich habe doch noch gar nicht bestellt«, sagte er.

Das stimmte zwar, tat aber nichts zur Sache.

»Ein Gruß des Hauses«, sagte ich rasch. »Sie sind doch sicher das erste Mal hier.«

Das Misstrauen blieb, aber die Panik wurde langsam schwächer.

Was wollte er hier, wenn ihm mein bloßer Anblick gleich so zusetzte?

»Sie servieren ja tatsächlich hier«, sagte er schließlich.

»Haben Sie was anderes erwartet?«

Wohl nicht, denn sonst wäre er mir wohl kaum hierher nachgestiegen. Offenbar merkte er, dass ich ihn durchschaut hatte.

»Nein, eigentlich habe ich gehofft, Sie hier anzutreffen, nachdem Sie mir verraten hatten, dass Sie hier gelegentlich kellnern.«

Hm, wenn er es inzwischen so sah ... Ich hatte das ein wenig anders in Erinnerung, und darum fragte ich mich auch, was er eigentlich von mir wollte.

Nachdem ich ihn kurz verlassen musste, um ein paar andere Gäste zu bedienen, verriet er mir bei seinem zweiten Guinness, dass er sich gleich zu Beginn der Vernissage von meinem krass-konkreten Gemälde mit dem Titel *Ende der Friedfertigkeit* ganz besonders angezogen gefühlt hatte.

Aha, deswegen hatte er es also mit der Lupe so detailliert betrachtet.

»Als ich Sie dann zufällig im Onlinebericht von *Nightlife* auf einem Foto entdeckte, und darunter sogar Ihren Namen fand, erinnerte ich mich daran, dass Sie bei unserer … äh, etwas unglücklichen Begegnung erwähnten, dass Sie in diesem Pub kellnern … äh … zur Aushilfe, nehme ich an.«

Er wirkte nun reichlich verlegen, und weil er ziemlich klein, glatzköpfig und von Natur aus schon nicht sehr hübsch war, machte ihn das noch unattraktiver. Nun gut, dann wollte ich ihm mal ein wenig entgegenkommen.

»Und da haben Sie sich also gedacht, ich schaue mal nach, ob die Melli Kubinski vielleicht heute da ist?«

Er wirkte erleichtert, und seine kleinen wässrigen Augen schauten direkt dankbar zu mir hoch. »Genau.«

»Und warum wollten Sie mich hier treffen?«

Sicherlich nicht, um sich für seine falschen Verdächtigungen zu entschuldigen. Natürlich nicht! Aber der Grund, den er nannte, war nicht minder angenehm.

»Ich sagte es ja bereits, dieses Bild von Ihnen ist genial. Das Beste der ganzen Ausstellung.«

Das sah ich auch so. Und? Kam da noch was?

»Ich möchte es kaufen.«

Ich wäre ihm fast mit einem Freudenschrei auf den Schoß gehüpft, aber da ich ein Tablett mit leeren Gläsern in der Hand hielt und es ihm nicht wie diese ungeschickte Aushilfskellnerin vor die Füße donnern wollte, unterließ ich das erst mal. Es gehörte sich ja außerdem auch nicht. Künstlerinnen sprangen keinen Sammlern auf den Schoß. Nicht jedenfalls, wenn es auch andere Möglichkeiten gab, ein Bild zu verkaufen. Und in diesem Falle schien ich ja wirklich mit meiner Kunst und nicht mit meinem Körper zu überzeugen.

»Äh, kaufen?«, fragte ich also zur Sicherheit noch einmal. »Sagten Sie kaufen?«

Er nickte tatsächlich, und weil ich befürchtete, vor Aufregung doch noch auszuflippen, verschwand ich erst mal mit einer gemurmelten Entschuldigung an die Theke. Dort knallte ich das Tablett auf den Tresen, hockte mich unter dem missbilligenden Blick von Pat kurz neben Alix und steckte mir eine von den zwei letzten Zigaretten an. Fast kam ich ja schon ohne aus, aber jetzt musste ich unbedingt schnell ein paar Züge zum Runterkommen nehmen.

»Und? Was will er?«, fragte Alix sogleich.

»Er will ein Bild von mir kaufen.«

»Nein, wie geil. Und deswegen steigt er dir bis hierher nach?«

»Ja, finde ich auch krass.«

Paula gesellte sich zu uns. Auch sie hatte mitbekommen, dass der Typ von der Vernissage im Pub war, und fand es natürlich großartig, als sie hörte, dass er allein wegen eines Bildes von mir gekommen war.

»Um welches Bild geht es?«, fragte sie.

»*Ende der Friedfertigkeit.*«

»Oh, cool. Was will er denn zahlen?«

Hm, darüber hatte ich mir noch gar keine Gedanken gemacht. Reichte es denn nicht, dass ich Bilder malte? Musste ich auch noch ihre Preise festsetzen? Wozu hatte ich ein Management? Dafür, dass Alix den Job so großspurig an sich gerissen hatte, hatte sie noch nicht viel geleistet.

»Hat er nicht gesagt.«

Alix sah mich sofort scharf an. Vermutlich hatte sie mal wieder meine Gedanken erraten und bemühte sich, nun doch ihren Pflichten als meine Managerin nachzukommen.

»Verschleudere es aber nicht zu billig!«, ermahnte sie mich und schielte gleichzeitig zum Tisch des Typen rüber. »Meinst du, er hat echt Kohle?«

Ich zuckte die Schultern. Wenn er gleich mehrere Gemälde und Skulpturen auf der Semesterausstellung erworben hatte, war er zumindest nicht arm.

»Ich denke schon, dass er ziemlich wohlhabend ist.«

»Dann kann er auch ordentlich was abdrücken«, zog Alix sogleich ihre Schlüsse. »Du musst jetzt taktisch geschickt vorgehen.«

»Um den Preis hochzutreiben?«

Sie kicherte. »Genau, bist ein kluges Mädchen!«

Aber schlecht im Verhandeln, dachte ich.

Doch selbst Paula, die ich bisher nicht grade für sehr geschäftstüchtig gehalten hatte, meinte: »Wenn der Typ dir sogar hier im Pub auflauert, dann ist er total scharf auf dein Bild, und dann kannst du schon ein bisschen was verlangen.«

»Er hat gesagt, es wäre in seinen Augen das beste der Semesterausstellung gewesen, es hätte ihn von Anfang an beeindruckt, und es wäre ihm nicht mehr aus dem Sinn gegangen.«

»Genial!«, rutschte es Alix raus. »Aber ein bisschen blöd scheint er schon zu sein. So was sagt man doch nicht, wenn man ein Bild kaufen will. Es sei denn, er hat so viel Geld, dass es ihm auf den Preis letztlich nicht ankommt.«

Und genauso war es.

Als ich mit dem dritten Guinness zu ihm an den

Tisch trat, fragte er nach meinem Preis. Noch immer hatte ich keine Vorstellung, was er wohl bereit war zu zahlen, und so sagte ich erst mal: »Das Bild ist, äh ... unverkäuflich.«

Er starrte mich einen Augenblick verblüfft an, und ich schob völlig überflüssigerweise nach: »Weil es ein ... Geschenk ist für meinen ... früheren ... Politiklehrer. Er hat mich sehr gefördert, ähm ja ...«

Ich machte den Abflug und hörte im allgemeinen Kneipengemurmel nur noch vage, was er sagte. Es klang wie: »Das ist aber sehr schade.«

Sehr schade, ja das war es wirklich.

»Du bist wohl völlig hirnamputiert!«, schimpfte Alix, als ich berichtete, was passiert war. »Die Idee, zu sagen, dass das Bild unverkäuflich ist, war ja eigentlich nicht schlecht. Das hätte den Preis sicherlich hochgetrieben, aber warum sagst du, dass es ein Geschenk ist? Und dann noch für deinen Politiklehrer? Hattest du überhaupt einen?«

Ich schüttelte den Kopf. Ich wusste auch nicht, was da grade mit mir los war. Ob ich mich unbewusst dagegen wehrte, das Bild zu verkaufen? Ich hatte mal gelesen, dass viele Künstler sich von ihren Bildern nicht trennen konnten, obwohl sie am Hungertuch nagten. Sollte ich etwa auch zu dieser Sorte gehören?

Das schien Paula sich auch zu fragen, denn sie legte ihre Hand auf meinen Arm und sagte in therapeutischem Tonfall: »Willst du es denn nicht verkaufen? Ich könnte verstehen, wenn dein Herz daran hängt, aber warum sagst du es ihm dann nicht?«

Ach, was wusste denn sie! Klar hing mein Herz daran, denn schließlich malte ich nicht nur mit Öl und Acryl, sondern auch mit Schweiß und Herzblut. Aber natürlich wollte ich es auch verkaufen. Denn ein Künstler, der nicht verkaufte, konnte auch keinen Weltruhm erlangen, und das wollte ich ja schließlich. Ich gab mir einen innerlichen Ruck und richtete mich auch äußerlich auf.

»Was ist denn heute mit dir los?«, fragte Pat und stellte fünf frisch gezapfte Biere auf mein Tablett. »Willst du Schluss machen?«

Ich schüttelte den Kopf. »Nee, geht schon, aber da ist ein Typ, der will ein Bild von mir kaufen, und ich würde gerne mal ein paar Minuten mit dem reden.«

Pat grinste. »Warum sagst du das denn nicht gleich? Ich dachte schon, du wärst krank. Zisch ab.« Er kam um den Tresen herum und nahm das Tablett mit den Gläsern, um selbst zu servieren. Da war er mal wieder der typische Ire, dem deswegen kein Zacken aus der Krone brach.

Ich atmete zweimal tief durch, ging rüber zu dem Typ und fragte, ob ich mich einen Moment setzen dürfte.

Er sah mich erwartungsvoll an. »Wollen Sie doch verkaufen?«

Ich zuckte mit den Schultern. »Das käme auf den Preis an. Ich müsste natürlich für meinen Politiklehrer etwas Adäquates malen. Das kostet Zeit und Geld für Leinwand und Farben ...«

Der Typ wurde nun etwas hektisch und bekam so ein leicht irres Glitzern in den Augen, wie es vermutlich nur leidenschaftlichen Sammlern beim Gedanken an ein Gemälde eigen war, das bald in ihre Hände gelangen könnte.

Um ihn wieder etwas runterzuholen, fragte ich ihn erst mal nach seinem Namen. Der warf mich dann fast vom Schemel.

»Nicht *der* Wertheim-Gabelsberg?«, stammelte ich.

Wenn er einer aus dieser Brauereidynastie war, dann konnte er die ganze Kunsthochschule aufkaufen. Und nun, wo er seinen Namen genannt hatte, fiel mir auch ein, dass ich ihn schon mal bei einer Ausstellung gesehen hatte. Da hatte unsere Hochschulpräsidentin ihm für das Sponsoring der Getränke gedankt. *Wertheimer Dunkel, der rauchige Genuss!*

Okay, dachte ich und sammelte mich wieder. Dann mal rüber mit der Kohle, es traf ja wirklich keinen Armen. Dennoch, da ich keine Vorstellung vom Wert meines Werkes hatte, ließ ich ihn erst mal ein Gebot abgeben.

»Was, äh, hatten Sie denn so gedacht?«

»Fünftausend Euro.«

»Zehn!«, rutscht es mir ohne langes Nachdenken heraus.

Er sah mich einen Moment mit seinen kleinen Fuchsäuglein forschend an. Ich hielt seinem Blick stand, merkte aber, wie ich zunehmend unsicher wurde und mir langsam die Röte in die Wangen stieg. Aber bevor ich zum Weihnachtsapfel mutierte, wendete er sich ab, hob sein Glas und trank es in einem langen Zug leer.

Er leckte sich genüsslich den bräunlichen Schaum vom Mund und sagte mit Kennermiene: »Die verstehen ein Bier zu brauen, die Iren!«

Hm ja, mochte ja sein, aber ehrlich gesagt, interessierte mich das im Moment weniger.

Dennoch sagte ich höflich: »Nun, *Wertheimer Dunkel* muss sich auch nicht grade verstecken.«

War es die Freude über dieses Kompliment oder einfach, weil er so scharf auf mein Bild war?

Er nickte, zog seine Brieftasche hervor, zückte Scheckheft und Luxusfüller und schrieb mir einen Scheck aus. Als ich ihn in den Händen hielt, kippte ich wirklich vom Hocker.

Es war so still, als ich wieder zu mir kam. Was war das alles peinlich! Alix konnte in der Öffentlichkeit in Ohnmacht fallen, Paula auch, aber ich doch nicht! Melli, die Taffe, die Unkaputtbare, die Alleswegsteckerin, die Coole, die Krasse ... Ich war ja schließlich kein zartes Pflänzchen, das wegen Überdüngung gleich zusammenbrach! Zehntausend Euro waren ja gewissermaßen überreichlicher Dünger. Zehntausend Euro! Das war doch garantiert nur ein Traum.

Ich wollte grade hochschießen wie Dornröschen nach dem Kuss ihres Prinzen, aber weil ich dabei schlagartig die Augen öffnete, bemerkte ich gerade noch rechtzeitig, dass ich mich in einer eher fremden Umgebung befand und mir jemand ein kühles Bier an den Mund hielt. So konnte ich meinen Schwung eben noch abbremsen, bevor ich gleich wieder Scherben und Chaos verursachte.

»Trink!«, ermunterte mich Paulas Stimme aus einer weichen Wolke heraus. »Trink mal einen Schluck, dann geht es dir gleich wieder besser.«

Ich lag im Lager hinter dem Schankraum auf einer Campingliege und fragte mich, wie ich da wohl hingekommen war.

»Du bist einfach weggesackt«, erklärte mir Alix meinen etwas desolaten Zustand. »Was hat der Typ dir bloß angetan?«

»Angetan? Er hat mir nichts angetan!«

Ich trank einen Schluck und richtete mich dann auf. Meine rechte Hand umklammerte ein Stück zerknittertes Papier. Ich gab es Alix.

»Da! Lies, was darauf steht!«

Sie ging näher an eine der Lampen und strich das Papier auf einem Guinness-Fass glatt. Sie wollte etwas sagen, aber dann schmierte ihre Stimme ganz plötzlich ab.

Erst im zweiten Anlauf bekam sie es dann raus: »Es ... es ist ein Scheck«, sagte sie und klang noch immer erschüttert. »Es ist ein Scheck über zehntausend Euro!«

Ich fiel erneut in Ohnmacht.

Ich war aber bald wieder fit, und weil Pat sich geradezu tierisch mit mir freute, gab er mir früher frei, und ich konnte zur Feier des Tages Alix und Paula in den *Lindenpark* auf einen oder, angesichts der gefüllten Haushaltskasse, auch ein paar mehr Drinks einladen.

»Ruft doch eure Typen an. Wenn sie wollen, können sie auch noch vorbeikommen«, sagte ich gönnerhaft. Wenn ich glücklich war, sollten andere es ebenfalls sein. Und auch wenn ich mir weitgehend Abstinenz verordnet hatte, sollten meine Freunde schließlich nicht drunter leiden müssen.

Wir düsten also schnell in die WG, wo wir uns rasch ein wenig aufbrezelten und ich mir natürlich die silbernen High Heels an die Haxen zog. Wenn schon Disko, dann richtig!

Jean-Paul schaute kurz rein, gratulierte mir zum Bildverkauf, bedankte sich für die Einladung und versprach, später nachzukommen.

»Irgendwie hat sich ja nun alles geändert«, sagte ich, als wir später an der Bar im *Lindenpark* hockten, und schlürfte genießerisch meinen Caipi, bei dem ich es dann auch belassen wollte. »Mit Lars, meine ich.«

»Ach? Inwiefern?«

Paula blickte mich erwartungsvoll aus ihren großen braunen Augen an.

»Na ja, nun brauche ich ja sein Geld nicht mehr ... Mit zehntausend Euro komme ich ja eine Weile ganz gut über die Runden.«

»Und da willst du ihn jetzt einfach abservieren?« Paula war empört. »Das hätte ich nicht von dir gedacht, dass du so materialistisch bist und nur immer ans Geld denkst.«

»Tu ich ja gar nicht!«, erwiderte ich etwas beleidigt, weil sie mir so einen schlechten Charakter zutraute. »Ganz im Gegenteil. Ich war ja wohl diejenige, die immer darauf geachtet hat, dass Liebe und Geschäft nicht vermischt werden.«

»Na und? Was hat sich denn dann geändert?« Auch Alix war nun gespannt.

»Na ja, ich meine ja nur. Wenn ich auf das Geld von Lars nicht mehr angewiesen bin, muss er ja auch nicht mehr mein Mäzen sein ...«

»Aber, klar doch!«, rief Alix aus, weil bei ihr offenbar der Euro gefallen war. »Der Mäzen geht, der Lover kann kommen!«

So ungefähr jedenfalls ... »Zumindest muss es keinen Interessenskonflikt mehr geben.«

»Ach so«, selbst Paula schien allmählich zu verstehen. Sie war allerdings sehr viel weniger enthusiastisch als Alix.

»Dann willst du mit Lars jetzt also eine richtige Affäre anfangen?«

»Langsam, langsam, noch hocke ich nicht auf eurer rosa Wolke. Zunächst geht es ja nur um das zweite Mal für ihn!«

»Ihr habt also in all den Wochen wirklich nicht ...?« Alix konnte es gar nicht fassen. »Dass du so hart sein kannst!« Sie grinste frech und meinte: »Dann wird es aber allmählich Zeit. Nicht, dass er dir zu guter Letzt noch vom Haken hüpft!«

Paula bekam im selben Moment einen schreckenstarren Ausdruck im Gesicht.

Was zum Teufel hatte sie denn? Ich folgte ihrem Blick und erstarrte ebenfalls. Lots Weib, die Zweite!

Das war doch nicht Lars, der da gerade die Disko betrat? Bei seinem Anblick kam mein Herz erst völlig aus dem Rhythmus und dann kristallisierte es in Sekundenbruchteilen zu Eis.

Das gab es doch wohl nicht! Hatte der Alkohol meine Pupillen getrübt oder hatte er wirklich eine Tusse am Arm?

♡ ♡ ♡

Justin stand in der Küche und brutzelte French Toast, eine unwiderstehliche Frühstücksspezialität aus in Ei gewälztem Toast, der in der Pfanne in Butter goldbraun geröstet und dann mit Puderzucker und Ahornsirup gegessen wurde. Ich hatte nichts dagegen einzuwenden, dass er ihn machte, aber musste er dabei schon wieder singen?

Oh, tonight you killed me with your smile, so beautiful and wild, so beautiful and wild …

Ich räusperte mich hörbar, und Justin fuhr herum. »Melli! Möchtest du auch einen French Toast?«

»Das ist wohl das Mindeste, was ich als Entschädigung für dein Gejaule verlangen kann!«

Er grinste ungerührt. »Schade, dass du so unmusikalisch bist. Es war eine Hymne an dich!«

»Ich bin nicht unmusikalisch«, korrigierte ich ihn und überhörte den Rest seines Statements. Hymne an mich! Noch dicker hatte er es wohl nicht. Oder doch?

»Du warst echt ganz schön wild heute Nacht.«

Grundgütiger! Es war ihm wirklich nicht zu peinlich, das auch noch zu meinen, was er sang.

»Und offenbar unglaublich schön«, übersetzte ich trocken, worauf er mich leicht verwirrt anschaute.

»Nicht? Ich dachte, das wolltest du als Nächstes sagen. Gehört doch in die Hymne, oder nicht?« Jetzt hatte ich ihn.

Er wandte sich wieder dem Toast zu. »Hatte ich eigentlich nicht vor.« Feigling!

Ich hockte mich an den Küchentisch, und er stellte die Platte mit dem fertigen Toast vor mich hin. »Bedien dich.«

Es roch sehr lecker, und als der erste Bissen in meinem Mund war und der herrliche Geschmack des Ahornsirups meinen Gaumen kitzelte, war mir ganz plötzlich überhaupt nicht mehr nach Streiten zumute. Schweigend futterte ich relaxed vor mich hin und trank starken schwarzen Kaffee dazu.

»Wo sind Paula und Alix?«, fragte ich schließlich.

»Ich nehme an, bei ihren Typen.«

»Wie? Sind die gestern nicht mit mir nach Hause gekommen?« Ich war alarmiert. Die hatten mich doch nicht mit diesem Justin alleine gelassen! Mir fiel siedendheiß ein, wie frech der mich vor der Premiere neulich geküsst hatte.

»Das fragst du mich jetzt aber nicht wirklich«, sagte er und schaute mich fragend an.

Was war dem denn ins Gehirn gestiegen, die Hitze vom French Toast?

»Doch, frage ich. Ist das verboten?«

»Hast du einen Filmriss?«

Ich? Filmriss? Was wollte er denn damit sagen?

»Du erinnerst dich nicht mehr, dass du heute Nacht im *Lindenpark* warst und den Verkauf eines Bildes gefeiert hast?«

»Äh, doch, klar erinnere ich mich.«

Wenn er jetzt fragte, wie ich nach Hause gekommen war, dann musste ich – im Moment jedenfalls – passen.

»Du erinnerst dich nicht, was da passiert ist?«

Ich schüttelte den Kopf. Ehrlich gesagt, erinnerte ich mich nur, dass ich mit Alix und Paula da war.

»Bist du auch dort gewesen?«, fragte ich darum verwundert.

Er nickte. »Ich habe Jean-Paul auf dem Weg zu euch getroffen und wollte noch ein Bierchen trinken.«

»Ach.« Das wunderte mich aber.

»Du kannst froh sein, dass ich da war und dich nach Hause gebracht habe … nach dem, äh … Zwischenfall.«

Zwischenfall? Mit ihm doch nicht etwa? Ich war alarmiert und fischte verzweifelt in meinem Gehirn nach irgendwelchen Erinnerungsbruchstücken, die dort in der Gehirnflüssigkeit herumschwimmen mussten. So ein totaler Blackout war irgendwie richtig unheimlich, besonders weil ich mir doch vorgenommen hatte, nur einen einzigen Caipi zu trinken!

»Du meinst jetzt aber nicht«, stammelte ich etwas von der Rolle, »dass wir … äh … dass du und ich … dass wir beide … ähm … zusammen …«

»… abgestürzt sind?«

Grundgütiger! Daran wollte ich nicht mal im Traum denken, und das wäre mir garantiert nicht mal im volltrunkenen Zustand passiert! Männliche Mitbewohner waren per se tabu und Möchtegern-, äh … na gut, Erfolgsschauspieler ganz besonders.

Und so korrigierte ich sofort: »Unfug! Natürlich nicht abgestürzt, alleine nach Hause gegangen sind. Du und ich, ähm … im Dunkeln, wollte ich sagen.«

Er grinste impertinent. »Nein, sind wir nicht. Da kann ich dich beruhigen. Wir haben das Taxi mit Alix und Jean-Paul geteilt. Bis zu Jean-Pauls Wohnung sind wir auch gemeinsam die Treppe raufgestiegen, oder vielmehr raufgetanzt, was Frau Waschkowski sicherlich bezeugen kann.«

»Meinst du, sie hängt selbst nachts hinter ihrem Spion?«

»Klar.« Justin sah mal wieder absolut wie Jack Sparrow aus. »Auf jeden Fall, wenn ein Geist wie ich an ihrer Tür vorbeigeht. Dafür hat sie bestimmt ein spezielles Sensorium entwickelt. Garantiert fiebert sie jede Nacht dem Augenblick entgegen, in dem sie mich mit dem Kopf unterm Arm erwischt.«

Ich kicherte amüsiert, aber noch keineswegs beruhigt. »Und dann ist Alix mit zu Jean-Paul gegangen und wir, äh ... du und ich?«

»Jeder brav in sein Bettchen.«

»Du hast nicht ...?«

»Die Situation ausgenutzt?« Pause. Pause. »Doch«, sagte er, »habe ich versucht. Zumal wir ja die ganze Wohnung für uns hatten, weil Paula mit zu Karlos gefahren ist.«

Ach herrje, mir wurde schlecht.

Doch in schöner Offenheit fügte er sogleich hinzu: »Aber ich habe keinen mehr hochgekriegt.«

Wie bitte? Jetzt verarschte er mich doch komplett.

»Bin ich froh, dass du dich an nichts mehr erinnerst!«

Jetzt mach aber mal einen Punkt!, dachte ich wütend. Wir sind hier nicht auf der Bühne und spielen auch keine drittklassige Komödie. Das wurde mir allmählich zu blöd. Und da der French Toast aufgegessen war, erhob ich mich.

»Na, dann ist ja alles paletti«, sagte ich und versuchte, das Ganze herunterzuspielen. »Ich muss jetzt erst mal Lars anrufen.«

Und dann fiel es mir plötzlich wie Schuppen von den Augen, und ich erinnerte mich wieder an alles, was gestern passiert war.

Ach, du gequirlte Hühnerkacke! Dann war das ja womöglich gar kein Albtraum, dass Lars weit nach Mitternacht mit einer Tusse im *Lindenpark* aufgetaucht war?

Da musste ich mich aber gleich bei Justin rückversichern. »Du, der Lars, äh ... der war nicht gestern zufällig auch im Lindenpark?«

»Doch, war er. Er kam fast mit Jean-Paul und mir zusammen dort an. Wir sind uns am Eingang über den Weg gelaufen.«

»Und er hatte, äh ... eine Frau dabei?«

»Seine Mutter war es jedenfalls nicht.«

Also stimmte meine Befürchtung. Zögernd forschte ich nun nach dem grausamen Rest, der in meinem Gedächtnis noch fehlte: »Und, äh, was ... was habe ich gemacht, als er hereinkam?«

»Du hast einen Schuh ausgezogen, dann bist du vom Hocker gesprungen, hast dich wie eine Wilde auf ihn gestürzt und angefangen, mit dem Schuh auf ihn einzuschlagen. Als er dir den Schuh schließlich aus der Hand genommen hatte, hast du ihm eine Ohrfeige verpasst. Er hat ziemlich dumm geguckt.«

Justin konnte auch jetzt noch seine Schadenfreude kaum bremsen.

Oh, mein Gott, es war ja noch viel schlimmer, als ich befürchtet hatte.

»Nicht wirklich?! Sag, dass du einen Scherz gemacht hast, Justin. Ich habe ihm nicht wirklich eine gescheuert?«

»Doch, hast du. Es gibt zahlreiche Zeugen ...«

Und Lars, was hatte er gemacht? Hatte er mir vielleicht auch eine geklebt?

»Und dann? Was war dann?«

War mein Lebensglück heute Nacht einfach zerbrochen und alle Welt wusste es, nur ich hatte mal wieder das falsche Programm geguckt?

Justin war nun ebenfalls aufgestanden und begann, meine Schulter zu tätscheln, was mich ganz nervös machte. Ich schob seine Hand weg.

»Sag schon, was war dann?«

»Dann haben Alix, Jean-Paul und ich dich nach Hause gebracht.«

»Und Paula? Warum ist sie nicht wenigstens mitgekommen? Schließlich ist sie der Engel der Gescheiterten und Beladenen?«

How can people be so heartless, how can they ignore their friends …

»Karlos hatte einen Geschäftsfreund dabei. Er bat sie, noch zu bleiben. Und wir waren ja zu dritt: Alix, Jean-Paul, ich …« Er grinste. »Hat doch auch gereicht.«

Ich schlug die Hände vors Gesicht und lehnte mich stöhnend an den Türrahmen. Wie furchtbar peinlich war das denn?!

»Ich glaube es einfach nicht!«

»Nun ja«, meinte Justin mitfühlend. »Nach all den Geschenken und Blumen hätte ich auch nicht gedacht, dass Lars noch eine andere hat.«

Was wusste er denn schon? Von jemandem wie Lars durfte man schließlich nicht erwarten, dass er wochenlang wie ein Mönch lebte. Es fiel ja selbst mir schwer, ohne Sex auszukommen. Dennoch! Konnte er es denn nicht wenigstens diskret machen? Wie stand ich denn jetzt vor meinen Freunden da? Das war nicht die feine Art, mich in der Öffentlichkeit mit seiner Ische so zu überrumpeln! Selbst wenn es ein unglücklicher Zufall war, dass wir im gleichen Lokal waren … So was gehörte sich einfach nicht! Mir Liebeslieder singen und mit einer anderen Spaß haben. Ohne mich!

»Ich ... ich muss ihn anrufen«, stammelte ich, und während ich mich vom Acker machte, fügte ich noch einen kleinen Dank an Justin hinzu: »Ach, und, äh ... vielen Dank auch noch, dass du, äh ... keinen hochgekriegt hast.«

Merde! Was redete ich denn da schon wieder?!

»Ich meine natürlich, dass du, äh ... die Situation nicht ausgenutzt hast.«

Auch Blödsinn, das brachte ihn doch nur auf den Gedanken, es bei nächster Gelegenheit zu tun.

»Also, was ich eigentlich meine, ist ...«

Er griente mich breit in Erwartung einer weiteren geistigen Entgleisung an.

»Ja, ähm, danke dafür, dass, äh ... nichts angebrannt ist. Äh, der Toast zumindest nicht!«

Es war wohl das Beste, wenn ich mein Heil in der Flucht suchte.

♡ ♡ ♡

In meinem Atelier setzte ich mich in meinen geliebten AWO-Sessel. Ich musste nachdenken. Ich starrte die Zigarettenpackung an, die auf dem Tischchen neben mir lag und die letzte Zigarette enthielt, die ich mir für eine ganz besondere Notlage aufsparen wollte. Konnte es eine schlimmere Notlage geben, als die, in der ich mich grade befand? Hm, man wusste ja nie ... ich blieb standhaft.

Klar, Justin hatte mich verarscht – jedenfalls teilweise. Aber so etwas wie die Ohrfeige für Lars würde selbst er nicht erfinden. Aber wieso litt ich diesbezüglich so total an Gedächtnisschwund? Eine Teilamnesie sollte unter Alkoholeinfluss ja mal vorkommen, aber ich konnte mich nicht entsinnen, mir dermaßen die Kante gegeben zu haben. Und ehrlich gesagt, hatte ich doch gestern nur diesen einen Caipi gehabt. Oder? Garantiert hatte mir jemand was in den Drink gemischt.

Da hatte doch eine ganze Weile so ein seltsamer Technotyp neben mir gestanden und ziemlich heftig gebaggert. Ob der mir etwa was in den Cocktail geschmuggelt hatte? Er hatte sich reichlich eng an mich rangeschmissen, als ich den Drink orderte. Hatte er ihn nicht sogar für mich in Empfang genommen? Als er ihn mir hinstellte, hatte er irgendwas wie »Die Mischung ist der Kracher!« gesagt. Oder war es »Cracker«? Die Mischung ist ein Cracker? Wollte er damit vielleicht andeuten, dass er den Cocktail mit Crack versetzt hatte? Es gab ja Typen, die einem so was unauffällig unterschoben, um dann leichteres Spiel zu haben.

Dass Crack zurzeit in einigen Kreisen mal wieder die ultimative Partydroge war, wusste ich von Alix, die durch ihre Fototouren für *Nightlife* immer über die neuesten Trends informiert war. Aber ich hätte nie gedacht, dass mir jemand das Zeug einfach unterjubeln könnte. Es wäre allerdings – von periodischem Irresein mal abgesehen – die einzig logische Erklärung für mein durchgeknalltes Verhalten im Lindenpark. Schließlich prügelte ich normalerweise auf niemanden mit meinen Cinderella-Schuhen ein, von öffentlichen Ohrfeigen gar nicht zu reden. Ich war von Natur aus zwar recht impulsiv, aber kein wirklich gewalttätiger Mensch, sondern eher mit einem Friedenszweig im Schnabel geboren worden. Na ja, da redete ich mir mein Temperament wohl grade etwas schön.

Apropos Schuhe, wo waren die guten Stücke eigentlich abgeblieben?

Ich machte mich auf die Suche nach meinen silbernen High Heels und hatte erst einen Schuh gefunden, als mein Handy rülpste. Eine SMS von Alix: *Geht es dir besser? Ich komme gleich rauf.*

Und dann stand sie in der Tür und war, was die Drogentheorie anging, komplett meiner Meinung. »Wenn ich diesen Technotyp in die Finger kriege, mache ich den so was von ein! Ich wette, der hat uns Crack in den Drink gemischt. Mein Blackout war auch nicht ohne.«

Na, wenigstens hatte es mich nicht alleine getroffen. Wenn ich Lars das erzählte, würde er mir vielleicht meinen Ausfall noch einmal verzeihen ... Hm, andererseits ... war doch eigentlich *ich* die Angeschmierte! Der sollte mal lieber *mich* um Verzeihung bitten, wenn er mich so schamlos hinterging!

»Hast du schon mit Lars telefoniert?«, fragte Alix in meine Gedanken hinein.

Ich schüttelte den Kopf. »Bin ich echt handgreiflich geworden?«

Alix nickte.

Hm, da war wohl wirklich ein Canossagang fällig. Schließlich wollte ich Lars ja nicht verlieren. Jetzt schon gar nicht, wo ich grade beschlossen hatte, ihm auch beziehungsmäßig eine echte Chance zu geben.

Warum musste er genau in diesem historischen Moment mit einer anderen Frau auftauchen? Das war nicht fair vom Schicksal! Andererseits, was hatte ich denn gedacht? Dass er sich jeden Abend vor einem Foto von mir einsam einen runterholte? Er war eben Lars und Frauen gehörten zu seinem Leben wie ein Dildo ins Beate-Uhse-Sortiment.

Als Alix, die auch ziemlich fertig aussah, mich verlassen hatte, griffen Selbstzweifel wie würgende Tentakeln nach mir und schnürten mir den Hals zu.

Ich schluckte, und als das Gefühl des Erstickens nicht nachlassen wollte, fing ich schließlich lautlos an zu weinen. Für Melli Kubinski war das mehr als ungewöhnlich und darum in höchstem Maße alarmierend.

Crack und Kontrollverlust waren das eine, aber warum hatte ich so ausgesprochen eifersüchtig auf Lars' Begleitung reagiert? Eifersüchtig war eine Frau ja eigentlich nur, wenn sie selbst an einem Typen Interesse hatte und die andere als Rivalin betrachtete.

Mir lief ein kalter Schauer den Rücken herunter. Oh nein, wenn das jetzt der objektive Beweis dafür war, dass ich mich ganz entgegen meiner Absicht längst in Lars verliebt hatte, dann hatte ich die Sache aber total vermasselt!

So hockte ich völlig aufgelöst mit dem einen Cinderella-Schuh in der Hand auf meinem Bett, als der Prinz nicht grade in schimmernder Rüstung und auch nicht auf einem Schimmel angeritten kam, aber immerhin mit einem Sportwagen vorfuhr und an der Wohnungstür klingelte. Ich erhob mich wie in Trance, trat auf meinen Balkon und sah Lars' Cabrio vor der Tür stehen. Am liebsten wäre ich zu einer Erbse mutiert und hätte mich unter meinem Matratzenhaufen versteckt. Wenn schon Märchen, dann richtig. Jemand anders hatte wohl den Türöffner betätigt, denn noch bevor ich mich zu einer Aktion durchgerungen hatte, klopfte es schon an meiner Tür.

Nein! Ich bin nicht da! Ich hatte vergessen, das Schild für die Putzfrau rauszuhängen: *Please do not disturb!* Heute kein Besuchstag für Prinzen!

Lars steckte auch ohne ausdrückliche Aufforderung den Kopf zur Tür herein. Er wirkte gut gelaunt und das

Selbstbewusstsein tropfte ihm förmlich wie Schaum aus den Ohren.

»Darf ich reinkommen?«, fragte er rein rhetorisch und trat auch schon ins Zimmer. Dabei streckte er mir mit einer Hand einen seiner üblichen überdimensionalen Blumensträuße entgegen, diesmal in Pink und Violett. Die andere Hand hatte er hinter dem Rücken verborgen. Über die Schulter rief er jemandem zu: »Hier herein, bitte!« Und unter meinem verstörten Blick trat ein livrierter Mensch, offenbar von einem Partyservice, mit einem großen Silbertablett herein, auf dem mindestens drei Dutzend Austern in der Schale und eine Flasche Champagner mit zwei Gläsern standen.

»Wohin?«, fragte der Mensch, und ich deutete völlig perplex auf einen kleinen Bistrotisch neben meinem Bett.

»Setz dich in den Sessel«, sagte Lars, als der Typ verschwunden war, und wies mit einem Kopfnicken auf mein AWO-Prachtstück.

Höchst irritiert ließ ich mich mit dem Blumenstrauß im Arm auf dem abgewetzten Polster nieder.

»Mir ist eine Prinzessin entsprungen, heute Nacht beim Balgen … äh … Ball. Das Einzige, was mir von ihr blieb, ist eine geschwollene Wange …«, sagte er in nicht minder geschwollener Sprache, kniete sich vor mich auf den Boden und zog mit einer bühnenreifen Geste die andere Hand hinter seinem Rücken hervor.

Das gab es doch nicht! Das war ja mein anderer Cinderella-Schuh!

»… und dieser silberne Schuh. Die Frau, der er passt, soll meine künftige Königin sein!«

Er griff nach meinem nackten Fuß und steckte ihn in den Schuh.

»Perfekt!«, sagte er.

Und wenn der dämliche Blumenstrauß nicht zwischen

uns gestanden hätte, hätte er mich jetzt bestimmt geküsst. Also entledigte ich mich schleunigst dieses Monstrums, und er holte derweil den zweiten Schuh, den er vor meinem Bett entdeckt hatte, und steckte ihn an den anderen Fuß. Dann reichte er mir die Hand, zog mich vom Sessel hoch und überschüttete mein Gesicht mit heißen und verlangenden Küssen.

Grundgütiger, was für eine Inszenierung! Ich hätte ihm nie und nimmer so viel Sinn für Romantik zugetraut. Dann waren alle diese Blumen und merkwürdig kitschigen Aktionen vielleicht gar nicht so aufgesetzt? Aber er konnte das doch auch nicht wirklich alles ernst gemeint haben. Ich weiß nicht, aber irgendwie blieb ich skeptisch. Es musste wohl an seiner Vergangenheit als Womanizer liegen.

Und trotzdem, einen kleinen Moment erlaubte ich es mir, mich wie Cinderella zu fühlen. In den Armen eines reichen Erben, silberne Schuhe an den Füßen und die Zukunft in Rosa und Lavendel – sorgenfrei und verheißungsvoll!

Wach auf!, sagte ich mir, aber stattdessen nahm Lars mir mit einer routinierten Geste meine Brille von der Nase und legte sie neben den Austern ab. Er begann mich heftiger zu küssen und langsam, aber gezielt zu meinem Matratzenlagern hinüberzuschieben.

Bald stand ich splitternackt und nur mit den silbernen Schuhen bekleidet – ganz der klassische Akt – vor ihm, und als er anfing, sich ebenfalls die Kleidung vom Leib zu reißen, war mir klar, dass es nun ultimativ auf das zweite Mal hinauslaufen würde.

Aber was war mit dieser anderen Frau? Mit der hatte er doch ganz bestimmt heute Nacht auch geschlafen und nun wollte er so einfach mir nichts dir nichts bei mir weiter machen?

Nee, nicht mit mir! Das ging ja gar nicht!

Ich merkte, wie die Wut auf diesen Casanova wieder in mir hochkam, und so schubste ich ihn ziemlich brutal von mir.

Ich brauchte ihn nicht. Weder als Mäzen noch als Lover! Wenn ich je gedacht hatte, es mit ihm beziehungsmäßig zu probieren, so hatte mich sein Verhalten in der letzten Nacht davon ein für alle Mal kuriert. Jawohl, ich hatte eifersüchtig reagiert. Aber das würde mir nicht noch einmal passieren. Einfach schon deswegen nicht, weil er den Gedanken an eine Beziehung mit mir knicken konnte! Dieser elende Bigamist!

»Zieh dich an!«, fauchte ich. »Los, zieh dich wieder an! Hier läuft heute gar nichts. Und deine Austern kannst du auch wieder zumachen!«

Ich griff zu dem Tablett mit den Austern, um es ihm in die Hände zu drücken. Aber es war wirklich sehr groß und sehr schwer und ich wackelte wohl auch zu sehr … Jedenfalls neigte sich das Tablett und die Austern flutschten mir mitsamt dem Eis, auf dem sie gebettet waren, entgegen.

Igitt, wie kalt! Ich ließ das Tablett fallen, sprang mit einem Schrei zurück und der Rest der Austern landete auf dem Boden.

»Das werde ich dir nie verzeihen!«, sagte Lars. »So geht man nicht mit Austern um!«

Wenigstens grinste er dabei, und so überlegte ich, ob es ihm wirklich wichtiger war, wie ich mit Austern umging, als wie ich mit *ihm* umging.

Und darum fragte ich rein interessehalber: »Aber meine Ohrfeige gestern, *die* hast du mir verziehen?« Schließlich musste ich ja mal einen Anlauf nehmen, um etwas Klarheit in den gestrigen Abend zu bringen.

»Und du? Hast du mir vergeben, dass ich dich mit meiner Schwester betrogen habe?«

Hatte ich einen Hörsturz? »Die Frau an deinem Arm war deine *Schwester*?« Ich glaubte es ja nicht. »Oh, mein Gott, und ich dachte …«

Er lachte nun richtig laut auf. »Du hast doch nicht allen Ernstes geglaubt, dass ich eine so krasse Frau wie dich betrügen würde?« Er gab mir einen Schubs, sodass ich aufs Bett flog, und sagte, bevor er hinterhersprang: »Ich bin schließlich nicht lebensmüde!«

Ich benahm mich total daneben, riss ihm die restlichen Klamotten förmlich vom Leib, quiekte und schrie, dass man es garantiert bis in alle Zimmer der WG hörte, wenn nicht gar bis zu Frau Waschkowski. Aber das war mir jetzt so was von egal!

Wir wühlten uns in- und umeinander, grunzten, keuchten, leckten und schmeckten und dann, auf dem rauschhaften Höhenflug, passierte es …

Bruchlandung!

»Äh, das war jetzt aber etwas zu früh …«, rutschte es mir unkontrolliert heraus, denn von einem Meister des One-Night-Stands konnte man ja eigentlich etwas Durchhaltevermögen erwarten.

Natürlich bereute ich meine Äußerung sofort, als ich sah, wie geknickt er und sein Schwanz waren. Offenbar war das auch für Mr. Lover Lover eine ultimativ neue Erfahrung.

»Sorry«, stotterte er. »Das … das ist mir … ähm … ja noch nie passiert.«

»Nicht schlimm«, versuchte ich ihn zu trösten.

»Wirklich nicht?« Er sah nicht aus, als wenn er mir Glauben schenken würde. Das zweite Mal mit mir hatte er sich vermutlich auch anders vorgestellt.

»Vielleicht hättest du vorher die Austern essen sollen ...«

Er schüttelte den Kopf, holte die Champagnerflasche und ließ den Korken gegen die Decke knallen. Dann nahm er einen großen Schluck und reichte die Flasche an mich weiter.

»Zigarette?«, fragte er.

Ich schüttelte den Kopf. Ab heute war ich Nichtraucher!

Einen Moment starrte er rauchend auf seinen zusammengeschrumpften Glücksbringer. Damit er nicht in Depressionen verfiel, nahm ich ihm die Zigarette aus den Fingern, drückte sie in einer am Boden liegenden Auster aus und zog Lars in meine Arme. Wir küssten uns lange, innig, Begierde weckend, Glück verheißend. Und ich dachte grade zufrieden, dass da doch noch mehr drin war, als er plötzlich sagte: »Du, Melli, tut mir echt leid wegen eben. Ich habe halt noch nie mit einer Frau geschlafen, die ich wirklich geliebt habe. Und darum gibt es für diese, äh ... Panne eigentlich nur eine Erklärung.«

Da war ich aber mal gespannt.

Er lachte ein bisschen verlegen, knabberte an meinem Ohr und hauchte dann hinein: »Wie es scheint, liebe ich dich einfach zu sehr!«

Grundgütiger, dachte ich, bloß nicht!

Und so geht's weiter!
Leseprobe aus dem nächsten Roman
mit Alix, Paula und Melli.
Diesmal aus der Sicht von Alix.

Bianka Minte-König/Gwyneth Minte
Liebe? Nur mit dir!

Ab April 2008 im Buchhandel erhältlich.

Sie saß auf *seinem* Sofa, und zwar auf *meinem* Platz! Sie trug ein Kostüm mit kurzem Rock, hatte einen modischen platinblond gefärbten Kurzhaarschnitt und war in einem für Jean-Paul gefährlich passenden Alter. Sofort sprang meine innere Warnblinkanlage auf Rot. Ihre langen, gut geformten Beine waren lässig übereinandergeschlagen und sie führte gerade die Teetasse zum Mund, als ich, gefolgt von Jean-Paul, in sein Wohnzimmer trat. Ich fuhr herum und prallte gegen seine Brust.

»Wer ist das?!«, zischte ich ihn an. »Warum sagst du mir nicht, dass du Besuch hast?«

Er schob mich in den Raum, wo die Ische gerade ihre Teetasse auf dem Couchtisch abstellte.

»Sage ich dir ja, Alix.«

Jean-Paul machte mit dem Arm eine weit ausholende Geste, mit der er zur Couch rüberdeutete. »Das ist Amy, eine Kollegin aus den USA.«

Ich schluckte meinen aufkeimenden Ärger schnell herunter. Eine Kollegin aus den USA war ja grundsätzlich nicht wirklich schlimm. War es aber doch!

»Sie ist gekommen, um mich zur Teilnahme an einer Grabung in Alberta einzuladen ...«

»Eine Einladung, die du natürlich nicht annehmen kannst«, fiel ich ihm sofort ins Wort.

Das ging ja gar nicht. Langhalsige Dinosaurierskelette gerne, aber nicht mit langbeinigen, platinblonden Amerikanerinnen! »Äh, ich meine, dazu lässt dir doch deine Doktorarbeit gar keine Zeit ...«

Das sah Jean- Paul leider anders.

»Doch, Alix«, sagte er vollkommen aufgekratzt, »doch, das Großartige ist ja, dass ich genau in dem Gebiet graben kann, wo das erste Skelett eines Corythosaurus entdeckt wurde! Du weißt doch, diese Entenschnabelsaurier, die zu den Hadrosauriern gehören, über die ich promoviere.«

Na toll!

»Aber, das ... das ist doch viel zu teuer«, warf ich verzweifelt ein, denn mir schwante bereits Schreckliches.

Nun mischte sich auch noch diese Ische ein und sagte in der für Amerikaner typischen, positivistisch auf das Ökonomische verengten Weltsicht: »No, dear, it isn't, 'cause Jean-Paul will get an invitation from the Tyrell Foundation. So he will have nothing to pay at his own. Er must not bezahlen, you understand? It's all for free!«

Jaha, ich verstand. Hatte ja schließlich meinen TOEFL und war des Englischen somit relativ mächtig, auch wenn sie das gute Oxford-Englisch erbarmungswürdig amerikanisch verschliff! Dennoch verstand ich sogar sehr gut.

Jean-Paul, die ultimative Liebe meines Lebens, würde mit einer außerordentlich attraktiven Frau irgendwo im fernen Amerika seine Lieblingstierchen ausbuddeln, während ich hier den Blues schieben durfte und vor Eifersucht verging.

Aber es ihm auszureden machte auch keinen Sinn, denn dann würde er mir vermutlich ein Leben lang Vorhaltungen machen, dass ich ihm diese Chance versemmelt hatte.

Hm. Auch mein innerer Coach sah das so: *Da musst*

du ihn wohl gehen lassen, sagte er. *Der Beruf eines Mannes ist ihm mindestens genau so wichtig wie eine gute Beziehung.*

Ach, nee! Aber wo er recht hatte, hatte er recht. Und im Grunde musste ich mich ja auch nicht grämen. Jean-Paul und ich waren ein geniales Paar, und da würden ein paar Wochen in Amerika auch nichts dran ändern.

»Es ist ja nur für ein Vierteljahr«, sagte Jean-Paul im selben Moment, und mir fiel fast die Kinnlade runter.

Instinktiv biss ich ganz fest die Zähne zusammen, und so klang es etwas gequetscht, als ich entsetzt stammelte: »Ein ... ein Vierteljahr?«

Das war ja ein halbes Leben, also zumindest ein halbes Beziehungsleben, jedenfalls bezogen auf meine Beziehung zu Jean-Paul! Sehr viel länger als ein halbes Jahr kannten wir uns nämlich noch gar nicht, und wenn er jetzt ein Vierteljahr nach Amerika ging, dann ... dann war das ...

Ja, was war es eigentlich? Auf jeden Fall unfair! Ich hatte mich schließlich unter ganz anderen Voraussetzungen auf eine Beziehung mit ihm eingelassen.

So?, fragte mein innerer Coach mal wieder mit leicht süffisantem Unterton, *darf man wissen, unter welchen?*

Na ja, die Tatsache, dass er im gleichen Haus wohnte, und zwar in der Wohnung unter meiner WG, in der ich mit meinen Freundinnen Paula und Melli lebte, hatte nicht unwesentlich zu meiner Entscheidung beigetragen.

Außerdem fand ich es beruhigend, dass er jeden Morgen brav in sein Museum ging und jeden Nachmittag zur gleichen Zeit wieder nach Hause kam. Ich hätte zwar nie geglaubt, dass ich mich jemals in einen Museumsmenschen verlieben könnte, aber so ein gewisses Maß an Verlässlichkeit hatte was und tat einer Beziehung unglaublich gut.

Das wusste man ja von dem Fuchs und dem kleinen Prinzen. Genau wie das Füchslein freute ich mich immer schon einige Minuten vorher auf Jean-Pauls Heimkehr und setzte das Teewasser so auf, dass es sprudelte, wenn er die Haustür unten aufschloss und Frau Waschkowski in schöner Regelmäßigkeit durchs Treppenhaus rief: »Stellen Sie doch nicht immer Ihr Fahrrad ins Treppenhaus! Das ist laut Hausordnung verboten!«

Er tat es trotzdem, und wenn er an Frau Waschkowskis Etage vorbeikam, sagte er mit immer gleichbleibender Freundlichkeit, die ich an ihm komplett bewunderte: »Ich weiß, Frau Waschkowski, aber solange es keinen Fahrradkeller in diesem Haus gibt, werden Sie damit leben müssen.«

Dann machte er sich schnell frisch, und wir tranken bei ihm oder bei mir den gerade aufgebrühten Tee. Und danach …

Ach, mein Gott, es ging doch nicht, dass er so einfach mir nichts dir nichts aus meinem so gut geregelten Liebesleben verschwand!

»Das … das geht nicht!«, stieß ich hervor. »Das geht ganz und gar nicht!«

Ich war wohl etwas laut geworden, denn sowohl Jean-Paul als auch diese amerikanische Männerabwerberin schauten mich etwas konsterniert an.

»Was meinst du mit ›das geht nicht‹?«, fragte Jean-Paul schließlich, und man merkte ihm an, dass er nicht im Mindesten damit gerechnet hatte, dass ich auch ein Wörtchen mitreden wollte bei einer, in seinen Augen vermutlich ausschließlich ihn betreffenden, beruflichen Angelegenheit.

Hm, seine Frage war mir nun aber doch etwas peinlich. Nicht weil ich keine Antwort darauf wüsste, nein. Ich wusste jede Menge Antworten, genauso viele wie es

Gründe gab, ihm diese Schwachsinnsidee, in Amerika nach Sauriern zu graben, auszureden. Aber die konnte ich ihm natürlich nicht im Beisein dieser Ische aufzählen. Das musste ihm doch auch klar sein. Wie unsensibel war denn das, mich so auflaufen zu lassen!?

Ich wurde wütend. War ihm unsere Beziehung denn so unwichtig? Wenn man *mir* so etwas angeboten hätte, dann …

Mein Coach kicherte und sagte dann ironisch: *Dann hättest du natürlich sofort abgelehnt. ›Nein, vielen Dank, ich habe die Liebe meines Lebens gefunden, an Karriere denke ich nicht mehr. Ich mache nur noch schnell mein Examen, und dann sind erst mal Kinder und Küche angesagt. Man muss ja schließlich die Bemühungen der Familienministerin anerkennen …‹*

»Arsch!«, rutschte es mir heraus.

Jean-Paul und die amerikanische Sirene starrten mich perplex an.

»Das ist kein wirklich überzeugendes Argument«, sagte Jean-Paul und versuchte, meinen Ausrutscher durch diesen Scherz etwas auszubügeln.

Wenigstens begriff diese Amy schneller als er, dass sie mit ihrem Angebot eine Bombe oder doch zumindest eine Eierhandgranate zwischen uns geworfen hatte, und bevor die hochging, machte sie sich lieber schnell aus dem Staub.

»Thank you for tea«, sagte sie und erhob sich. »You discuss this with your girlfriend and than you contact me at the Courtyard. Rufen Sie mich an, Jean-Paul. Ich stehe bis thursday dort. I'll look eagerly forward for your decision, so don't hesitate. Zögern Sie nicht, mich … immediately … zu informieren über Ihre Entscheidung …«

Jean-Paul stand ebenfalls auf und begleitete sie zur

Tür. Mich würdigte sie keines Blickes mehr. Schnepfe! Die würde meinen Jean-Paul nicht kriegen, und wenn ich wie eine Löwin kämpfen musste!

Als Jean-Paul zurückkam, sah er mich irritiert und fragend zugleich an.

»Was sollte das denn eben? Die Frau kommt von einer angesehenen amerikanischen Stiftung, sie verdient allen Respekt und nicht so ein blamables, pubertäres Gehabe!«

Ich ging hoch.

»Pubertäres Gehabe?«

Der machte ja wohl Witze! Da kam so eine aufgetakelte Tussi daher und zockte mir meinen Freund ab, und ich sollte vermutlich auch noch Befall klatschen!

Ja, genau, sagte mein innerer Coach. *Das wäre stilvoller und auch sehr viel angemessener. Sie bietet ihm schließlich eine großartige Chance, seine Doktorarbeit durch einen eigenen sensationellen Fund mächtig aufzuwerten. Und überhaupt, die USA sind einfach das Mekka der Paläontologen.*

Was der nicht alles wusste! Mekka der Paläontologen?!

Na und? Eine Doktorarbeit ist schließlich nicht alles im Leben, gab ich patzig zurück.

Nein, das war sie vermutlich nicht, aber sie war doch etwas ziemlich Wichtiges im beruflichen Werdegang eines Wissenschaftlers, und für Jean-Paul, so hatte es zumindest den Anschein, war sie offenbar genauso wichtig wie unsere Beziehung. Das heißt, er sah zwischen beidem eigentlich gar keine Konkurrenz.

»Schau mal«, sagte er und zog mich zu sich aufs Sofa, auf den Platz, wo eben noch diese Amy gesessen hatte, »das hat doch mit uns gar nichts zu tun. Drei Monate sind wie im Fluge vergangen, und dann bin ich wieder da, und alles läuft weiter wie bisher. Wir machen einfach da weiter, wo wir jetzt aufgehört haben, so als wäre ich mal eben um die Ecke zum Brötchenholen gegangen.«

Aha, dachte ich, so sieht er das. Mal eben in die USA jetten und ein paar Saurier ausgraben. Die Welt ist ja schließlich nur ein Dorf! Und was machte ich in den drei Monaten, in denen er sich mit Amy und seinen Saurierknöchelchen vergnügte?

»Dein Vordiplom«, schlug er vor. »Du hast dafür doch auch jede Menge zu tun. Du wirst gar nicht merken, dass ich weg bin.«

Wie konnte er so etwas nur sagen? Natürlich würde ich merken, dass er weg war! Und wie ich das merken würde! Ich würde alleine in meinem kalten Bett liegen, keinen warmen, liebevollen, beschützenden Arm um mich spüren und drei Monate keinen Sex haben …

Was für eine grauenhafte Vorstellung!